中国现代文艺学大家文库

文学的真谛
——王元骧文艺学文选

王元骧　著

山东文艺出版社

图书在版编目（CIP）数据

文学的真谛：王元骧文艺学文选／王元骧著 . —济南：山东文艺出版社，2021.4
ISBN 978-7-5329-6044-6

Ⅰ.①文… Ⅱ.①王… Ⅲ.①文艺学—中国—当代—文集 Ⅳ.①I206.7-53

中国版本图书馆 CIP 数据核字（2020）第 013768 号

责任编辑：杨　枫
装帧设计：刘小军

文学的真谛
—— 王元骧文艺学文选

王元骧　著

主管单位	山东出版传媒股份有限公司
出版发行	山东文艺出版社
社　　址	山东省济南市英雄山路 189 号
邮　　编	250002
网　　址	www.sdwypress.com
读者服务	0531-82098776（总编室）
	0531-82098775（市场营销部）
电子邮箱	sdwy@sdpress.com.cn
印　　刷	山东新华印务有限公司
开　　本	890 毫米×1240 毫米　1/32
印　　张	12
字　　数	289 千
版　　次	2021 年 4 月第 1 版
印　　次	2021 年 4 月第 1 次印刷
书　　号	ISBN 978-7-5329-6044-6
定　　价	95.00 元

版权专有，侵权必究。如有图书质量问题，请与出版社联系调换。

出版说明

"中国现代文艺学大家文库"精选徐中玉、钱谷融、王元化、钱中文、李衍柱、王元骧、陈伯海、陆贵山、孙绍振、童庆炳等十位著名文艺理论家的代表性著作，涵盖现代文论、古代文论、西方文论等多个领域，以期对近百年来中国文艺学的创造性成果进行总结，全面立体地展示中国现代文艺学研究的理论建树，为专业的文艺学研究者提供经典、权威的文艺学资料，从而推动新时代文艺学研究向纵深发展。

我们在编选过程中，除根据作者或授权编选者的意见对个别选文稍作修正外，尽量保持文章初次发表时的原貌。这是一套学术著作，我们本着严谨认真的态度进行编校，但难免会有疏漏，尚祈读者指正。

山东文艺出版社
2020年12月

总序

中国文艺学发展百年回眸

为了总结文艺学诞生、发展的历史经验，推进当代具有中国特色的文艺学的建设，山东文艺出版社拟出版一套"中国现代文艺学大家文库"，选择近百年来在不同历史时期涌现出的文艺理论家的代表性成果集结的"自选集"或由学子、亲人协助选编的"文艺学文集"，公开出版发行，与国内外读者见面。这一设想是有创新性的，也是具有学术价值和现实意义的。

第一批被选入的学者有十位，最年长的是2019年6月25日去世、享年105岁的徐中玉先生。徐先生1915年2月15日出生于江苏江阴。这一年恰是陈独秀创办的《青年杂志》（1916年改为《新青年》）问世。在五四精神的熏陶和培育下，在新文化运动的洪流中，徐先生刻苦学习、吸纳进步思想，在极端困难的环境中，积极为深爱的祖国贡献一份力量。在《忧患深深八十年——我与中国二十世纪》一文中，徐先生说："我们这一代人的发奋图强，誓雪国耻，要求进步,坚主改革,不论在什么环境、困难下总仍抱着忧患意识与对国家民族负有自己责任的态度,是同我们从小就受到的这种国耻教育极有关系的。'天下兴亡,匹夫有责',这不是说个人有了不起的力量,而是说每个人于国、族兴亡,都要负起自己应该并可能承当的责任。"作为一位文艺理论家,徐中玉先生继承和弘扬了中国知识分子所具有的"先天下之忧而忧,后天下之乐而乐"和"独立之人格,自由之思想"的优良传统,由于敢于直言,敢于讲真话,坚持正义,主持公平,徐先生多次被诬陷、遭攻击,被打成"右派",但他始终默默地搜集文献资料,思考和研究文艺理论问题。他认为:"具有忧患意识,有使命感和历史责任则是每一个爱国者应有、能有的。"徐先生在受迫害的艰难岁月里,"利用一切可以利用的时间,埋头积累专业研究资料。二十年间孤立监改扫地除草之余,新读七百多种书,积下数万张卡片,约计手写近一千万字。甘于寂寞,自求心安。只有自己觉得这种积累有用,即使这些卡片将始终只能塞在我的抽屉里,也有意义。也许这只是为了求得自己心理上的平衡,但到底并没有把这二十年光阴完全白过。"① 徐先生在逆境中所显示出的这种坚韧不拔、甘于寂寞、潜心研究的治学精神,堪称为学界的楷模。

对于近百年文艺理论的发展,徐中玉先生为《中国近代文学大系·第1集·第1卷·文学理论集1》作的导言中认为,"近代文学理论在新旧交替、救亡图强的大变革世运中"②

---

① 徐中玉:《忧患深深八十年——我与中国二十世纪》,载《徐中玉文存》,上海人民出版社2019年版,第6页。
② 徐中玉主编:《中国近代文学大系·第1集·第1卷·文学理论集1·导言》,上海书店1994年版。

得到长足的发展,在这方面王国维和鲁迅作出了突出贡献。

今天我们所说的文艺理论或文艺学①,它的古老的名字称为"诗学"。最早提出"诗学"概念并把它作为独立学科进行研究的是古希腊"最伟大的思想家"亚里士多德(公元前384—前322年)。在古希腊,诗是一个广义的概念,包括抒情诗、叙事诗、悲喜剧、史诗、音乐、舞蹈等。亚里士多德的《诗学》就是古希腊这些艺术种类实践经验的总结。因此,亚里士多德的《诗学》,就其研究的对象和论述的内容来讲,可谓是世界文论史上出现的第一部文艺理论或文艺学专著。

中国古代虽无"诗学""文艺学"的概念,但对诗乐理论的研究却源远流长、新见迭出,产生过多部影响深远的理论专著。从荀子的《乐论》到后来出现的《乐记》,从《文心雕龙》《诗品》《闲情偶寄》到《人间词话》,等等。三千多年前,在《尚书·虞书·舜典》中提出"诗言志"这一中国诗论"开山的纲领"以来,不断有新的理论观点问世,诸如:缘情说、形神说、风骨说、神韵说、意象说、性格说、境界说、意境说等,并对创作实践产生过程度不同的影响。诗论在中国古代,除《文心雕龙》《诗品》等专著中有所论述外,主要是以乐论、诗话、词话、曲话、批注、笔记等文体存在于历史典籍之中。

文学理论或文艺学作为一门独立的人文学科在中国出

---

① 据日本当代文艺理论家滨田正秀研究,文艺学(Literaturwissenschaft 或 science of literature)这一词据说最先是在19世纪40年代初的黑格尔学派里使用,初见于1843年麦登(Mundt, 1808—1861)的《现代文学史》一书的绪论中。见[日]滨田正秀《文艺学概论》,陈秋峰、杨国华译,中国戏剧出版社1987年版,第3页。

现,则是20世纪的事情。1902年,文学理论先是以"文学研究法"的名义跨入了"中国文学门",正式被列入《钦定大学章程》。1912年,在北大馆藏的《民国元年学科设置及课程安排》中,首次将"文学概论"列为人文学科开设的课程。1916年蔡元培任北大校长,聘任陈独秀为文科学长。1917年在北京大学重新修订的《文科大学现行科目修正案》中,进而明确将"文学概论"定为必修课。由此开始,一百多年来"文学概论"一直是全国各大学中文专业开设的必修课。① 上世纪开始的一二十年,多是借用国外学者撰写的关于文学艺术理论的著作为教材。上世纪50年代,中国各高校文科,普遍用的是苏联的文艺学教材。改革开放新时期,中国恢复学位制度后,文艺学正式作为一个独立学科在全国各高校与科研单位设立博士点、硕士点,并开始招收培养专门从事文艺学教学与研究的人才。文艺学在国家教育体制上被确立,同时也被学界接受认同。

回顾文艺学在中国发展的历史,20世纪初,在中国古代诗学理论向中国现代诗学理论的转换过程中,王国维(1877—1927)作出了重大贡献。生活、学习和成长在中西文化交流和碰撞时代大潮中的王国维,在"文学理论"概念的出现和"文学概论"成为中国大学人文学科的必修课的同时,1904年发表《〈红楼梦〉评论》;1904—1906年开始撰写《人间词话》甲稿、乙稿,并于1908年分三期连载于《国粹学报》;1909年,写出《唐宋大曲考》《戏曲考

---

① 参见程正民、程凯主编:《中国现代文学理论知识体系的建构——文学理论教材与教学的历史沿革》,北京大学出版社2005年版。

源》,刊于《国粹学报》;1912年,《宋元戏曲考》成书。王国维运用康德、叔本华的美学观,结合中国文学和文论的实际,具体分析和评论了《红楼梦》、宋元戏曲和古代诗词,以境界为核心范畴,构建起一个具有中国民族特色的文学艺术理论新体系。王国维创建的文论新体系,在总结中国文艺创作实践的基础上,创造性地继承、创新性地发展了中国古代诗论的优秀传统,汲取融合了西方诗学中的合理成分。其研究和论述的方面,涵盖和扩大了亚里士多德《诗学》的内容,更加符合中国文艺的实际。他写的《〈红楼梦〉评论》,为中国现代文艺理论批评开了先河,投下了第一块基石。文中振聋发聩地提出:"《红楼梦》者,可谓悲剧中之悲剧也。"① 这一理论观点,显然比胡适提出的"自传说"和蔡元培的《〈石头记〉索引》,有更高的审美价值。叶嘉莹说:"此文在中国文学批评的历史中,实在可以说是一部开山创始之作。"② 这一评价,是公正而又符合实际的。王国维的《宋元戏曲考》或《宋元戏曲史》,是中国第一部戏曲史。王国维的《人间词话》,以中国古代诗话、词话的形式,表达出现代美学和文艺理论的丰富内容。王国维以境界范畴作为他的现代诗学体系的逻辑起点,系统总结了中国古代诗话、词话所蕴含的诗学理论,结合优秀古典诗词的分析,对文艺的本体论、创作论、构成论、鉴赏论、作家论提出了

---

① 王国维:《〈红楼梦〉评论》,载《中国近代文论选》下,人民文学出版社1962年版,第754—755页。
② 叶嘉莹:《王国维及其文学批评》,广东人民出版社1982年版,第176页。

自己的见解，并且原创地论说了优美、壮美、古雅、情与景、写实与理想、隔与不隔、有我之境与无我之境等属于他自己独有的新的诗学范畴。他吸取了19世纪以来西方兴起的"写实派"与"理想派"，即现实主义与浪漫主义理论观点，认为在艺术意境的创构过程中，现实和理想相互渗透，融为一体，二者颇难区别。"写实家亦理想家"，"理想家亦写实家"。

对于王国维在中国学术史上的贡献，陈寅恪指出：

> 自昔大师巨子，其关系于民族盛衰学术兴废者，不仅在能承续先哲将坠之业，为其托命之人，而尤在能开拓学术之区宇，补前修所未逮。故其著作可以转移一时之风气，而示来者以轨则也。先生之学博矣，精矣，几若无涯岸之可望，辙迹之可寻。然详绎遗书，其学术内容及治学方法，殆可举三目以概括之者。一曰取地下之实物与纸上之遗文互相释证。凡属于考古学及上古史之作，如《殷卜辞中所见先公先王考》及《鬼方昆夷玁狁考》等是也。二曰取异族之故书与吾国之旧籍互相补正。凡属于辽金元史事及边疆地理之作，如《萌古考》及《元朝秘史之主因亦儿坚考》等是也。三曰取外来之观念，与固有之材料互相参证。凡属于文艺批评及小说戏曲之作，如《红楼梦评论》及《宋元戏曲考》《唐宋大曲考》等是也。①

---

① 陈寅恪：《王静安先生遗书序》，载《陈寅恪史学论文选集》，上海古籍出版社1992年版，第501页。

陈寅恪先生总结出的王国维学术研究的三条基本经验和方法影响深远，对中国现代美学、诗学、史学的研究与发展，具有重大的学术价值和现实意义。在中国文学艺术领域，王国维既是中国古代诗话、词话的最后一位诗论家，同时又是中国现代诗学在新世纪伊始出现的最初的一位文艺理论家。中国古代诗话、词话的终结和中国现代诗学理论的开端，是以王国维创建的中国现代诗学理论（即文艺理论）为标志的。

王国维对中国现代诗学理论虽然作出了重大贡献，但也有明显的局限和缺失。徐中玉先生明确指出：王国维的理论虽有"精微处、透辟处，也有自相矛盾、未能自圆其说处，违反历史事实、时代要求、大众愿望处。国家民族仍在贫弱交困、急待救亡疗治的时刻，他这些理论大体只可供思考，起到免于走向极端功利而尽失文学特性的作用……王氏精微有余，正视现实生活不足，理想成分多"。徐先生认为，"王国维说：'主观之诗人不必多阅世，阅世愈浅，则性情愈真，李后主是也'，都不切合事实。李后主身受亡国之辱，阅世还浅？他的最好词作，难道不是这种阅历促成的？阅世深了，一定会使性情失真？如果真只是'赤子'，大眼界、深意境能从哪里来？说李后主'俨有释伽、基督担荷人类罪恶之意'，简直把一己之所爱，拔高到天上去了。王氏有很高的艺术鉴赏力，也有把自己的学术见解大胆提出来的理论勇气。但他的不少著名观点至少仍是大可商榷的。"徐先生对王国维的批评是十分中肯的。

在徐先生看来，对于建设中国现代文艺学（或文艺理论）的贡献，与王国维相比，鲁迅的贡献更大、更具有现代性。徐先生对鲁迅写于1907年的《摩罗诗力说》给予很高的评价。

（《摩罗诗力说》）是这一历史时期文学理论的总结，又是这一时期文学理论发展的最贵结晶，明显地起着承前启后的作用。鲁迅在此文中不废怀古之功，但更要求审己、知人："欲扬宗邦之真大，首在审己，亦必知人，比较既周，爱生自觉，每响必中于人心，清晰昭明，不同凡响。"这就是指出：一味自我欣赏而不审视自己的阙失，前途必无光明，有了改进的自觉，才有希望。为此，他坚决主张"别求新声于异邦"。异邦有诸如"立意在反抗，指归在动作"，"争天拒俗"，争取"独立、自由、人道"，"说真理"等类新声，都还是我们自己非常缺少却极需要的。对异邦行而有效的东西，认为虽应学习，"亦非吾邦民可活剥"，应学其"内质"，即真精神才是。

鲁迅分析了过去闭关的恶果，孤立自是，精神沦亡，以致维新了二十年仍无甚成效。他呼吁文学界有志之士都要做"精神界之战士"，为国族尽最大努力。"家国荒矣，而赋最末哀歌，以诉天下贻后人之耶利米，且未之有也！"

鲁迅凭其热爱国族的赤忱和高瞻远瞩的目光，其认识达到了当时思想界文学理论界的最高峰。[1]

---

[1] 徐中玉主编：《中国近代文学大系·第1集·第1卷·文学理论集1·导言》，上海书店1994年版。

鲁迅（1881—1936）是一位伟大的文学家、思想家、革命家。他不仅是中国现代文学的奠基人，为中国20世纪文学竖起了第一座巍峨的文学高峰，而且是建设具有中国民族特色的文艺理论或文艺学的披荆斩棘的勇敢开拓者。鲁迅积极投入和倡导白话文运动，1918年5月发表的《狂人日记》是中国文学史上出现的第一篇白话文小说。在中国文艺理论史上，鲁迅又是第一个将西方现实主义理论的核心范畴——"典型""典型人物"引入中国文坛的。他在1921年4月5日写的《译了〈工人绥惠略夫〉之后》一文中，称阿尔志跋绥夫在1905年之前，"已经写出了一个以性欲为第一义的典型人物来。"① 在《阿Q正传》的论争中，典型逐渐成了批评家批评作品成败得失的重要审美尺度。鲁迅系统全面地研究了中国小说，撰写的《中国小说史略》《中国小说的历史的变迁》，开创性地为中国文学史研究打下了一个坚实的基础，并为中国文艺学的理论研究提供了丰厚的历史文献资源。鲁迅亲自将普列汉诺夫运用唯物史观写出的《没有地址的信》，翻译给中国读者。他对文学发生学的研究，既批判地吸取和借鉴了"游戏说""巫术说""劳动说"中的有价值成分，又紧密结合中国文艺发生的实际，提出了富有中国特色的文艺活动发生论的新观点。他的理论主张可概括为："劳动—巫术—休闲"说。② 徐中玉先生在《中国近代文艺理论的发展》中提出的中国文论史上长期争论不休的一个关

---

① 《鲁迅全集》第10卷，人民文学出版社1981年版，第167页。
② 李衍柱：《文学理想与文学活动》，人民出版社2013年版，第302—308页。

于文艺与政治的关系问题,鲁迅总结中国文学史的经验,生动而又辩证地作出回答。他在《文艺与政治的歧途》《魏晋风骨及文章与药及酒之关系》等论文中指出:世界上没有超政治、超时代的文学,鼓吹所谓文学超政治、超时代,实质是为了逃避现实,然而这又是不可能的,"这是和说自己用手提着耳朵,就可以离开地球者一样地欺人"①。

人的意识的觉醒与人的价值和尊严的被肯定,人的主体性的确立和人的独立思考能力的恢复和增强,这是一百多年来在中国学术界、思想界、文学艺术界发生的一个重大变化。如同陈伯海先生所说:"现代意义上的'人'的自觉和'文'的自觉,构成'五四'文学革命对20世纪中国文学发展的主要贡献。"② 人学与文艺学同属人文科学。而人学又是文艺学的重要理论基础。人学既是打开文学殿堂大门的钥匙,也是打开中国古代文论、书论、画论、乐论宝库的金钥匙。文学是"人学"的理论主张,不仅对于我们研究中国古代文论传统、开展中西文论比较,有指导意义,而且对研究中国现代文艺理论,总结五四以来文学艺术领域的经验教训和存在的问题,都有现实的意义。从1918年12月15日刊行的《新青年》第5卷第6号上发表周作人的《人的文学》到1957年第5期《文艺月报》发表钱谷融的《论"文学是人学"》,再到1980年第3期《文艺研究》发表钱谷融的《〈论"文学是人学"〉一文的自我批判提纲》(即《我

---

① 《鲁迅全集》第7卷,人民文学出版社1981年版,第113—114页。
② 陈伯海主编:《近四百年中国文学思潮史》,东方出版中心1997年版,第22页。

怎样写〈论"文学是人学"〉》),时间经过了六十余年,围绕着文学与人的问题,人性、国民性与阶级性问题,人道主义与人文精神问题,展开了多次的论争,尽管一些作家、理论家因此而落难,受到批判或斗争,但是真理是批不倒、骂不掉、打不死的,相反它会在反复敲打中闪烁出它的灿烂的光辉。① 选入"中国现代文艺学大家文库"的学者,几乎每一位都在自己所选论文中从不同视角论说到"人"的自觉与"文"的自觉问题。徐中玉在《忧患深深八十年——我与中国二十世纪》一文中说:"文学既是人学,更是人心民心之学。"钱中文先生指出:"'文学是人学'是针对教条主义把人当作描写的工具而说的,文学应该描写活生生的人,张扬了文学的人道主义,这一很有针对性的观点,开了解放文学思想风气之先,扩大了人们对文学的认识,使文学与真实的人结合起来,有力地批判了高大全、假大空这类虚假的文学主张,功莫大焉。"② 钱先生还专门撰写了《论人性共同形态描写及其评价问题》,结合中外的理论研究与创作实际进行了评说。在新世纪伊始,钱先生提出和倡导的"新理性精神",进一步拓展和丰富了文学人学论的内涵。王元骧先生在论说马克思对德国古典美学的继承与革新的同时,撰写出《审美自由与人的解放》。陆贵山在重读经典文本的基础上,深入研究"马克思主义的人论与文学"课题,并出版了专著。

---

① 李衍柱:《时代变革与范式转换》,人民出版社2013年版,第201—203页。

② 钱中文:《三十年间》,载《理论的时空》,复旦大学出版社2016年版,第144页。

"主体性文学论是人性、人道主义讨论的必然继续与具体表述,与'文学是人学'也是相互呼应的。文学主体论认为过去主体在反映论中完全是消极被动因素,所以那是客体文学,是没有主体的文学,现在要重建具有首创精神的创作主体,建立新的主体文学。纠正过去创作中创作主体的缺失,强调创作主体的创造地位与巨大功能,这是文学理论的一大进步。有的作家有感于此,后来阅读了阐释文学主体论的文章,真有一种解放之感;同时这一观念对于促进文学理论框架的反思,影响很大,这都是应该肯定的。"[1]

"时运交移,质文代变,古今情理。"[2] 中国文艺学的发展变化与时代的变革相向而行。革命是推动历史前进的火车头,解放思想则是激励亿万人民从事社会变革的不竭动力。一百多年来,中国社会发生了三次伟大的革命,经历了三次伟大的思想解放运动。历史的巨变,催生和推进了中国现代文艺学的发展。

20世纪出现的第一次大革命是以孙中山领导的辛亥革命为标志。在这次大革命孕育爆发的过程中,中国社会急剧地由一个封建专制社会逐渐沦为一个半殖民地半封建社会。十月社会主义革命,给中国送来了马克思列宁主义。孙中山播下的民主革命种子,催生和发展成了新民主主义革命,爆发了五四新文化运动,出现了第一次思想大解放运动。中西文

---

[1] 钱中文:《三十年间》,载《理论的时空》,复旦大学出版社2016年版,第144—145页。
[2] 刘勰著,范文澜注:《文心雕龙注》下,人民文学出版社1961年版,第671页。

化的大碰撞、大交流、大融合,在中国文学艺术领域则呈现出可喜的百花齐放、学派林立、百家争鸣的繁荣局面。

第二次大革命和社会转型是以中华人民共和国建立和社会主义制度基本确立为标志,以打破苏联的教条主义为中心的延安整风,开启了第二次思想解放运动。从时间上说,可以从1927年井冈山建立第一块革命根据地算起,一直到1956年我国社会主义改造基本完成。这次大革命,使中国人民真正站起来了,获得了新民主主义革命的胜利,并且开始走上了社会主义的道路,取得了社会主义建设的伟大胜利。在这个将近三十年的过程中,中国社会形态发生了根本性的变化,由一个半殖民地半封建的社会转变成为一个新民主主义国家,然后又逐步确立了社会主义制度。在哲学社会科学领域,最大的成果,就是确立了马克思列宁主义普遍真理与中国革命实际相结合的毛泽东思想。在中国文艺学发展的历程中,则形成了马克思主义文艺理论与中国文艺实际相结合的毛泽东文艺思想,在革命与战争年代竖立起了一座马克思主义文艺理论中国化时代化大众化的里程碑。

第三次社会大革命和思想解放运动是以党的十一届三中全会为标志。以社会主义现代化建设为中心的改革开放,是中国大地上持续发展的又一次更为深刻和广泛的革命。四十多年的改革开放,中国人民已由站起来走向富起来,由富起来走向强起来。四十多年的伟大实践,我们已经成功地走出了一条中国特色社会主义道路。

从上世纪70年代末期开始的这次思想解放运动,使古老的中华大地重新焕发了青春,注入了无限的生机与活力。这次伟大的思想解放运动，使中国社会的各个领域，都发生了根本性的变化，文化、科学、艺术，迎来了自己发展的春天。中国现代文艺学同其他社会科学一样，挣脱了种种精神枷锁，走出了误区，打破了禁阈，回到了自己的家园。作家、艺术家、文艺理论家重新焕发出自己的艺术青春、学术青春。

今年正值五四运动发生一百年、中华人民共和国成立七十年和改革开放刚过去四十年，本文库第一批入选的学者中徐中玉先生是全程经历和参与的元老，其余诸位都是出生于上个世纪30—40年代。这些学者亲历和见证建国七十年中国社会发生的巨变，沐浴着改革开放的春风，全身心地投入到自己关注的文艺研究之中。他们的研究论著，从不同的侧面和层面，推进了现代中国文艺学的建设，为社会主义文艺事业的发展和繁荣作出了应有的贡献。从其所选文集的内容看，主要的标志性的理论贡献有以下几点：

第一，文学观念的更新和突破。十年动乱期间的闭关锁国，使中国文艺理论界中断了与世界的交流与对话。解放思想，改革开放，有力地推动了文学观念的更新和突破。改革开放四十多年，欧美和俄罗斯近代以来出现的各种哲学、美学、文学理论的代表性著作和文艺作品，相继被翻译、介绍到我国。《柏拉图全集》《亚里士多德全集》等西方古代、近代、现代的许多大家的全集相继被翻译到中国。世界各国不同的文学理论派别的倡导者的哲学观、历史观、价值观、美学观、文学观是大相径庭的。但他们的文学理论主张能够在不同民族国家出现，自有其实践的依据和现实存在的学理性。他们以不同的视角和方法，从不同的层面和方面，对文学艺术的审美特征和艺术规律的探索,他们的发现,他们的见解,甚至他们的"片面的深刻"或"深刻的片面",都可作为中国文艺学研究的借鉴和参照系。中国学者在思考、探索如何继承古代文论、借鉴外国文论,在马克思主义世界观和方法论指导下,建设有中国特色的文艺学的历史过程中,先后出现了认识论文学观,以蔡仪主编的《文学概论》和以群主编的《文学基本原理》为代表;主体论文学观,以刘再复的《论文学的主体性》为代表;象征性文学观,以林兴宅的《文艺象征论》为代表;生产论文学观,以何国瑞的《艺术生产原理》为代表;审美意识形态文学观,以钱中文、童庆炳、王元骧为代表。1982年,钱中文先生最早提出这一理论观点;1987年,钱先生又补充说:"文学作为审美的意识形态,以感情为中心,但它是感情和思想认识的结合;它是一种虚构,但又具有特殊形态的真实性;它是有目的,但又具有不以实利为目的的无目的性;它具有阶级性,但又是一种具有广泛的社会性以及全人类性的审美意识的形态。"① 比较集中体现审美意识形态文学观的则是童庆炳主编的《文学理论教程》和他的学术专著《文学活动的美学阐释》,王元骧的《审美反映与艺术创造》《文学原理》。文学艺术是一种审美意识形态,当下已逐渐为中国文艺理论界所接受,并成为我国文学理论教材建设的一个最基本的出发点。这一观点超越和突破了苏联文艺学教科书和我国文艺理论家蔡仪、叶以群主编的全国通用教材中所坚持的

---

① 钱中文:《论文学观念的系统性特征》,载《文艺研究》1987年第6期。

认识论文学观。

第二，研究方法的变革。"工欲善其事，必先利其器。"观念的更新与方法的变革相伴而行。20世纪50年代以来，系统论、控制论、信息论的提出和电子计算机的发明与应用，使自然科学有了重大的突破和发展，人们对宇宙的认识也有了新的进展。在社会科学方面，20世纪以来世界各国出现了各种各样的思潮和学派，他们从不同视角和层面，提出了新的方法论问题。马克思指出："历史本身是自然史的即自然界成为人这一过程的一个现实部分。自然科学往后将包括关于人的科学，正像关于人的科学包括自然科学一样，这将是一门科学。"[①] 文艺学研究与自然科学结合，融合自然科学的方法和手段，这是文艺学在未来发展中的一个重要趋势。1985年，中国学界出现了"方法论"热。大家普遍注意研究如何将系统论等自然科学研究方法与传统的社会科学研究方法结合起来，如何在马克思主义世界观和方法论指导下，综合各种古今中外行之有效的研究方法，推进文艺学研究的创新。

面对着以研究浩若烟海的中外文学艺术为主要对象的文艺学，应当采取什么方法，古今中外文艺理论家作过种种探索和尝试，出现过社会历史的方法，哲学美学的方法，心理学、现象学、符号学、结构主义的方法，人类文化学的方法等。从表现形态上讲，有宏观与微观，纵向与横向，归纳综合与分析演绎，个案研究与整体把握等。选入本文库的学者

[①] 《马克思恩格斯全集》第42卷，人民出版社1979年版，第128页。

中，陆贵山先生就主张"走向宏观的文艺学"。他说观察文艺世界需要两面镜子：显微镜和望远镜。既要提倡微观研究，也要提倡宏观研究。像绘画一样，一幅画既需要有宏伟的构图，也需要有精美的细部。只有宏伟的构图没有精美的细部可能造成空泛，只有精美的细部没有宏观的构图会痴迷于一点。建国七十年来，文学理论获得了前所未有的思想活力和学术发展的空间，运用不同的方法，以不同视角，从不同侧面、不同层次、不同方面研究文学艺术，百虑一致，殊途同归，建设有中国特色的文学理论，已成为我国文学理论界的共识。"有中国特色的当代文学理论新形态，是一种以马克思主义为指导，以现代性的追求为动力，在全球化的语境中充分立足于本土，在现代文论传统的基础上，不断地自我反思与批判，广采博取中外古今思想资料中的有用成分，鉴别创新，形成了一种具有科学的和人文精神的、开放的、动态的、形式复合多样的形态。"①

在上个世纪60年代王元化先生就开始酝酿和关注文艺学研究的方法论问题，先后撰写了《论诠释》《综合研究法》《由抽象上升到具体》《知性分析方法》等论文。对于王元化先生在古代文论研究方法上的贡献，牟世金先生在《"龙学"七十年概观》中说：王元化先生的《文心雕龙创作论》，"创造了一整套行之有效的综合研究法：第一是宏观研究和微观研究相结合，第二是文史哲研究相结合，第三

---

① 钱中文：《文学理论30年：成就、格局与问题》，载《华中师范大学学报》2007年第5期。

是古今中外的比较、联系相结合。"① 这种"综合研究法",是将"古与今和中与外结合起来,进行比较对照,分辨同异,以便找寻出在文学发展上带有规律性的东西"②。它的特征是古今结合、中外结合、文史哲结合。

在改革开放新时期,文艺学研究特别是马克思文学理论的中国化,取得了重大的成绩,七卷本"20世纪马克思主义文艺理论国别研究"丛书的出版就是实绩之一。而文学基础理论也得到了前所未有的发展。就学科性的著作而言,在文学文体学、文学叙事学、文学语言学、文学修辞学、文学符号学、文学心理学、文学社会学方面,出现了许多很有分量的专著,研讨问题的范围有所拓宽。2000年到2002年间出版的钱中文、童庆炳主编的"新时期文艺学建设丛书",收录的36位学者的论著,就是一些带有标志性的成果。2016年由复旦大学出版社推出的由朱立元、曾繁仁主编的"当代中国文艺学研究文库",已出版的第一批12位学者的论著,进一步显示出当代文艺学研究在千禧之年到来之际出现的新的特点和趋向。

第三,面向实践,在创作与批评互动中推进文学理论的创新。

创作与批评是驱使文学发展的不可或缺的两个轮子。世界文学史的实践表明,凡是文学艺术在大发展的历史时期,几乎都是创作与批评两个轮子同步飞转,文学巨匠与批评大

---

① 王元化:《文心雕龙讲疏》,广西师范大学出版社2004年版,第381页。
② 同上书,第352页。

师都同时留下了他们的足迹。文学理论只有同文学创作实践与文学鉴赏批评实践紧密相连,同步互动,才能不断找到自己的新的生长点。孙绍振先生在撰写《文学创作论》和创立文学解读学过程中深有体会地说:"文学理论的生命来自创作和阅读实践,文学理论谱系不过是把这种运动升华为理性话语的阶梯,此阶梯永无终点。脱离了创作和阅读实践,文学理论谱系必定是残缺和封闭的。问题的关键在于,文学理论对事实(实践过程)的普遍概括,其内涵不能穷尽实践的全部属性。与实践过程相比,文学理论是贫乏、不完全的,因而理论并不能自我证明,实践才是检验真理的准则。"孙绍振在对《红楼梦》和鲁迅小说的文本解读中,具体分析的《红楼梦》的八个美女之死和鲁迅所写的八种死亡,使人耳目一新,给予读者以美的享受。徐中玉先生于1946年写的《批评的伦理》中说:"20世纪是一个批评的时代。所谓'批评的',它的真实解释就是改造的——或者索性就说革命的。因为一切的改造或革命都要从批评开始,而真正的批评也不能不以改造或革命作为它的目标和结局。"① 在20世纪40年代,徐先生对巴金创作的《家》《春》《秋》的解读和评论,充分肯定巴金的"激流三部曲"的审美价值和社会历史意义。童庆炳先生作为诺贝尔文学奖得主莫言的指导教师,联系莫言的生活道路和小说创作实践,写出的《作家的童年经验及其对创作的影响》《莫言的硕士论文与高密东北乡文学王国》,从批评与创作实践紧密结合上,丰

---

① 徐中玉:《批评的伦理》,载《徐中玉文存》,上海人民出版社2019年版,第277页。

富和拓展了当代文艺学的内容。本人撰写的《第十个文艺女神的再生——关于文学批评的主体性思考》与《〈大秦帝国〉论稿——走向新世纪文艺复兴的绿色信号》，在阐明文学批评主体性的同时，显示出批评实践与创作实践、批评家与作家互动的必要性和可操作性。

第四，继承与创新，弘扬中华优秀诗学传统。

建设当代中国的文艺学，它的根，它的母体，它的基因，是中华优秀诗学传统。对于文艺学的建设与发展来说，传统和继承是它的出发点，而更新、创造则是它的目标和主导。文艺学的发展就是由多个创新的环节构成的；文艺学发展的历史，实际上就是继承传统又不断突破传统、不断创新的历史。没有突破与创新，文学也就失去了生命。"传统是一个动态的、开放的、不断发展的系统。它在时空的四维向度上不断地延伸、转化和发展。它作为社会心理、思维方式、价值观念、幻想、风俗、习惯、不同的人生观和世界观，对社会的发展产生巨大的推动作用。它肇始于过去，积淀于现在，影响着未来。一定的文化传统一旦形成，就具有相对的稳定性和惰性。优秀的文化传统，是一个民族的宝贵的精神财富，它具有强大的凝聚力、亲和力与融化力。"[①] 改革开放以来，中国古代文论和中华诗学传统的研究取得了空前的进展，先后出版的论著有：王运熙、顾易生编的7卷8册《中国文学批评通史》，罗宗强的多卷本《文学思想史》，黄保真、成复旺与蔡钟翔等人的《中国文学理论史》，袁行霈的《中国诗学

[①] 参见李衍柱：《时代变革与范式转换》，人民出版社2013年版，第122—123页。

通论》,陈良运的《中国诗学批评史》,张少康的《中国文学理论批评发展史》和入选本文库的学者徐中玉的《古代文艺创作论集》,童庆炳的《文心雕龙》研究,陈伯海主编的《近四百年中国文学思潮史》等。这些论著,采用不同的视角和方法,在吸收已有研究成果的基础上,以通史或断代史的方式,又以专题研究或个案研究为切入点,比较系统深入地探讨了中国古代文艺理论和中国古代诗学的创作与批评的历史发展的特点、规律、范畴,弘扬了中华诗学的优良传统,将中国现代诗学研究推进到一个崭新阶段,并为中国当代文艺学研究提供了丰厚的中国古代诗学资源和坚实的发展基础。

第五,网络思维、网络文学与信息时代文艺学建设。

思维方式的变化和网络文学艺术的兴起,是信息时代中国文学艺术领域变化最大、发展最快的一道风景线。改革开放四十多年,文学观念的更新与研究方法的变革,都与在人的头脑中发生的革命,即与人的思维方式的革命紧密相连。而人的思维方式的变化又与科学技术的革命息息相关。人类历史告诉我们,科学的重大发现和进步,总是直接影响着人的思维精神和思维方式的变化。

网络思维不仅突破了线性的思维方式,超越了一维、二维、三维的视野,它以爱因斯坦的"四维空间"理论,全方位地、立体地、动态地去研究文学活动的特点和规律;同时,又以对话思维超越了"二元对立"和"零和博弈"的思维方式。对话是两个以上主体之间进行平等自由的语言交际。它是沟通与联结我与你、学派与学派、民族与民族、国家与国家之间的桥梁。这是一座来自远古、立足现代、通往未来而又联结东西、今古，贯穿于过去、现在和未来语境中的桥梁。"对话思维不同于'是—是''否—否'二元对立的思维方式。对话的过程是一个异中求同、同中求异的双向运动过程。"①"'对话'是'把灵魂向对方敞开，使之在裸露之下加以凝视'的行为。"② 对话应当是真诚的、坦率的、自由的。对话的双方各自具有独立性，有自己的个性、尊严和价值。在中国现代美学和现代诗学研究过程中，钱中文先生积极倡导对话思维并亲自主持翻译了《巴赫金全集》在中国的出版，得到中国思想界、学术界、文艺界的赞誉，有力地推动了中外文化交流和中国当代文艺学的建设。

网络文学艺术是网络思维孕育出的奇葩。它的诞生标志着文学艺术真正迎来了一个前所未有的大普及、大发展的春天。据《文艺报》统计：截至 2017 年底，国内 45 家重点文学网站的原创作品总量高达 1646.7 万种，其中签约作品达 132.7 万种，年新增原创作品 233.6 万种，年新增签约作品 22 万种。出版纸质图书 6942 部，改编电影 1195 部，改编电视剧 1232 部，改编游戏 605 部，改编动漫 712 部。网络文学对外翻译影响日渐扩大，足迹已遍布亚洲主要国家以及英、美、法、俄等 20 多个国家和地区，成为中国文学"走出去"新的增长点。③ 理论来自实践。对网络思维与网络文

---

① 李衍柱：《巴赫金对话理论的现代意义》，载《文史哲》2001 年第 2 期。
② [日] 池田大作：《我的人学》，铭九、潘金生、庞春兰译，北京大学出版社 1992 年版，第 155 页。
③ 参见李晓晨：《进一步激发新文学群体创作活力》，载《文艺报》2018 年 9 月 17 日。

学的研究，已引起文艺理论界的关注和研究。欧阳友权的专著《网络文学论纲》和由他主编的《网络文学新视野丛书》的出版问世，就是很好的佐证。

随着时代的推移和文学所使用的工具与手段的变换，文学的物化载体和传播媒体的变换，自然要引起文学自身的变异和发展。一些文学类型消亡了，一些文学类型出现了，批判继承，推陈出新，这是中外文学发展的一条重要规律。与文学的变化、发展相适应，文学理论研究也应以新的观念和方法向深广度发展。面对信息时代的到来，网络媒介的迅猛发展，电信技术王国的出现，解构主义大师雅克·德里达惊呼："整个的所谓文学的时代（即使不是全部）将不复存在。"必然导致文学的"终结"。作为德里达的信奉者、美国文艺理论家J. 希利斯·米勒直言不讳地宣称他是赞成德里达的"文学终结论"的。并且进一步发挥了德里达的思想，说："那么，文学研究又会怎样呢？它还会继续存在吗？文学研究的时代已经过去了。再也不会出现这样一个时代——为了文学自身的目的，撇开理论的或者政治方面的思考而单纯去研究文学。那样做不合时宜。"① 对于德里达、米勒公开宣扬的"文学终结论""文学研究过时论"，中国文艺理论界对此大不以为然，公开发文从理论上予以批评。本人与钱中文、童庆炳先生都先后发文联系中外文艺发展的实际，批评这种广为流行的"文学终结论""文学研究过时论"出现的必然性及其悲观论的实质。文学艺术作为人类诗

---

① J. 希利斯·米勒：《全球化时代文学研究还会继续存在吗?》，载《文学评论》2001年第1期。

意的存在的载体,永远是时代的花朵,它总会不断地给人以美的享受。

建设中国特色的文艺学是一个需要一代又一代的学者不懈地进行研究的系统工程。伴随着中华民族伟大复兴,中国和世界文艺实践的丰富和发展,在未来的岁月,文艺学研究也必然会不断提出一些新的问题,出现一些新的形态和新的特点,并在不同的领域和方面,有所突破,有所创新。钱中文、童庆炳二位先生,在《新时期文艺建设丛书·总序》中说:一个理论创新的新世纪已经来临。不过任何一种新型的理论形态的建立与发展,都要以前人提供的"思想资料"为基础的。新时期的文论,作为一个良好的开端,它们无疑可以成为有中国特色的文学理论的前期成果;而作为丰富的思想资料,它们无疑将汇入新世纪的新的理论创造之中。山东文艺出版社推出的"中国现代文艺学大家文库"中的第一批学者的自选集,无疑是这些学者在建设中国特色文艺学的大道上留下的足迹;这些学者研究的成果,也必然会在今后的文艺创作实践和鉴赏批评实践中受到检验或弃取;他们提出的问题和对未来的期待,深信后继者在中华民族伟大复兴的历史征程中,一定会继续深入系统全方位地研究下去,并在实践中不断推进文艺理论的创新,进而融入新世纪世界文艺学研究的洪流,努力攀登学术的高峰。

李衍柱

2019 年 8 月 12 日于山东师范大学寓所

目录

代　序 / 001

文艺理论：工具性的还是反思性的？ / 001
艺术特性与艺术规律 / 024
反映论原理与文学本质问题 / 045
艺术的认识性与审美性 / 075
审美反映与艺术形式 / 092
我对"审美意识形态论"的理解 / 108
关于艺术形而上性的思考 / 126
我国现代文学理论研究的反思与浪漫主义理论价值的重估 / 149
论人、文学、文学理论的内在张力 / 172
评文艺理论研究中的"文化论"与"审美论" / 188
关于文学评价中的"人性"标准 / 202

谈文学语言研究的出路 / 231

论创作个性 / 248

艺术真实的系统考察 / 267

审美：回归"身心一体"的人 / 285

附录　王元骧学术年谱 / 303

代序

我的学术道路

一

我搞文艺理论和美学纯属偶然。大学读书期间,我酷爱中国古代文学(主要是诗词)。1958年8月大学毕业被分配到刚成立的杭州大学,杭大中文系员工只有6人,书记、主任、两位讲师、两位助教,我就是两位助教之一。"文学概论"是中文系一年级的主干课,这样,领导就分配我去从事"文学概论"教学。大约不到半年,省委决定将浙江师范学院并入杭州大学。浙师是1952年院系调整时由浙江大学文学院、师范学院、理学院的一部分、之江大学以及杭州市俄语专科学校等单位组建而成的,师资实力雄厚,但由于新中国成立前无论是浙大还是之大中文系所学的主要是传统典籍,没有"文学概论"课程,自然也没有"文学概论"课的专职教师,"文学概论"教学是由一位从古代文学改行过来的讲师承担,平时从事教学的主要也是他与我两人。两校合并后的中文系一年级新生多达360人,还有1000多名函授生分布在全省各地,加上当时新成立的杭州师范专科学校(即今之浙江师范大学)没有"文学概论"教师,也要我去兼任,教学任务之繁重可想而知。所以除了教学之外,就根本不可能再从事研究工作,而且自己也根本没有想到要搞什么研究。因为当时青年教师搞研究往往被某些领导看作是"资产阶级名利思想"的表现,是走"白专道路",至少在杭大中文系是这样。

后来业余去搞点研究完全是由于教学的推动,因为在教学过程中常常发现一些疑难问题,觉得自己不加深入研究就很难对同学做出有说服力的回答。在这些疑难问题中,同学们提的最多的是典型问题。由于当时是一个以"阶级斗争为纲"的年代,看待社会、历史、文化现象都非常强调阶级的观点与阶级分析的方法,因而学界有些人也就把典型性等同于阶级性,有些教材里也这样写。但每当讲到这个问题,学生总是会问:阿Q是什么典型?贾宝玉是什么典型?奥勃洛摩夫是什么典型?他们的思想性格难道能代表他们所属的阶级的阶级属性吗?这样,我就从典型性问题入手开始了我文艺理论研究的艰难跋涉。我当时的想法是:优秀的典型形象"不仅是对生活的反映,同时也是作家的创造,它渗透着作家对于生活独特的感受、思考和评价",这就使得艺术典型总是作家观察生活、思考生活的结晶,它体现着作家对生活的一种独具慧眼的发现和理解,"是第一次出现在典型画廊中的独一无二的人物",就像别林斯基所说的他既是常见的又是独特的一个"熟悉的陌生人",它虽然有阶级的特性但不是社会学的标本,不是以一般阶级的概念所能概括的。我把对这些思考的成果写成了一篇长文章,在《文学评论》1964年第3期上发表了,从此在某些系领导眼里我也就成了一个"白专的典型",还差一点要对我进行批判。这就是我初涉研究所得到的报偿!

1965年杭州大学文科各系下乡参加"四清"运动使我逃过了这场劫难,回校后不久就是"文化大革命"了。由于我不会打派仗,就先是被分派到"造反派"组织所编印的《东方红》杂志,负责编辑"批判文艺黑线"这一栏目,自己也写了一些所谓"大批判"文章,其间还读了一遍《鲁迅全集》,与两位学生一起编了一本《鲁迅语录》;但后来组织头头似乎认为我写的文章学术气太重,不会"上纲上线",不像大批判文章,又把我调到"教育革命小分队",先后到嘉兴东栅、余姚梁弄以及温岭城关等地为干部和师资培训班上课。待工作结束后回杭,首届工农兵新生已入学半年了。当时正值毛主席提出备战、备荒,"深挖洞、广积粮、不称霸"的口号,各单位都土法上马开挖防空洞。我由于没有教学任务就安排到防空洞工地劳动,在1973年春的一次劳动中把耳朵震聋了。这样,我又被分派到中文系新创办的《语文战线》杂志社工作了两年。在编辑工作之余还写了一些文学知识和中学语文课文分析之类的文章,并作为函授教材结集出版过两次。在当时这个知识读物极度贫乏的时代,竟得到不少中学语文教师和知识青年的欢迎,几乎每天都可以收到自全国各地寄来的热情洋溢的鼓励或求购的长信。

"文化大革命"十年，所见所闻所想虽然也有不少，也深为人性的沦丧而悲愤、人民的苦难而痛心、国家的前途而忧虑，但由于都缺少自己切身的经历，似乎都算不上是自己真正的人生体验。回想起来，自己的思想基本上还停留在一个童话的世界里。使我对人生真正有所领悟的似乎始于这样两起经历：第一次是，大概从1977年春开始，浙江掀起了一场揭露和批判"四人帮"帮派体系的运动，窃居省运动办公室主任地位的竟是原来省"造反派"的一个头目。这样，在各单位凡属于他这一派的都成了"革命派"，而与他对立的另一派"造反派"就成了"四人帮"的帮派体系。我在"文化大革命"中什么派都不是，但由于我看不惯"造反派"的某些作为而对之时有揭露和抨击，所以中文系的那些得势的"造反派"就断章取义、去头却尾地抓住我的某些言论，说我"否定文化大革命""攻击毛主席"，大大小小的开了十多次会对我进行围攻。我也就义正词严地与他们斗了十来次。这件事情虽然最终以我的胜利而告终，但却使我第一次切身感受到了什么是邪恶和卑鄙！再一次是1982年，当时杭大建造了72套所谓"高知楼"，按规定是分给副教授以上教师的，我当时一家三口居住在22平方的房子内，由于地势低洼，地板也都霉烂了，稍不小心，就会一脚踏穿，而且老鼠日夜横行，有一次用一个老鼠镲竟同时镲到两只。按照我的情况以及分房方案，我完全可以分到的。可是分配的结果是有些有关系的讲师都分到了，而唯独卡了我一个副教授。这还谈得上什么正义和公道？出于对自己人格尊严的维护和所受凌辱的抗议，我数次向学校打报告要求调离。但不久校领导班子都换了，新领导竭力挽留，我想他们是无辜的，我也应该给他们一个面子，所以调动的事以后就不再提了。这两件事（比起我们这代有些人的遭遇来说，其实根本算不得什么）虽然使我几乎十年时间没有安下心来从事自己的专业学习和研究工作，但也为我补上了人生必要的一课，使我对于现实生活中的假恶丑变得敏感起来，并懂得了真善美只能是在与假恶丑的斗争中得到发展，它需要我们以自己的行动去进行维护和加以争取，因而对于理想也变得更为执着。

  以上的经历都在我的研究中打上深刻的烙印。我在研究中比较强调"问题意识"，我的问题主要来自两方面：一是来自理论本身，来自我教学中所遇到的疑难问题。这使我养成了不善于追新逐异、跟风赶潮，而总是以探讨学理、追求学理的完善为目的的兴趣和习惯。所以我每当研究一个自认为有价值的问题时，总是怀着一种虔敬的心情来钻研前人的优秀成果，主观上总希望尽可能多的掌握与之有关的文献资料，通过对文献资料的梳理和分析，来发现和提取它的难点、疑点、争论的焦点和突破的关节点来做文章，力图在继承中求得发展，在综合前人一切合理见解的基础上有所创新，只希望通过自己的努力，对于学术的积累和推进起到一些微弱的作用，从不敢撇开传统来侈谈什么"原创性"。二是来自现实，来自自己的人生体验。它不仅使我走出"童话世界"领略到人生的险峻和严酷，而且也使我更深切地感受到，正因为美好的东西在生活中已经离我们远去，我们就更应该在精神上坚定地守护它，因为它会转化为一种动力，而把美的东西重新召唤到我们生活中来；否则，我们真的是没有希望了。怎么去维护和召唤呢？对于我们理论工作者来说，我认为理论研究就是自己介入现实的一种重要的方式。所以我常常以文艺理论研究来阐述自己的人生理想，认为这比抽象谈论人生问题更为有效。这就使得我的研究没有走上纯学术的道路，而始终怀有强烈的人文情怀。虽然我所关注的现实问题随着社会的发展而发生变化，但这种人文情怀却随着自己社会阅历和人生体验的加深变得愈加自觉。这两方面原因形成了我的理论文章这样一个我自己可以肯定的特色："学院性""思辨性"和"现实性""参与性"的结合。

二

由于以上原因，我真正沉下心来从事文艺理论研究已经到了20世80年代中期，因为这样经过将近两个十年的折腾和耗费，我已经是五十岁的人了。既然调离杭大已经无望，我总不能把自己一辈子就这样赔进去。所以我必须调整自己的心态，安下心来从事教学和研究。从哪里入手呢？当时文艺理论界正在兴起一场关于"文艺主体性"的大讨论，在学生中也颇有争论，所以我就对这问题思考起来。我认为文艺主体论是不无合理之处的，我在1963年写的关于阿Q典型研究的文章中把别林斯基的"典型"是"熟悉的陌生人"理解为它是作家独特的发现和创造，就表明我的理解中创作活动是离不开作家的主体意识活动的，但认为这不足以否定文艺是现实生活的反映这个命题。而文艺主体论把"反映论"等同于"机械反映论"不加分析地予以否定,这在很大原因上是像马克思、恩格斯所批评的把"深奥的哲学的问题……简单地归结为某种经验事实",以一般常识的观点把"反映"这个内涵丰富的哲学概念,理解为"照相"和"复制"之故。事实上,任何反映活动都是一定的主体意识参与下做出的。因为人的头脑不是亚里士多德所说的"蜡块"或洛克说的"白板",它潜存着许多以往经验(人类的和个人的)积淀下来的认知结构和思维定势,这就使得任何反映活动都是经由主体认知结构同化、整合而完成的,它不仅是主体契合客体,同时也是客体契合主体的过程。所以列宁认为反映也就是创造,认为人的意识"不仅反映客观世界,而且创造客观世界"。出于这一认识,当时我所做的工作主要是想吸取主体性理论的合理因素,对文艺反映论做出新的解释,于是就借用了当时流行的"审美反映论"这一术语,对作家创作中的反映活动在澄清对"反映"这一概念的一般认识的基础上,又结合文艺的特点,做了这样的具体阐发:认为文艺虽然与科学一样,它们作为人们意识活动的成果,都是对现实的反映的产物;但文艺又不同于科学,它是以作家的审美情感为心理中介来反映生活的。情感不同于认识,它作为认识主体对于能否满足自身需要的客体所生的态度和体验,所反映的不是事物实体的属性,而是一种关系的属性,目的不在于判明"是什么",向人们展示"实是的人生",给人以知识;而是追寻"应如此",亦即人们所期盼和梦想的一种"应是的人生"。所以在本质上是属于一种价值的意识。价值是指一切能够满足人们需要的对象而言,像利、善、美等对人来说都是一种价值；但彼此又有所区别：从性质上说，美与利和善不同，就在于利和善都具有外部现实性的要求，都要落实到具体的行动上，通过自己的行动去求得满足；而美却是一种仅供"观照"的对象，它虽然有实践的指向，但只不过是一种意向和愿望，在人的精神层面上发生作用。从形式上看，利、善的观念是居于理性层面的价值意识，是对客体分解把握的成果；而美的表象和观念虽然积淀着丰富的社会文化内容，但却是以感性的形式呈现在人们的想象之中。感性的东西是一个未经知性分解的丰富的整体，所以它不可能以概念、判断、推理等抽象思维的方式而只能以生动的直观表象和内心体验等形象思维的方式来对之做出把握，这决定了它只有经过形式的建构，并以艺术形象这种感性的形式才能获得生动的体现。就像黑格尔所说，它们之所以有各自的方式，"既不是碰巧在那里，也不是由于除它之外就没有别的形式可用。而是由于具体内容本身就已含有外在性的、实在的、也就是感性的表现作为它的一个因素"。所以形式对文艺来说不是外在的和外加的，是由内容生发出来的，它与文艺作品的内容有着一种天然的、不可分割的内在联系。①

这些意见直到现在我还一直是坚持的。但后来也逐渐发现了这些阐释主要还只是对五四以来在我国流传的"认识论

---

① 参看拙文《反映论原理与文学本质问题》，《文艺理论与批评》1988年第1期；《审美反映与艺术创造》，《文艺理论与批评》1989年第4期；《艺术的认识性与审美性》，《文艺理论研究》1990年第3期等文。以上诸文均收入论文集《审美反映与艺术创造》，杭州大学出版社1992年第1版，1998年第2版。

文艺观"的丰富和完善，还仅仅从反映一维、从认识论的即"知"的视角去进行研究，似乎还是不足以充分的说明文艺的性质。这使得我渐渐发现从意志、实践、从"行"的一维，亦即从价值论和实践论的视角来进行研究对于正确而深入理解文艺性质的重要。这不是说我以前完全无视文艺的实践因素，但由于当时哲学界一般把实践狭隘地理解为物质生产劳动，再加上受了黑格尔、克罗齐、朱光潜等人的美学著作的影响，以致把它看作只是文艺活动中的制作和技艺的问题，是到了传达这一环节才出现的工作，而没有从价值论、伦理学、人生论的角度去进行理解。这认识的发展和深化首先得益于现实的启示，我在《探寻综合创造之路》一书的"后记"中曾对自己认识的发展做了这样的回顾："我的思想认识大概到了1994年才发生较大的变化，现在回想起来，促使我认识变化的深层原因恐怕还是出于对随着市场经济发展所产生的物欲的膨胀、精神的滑坡，以及由此引发的消费文艺畸形发展的深切忧虑；而直接原因则是在1994年暑假前后偶尔间阅读了康德的道德哲学以及其他一些人生论著作所得的启发，它使我认识到了从完整的意义上来说，实践不但是一种物质活动，一个生产与制作的问题，同时也是一个人的生存活动。"亦即康德在谈到"实践理性"时所说的"是一种有目的的意志，一种指导人们按照自己的人生理想和人生目标去生活的行为法则"。它不仅属于认识的活动，而且是属于意志的行为。它们之间的区别就在于黑格尔所说的："理智的工作在于认识这世界是如此，意志的努力即在于使世界成为应如此。"以这样的思想认识来进行回顾，我以前所谈的文艺与科学不同,它所反映的不是事物的实体属性而是一种主客体之间的关系属性,亦即价值属性、目的不在于判明"是什么"而在于"应如此,"理解为只是作家对现实人生的评介性和选择性的反映的成果,而更应该从它的功能方面,理解为如同萨特所说的是"对读者的一种召唤","对社会的一种介入"。它的性质实际上是属于康德所说的"实践的理性",其价值就在于为人的行为确立一种"普遍而自由的行为原则"而为意志立法。因为"应如此"作为一个理想的尺度,它是需要通过人的行动去争取的。这样看来,作家创作就不只是一种认识活动,同时也是一种意向行为;文艺就其性质来说就不仅仅是认识的,给人以求知的满足,同时也是实践的,引导着人们为实现美好的人生理想去进行奋斗。我觉得在我们这个像克尔凯戈尔当年所说的"想方设法愚弄或者恐吓那些权威,使他们不敢说:你应该"的社会中,"最重要的这声权威的棒喝",也恰恰是他所说的"你应该!"因为"唯此方能推动时代的前进"!所以,从实践的观点来看,当一个作品从作家手里完成,它还是一个"潜在的"实体,而只有经过读者的阅读,观众和听众的欣赏,当读者、观众和听众为作品所感染、所打动,并把作家所期望和追求的转化为自己的期望和追求之后,它的价值才能从潜在的转化为"实在的",作家的创作目的才能最终得以实现。因此对于文艺的性质,我们只有从"体"与"用"、"知"与"行"、"实体"与"功能"统一的意义上,才能做出完整而深入的理解。当然,对于文艺的这种实践的性质,我们自然不能做简单、狭隘、功利主义的理解,好像判断一个作品的艺术力量就看它是否马上转化为人的行动，对现实直接有所作为；因为文艺作品作为作家创造的美的载体，它只能是诉诸人的情感和想象，给予人们一种精神上的激励或抚慰，为人们在生活中增添一份诗意、一种企盼、一种梦想、一种美好的心愿。虽然这理解和要求可能与我们平时所接触的文艺作品有些、甚至是较大的差距，但正如海德格尔所说的，"一种居住（按：隐喻人的生存）可能是非诗意的，只是因为它在本性上是诗意的；一个人可能失明，但他必须保持作为一个明眼人的本性"，同理，就文艺的本性而言，它就应该、也只能是这样。因而人们往往把文艺比作人生的梦，这"梦"虽然被人从以科技理性的眼光认为它是虚幻的、没有实际意义的东西而予以藐视甚至鄙弃；然而正如俗话"人生有梦才美丽"所表明的，这种梦想对于人生来说实在是不可缺少的，因为正是这种追求和梦想，才推动人们去为之进行永不休止的奋斗，去创造美好的现实人生；要是这样的梦想也没有了，那么生命也就必然陷于停滞和枯槁。所以，文艺虽然与科学一样都有认识现实的价值，但就其本性而言却是服务于人的实践的，因而鲁迅把它比作既是"国民精神所发的火光"又是"引导国民精神前途的灯火"，它照亮着我们前进的人生道路。[①]

[①] 参看拙文《论艺术的实践本性》，《文学评论》1995 年第 6 期；《实践的思想与马克思主义文艺理论研究的变革》，《江苏社会科学》2002年第 1 期等文。以上二文收入论文集《文艺理论与当今时代》，浙江大学出版社 2002 年版。

三

对于这些认识的推进，我思想上也曾满足过；但深入思考下去，又有一个问题尖锐地摆在我面前："应如此"毕竟是一个主观的尺度，如果没有客观的依据，在当今这个价值多元的时代里，岂不会陷入价值相对主义？怎么来解决这个问题，完善这一理论？以前为我所忽视了的"文艺本体论"的研究，到了这时才开始在我的意识中浮现出来，并发现了它巨大的理论价值。所以自进入21世纪的最初几年，我比较多的在思考这个问题，试图把它与审美反映论与艺术实践论统一起来来弥补以往认识的不足。现在我就想谈谈这个问题。

文艺本体论源于哲学本体论，从西方哲学史上来看，它是古希腊哲学研究的对象。自亚里士多德从"知识论"的角度把"本体"定义为世界的本原和始基、世界发展的"第一动因"之后，人们通常都从知识论的观点来加以看待。其实，在当时对"本体"的理解除了"知识论"的视角之外还有"目的论"的视角。这是由于古希腊早期的自然哲学从神话发展分离出来不久，对世界的理解深受神话创世说的影响，把宇宙万物都看作是"神"的作品，是按照神的理念、范式创造出来的，它的一切安排无不体现神的意志和目的。所以在古希腊哲学中，本体论原本具有知识论和目的论的双重涵义。但是后来人们把两者分割，转而仅仅从知识论的角度来理解本体问题，如当时的怀疑学派代表人物皮浪，就是从知识论的观点认为它是认识所无法到达和验证的而对它提出质疑。这思想也为近代怀疑学派的代表人物如休谟等人所继承，以至近代西方哲学对本体论未作深入分析和批判就予以放弃而转入到认识论的研究。那么，本体论的研究是否真的就没有价值、不屑一顾了呢？这首先引发了康德的思考。鉴于自启蒙运动以来工具理性的肆虐，享乐主义成风所造成的社会风气的衰颓，促使他对本体论研究重新作出鉴定和评价：他继承古希腊本体论所固有的知识论和目的论的二重性的思想，把本体论区分为"知识本体论"和"道德本体论"，认为知识本体虽不存在，而道德本体却必不可少。其原因就在于它从目的论的意义上确立了人的生存的价值。他把这种道德本体看作是一种"至善"，并从至善出发把道德法则导向宗教伦理，假设一个"上帝"来作为人生实践的需要。

在本体论问题上，康德虽然不像皮浪、休谟那样因认识无法到达予以废弃，而从伦理学、道德哲学的意义上保留了它；但在认为它是认识所无法到达这一点上，他与皮浪和休谟又是一致的。这就使得对本体的理解在古希腊哲学中原本统一的知识论和目的论这两方面内容，在康德哲学中处于分裂的状态。康德把判断力分为"意见""知识"（这是柏拉图就已论及的）和"信仰"（这是康德后加的）三种形式，认为"意见"是主客观两方面理由都不充足的，"知识"是主客观两方面理由都是充足的，而信仰则是主观理由充足而客观理由是不充足的。康德自己并不相信"上帝"，他从本体论、宇宙论、目的论三方面都论证了"上帝"并不存在。

他把"上帝"视为信仰的对象,就表明了它在客观方面的理由是不充分的,它只不过是一种"道德的确实"而非"逻辑的确实",是"理性的对象"而非"理论的对象",它只能在人的内心、在人的精神生活中找到确证。这种由于目的论与知识论分离所造成的康德的道德本体论的内在矛盾,使得他主观上虽然力图为人的生存确立一个终极目的,但在客观上这目的却是虚幻的、可望而不可即的,"它永远只是停留在人们的企盼的期望之中",以致后来被海德格尔视之不过是"无",一种离形去智的、不可把握的、无限开放的走向未来的可能性。所以,尽管海德格尔认为诗人的存在和作用就是在世界黑夜的时代里道说"神圣",而这种"神圣"到底是什么,"我们至多只是唤醒大家去期待它",却"无法把它想出来"。正是由于这种本体论自身所存在的虚幻性和空想性,所以,到了后现代主义哲学那里,就索性以批判"在场的形而上学"为名彻底予以否定。这样一来,人也就成了完全失去生存目标和根基的无所依凭的精神漂泊者。

这表明康德复活本体论虽然有它的积极的历史意义和理论意义,但他把作为道德本体论的"至善"看作只是道德的确实而非逻辑的确实,它只有目的论的价值而没有知识论的价值,只有主观的依据而没有客观的依据的思想是不可能对本体论做出令人满意的解释的。这就要求我们在文艺本体论的研究上真正有所收获,就必须重建它的哲学基础。

怎么重建?我当时认为最根本的一点,就是要克服康德把两个世界分割而重新寻求目的论和知识论统一的道路。最初我是从德国浪漫主义诗学和西方现代人本主义哲学所阐述的"生命个体"和"生存个体"以及马克思主义的"人的活动"和"活动的人"等思想中获得启示,认为只有在现实的人的活动中,在活动的人的身上才能找到依据。因为世界是人的世界,它只是对人才敞开的,正是有了人的活动,世界才从"自在"的变为"为我"的,才能成为人的认识、意志和情感的对象,才显示出它的意义和价值,才能成为今天人生存的世界;若是没有人,世界也就回到了洪荒时代。而反过来,人又正是通过自己的活动,使自身得到改造、获得提升,与动物从根本上区别开来。这种区别就在于他有自我意识,就在于他不仅能"感觉到自身",感觉自己怎样活得好,而且还能"思维到自身",思考自己为什么活,怎样活才有意义和价值。这样,就形成了作为真正意义上的人的生活必然就具有的两个世界,即"经验的世界"和"超验的世界",经验的世界是一个相对于人的自然需要而言的物质的世界,在这个世界中,人所追求的是一种"有限的目的";而超验的世界是相对于人的文化需要而言的精神的世界,只有进入这个世界,人才能找到自己所追求的无限的、亦即"终极的目的",从而使得在两个世界、两种目的之间形成一种张力,不断地把人引向自我超越。这种自我超越可以从两方面来看:从空间上来看,就在于超越一己的利害关系而进入到别人的情感生活世界,并通过与别人在思想情感上的交流和沟通,意识到自己活着对别人、社会乃至人类历史应尽到什么义务和责任;从时间上来看,虽然一个人的生命是短暂的,但是当他创造的价值不仅只是为了自己的享受,而且为社会、历史所承认,能在别人那里得到确证、延续和发展,他的生命也就从有限进入无限、从暂时进入到永恒。这两者不是彼此分离而是相辅相成、相互渗透的,它们共同构成了人不同于动物的追求自我超越的本性,而使得人的生存自觉成了人的自我意识的最高标志。这是我从人与世界、目的论与知识论统一的意义上对于本体论思考的一个答案,并根据这个答案把文艺看作既源于生活又回归生活,指引我们生存超越而推动艺术与人生走向合一的精神力量。这就突出了作家作为创作主体他的思想人格在作品中的重要地位。大家平时都说"文学(也可以推广到整个文艺)是人学",它是以人为对象和目的的,哪怕所描写的是自然山水、花鸟虫鱼,在文艺作品中也都是人的世界,人就在它的对象世界之中。所以对于文艺,我们不仅需要从宏观上联系由于人的活动所形成的人与自己生存世界的关系,而且需要从微观上联系作家与他反映对象的关系以及作家的人格来认识;因为文艺是以审美情感为中介来反映生活的特点的,这使得一切外部世界的东西都只有经过作家的情感体验,转化为作家内部世界的东西,进入到作家的人格无意识,才能在作品中获得真切而生动的表现。这样,我们也就把作家的人格引入到了文艺本体之中,表明作为一个真正的作家、一个作为人类智慧和良知的代表的作家,是不可能没有这种不断追求自我超越的人格精神的。认为正是凭着作家的这种人格精神,才能把人们不断地引向自我超越,从而使我们研究和评价文艺的价值属性找到了最终的现实依据和理论根据。

根据以上对文艺本体的理解,当时我就以"超越性"

作为对于美和美的文艺的一种根本界定,表明要实现文艺回归人生,就是唤醒和激发人的生存自觉,在满足人的感官的享受的时候,又使人从当下的个人生活中超越出来,去思考自己生命终极的目的到底是什么。这个终极目的相对于有限的、实际的目的来说,也许永远只是一种期望和企盼,但它却可以使我们生命不息、奋斗不止,不至于当到达了有限目的之后就会陷入迷茫和空虚,而始终觉得前面还有一个更为高远的目的等待我们去完成,从而使自身的生命价值不断地得以提升和拓展。在这方面,柏拉图、中世纪神学美学、19世纪浪漫主义诗学以及后来的存在主义文论都为我们提供了不少宝贵的理论资源。但是它们往往都把这种超越性引向彼岸世界,引向脱离现实。与之不同,我们认为这种追求自我超越的渴望本身就是现实人心所固有的,本身就属于人生的一种追求美好、完善的形而上学的冲动。只不过它隐伏在人们心灵深处,直到作家把它反映到自己的作品中才为人们所发现。因此,在文艺作品中,"应是人生"就不能像反映论文艺观和价值论文艺观那样认为只是作家的理想和愿望,是由作家审美评价所赋予的,以致被人视之为"审美的乌托邦",它同时也是作品反映现实人生所达到的思想深度的一个标志。所以,凡是优秀的、伟大的作家一方面都直面人生的,哪怕是最严酷、惨淡的、血淋淋的也不予以回避;而另一方面又与一般作家不同,他在对现状的痛切的感受和描写中无不伴随着强烈地要求改变现状的渴望。因此,他的作品在描写卑琐、空虚、平庸时又成了对卑琐、空虚、平庸的超越;描写罪恶、苦难、不平时又成了对罪恶、苦难、不平的超越；描写压迫、剥削、奴役时又成了对压迫、剥削、奴役的超越。这样，我们就不仅可以把认识论文艺观与本体论文艺观有机地统一起来，而且也使得以往的价值论文艺观由于缺乏本体论的依据所可能导致的价值相对主义，从根本上得到克服，使我们的文艺学成为真正有根的文艺学。①

四

但是文章发表以后立即引起有些学者的质疑，认为这是一种高蹈的、脱离实际的理论。这里，除了包含着一定误解、曲解的成分，把它对于文艺性质的阐述理解为改造社会的理论之外，也与由于"本体论"原本是一个哲学的问题，是超越于经验之上的对于世界存在的终极追问，致使我主要从价值论、伦理学的角度而忽视了从存在论人生论的角度来理解美的超越性，不能使精神层面和现实层面、超验层面与经验层面达到辩证统一有关。以致我对审美超越性的理解虽然从文艺的实践性中引发出来，但结果却反使得艺术的实践性不能进入生活、落到实处，实现艺术为人生的目的和理想。而让我意识到这一问题是黑格尔的一句话，他说"人的真正存在是他的行为"，"只有在行为里，个性才是现实

---

① 参看拙文《评我国新时期的"文艺本体论"研究》，《文学评论》2003 年第 5 期；《关于艺术形而上学性的思考》，《文学评论》2004 年第 4 期；《文艺本体论的现实意义与理论价值》，《浙江大学学报（人文社会科学版）》2007 年第 5 期等文。前二文收入论文集《审美超越与艺术精神》，浙江大学出版社 2006 年版；后文收入《论美与人的生存》，浙江大学出版社 2010 年版。

的"。从而让我意识到要使文学回归生活，与生活相结合，只有落实到人的行为才有可能。

"行为"是在一定环境作用下由于机体内部变化所产生的外在反应，它一般被归属于"意志"的领域，它不仅只能在现实关系中发生，而且只有通过自身的躯体动作才能完成。这样，就把主观和客观，心与身统一起来，表明作为行为主体的人总处于现实关系中"身心一体"的人，如果仅仅从精神、思维的层面去理解文艺的性质，就难以使心与身、人与现实的关系得以统一而不可避免地会走向思辨形而上学。但以往我们在谈到艺术的意识形态性时，认为文艺与科学不同，它所反映的不是事物的实体属性而是价值属性，不是为了判明"是什么"而是追问"应如此"；主要都是从精神层面，从价值论、伦理学的角度来加以阐发的，这就难以突破意识的围圈，向行为的层面推进。而之所以在这前面停步不前，回想起来，我觉得在很大程度上就是由于受康德的审美判断的方式是"观照"（即"静观"），它只不过是由于对象的形式引起人们的兴趣，而对对象的实际存在是淡漠的，是不会发生意志的冲动的这一思想的束缚。而让我对这一思想产生怀疑是由于后来我发现对于"静观"，自古以来就有不同的理解。由于古希腊哲人把"最高的幸福"看作是"它在自身之外别无目的追求"的"思辨的活动"，所以到了斯多亚主义那里，就把静观看作是一种远离激情的淡泊宁静的生活而与意志分割开来；与之不同，在中世纪基督教神学那里，却把静观理解为"清理自己的灵魂"，"以便向上帝的神圣工作开放自己"以求自己灵魂进入天堂的途径，这就带有强烈的意志的成分。而康德在《判断力批判》中之所以强调审美不受意志干扰，在我看来在于他研究美学是深感自近代社会以来，由于幸福主义伦理学以及科技理性和物质文明的发展导致人的私欲的极度膨胀和社会风气的沦丧，而按基督教美学的精神来理解"静观"，并不表明它与意志是绝对对立的。这样，文学回归生活之路就可以打通了。

"生活"是人的生存活动的泛称，但严格说来又不完全等同于"生存"。雨果说："人有了物质才能生存，有了理想才谈得上生活。"这表明它不仅只是指人活着，而且还包含着为什么活，以及应该怎样活，亦即生存的意义和价的问题。唯此才能显示人的生存自觉，使人与动物从根本上区别开来。为了我们要求文学回归生活与生活相结合，其根本目的就是通过美的熏陶来提升人的生存自觉，在推动"实是人生"向"应是人生"发展发挥它自己应有的作用，所以若是只限于为从价值学、伦理学角度去理解，从意识的领域去回答，就很难充分说明文艺作为一种审美的意识形态自身特殊的价值。因为文艺作为作家按自己的审美理想所创造的"第二自然"，它与其他意识形态不同，就在于是直接诉诸人的感觉和体验的，它会把人带入到仿佛自己所亲历的生活之中，以自己的感官去与周围现实建立联系，所以在阅读和鉴赏中，就像马克思说的，唯有人们把一切感觉能力"视觉、听觉、嗅觉、味觉、触觉、思维、直观、情感、愿望、活动、爱"都调动起来，投入其中，才能达到"对对象的全面占有"。举一个最简单的例子来说，比如我们阅读朱熹的《春日》："胜日寻芳泗水滨，无边光景一时新。等闲识得东风面，万紫千红总是春。"我们从中所领略到的意境就不会只限于视、听两区，还总会激发起触觉（东风之煦和）和嗅觉（花香之扑鼻）的想象，正是由于它们共同所构成的一种"场"的效应，我们才会像身历其境那样沉入对象世界，就像鱼生活在水中那样陶醉其中，而切实地感受到这春天的美好。这表明唯有凭借自己全部感觉能力，在人与现实开展多种关系联系中，才能显示自己在对象世界的处身性，自己是一个在实际生活中活动的现实的人。要是脱离了感性世界，人也就被虚化了。由此看来，感性世界并非像柏拉图他们认为那样是"不真实的"，它实在是人与世界建立关系的现实基础，人的一切精神活动都只有在这一基础上才能产生，如同康德所说，"要是没有感性，就会没有立法知性用来加工的材料了"。他把审美判断理解为"反思判断"，是一种从个别感性事实中去寻求一般的认知方式，就是批判地继承了鲍姆嘉通的"感性学"的精神，视审美为一切精神活动的发源地，并从个体、心理的层面上变思辨领域内的人为现实的、具体的人。

　　如果这样来看待问题，那么，文艺的超越性也就有望回归到现实性，而达到两者的有机结合。使人们通过文艺作品的阅读不仅拓展了自己的生活空间，在想象中进入作品所描写的人物的生活世界，从人物所经历的美好的生活中受到鼓舞和激励，所经历过苦难和困顿中去历练意志和毅力，而且还由于人的心灵是一种由知、意、情统一的有机整体，所以当人们从对象世界获得某种认识的时候，又往往会引发某种相应的情绪体验。这样，不仅使认识经由体验进入个体心理，使情与理统一起来，化"认知"为"体知"，即一种经由自己切身体验所获得的人生经验和见解，而使认识真正深入人心；同时也使得意志由于情感的强化而得以激活。因为事实如同亚里士多德所说的感觉与思维不同，思维是纯精神的活动，"它与躯体是分离的"，而"感觉是不能脱离躯体的"，这不仅是由感官本身就是躯体的组成部分，而且"当某种由感觉所引发的情绪出现时，机体内部组织也必然会发生相应的变化"，它就会在行为上表现出来，就像布伦塔诺说的"使感觉表象不仅成为判断的基础，而且成为欲求等心理活动的基础"而使心理活动指向动作，即他所说的"意动"。以致像近代"身心二元论"的代表人物笛卡尔到了晚年，也不得不承认"从心灵角度看是激情的东西，通常从身体角度看就是行为"。这样，作品进入人的心灵同时也就成了进入人的行为前导，成了激发人的意志行为的心理能量和精神动力。这就克服了以往哲学、心理学中所存在的"身心二元论"和"身心平行论"的倾向而转向"身心交感论"和"身心一体论"，不仅表明处身于现实关系中的人也就是"身心一体"的人，而且唯有从心身一体论的观点来理解文学艺术，才会真正克服以往文学理论研究中的思辨形而上学的倾向，把我们原来从理论层面上所阐述的艺术的实践性的思想，按心身一体的观点落实到个人行为的层面，而化"潜在的"功能为"实在的"功能。

所以，我认为要使文学回归现实，从心灵层面进入行为层面，就应该把深化和内化人的认识与激活和强化人的意志结合起来看待文学的功能,而意志在人的生存活动中之所以重要,就在于前面谈道:人生无非是一场追逐梦想的活动。梦想虽然美好,但现实往往是残酷的,唯有凭着坚强的意志去进行艰苦卓绝的斗争,才有可能获取胜利。所以许多哲人都认为人生的问题在于"立志","立志而圣则圣矣,立志而贤则贤矣","志不立,如无舵之舟,无衔之马,漂荡奔逸,终亦何所底乎?"而人们之所以需要美的、优秀的、伟大的文学艺术,就在于它会使人们从中吸取强大的精神力量,让读者作为一个人生道路上跋涉者,仿佛回到家里,得以休憩,消除疲劳而恢复力量;又仿佛在航行途中所见到灯火,看到目的地临近使人们信心满怀,它既给人以抚慰又能给人以激励。这样,我认为就可以把审美、艺术、人生三者有机地统一起来,而使我们对文学艺术的性质有一个更为全面完整而深入的理解。①

五

对于文艺性质的认识,我就是这样从认识论视角而一步一步地经由价值论、本体论而进入人生论视界的。但我从未否定过文艺认识论研究的价值。它始终是我后续研究的思想起点;若是进入人生论后回过头来就否认文艺反映论,我认

---

① 参看拙文《关于推进"人生论美学"研究的思考》,《学术月刊》2017年第11期;郑玉明:《把理论思辨与现实情怀统一起来——访文艺理论家王元骧》,《中国文艺评论》2018年第2期;苏宏斌:《从"审美反映论"到"艺术人生论"——王元骧教授访谈录》,《文艺研究》2019年第6期。

为就必然会从一个片面走向另一个片面。所以，经过这20年的思考和探索，我愈来愈深切地感受到，若要对文艺问题有一个正确而完整的了解，唯一的途径只有走综合研究的道路。这是因为文艺是一个整体。整体之所以是整体，就在于马克思所说的它处于多种关系和联系之中，是"许多规定的综合"，是"多样性的统一"。所以我们也只能通过多视角、多层次的综合才能对它作出全面的把握。

那么，怎么进行综合研究呢？我认为应该从纵、横两方面，即从"层次论"和"活动论"两方面入手。

纵的方面是属于"文艺层次论"的研究，就是把文艺看作是一个实体，一种作家创作的成果，以静态的眼光把它分为一般、特殊、个别三个层次来进行考察。在一般的层面上，我先是从认识论视角，后是从价值论、实践论视角，都赞同把社会意识形态界定为文艺的基本属性。意识形态虽然是社会存在的反映，但又不同于科学等一般的意识形态，它总是这样那样、或隐或现地反映着一定时代和一定阶级社会集群的思想情绪、愿望和要求。所以，它不仅有知识的成分，而且还有价值的成分，因而对于该社会集群的成员来说，必然具有一种价值定向的作用，目的是为了统一和凝聚该集群的社会的力量为着共同的目标去进行奋斗。所以它的性质不但是认识的，同时也是实践的。但文艺又不同于一般的意识形态，因为真正的艺术作品作为作家所创造的一种审美反映的成果，总是通过作家自己的切身体验所把握到的，是他的心灵的自然写照。因此，哪怕是最美好、最能体现广大人民群众理想、愿望和集群意识，也只有转化为作家自己的个人意识,自己的感觉和体验,自己的追求、企盼和梦想,自己的人格无意识,才会具有审美价值,并在作品中获得真切而生动的表现。这就使得一切美的文艺作品不仅总是带有一般社会集群意识所不可能具有的作家个人的思想、理想、气质、人格的印记,是作家独一无二的创造,而且又无不这样那样地反映着作家所代表的集群乃至人类对于美好人生理想愿望和追求,从而使得优秀作家总是作为一个如同荣格所说的"集体的人",一个人类良知的代表出现在作品中,文艺的审美特性即由此而生。要是我们的研究不能进入这些特殊的层面,我们对文艺性质的认识就必然是肤浅的。

从个别性的层面上看,文艺这个种概念下又包含着下属的许多类别,如文学、戏剧、绘画、雕塑、音乐、舞蹈等。虽然它们同属于作家审美反映的成果,但是由于各自独具的内容又使得它们各自有着不同的反映途径和方式。这样,这些类别的文艺的各自所采用的媒介和表现形式也就成了它们特殊的躯体。它不仅制约着作家的想象和构思,而且只有凭借它们,作家的思想和构思的成果才能化为实际存在。文艺作品就是由这样三个层面的制约与反制约所构成的有机整体,它们的关系是:一方面,后一层面总是建立在前一层面基础之上,以前一层面为基础,而另一方面,前一层面的内容又只有当它进入后一层面才能克服自身的抽象性而获得具体的表现,达到内容与形式的完美统一。

但以上这些还都只限于静态的研究,它对于我们理解文艺虽然必不可少,却还不足以最终说明文艺的性质。因为从"体""用"统一的观点来看,事物的性质不是抽象的,它只能在实践过程中、与外界事物发生的关系时才能得到充分的体现,就像海德格尔谈到用具时所说,"属于用具的存在总是一个用具的整体","只有在用具的整体中,在与其作用的对象发生关系中,亦即打交道之际,用具才能按本来面目在它的存在中显现出来"。这就要求我们必须把"体"与"用",亦即"实体"与"功能"统一起来,把实体看作是价值潜隐的功能,把功能看作是实体价值的显现来进行研究,才会有更具体深入的了解。因而我们必须从静态的研究进一步走向动态的研究,从层次论的研究进一步走向活动论的研究。

"文艺活动论"的研究近年来在我国较为风行,但从理论资源上看,主要似乎是受阿布拉姆斯在《镜与灯》中所提出的世界、作家、作品、读者这文艺四要素的启发,以致不少学者在谈论艺术活动时,把它看作只是由这四个要素所组成的一种外在关系和外部的流程,而没有深入发掘它们之间内在的联系。这就回避了问题的根本性质。因为活动是人的一种有目的的行为,是人为达到一定目的所采取的一切动作的过程;对于文艺活动来说,就是为了实现作家创作目的所形成的一系列动作的流程。在这一过程中,作家无疑是居于主导的地位,所以,要正确地认识文艺活动论,我们首先就必须从作家创作活动中寻找它的起因。作家创作所面对的是自己生活于其中的世界,是以自己的审美感受和体验与之建立联系的。也就是说,在现实生活中,只有那些为作家所深切感受和体验到的人物和事件,才能引起作家的创作冲动,作家创作的动机和目的就是为了把自己所深切感受和体验到了的东西经过自己的构思借助一定的媒介传达出来而与读者分享。这决定了创作绝不只是作家个人的自言自语，它对于读者、观众和听众总是抱有一定期待，总是力图通过自己的作品把读者引向自己所追求的理想境界。这就是萨特所说的是对读者的一种召唤，对社会的一种介入。因此，只有当读者、观众和听众为作品所感动了，与作品发生共鸣，把作品所表达的思想情感化为自己的思想情感之后，作品的"潜在的"价值才能转化为"实在的"价值，作家的创作目的才能最终宣告实现。从这样的观点来看，世界、作家、作品、读者四者之间就不只是一种外在的联系，而更是内在的、为作家的创作目的所支配和规定了的、是文艺性质的一种历时态的显现方式。这四个环节也是互相制约与反制约所构成的有机整体，它们之间的关系也是双向的。尽管在整个活动中，作家是居于主导的地位，但反过来，读者、观众和听众的审美需求又会有意无意地制约着作家（常常是通过文艺批评），使作家随时根据社会的需要对自己的创作动机和目的做出必要的调整。这种创作和接受之间的微观的互动的关系，也可以从宏观的眼光推广到对文学史的研究，虽然文学史上的那些作家都已作古，但后世的读者总是按照自己的趣味和理解来接受他们的作品的。这些理解如果得到社会的承认，它就会在他们的作品中积淀来，充实和丰富作品的内涵，所以豪泽尔认为历史上许多伟大作家的作品，"部分的都是他们后世的创造"。这实际上也就成了读者的一种反馈，因而我们在阅读时就不可能完全按照作家的本意，而总是伴随着历代读者的理解和解释所赋予的意义一起去理解和接受的。所以它不是"化石",而永远活在我们生活中。从创作到接受的过程,也就是文艺源于人生,又回归人生,最终实现艺术与人生合一的过程。这样,认识论、价值论、本体论和人生论四者也就统一起来了。

所以对于文艺问题,我认为只有这样纵横交错来进行全方位、多层次、多视角的综合研究,才能对它做出全面而完整的把握。但这并不排除从一个层面或一个环节来进行考察这种研究方式的存在。从某种意义上说,若是缺少了这样一种具体细致的分解而深入的研究,我们的整体把握很可能会陷于空疏和浮泛;但另一方面,又正如黑格尔所说的,事物的部分只能在它的整体中才能显出它的意义,"肉体上各个器官肢体之所以是它们那样,只是由于它们的统一性,并由于它们和统一性有联系。譬如一只手,如果从身体上割下来,按照名称虽然仍然可以叫作手,但按照实质来说,已不是手了"。同样,在我们的文艺理论研究中,若要使这些分解研究对于我们认识文艺问题真正有所帮助,又只能是以整体把握为前提。唯其如此,我们才能正确地找到这些局部研究在整体研究中的位置,以及它与其他层次、视角研究的关系,而不至于陷于一隅、以偏概全,或造成认识上的错位。而这恰恰是我们研究中最容易犯的毛病,如从纵向的、层次论的角度来看,过去我们往往只着眼文艺与其他意识形态的共同性质,忽视它的特殊的(审美的)和个别的(符号的)特性而流于教条主义和庸俗社会学;现在我们往往又片面强调文艺的特殊或个别的属性来否定文艺与其他意识形态的共同属性而与"为艺术而艺术""形式主义"同流。又如从横向的、活动论的观点来看,过去我们的研究较多地着眼于作家的创作或作品本身一维,无视读者阅读和欣赏这一环节对于我们全面理解文艺性质的重要作用而陷入"作家中心论"和"作品中心论",现在由于受了解释学和接受美学的影响,又往往片面地强调在阅读和欣赏中读者的理解和解释,而无视作品的客观制约性导致理解的相对主义和陷入"读者中心论"。这都足以说明正确而辩证地理解整体和局部的关系对于我们正确认识文艺问题的重要。

六

最后,我还想说明一下,我这里所谈的都是文艺理论中一些基础研究的方面,它所要解决的是文艺"何以是"的问题。我这些年来主要精力也是用在这些方面。这除了我是一个教师,我长期从事的都是文艺基础理论的教学工作,我研究的目的首先是为了把这些基础理论问题向学生讲深、讲透、讲完整,讲得符合实际,讲得有新意而有说服力之外,还因为我相信马克思说的,"理论只要彻底,就能说服人","就能掌握群众","所谓彻底,就是抓住事物的根本"。所以要做到"彻底",我们就必须抓基础的研究,因为基础理论不仅是一门理论科学建立的根基,而且也是我们理论创新、学科发展所首先要探讨和解决的最最根本、也最最关键的问题之所在。回顾两千多年来文艺理论的发展和演变的历史,不最先都是从这些基本观念的突破开始的?"观念"作为人们对于事物根本性质的认识虽然是思维活动的产物,但却不能理解为与现实是分离的。它不仅来源于现实，而且也只有在解决和回答现实问题的过程中求得自身的发展；一个文艺理论研究者若是没有丰富的实践（创作或阅读）经验，就不可能进入文艺的堂奥，对文艺问题有深入细致的体会和理解，在理论上有真正的发现和建树。但又不能理解为它就是经验的直接产物，它与现实之间不应只是"描述"的关系，只是为了说明现象、说明现状，而应该是一种"反思"的关系，其中总是这样那样体现着理论家，乃至他生存的时代、他代表的集群对文艺的理解和倡导，为的是推动实践按照自己所期望的方向发展。在这个问题上，克尔凯戈尔在谈到人时所说的："人是什么？只能就人的理念而言"，"那些庸庸碌碌的千百万人不过是一种假象，一种幻觉、一种骚动、一种噪音、一种喧嚣等等，从理论的角度看它们等于零，甚至连零也不如，因为这些人不能以自己的生命去通向理念"。这话我认为对于我们理解文艺的观念是有启示的，它表明一切观念都不仅是实然的，而且也是应然的，为的是使我们看待文艺问题有一个理论上的预设。否则，它也就失去了自身存在的价值。因此，我认为看待一种理论的成就和水平，就是看它所倡导的观念在推动文学向着真善美的方向发展的过程中有多大程度的推进和突破。但遗憾的是这一点目前还很少为我国理论界所理解，这除了长期以来被理论界流行的实用主义所迷误之外，近年来从西方引入的"反基础主义""反本质主义"等洋教条更使文艺理论的基础研究雪上加霜。这种所谓"反本质主义"在我看来完全是一个伪命题，因为我们认为本质的东西不像柏拉图所认为的是绝对的、抽象的、凝固不变的,这种理解早已受到黑格尔和马克思等人的批判。在他们那里,本质是一个多层次的、流动的、变化着的概念,它不过是对事物的一种简单、贫乏的规定,它只有联系特定的现实关系,并借助与之相应的方法,才能在说明和解决现实问题上生效。所以恩格斯在谈到马克思主义时特别强调它不只是"教义"而同时是"方法"。这表明本质虽然只是对事物的一种简单、贫乏的规定,但我们之所以还必须予以维护和坚持,因为它为我们看待现实问题提供了一个思想前提和理论依据,为我们理解现实问题确立一种眼光、一种视界、一种标准、一种分析和评判的原则和尺度。要是连这一种思想前提和理论依据都没有了,理论大厦的基础也就坍塌了,那我们只有"跟着感觉走",而成为一个完全没有原则和操守的随机应变和随波逐流者,我们的思想也势必陷于一片混乱。但"反本质主义"者对这些本质理论在现代的发展都视而不见,却还以两千多年前的柏拉图的观点为靶子进行大批特批,在今天看来不仅是无的放矢,而只可能进一步导致经验主义、实用主义在我国理论界的泛滥。实用主义者多属于一些思想懒汉和浅薄的功利主义者,以为文艺理论就是经验的直接产物,可以不加转化就直接套用到文艺现象上去、直接用来说明文艺现象;否则就斥之为脱离实际。这就把文艺理论教条化了。当然,我们并不否定除了观念这种形而上的探讨之外,在文艺理论中还存在着大量与文艺现象联系比较直接、紧密的部分,那通常是属于"技"的部分;但相对于文艺理论中"观念",亦即"道"的部分来说,它毕竟是属于派生的、经验的东西,它只有依附于"道",被一定的观念整合,有了一定的观念支撑之后,才能成为整个理论的有机的构成因素。否则,我们的理论必然会流于琐碎,就很难发出自己的声音,也很难在世界上立足。

  这是迄今为止我对于文艺问题的一些基本认识。我只是一个在文学理论研究道路上的跋涉者,我所能谈的只能是自己在真理道路上探索的一些体会,我还不知道自己离终极目标有多远,但坚信只要坚持文学反映人生又回归人生这一基本信念,并尽可能广泛地吸取中外古今一切有益的理论资源来加以综合创造,是终将会达到这个目的的。只是我们这辈人过去荒废的时间太多,要读的书读得太少,以致我现在还为补课不得不挤出时间来读书。读书使我感到每天都是新的,似乎自己的研究才刚刚起步。所以,我并不想把这篇文章画上句号,还希望以后能不断有新的、更有价值的学习心得和体会去补充它、完善它……

  本文以 2006 年刊发于《社会科学战线》第 2 期的《我的学术道路》为基础,补写了第四节,以求能较为全面、准确地反映我的文艺思想发展的全貌。

2019 年 6 月 12 日

文艺理论：工具性的还是反思性的？

一

文艺理论作为对文艺活动反思意识的成果，它的产生虽然有很长的历史；但是对于它的性质和价值，不但迄今似乎尚未为我国文艺理论界许多学者所完全认识，甚至还存在着较为深刻的偏见和严重的误解。

理论的思维本性决定了它总是对事物居于理性水平上的认识，它不同于经验水平的认识，就在于它反映的不是事物的、外部的复杂多变的关系，而是事物的内部的、相对稳定的联系；不是事物的现象，而是事物的本质和规律。这一认识最早始于柏拉图。他认为具体事物是不停地运动着的，是一个生成的过程；但"生成的事物是从某个本原生成的"，而"本原的是不属于生成的"[①]，它是不生不灭、不增不减、永恒不变的，不是凭人的感觉所能把握的；并认

---

① ［古希腊］柏拉图：《斐德罗篇》，《古希腊哲学》，中国人民大学出版社1990年版，第285页。

为只有"在每个事物中把握住了自身同一、永恒不变的人才可以说是有知识"①,这就需要借助思维的力量,从而出现了推崇理性而贬低经验的倾向。亚里士多德继承和发展了柏拉图的这一思想,他认为"感觉不是智慧",因为"有经验的人只知道是什么却不知道为什么",只有"研究最初原因和本原才称之为智慧"②,所以他把探究事物的本原看作是他的"第一哲学"的任务,是一切学问中最高的学问。这样就确立了把理论视作超越于经验认识水平之上的一门形而上的学问的思想,从而形成了把事物的现象与本质二分对立的古希腊主流哲学的思维方式,这思想很久以来支配着我们对理论的理解。

怎么来看待和评价柏拉图和亚里士多德的这一见解?我觉得对于事物的认识过程,不管是从个体还是人类的角度来看,总是从现象开始逐步深入到本质、从外部联系入眼而逐步深入到内部联系的。所以,从哲学上提出认识要从现象深入到本质,这无疑是人类对世界认识不断趋向自觉的反映,是柏拉图和亚里士多德的一大贡献。问题在于他们把两者完全分割开来,对立起来,认为一切个别的、偶然的、变动不居的现象世界的东西是"既不恒久,也不出于必然或经常出现,它纯粹是偶然的";而"一切科学都以恒久存在的东西为对象,或者是经常存在的东西,这里决不包括偶然性"。从而把现象世界的东西都视为非存在的排斥在科学系统之外③,这就把事物的本质抽象化、凝固化了,而不知道世界上没有离开具体事物的绝对抽象不变的、以观念形式而存在的抽象的本质,从而使得他们的理

---

① [古希腊]柏拉图:《国家篇》,《古希腊哲学》,中国人民大学出版社1990年版,第308页。

② [古希腊]亚里士多德:《形而上学》,《古希腊哲学》,中国人民大学出版社1990年版,第495—496页。

③ 同上书,第556页。

论陷入了思辨形而上学，以致后来不断地遭到许多哲学家，如康德、黑格尔以及马克思主义经典作家的质疑和批评。如恩格斯在谈到近代自然科学的巨大进展的时候，同时指出传统的研究方法"给我们留下了一种习惯：把自然界的事物和过程孤立起来，撇开广泛的总的联系去进行考察，因此就不是把它们看作是运动的东西，而是看作静止的东西；不是看作本质上变化的东西，而是看作永恒不变的东西；不是看作活的东西，而是看作死的东西。这种考察事物的方法被培根和洛克从自然科学中移植到哲学中以后就造成了最近几世纪特有的局限性，即形而上学的思维方式"①。但是他们并没有对这种研究方法采取全盘否定的态度，而只是扬弃了它的局限性而吸取了它的合理性。因为理论科学不同于经验科学，它旨在探讨的就是事物的内部关系，事物的本质和规律，若不能实现这一目的，理论科学也就失去了它自身存在的价值。只是到了当代，在维特根斯坦、海德格尔，特别是到了德里达那里，才以反"逻各斯中心主义"、反"在场形而上学"为名，认为它以"同一性"来否定"差异性"而对之进行彻底加以解构，不作历史考察和具体分析地对一切有关本质的研究都取简单而粗暴的否定的态度。他们的理论被我国某些"文化批评"和倡导者概括为"反本质主义"用来作为颠覆文学理论、宣扬"文学终结论"的武器：说什么凡是对于本质的探讨都必然导致"在本体上，它不是假定事物具有一定的、可以变化的'本质'，而是假定事物具有超历史的、永恒不变的普遍性/绝对本质。表现在文艺学上，就是认为中外古今的文学都具有万古不变的'本质'。这种本质在分析具体的文学现象以前已经先验设定，否定文艺

---

① [德]恩格斯：《社会主义从空想到科学的发展》，《马克思恩格斯选集》第3卷，人民出版社1972年版，第418页。

活动的特点与本质是历史的变化、因地方的不同而不同。在认识论上,本质主义坚信人只要掌握了科学、理性的分析方法,就可以获得绝对正确的对于本质的认识,否定知识(包括文艺学知识)的历史性与地方性"①。从而把五四以来我们参照和吸取西方科学思维方式而建立和发展起来的、关注文艺本质探讨和研究的文学理论都与"本质主义"捆绑在一起来加以批判,而导致出现了在当今我国文艺理论界较为普遍地存在的排斥理论的倾向。如果说,在20世纪八九十年代之交,当刘再复以"希腊神话中的床"(按:即指"普洛克路斯忒斯的床")来比喻文艺理论时,所指的还只是以"政治裁判官形式"出现的那种教条主义、庸俗社会学的理论②;那么,在今天,则被有些学者不加区别地几乎一概予以否定。以下的一些言论我觉得是较有普遍性和代表性的:如有的学者认为,文艺理论所告诉我们的就是"文学有一种固定不变的本质,如同千变万化的水都是 H_2O 一样,……只要理论家提炼出这种本质,文学诸多问题就迎刃而解"。所以他把"理论家的工作程序"看作是"先给某些概念规定种种定义",然后"再用这些概念来衡量具体文学现象",就像"先掘了一个坑等待一棵合适的树"那样,其结果也就必然会"滤掉那些没有本质意义的外围现象",去寻找"一种独立的、不受任何外来影响的文学语言结构"。但由于事实上"文学不是按照本质设定的理念范式发展为实现理想的本质的",因而他们因此认为文艺理论实际上只不过是人们"幻觉的蛊惑"③,实际上是并不存在的。类似的

---

① 陶东风:《日常生活的审美化与文化研究的兴起》,《浙江社会科学》2002年第1期。
② 李泽厚:《与刘再复的对谈》,《世纪新梦》,安徽文艺出版社1998年版,第370页。
③ 南帆:《关于文学性以及文学研究问题》,《江苏大学学报(社会科学版)》2005年第6期。

观点我们还可以从另外学者的文章里读到:"理论确定了原理和原则,一切论述解释都要还原到这些理论上去,理论的普遍意义永远大于个别作品的意义,个别作品只有成为理论的佐证才有价值,否则被视为错误或无聊的东西。"这样就"消除了特殊性和多样性"使理论成了"无穷空的理论","一种永远固定的条目,它只是规定、立法,不是激发创造",并认为"中国的主流文学理论一直被宏大观念所笼罩,被本质规律之类的思维定势所迷惑",这种"本质主义的元理论的诉求"很长时间内使"批评被理论的普遍性所困扰","不能面对文本,不能给文学以活的阐解",从而在对文学理论进行任意诋毁之后提出只有"元理论的终结",才会有"批评的开始"。①

"反本质主义"的思潮在我国文艺理论界之所以这样迅速蔓延,并为一些学人所接受和宣扬,我认为这除了我国自古以来就缺少理论思维传统,在思维方式上偏重于实用理性之外,恐怕还与五四以来传入我国的"实用主义"哲学的影响是分不开的。

实用主义于19世纪与20世纪之交产生于美国,是继承了英国经验主义、功利主义和法国实证主义的基础上发展起来的。它对20世纪以来美国的哲学、文化产生巨大而深刻的影响。它的创始人是查理·皮尔士(1839—1914)。皮尔士是一位心理学家和医生,经验主义的一切知识都来自感觉经验,唯有我感觉到的才是真实的,和实证主义的只要事实不要判断、只要记录世界而不要解释世界的观念,都在他思想中打上深刻的烙印。经验主义和实证主义虽属于不同的哲学派别,但思想上却有着深刻的内在联系和共同特征,即在"蔑视一切理论,不相信一切思维"这一点上是完全一致的。反映在皮尔士的思想中,认为"本体论形而上学的全部命题如果不是无意

---

① 陈晓明:《元理论的终结与批评的开始》,《中国社会科学》2004年第6期。

义的废话,就是十足荒唐的东西",因为"在这类学识中,一个词定义另外一个词,前者本身又被其他一些词所定义,而始终达不到真正的概念"。在反对形而上学的前提下,他提出"一个概念就以其实际效果来检验",实用主义的"首要优点在于它更能为自己的真理提供必要的证明"。所以他把实用主义又称之为"实效主义",就"用真正科学的观察方法进行研究"这一点而言,"是一种近实证主义"①,因而它被威廉·詹姆斯说成是"彻底的经验主义",认为这是对"哲学中的英国精神"的发扬和光大,它"代表着一条比较健全、比较合理、比较正确的道路",应使之"与我们携手迈向光明"。所以他竭力反对当时美国大学所普遍开设的康德、黑格尔哲学等课程,扬言要把康德的哲学送进"古玩博物馆",因为"哲学的真正之路不是通过康德而绕过康德直接沿着古老的英国哲学的路线,才能达到完美的境地"②。从而提出"有用就是真理",认为它只是应付环境的工具。所以罗素说"詹姆斯把理论看作只是一种工具"③。而约翰·杜威更是从实用主义的立场出发,直白地表明"哲学是方法而不是学说,即它纯粹是工具性的"④,实用主义的原则就是"根据观念的结果决定观念的意义"⑤,亦即以实效性来作为衡量真理的标准。实用主义的这种追求实际利益和效用,力图避免"高深莫测的理论"和"固定不变的原则",以实际效用来取代形而上学的思辨的

---

① [美] 皮尔士:《实用主义要义》,《现代西方哲学论著选读》,北京大学出版社1992年版,第131—132页。
② [美] 詹姆斯:《哲学概念和实际结果》,《现代西方哲学论著选读》,北京大学出版社1992年版,第161页。
③ [英] 罗素:《西方哲学史》下册,商务印书馆1976年版,第375页。
④ [美] 杜威:《现代思想中的实用主义运动(提纲)》,《现代西方哲学论著选读》,北京大学出版社1992年版,第166页。
⑤ [美] 杜威:《哲学的改造》,商务印书馆1958年版,第88页。

务实精神，比之于那种凌虚蹈空、不切实际的高谈阔论来，确实对于美国资本主义社会的发展更能直接起着推进的作用；它的"幸福只存在于成功"，成功就是"社会奉事的手段和个人创造力的发展机会"，也不像功利主义那样把它看作只是获得个人的享乐的满足①，而使之比功利主义确实更能体现资本主义创业、开拓的精神。但是它把原则和实效对立起来，对效用作狭隘化、功利化的理解，为求直接利益而放弃根本原则的思维方式，又使得它多少带有以仅仅应对眼前事务和奉事当下目的的功利主义的倾向而少有远见卓识。所以与其说它是一种实践的哲学，不如说它是一种实证的哲学。而文学理论究其本质来说不可能仅仅是证实的，如同弗·施勒格尔所说"诗的定义只能规定诗应当是什么，而不是诗过去或现在在现实中是什么"②。这因为文学是一种价值意识的存在形式，所以对于任何文学现象的解释和说明，都不可能不带有理论家本人的价值选择和价值评判的性质，像丹纳说的"既不禁止什么，也不宽恕什么，而只是鉴定和说明"，像植物学家那样以同样的兴趣来研究橘树和桑树、松树和桦树③，那样纯客观的文学理论是没有的。这就决定了任何文学理论，总是以一定的文学观念为核心和支撑的，一部文学理论著作就是一定文学观念在说明和解决具体文学问题上的具体演示。这都无不关涉到对于文学本质的理解。所以，要回答文学问题，我觉得还得要我们从对本质问题作深入的探讨入手。

---

① ［美］杜威：《哲学的改造》，商务印书馆1958年版，第97—98页。
② ［德］弗·施勒格尔：《雅典娜神殿断片集》，生活·读书·新知三联书店1996年版，第71页。
③ ［法］丹纳：《艺术哲学》，人民文学出版社1963年版，第11页。

二

"本质"相对于"现象"而言,相对于丰富多彩、变动不居的现象的"多"来说,本质是属于相对稳定的"一"的东西。它不是感觉的、经验的对象而是思维的、理论的对象,是对于事物的一种形而上的叩向,它的存在形式就是概念(观念)。理论科学的根本任务,就是要探讨深蕴于事物现象内部的这种本质,它的价值就是为我们看待事物提供一个基本观念和科学依据,所以马克思说:"如果事物的表现形式和事物的本质会直接合而为一,一切科学就都成为多余的了。"① 而文学是以经验事实的形式出现的,它不像理论那样直接显示事物的本质,而总是像日常生活那样以丰富多彩、生动鲜活的形式呈在读者面前,以致有学者在谈到文艺理论时认为"文学强调的感性经验恰恰是对形而上学倾向的抵制,感性经验常常突破各种大概念的规定,显示出遭受理论遮蔽的另一些脉络"②,这样看来,文学理论似乎不仅无助于文学实践而反成了对文学的戮杀,理论自然也就没有什么存在的必要和价值了。我们在指出柏拉图和亚里士多德的关于事物本质的学说对于人类认识走向深化的意义和价值时,确应看到由于他们把这个本原看作是永恒不变的"一",而导致与变动不居的事物现象分离使之陷于僵化的危险,以致在德里达他们对之进行解构之前,早有怀疑哲学、批判哲学等都把它当作一种"独断论"来加以批判和否定。不过与德里达他们力图从根本上

---

① [德] 马克思:《资本论》,《马克思恩格斯全集》第 25 卷,人民出版社 1974 年版,第 923 页。
② 南帆:《关于文学性以及文学研究问题》,《江苏大学学报(社会科学版)》 2005 年第 6 期。

予以摧毁不同，它们始终没有放弃对之进行重构的努力，如黑格尔、马克思、列宁等都在这方面作出过重大的贡献。看不到"本质"理论研究的这种历史发展，而在今天仍固守柏拉图和亚里士多德的观点来大谈"反本质主义"，就使人感到有点任意轻率、无的放矢，缺少学术研究所应有的历史眼光和实事求是之心而难以使人心服口服了。这里，特别值得我们一提的是，黑格尔的功绩，他被恩格斯称之为"是第一个想证明历史中有一种发展、有一种内在联系的人"①，按照这种发展的、联系的观点，黑格尔提出"真理不是抽象的普遍性，而是具体的普遍性"②，辩证逻辑的行程就是基于"感性的具体"，而通过"知性的抽象"使之上升为"理性的具体"，即对"感性的具体"的事物在理论上作具体的再现。他反对柏拉图的"理念说"的原因就在于它是"抽象无形式的"，认为"本质不在现象之后，或现象之外，而即由于本质是实际存在的东西，实际存在就是现象"③，它总是具体的；而"真实的东西只有在一种意义上才是具体的，那就是它统摄许多本质的定性于一个统一体"④。这样，就把关系的思想引入到本质论，把本质放到一定关系中去加以理解，强调"每一概念都处在和其余一切概念的一定关系中，一定联系中"，"真理只是在它们的总和中以及在它们的关系中才能实现"⑤，它不是凝固不变的"一"。马克思就是以黑格尔这一思想为依据提出

---

① ［德］恩格斯：《卡尔·马克思〈政治经济学批判〉》，《马克思恩格斯选集》第 3 卷，人民出版社 1972 年版，第 549 页。
② ［德］黑格尔：《小逻辑》，商务印书馆 1980 年版，第 152 页。
③ 同上书，第 275 页。
④ ［德］黑格尔：《美学》第 3 卷下，商务印书馆 1981 年版，第 6 页。
⑤ ［苏联］列宁：《黑格尔"逻辑学"一书摘要》，《哲学笔记》，人民出版社 1956 年版，第 181—182 页。

"具体之所以具体，就在于它是多种规定的综合，是多样性的统一"①。表明本质就潜在于现象之中，但并非与现象分离的，"现象恰恰不单纯无本质的东西，而是本质的显现"。这样，现象与本质就产生和解而达到了辩证的统一，而使本质的理论不再完全成为抽象的形而上学。它的具体的内容可以归纳为以下三方面。

第一，本质是多层次的，相对地可以分为个别（单一）、特殊、一般（普遍）这样三个层次，它们之间的关系是："个别一定与一般相联系而存在。一般只能在个别中存在，只能通过个别而存在。"② 而特殊则是个别与一般联系和转化为中间环节。正是由于特殊这一中介，所以个别不可能全部进入一般，一般也只能是个别本质属性，而不可能把一切个别事物一网打尽。人的认识活动，就是这样通过个别到一般，再从一般到个别的不断推移，而实现对事物本质的具体把握。所以黑格尔提出"真理不是抽象的普遍性，而是具体的普遍性"，特别强调只有普遍性、特殊性和个别性"这三者的和解了的统一"，"这种统一体才是具体的"。③

第二，本质是流动的，"不但现象是短暂的、运动的、流逝的，只是被假定的界限所划分的，而且事物的本质也是如此"④，它们都是受着一定的关系和条件所制约，在此一条件下为一般的东西，在另一条件下可以成为特殊和个别的东西。而且由于这些条件的限制，使得认识只能"是思维对客体的永远、不终止的接近。自然界在人

---

① ［德］马克思：《〈政治经济学批判〉导言》，《马克思恩格斯选集》第 2 卷，人民出版社 1972 年版，第 103 页。
② ［苏联］列宁：《谈谈辩证法问题》，《哲学笔记》，人民出版社 1956 年版，第 363 页。
③ ［德］黑格尔：《美学》第 1 卷，商务印书馆 1979 年版，第 88 页。
④ ［苏联］列宁：《黑格尔"哲学史讲演录"一书摘要》，《哲学笔记》，人民出版社 1956 年版，第 256 页。

的思想中的反映,应当了解为不会'僵死的',不是'抽象的',不是没有运动的,不是没有矛盾的,而是在运动的永恒过程中,在矛盾产生和解决的永恒过程中"①。所以世界上只有相对的真理而没有绝对的真理,一切都是以条件为转移的。

第三,本质(一般)只是一个"贫乏的规定",一般只能是"作为本质的一般"②,所以"一般的含义是矛盾的:它是僵死的,它是不纯粹的、不完全的,等等,而且它也只是认识具体事物的一个阶段,因为我们永远不会完全认识具体事物"。只有"一般概念、规律等等的无限总和才提供完全的具体事物"③。可见本质不是为了直接说明事物,而只是为了在我们进一步对事物作具体、深入认识过程中提供一个理论前提和思想原则。因而在实际的认识活动中,观念与事物之间的联系的发生还需要有一定的方法为中介,要是方法错了,它仍然难以达到自己的目的。所以黑格尔说:"哲学的真正的实现是方法的认识。"④ 这个问题在西方传统哲学中一直没有解决,直到黑格尔那里,才把两者完全统一起来。

现在,就让我们根据上述对于本质的理解,看看它能否有效地说明和回答实际问题?文学理论对文学性质的探讨是为了帮助我们更好地认识文学,还是反而成了对文学的戕杀?这里,我就以当今文艺理论界较为人们所普遍认同的文学是"审美意识的物化形态"这一本质界定为例,来作些简单的分析。"意识形态"是社会存在反

---

① [苏联]列宁:《黑格尔"逻辑学"一书摘要》,《哲学笔记》,人民出版社1956年版,第180页。
② [苏联]列宁:《黑格尔"哲学史讲演录"一书摘要》,《哲学笔记》,人民出版社1956年版,第274页。
③ 同上书,第285页。
④ [德]黑格尔:《〈逻辑学〉第一版序言·注》,《逻辑学》上册,商务印书馆1976年版,第4页。

映,但它作为反映一定社会群体的价值取向和信念体系的那一部分社会意识,又不同于一般的"社会意识形式",总是具有凝聚群体的力量,为着共同的目标和理想进行奋斗的功能。这显然也是文学不同于科学,而更近乎政治、道德、宗教的根本原因。但是这还只是从大量"感性具体"即实际文学作品中概括提炼出来的,还没有达到"理性具体"的"知性抽象",还只是对文学性质一个"贫乏的规定",它只能作为我们思考文学性质的逻辑的起点而不能作为最终的结论和文学的具体定义。因此,当我们认识了文学与其他意识形态的这种共同本质之后,就要"以这种共同的认识为指导",进一步"找出其特殊本质,……而使这种共同本质的认识不至于变成枯槁的、僵死的东西"。这说明对于认识事物来说,"尤其重要的,成为我们认识事物的基础的东西,则必须注意它的特殊点,这就是说,注意它与其他运动形式的质的区别,只有注意到了这一点,才有可能区别事物"[①]。那么,文学相对于政治、道德、宗教而言的特殊本质是什么呢?我认为它是"审美"的,它既不像政治、道德著作那样以理论思维形式,也不像宗教意识那样以交感思维的形式,而是以审美情感、审美体验和审美评价的形式来反映生活。因此在文学中不存在概念性的内容和抽象的宣传和说教,一切思想观念的东西,都只有经过作家的审美体验,内化为自己的有血有肉的思想,成为一种的"诗情的观念",从自己心底里自发地流露出来,才能在作品中获得真切而生动的表现,在读者中引起强烈的共鸣。但若是作进一步深入的思考,我们又可以发现,这种特殊层面的把握还不是我们所要达到的认识的终点,因为尽管文学的审美意识形态性质决定了作家的创作与读者的阅读都是以审美的

[①] 毛泽东:《矛盾论》,《毛泽东选集》(一卷本),人民出版社 1966 年版,第 296—297 页。

方式而进行的，但作家创作活动又不同于读者的鉴赏活动，他还必须把自己的审美意识加以物化，使之成为一种可为读者所感知的实际的存在，才能最终完成他的工作。这时又遇到各种艺术种类它们自身的个别特性的问题。因为除了文学，其他艺术种类如音乐、绘画、舞蹈、雕塑也都是由审美意识的物化而来的，但由于它们各自的媒介不同，又使得它们反映的对象和成果有着很大的区别。这是由于媒介不仅是它们的物质载体和传达工具，而且反过来还直接制约着它传达的对象，参与作家对审美意象的捕捉和建构工作。这样，我们要理解文学形象，理解文学与其他艺术种类的区别，就不能不研究文学的特殊媒介——语言。因为正是语言这一特殊的媒介，给文学形象带来了虽不像是其他艺术形象那样可以直接诉诸人的感官，但却可以不受时空限制，在表达思想情感上自由灵活、意蕴深邃等不同于其他艺术形象的特点。所以不研究文学语言，我们也就不可能真正理解文学。这又是个别性层面上研究的内容。而且，这里所说的一般性、特殊性、个别性，也只是相对的、就一定条件而言的，它们本身也是流动的，随条件的变化而变化的。如果我们就文学体裁、类型再细分下去，其下属还有抒情的、叙事的、戏剧的，还有诗歌、小说、戏剧等。面对这些具体类型，我们所说的文学形象不同于其他艺术形象的个别性的特征，又成了它们的特殊性甚至一般性的规定了。何况以上层面的内容又都是随时代的发展不断地在改变和丰富着自己。如同"美"这个概念，我们今天的理解与古代就有很大的不同。就西方来说，最初人们都把美等同于"善"，以"功用"为标准来加以衡量，如苏格拉底认为，粪筐可能是美的，而金盾可能是丑的，"如果粪筐适用金盾不适用的话"[1]，这种"功用"的观点推广到文艺上就形成了道德

---

[1] ［古希腊］克赛诺封：《回忆录》，《西方美学家论美和美感》，商务印书馆1980年版，第19页。

教化说。到了近代，随着科学的发展，人们又把美当同于"真"，如布瓦洛认为"只有真才是美，只有真才可爱"①。直到康德那里，才把美与善和真的统一中分离出来，赋予美以相对独立的价值。但是康德是在反对现代科技理性和法国幸福主义伦理学的思维路线指引下来研究美与审美经验的，他把审美看作是感性的人过渡到理性的人的中介桥梁，目的是把人引向"至善"。这就使得他比较侧重于从理性的层面上来阐述美的特性和功能，而相对地比较轻视它的感性、非理性层面上的价值。但是随着19世纪中叶以来生命哲学、现象哲学、生存哲学的兴起以及现代艺术实践的启示，美的感性、非理性层面上的意义也就日益得到了彰显，同时也使人们对个体的价值有了新的发现和认识，认为"文学艺术应加强个体特性以抵制大多文化中齐一化的倾向"，以免"使我们沦为不具人性的机械配件的力量"②，从而使得在现代的审美理论中，个性、"特征"的价值高出于古典艺术中的普遍、"类型"的价值，并进而有可能把被古典主义美学所排除的丑、滑稽、怪诞等都作为一种审美形态来接受。

这些发展和变化不都是经过分析、概括在充实我们的文学理论、拓展我们的文学观念，为我们的文学理论所吸取吗？这里不存在任何僵化、凝固、永恒不变的东西！以上这样来对事物性质作辩证的、动态的、考察的思维方式，也就是黑格尔所说的"认识是从内容进展到内容，首先这个前进运动的特征就是：它从一些简单的规定性开始，而在这些规定性之后的规定性就愈来愈丰富、愈来愈具体。因为结果它含着自己的开端，而开端的运动用某种新的规定丰富了

---

① ［法］布瓦洛：《诗简》，《西方美学家论美和美感》，商务印书馆1980年版，第81页。

② ［德］奥伊肯：《新人生哲学要义》，中国城市出版社2002年版，第378页。

它。普遍的东西构成基础,因此,不应当把前进的运动看作从某一他物到另一他物的流动。绝对方法中的概念保存在自己的异在中,普遍的东西保存在自己单独的东西中,保存在判断和实在中;在继续规定的每一个阶段上,普遍的东西不断提高它以前的全部内容,它不仅没有因其辩证的前进运动而丧失什么,丢下了什么,而且还带着一切收获物,使自己的内部不断丰满和充实起来"①。这就是一种使理论从"知性抽象"到"理性具体",使"感性具体"在理论中得到复现的思维途径。这里,真理既是相对的,又是绝对的;既是绝对的,又是相对的。所以,尽管文学的观念随着历史的发展在不断发生变化,但它作为一种审美的意识形态的性质却是相对恒定的。从中外文学史上来看,凡是伟大的作品,总是通过审美意象的创造这样那样迎合了人们追求美好人生的愿望而传颂千古。否则,我们凭什么来说明文学魅力的这种永恒性呢?

请问:这样来探讨事物的本质能否说是"本质主义"、唯本质论?按这样的本质观来思考和探讨文学的性质问题,也即所谓"元理论",能否说是"无限大的理论"和"无限空的理论"?当今我国的文学批评是否就是由于受了这样的元理论的指导而给它带来灾难?唯有当这种元理论终结之后批评才能发展?如果不是的话,那么我们为什么不作深入思考、研究而作出这样轻率而不负责任的结论呢?

三

虽然我们强调本质是一种"理性的具体"、理论的具体,但相对

---

① [苏联]列宁:《黑格尔"逻辑学"一书摘要》,《哲学笔记》,人民出版社1956年版,第219—220页。

于文学现象这种"感性的具体"和直观的具体来说,它毕竟又是抽象的,又只能说是一种"贫乏的规定"。那么,我们为什么还要坚持这种本质的探讨?它对于文学研究和批评到底有什么重要意义?

这就涉及如何理解理论的效用问题。这里有一种与"实用主义"不同的观点是值得我们重视的,这就是詹姆斯所要求"绕过"的康德的理论,亦即通常所说的"批判哲学"。

批判哲学是融合大陆理性主义和英国经验主义的基础上发展起来的,它并不排斥经验主义。因为康德作为反对思辨形而上学的先驱人物之一,他与经验主义一样都把经验当作知识的唯一基础,认为"没有感性就没有立法知性用来加工的材料。"① 他只是不赞同像经验主义那样把经验的知识看作就是真理,而认为要使经验的成为真理的,还需要以先天的知性概念为依据来对它加以整合,"因为经验本身是一种需要理智的知识,而理智的规则是必须假定为在对象为我们呈现以前就先天地在我心中的,它先天地表现在概念里,所以经验的必须是依照概念的,必定与概念符号一致",表明认识不仅是主观符合客观,而且还须客观符合主观,即经由一定思想观念、认知结构的整合和同化才能构成我们对事物的观念。② 这就是康德的"先天综合判断"所包含的"先天的"涵义,在我们平时的日常生活中,像语言、思维方式等都可归属于这一先天的知性概念的范畴。在此前提下,康德又把这种判断按其内容分为"解释性的"(一译"说明的")和"扩展性的"(一译"扩大的"),认为前者的谓项已包含在主项里,对知识的内容毫无增加,它只不过是一种"分析判

---

① [德]康德:《实用人类学》,重庆出版社1987年版,第22页。
② [德]康德:《〈纯粹理性批判〉第二版序》,《西方哲学原著选读》下卷,商务印书馆1982年版,第243页。

断";而后者谓项的内容是从外边加到主项上去的,它扩展了知识,所以他称之为"综合判断"①,表明他论证"先天综合判断"如同狄尔泰所指出的,是为了"把自己的体系作为批判性的形而上学而与独断的形而上学区别开来"②,即不是把"先天的知性概念"当作一种僵化、凝固、绝对不变的供推论的现成的结论,而只不过是供反思的原则;目的在于引导人们去探寻真理,发现真理,如同黑格尔说的:"理性只是真理的规则,而不是真理的工具,理性只能提供知识批判而不能提供关于无限者的理论。"③

这里就关涉到了实用主义和批判哲学的根本分歧:实用主义把理论只当作是一种工具,它遵循的是形式逻辑的推理方式,它把理论当作一个类似于推理的前提,在这一过程中,认识只是求得对这一前提的证明而无须发现创造什么,这就使得理论的效用仅仅停留在说明和描述上。我们前文所引的有些学者之所以认为"理论家的工作程序"就是"先给某些概念规定种种定义"然后"再用这些概念来衡量具体文学现象",把具体作品只是当作"理论的佐证",就是以这样的思想来看待文艺理论所得出的结论,而不知道世界上还有对理论效用的另一种理解:即像批判哲学那样,不是当作一个推理的前提,而只是一种批判的原则,一个反思的依据。而文艺理论研究建立的基础——审美判断作为一种立足于个别来寻找一般的思维方式,更是被康德直接称之为一种"反思(一译'反省')的判断"④。这表明审美判断任何时候都不可能是逻辑的,像莱布尼茨和

---

① [德]康德:《未来形而上学导论》,商务印书馆1978年版,第18页,又见《〈纯粹理性批判〉导言》第4节。
② [德]狄尔泰:《精神科学引论》,中国城市出版社2002年版,第215页。
③ [德]黑格尔:《小逻辑》,商务印书馆1980年版,第141页。
④ [德]康德:《判断力批判》上册,商务印书馆1964年版,第114页。

沃尔夫的"充足理由律"那样仅供推理所用。因为从审美判断的眼光来看,逻辑思维是按常规进行的,它的"僵硬的合规则性(接近数学的合规则性)本身就会有那违反趣味的成分",它不仅不可能使人以超越常规思维方式对事物做出新鲜而独到的发现,而且"也不能给予观照美时以持久的乐趣"①。而反思判断不是属于单纯的理解力而是属于理解力和想象力协同的工作,它需要"机智"和"敏锐",它与规定判断力所追求的普遍的知识不同,而要捕捉的是"闪念"②,即在刹那之间在不经意中所发现和感悟到的一个为理智所"不可表明出来的表象","是理解能力通过它的诸概念所永远不能企及的"③。我们提倡文学批评是"审美的和历史的批评",就是为了强调文学批评不同于一般社会批评,它面对的是丰富多彩、生动鲜活的文学现象。所以不仅只有当批评家以自己的感觉、体验与之建立联系,立足于对文学作品的感动,而且只有凭借自己的想象,沉入到作品所描写的境界之中做细致、深入的品味,才会有独具慧眼的发现和鞭辟入里的阐释,而不至于只停留在对作品内容作简单的复述或感想式的发挥上。因而真正批评家毫无疑问首先是鉴赏家。但批评毕竟又不同于鉴赏,因为鉴赏是个人性的行为,个人的喜好别人无权干涉;而批评则是一种社会性的活动,不论批评家个人是否意识到,他其实都有意无意的代表着某些集群在发言。这里就有一个追求社会认同的问题。为此,优秀的文学批评不仅都力求使批评上升到理论的高度,而且还总是力图寻求某一坚实的理论观念来作为自己反思的思想原则和理论前提,这就是康德又把鉴赏判断视

---

① [德]康德:《判断力批判》上册,商务印书馆1964年版,第43页。
② [德]康德:《实用人类学》,重庆出版社1987年版,第90、114页。
③ [德]康德:《判断力批判》上册,商务印书馆1964年版,第12页。

为一种"先天综合判断"的原因。从这个意义上来看，虽然本质（观念、元理论）都只是一种"贫乏的规定"，不足以直接说明文学现象；但却是我们进行文学批评的不可缺少的思想依据。它使我们看待文学现象有了自己的一种立场、一种眼光、一种视界、一种评判的尺度、一种选择的标准、一种看问题的思维方式，从而激发和引导我们按照这一思路去思考应当怎样看待在文学中所遇到的问题，而使我们在复杂的现象面前不至于无所适从，或由于只是跟着感觉走以至批评主体达到完全丧失的地步！

这里就涉及如何理解"阐释的有效性"问题。"阐释的有效性"无疑是批评所追求的目标，强调"阐释的有效性"我认为并没有什么不对；问题在于目前文艺理论界在理解上似乎多持工具论的观点，以能否直接说明文学现象为满足，甚至为俯就文学现象来否定理论原则对于文学批评的指导作用。这样，阐释者的主体性的地位和阐释活动中的评价性的原则也就丧失了。根据现代阐释学的创始人伽达默尔的理解，阐释实际上是一种"对话"活动①，这表明阐释不是消极、被动的，只求对当前文学现象的屈从和认同；它必然包含主体对于阐释对象的认识和评判的成分。否则，批评的作用也就无从谈起。我们也可以举例来说明：现在，就有这样一个事实摆在我们面前：从世界范围内说，我们应该承认，在当今社会，现代科技文明正在与资本主义商业文化结合在一起，共同把人推向物欲的深渊，使人日益变成了消费的机器、消费的奴隶，一心追求的是当下的、即时的物质享受，而不再有形而上的情怀和追求。有些西方学者把这样的人称之为"后现代个体"，并作了这样的描述，"他耽于

---

① ［德］伽达默尔：《美学和解释学》，《哲学解释学》，上海译文出版社1994年版，第101页。

幻想，喜欢幽默，醉心于欲念文化，向往即时的满足，他偏爱暂时甚于永恒，他满足于现状，抱着一种'得过且过'的态度，……后现代个体对于现代意义上的集体亲情和公共责任采取回避的态度，他们把这些视为人格发展的障碍，视为对个体隐私一个威胁"①，这完全是主体解构后的人的一种生存状态。因为在西方，"人和上帝有着奇特的亲缘关系，他们是双生兄弟又彼此为父子"。所以当尼采提出"上帝死了"（按：此语最早见于黑格尔的《精神现象学》），"人不可能不同时消亡，而只有丑陋的侏儒留在世上"。也就是说，现代意义上的"大写的人"也已经死了，因而作为"后现代个体"的作家也就成了只不过是一个"书写者"。这样，"文学就是人不停地消亡并让位给语言的那个场所。在'语言说话'的地方，人就不再存在。罗布·格里耶、马尔科姆·劳里、博尔赫斯、布朗肖等人的各种作品都证明了人被语言所代替"②。因而巴尔特继续福柯的"人死了"之后又提出了"作者死了"，也就是说作者已经消解，他不像传统意义上的作者那样，承担着对生活作出解释和评判的任务。所以后现代主义的作品也不像以往的文学那样去追求一个统一的思想、统一的主题，更不会去追求思想的意义和深度，与之相应，在表现形式上也是拼接的、散乱的、无序的……从而使作品也就成了只不过是一种零散情绪的凝聚物，它给予人的感觉就像是杰姆逊所说的是"吸毒带来的体验"③。这些特点在我国当今出现的一些所谓的

---

① ［美］波林·罗斯诺：《后现代主义与社会科学》，上海译文出版社1998年版，第78页。

② ［法］福柯：《人死了吗？》，《福柯集》，上海远东出版社1998年版，第80—82页。

③ ［美］杰姆逊：《后现代主义与文化理论》，北京大学出版社1997年版，第196页。

"新写实""新状态""身体写作""欲望化写作"以及一些"网络文学"中也时有所见。如何来看待和评价这些现象？我们并不否认它在某种意义上确实真实地反映了这种虽然活着而实际上是"死了"的当今的人的生存状态，以及艺术表现上带给人的某些新鲜感。但这是否意味着我们就应该放弃原则对之采取俯就、屈从，甚至完全予以肯定呢？我们的理论是否也只能以这些作品来作为自己的阐释标准，只能以说明和描述这些现象为满足？否则，我们的理论就失去了"阐释的有效性"，也就随着"死了"呢？而事实上在我看来恰恰相反，恰恰更需要我们的理论活下去，而且是更健康地活下去！原因就在于阐释是要有理论前提的！我们之所以在某种意义上认同福柯的"人死了"的思想，因为在我们看来，人作为"自在自为"的存在物，就像莱布尼茨、康德他们所说的他不仅能"感觉到自身"，而且还能"思维到自身"①，这样，他才有可能懂得自己生存的意义和价值，才能看到在经验生活之中还有一个经验生活之外和经验生活之上的世界，这才能使人摆脱沉沦而不断地把自己引向自我超越。因此，面对当今人的这种生存状态，以及以零度的情感来描写人的这种生存状态的作品，我们就更需要以审美的眼光来进行反思和评判。以这样的观点来看，元理论就不仅不是什么"无限大的"和"无限空的"理论，而恰恰是我们为了反思、评判所首先必须予以解决的最最根本的思想观念。我们把文学看作是一种审美的意识形态，就在于认为审美具有沟通感性世界与理性世界，把人引向自我超越的功能，从而激发人的生存自觉，使人在面临物化和异化、面临"死亡"的生存困境中保持自身人格的独立，这是对人自身的一种拯救！它意在把我们的文学引向真正有益于人的全面发展

---

① ［德］康德：《实用人类学》，重庆出版社1987年版，第3页。

和社会的全面进步的目标上去。这算不算是一种有效的阐释？是不是足以说明，在当今比之于任何时代我们都更需要有一种建立在我们自己价值取向基础上的理论观念来引导我们文学的健康发展！

我们强调正确的健全的理论观念在文学批评中作用的重要，这观念当然不是像康德所说是"先天的"；归根到底，都是由后天的经验概括提升而来，是后天经验在主体意识中内化和积淀的成果。在认识活动（包括审美活动）过程中，它只是"逻辑在先"而非"时间在先"。所以作为我们在看待和评判文学现象时的理论前提的文学观念，也应该是立足于对当今人的生存状态的清醒认识，在广泛吸取历史上各种文学观念合理成分的基础上，有批判地整合当今文学实践经验而形成的，因而它不是封闭的、凝固的，而是开放的、发展的。唯此，才能成为对日新月异发展变化着的文学现象进行有效阐释的前提，使我们的文学理论以文学观念为中介来达到既反映现实又回归现实的目的。

所以，我觉得现在有些学者对理论所提出的非难是没有道理的。它反映了对于理论的深刻偏见和严重误解。这种偏见和误解不仅导致这些年来我国文艺基础理论研究的严重萎缩，使许多学人疏离了具有重大的理论意义和现实意义的文艺问题的探讨，以致文学理论日趋零散化、技术化、实用化、肤浅化，而且也使得我们的那些还不至于完全沦为商业炒作的文艺批评由于缺乏坚实的理论支撑难见深度和力量，甚至丧失自己的根本职能。事实证明批评的开始不是"元理论的终结"，而恰恰应是元理论的加强！它应该成为一个真正的批评家所应有的一种修炼和学养，这样我们的批评才会具有远见卓识，对于当今文学创作的反思才能见出力度，才能对文学创作起到真正的引导和促进的作用，而不至于只停留在表达个人的直感和随想的水平上。应该看到，在致力于反思这一点上，理论与批评的性质是一致的，只不过在不同层面上进行而已。所以要是这个认识不解决，不仅我们的理论不能有自己合法的地位和应有的尊严，并直接影响着文学理论的发展和繁荣建设，而且我们的批评也难以有光明的发展前途！

2006年6月17日—20日初稿

2007年11月25日—26日修改

12月30日—31日再改

（原载《社会科学战线》2008年第4期）

艺术特性与艺术规律

规律是事物"本质的关系或本质之间的联系"①,它体现在事物发展、变化的过程之中。所以要研究艺术规律,首先就得认清艺术的特殊本质,亦即艺术的特性。只要把艺术的特性弄清楚了,艺术规律的一系列问题也就会迎刃而解。

一

关于艺术特性的问题,目前我国文艺理论界的认识颇有分歧。过去大家几乎都一无疑义地接受苏联 20 世纪 30 年代以来比较流行的观点,认为艺术与科学一样,都是对现实生活的反映,它自身并没有什么特殊的内容;它们之间仅仅"就形式而言是不同的",即科学反映生活"主要借助于概念",而艺术反映生活则"主要借助于形象"②。因而形象就被当作是艺术区别于科学的唯一标志。50 年代在

---

① [苏联] 列宁:《黑格尔"逻辑学"一书摘要》,《哲学笔记》,人民出版社 1956 年版,第 135 页。

② [苏联] 卢那察尔斯基主编:《文学百科辞典》,"文学"条,《外国理论家作家论形象思维》,中国社会科学出版社 1979 年版,第 213 页。

我国流行一时、影响深广的季摩菲耶夫的《文学原理》、涅陀希文的《艺术概论》也都这样认为。这种认识是比较肤浅的，因为事物与事物之间的区别是由它们各自的特殊本质所决定的，而按照这些苏联理论家所理解的形象，充其量也只不过是某些艺术的外部的表征，是不足以说明艺术深层的质的。比如科学有时亦需借助形象来说明对象，如生物学挂图、医学模型等，这是不是也算艺术呢？可见，这种观点所着眼的实际上还只是艺术与科学的共性，即它们都是对客观事物的一种认识的成果，并没有触及艺术自身的特性，只不过把哲学上的认识论在艺术理论上作简单的演绎而已。长期以来，有些作家只立足于对生活作理性的认识去进行创作，而写不出真切感人的作品，恐怕与这种观点不无关系。

为了纠正这种观点在实践中所造成的流弊，近几年来，不少同志都著文论述艺术的特性是情感。这虽然不是什么新观点，但在艺术特性问题上被认识论的一般原理取代了几十年之后的今天，重新提出这个问题，也不无新鲜之感。因为情感和认识不同，它是以爱憎、喜怒等态度和体验的形式来反映现实的，艺术与科学的不同特点正表现在这里。韩愈说诗与乐一样都是"郁于中而泄于外者，有不得已者而后言"[1]，别林斯基说"没有情感，就没有诗人，也没有诗"[2]，鲁迅也说"能杀才能生，能憎才能爱，能生能爱才能文"[3]，都着重指出艺术创造主要是一种情感的活动。问题在于，有些同志在阐述情感这个问题时，又不免从一个极端走向另一个极端，为了

---

[1] （唐）韩愈：《送孟东野序》
[2] ［俄］别林斯基：《爱德华·古别尔诗集》，《古典文艺理论译丛》第11册，人民文学出版社1966年版，第72页。
[3] 鲁迅：《且介亭杂文二集·七论"文人相轻"》，《鲁迅全集》第6卷，人民文学出版社1957年版，第323页。

反对简单地以哲学上的认识论来解释艺术特性，竟然把情感与认识完全对立起来，认为"艺术不是认识"，"要认识一个对象，特别要把这种认识提高到理性阶段，仍然要依靠科学和逻辑思维，这不是艺术所能承担和所应承担的任务"①。这样，艺术岂不成了没有理性内容的只是作家情绪的一种宣泄？要是按照这种说法，就很有可能导致否定艺术的思想内容和认识价值，把艺术排除在意识形态的领域之外；其结果只会使艺术的内容流于抽象、浮泛，那是无法深入反映错综复杂的社会现实的。

鉴于形象说的肤浅和某些情感说提倡者认识上的偏颇，于是，有的同志出来企图调和这两者的关系，提出"应当从多质，多层次的系统来把握这一社会现象的本质"。他们认为"对于艺术来说，形象和情感缺一不可，不能以其中一个要素单独地规定艺术的特性"。这意见是值得重视的，然而，这些同志似乎没有注意到既然艺术的性质是一个多质、多层次的系统，其中必然有主导的和派生的之分。如就"人"来说，生物、高等动物、灵长类动物，能制造工具并利用工具进行劳动生产的动物，等等，都可以说是人的本质，但是，要真正地认识人，那只有当我们从人的最根本，也是最高的本质着眼而把一切本质规定整合为一个有机的统一整体，亦即事物的"系统质"才有可能。这说明离开事物最根本的性质来谈多质、多层次，就会造成对事物特性认识上的模糊，甚至导致折衷主义。

那么，艺术的这种基本特性是什么呢？我认为还是应该从作家在创作中以情感体验的方式来把握生活的这一特点的分析入手。主要理由如下。

---

① 李泽厚：《形象思维再谈》，《美学论集》，上海文艺出版社1980年版，第559页。

第一，我们说的既然是艺术的特性，最起码一点，就是它必须能够概括一切艺术门类，而不是只适合于某些艺术品种。以往认为艺术与其他意识形式的区别仅在于它通过形象来反映生活，对于再现艺术来说或许勉强还能解释，而用于表现艺术如音乐、舞蹈等，那就很难说得通了。因为形象通常都是指视觉的对象，而音乐是诉诸听觉的，是一种"专供心领神会的震动的声音图案"①，所表现的只是在特定情境中作曲家内心的情感，尽管这些情感在生活中常常是与知觉、表象联系在一起的，但是要明确地表现出这种联系，却并非音乐的媒介所能胜任。虽然"音乐美学"中也有所谓"音乐形象"的概念，但这不过是从再现艺术理论中借用过来的，正如"主题"这个概念是从文学理论中借用过来的一样。它的真正的内涵只不过是指音乐表现的情感在听众心目中所唤起的视觉想象。因为由于"通感"的作用，音乐的节奏、旋律、和声、配器在不同程度上都可能会引起听众一种视觉上的联想，但一般总是朦胧而不确定的，而且也不是音乐反映现实的基本方式。像贝多芬的《第六（田园）交响曲》的第二乐章"溪边景色"的结尾部分，作曲家用长笛、双簧管、单簧管分别模仿夜莺、鹌鹑、杜鹃的叫声，令人听了在眼前仿佛展现出一派春光明媚、和风拂面、水波荡漾、百鸟和鸣的景象。然而即使在《田园》这样一部偏重于"描写"的作品中，这也只不过是一种极其次要的、辅助的手段而非音乐所追求的主要目的。所以，贝多芬一方面承认这是一部"特性交响乐，乡村生活的回忆"，另一方面他又在乐谱上明确写道"表现多于描写"，而且反复说明"《田园交响曲》不是绘画，而是表达乡间的乐趣在人心里所引起的

---

① ［德］黑格尔：《美学》第3卷下，商务印书馆1981年版，第4页。

感受，是描写农村生活的一些感觉"①，其基本倾向是在于抒情。罗曼·罗兰就深谙作曲家的用意，他针对有人认为这是"自然主义"模仿的错误指责，精辟地指出"贝多芬实在并没有模仿鸟叫，他什么都听不见，就只好在精神上创造一个在他已经灭亡了的世界。要听见它们的唯一的方法，是它们在他心里歌唱"②。这说明，表现不仅是一切音乐的原则，也是"描写"在音乐中所要达到的目的。所以瓦格纳把音乐说成是"心灵艺术意识的语言"③。舞蹈虽然是诉诸视觉的，但由于它的媒介——人体的限制，使它反映生活的途径主要也不是倾向于再现，而擅长于表现。音乐、舞蹈是表现艺术的两大代表，要是认为艺术的特性在于形象，那么，势必把大量的音乐、舞蹈排除在艺术的殿堂之外。

第二，即使就再现艺术来说，虽然它都离不开对事物感性状貌的具体描绘，都必须塑造具体生动的艺术形象，但只要是一个真正的艺术作品，它也不以机械地复制客观事物外貌特征为满足，就像巴尔扎克的小说《玄妙的杰作》中那位画家说的"艺术的使命不是临摹大自然，而是传达事物的生命、精神、灵魂和特征"。所以在德谟克利特提出"模仿"说的同时，苏格拉底就指出了"模仿"不同于"抄袭"。就是说还必须有艺术家自己深刻的体验，倾注艺术家自己的情感在内，唯此才能表现对象的生命和内在真实。这些艺术特殊的内容是无法以抽象概念和逻辑判断的形式表达的，只有通过倾注在作品中的情感，才能得到体现。影片《血，总是热的》编剧说

---

① [德] 贝多芬：《札记》，《西方哲学家、文学家、音乐家论音乐》，人民音乐出版社 1983 年版，第 112 页。

② [法] 罗曼·罗兰：《贝多芬传》，人民音乐出版社 1978 年版，第 93 页。

③ [德] 瓦格纳：《未来的艺术作品》，转引自 [奥] 汉斯立克：《论音乐的美》，人民音乐出版社 1978 年版。

得好,他们创作就是为了我们的祖国,"乐则大笑,悲则大叫,愤则大骂"①。观众也正是从这种喊、叫、笑、骂中,感受到作者对于社会主义"四化"大业的忠诚和热忱,对于有碍于这一伟大目标的不良风气的愤怒和谴责。与表现艺术不同的只不过是他们通过人物、事件、场面来笑、来叫、来骂而已。艺术家的思想愈崇高,在作品中表现出来的情感就愈美好,作品也愈能给人以美的享受。从这一点来看,一切优秀的再现艺术本质上也是表现的,其中无不充溢着浓郁的诗情,——一种从高尚的思想深处所激发起来的美好的情感。德拉克罗瓦说:"艺术——就是诗。没有诗就没有艺术。"② 乌纳穆诺说:"优秀的小说也是诗。"③ 司各特也说:"成功的小说家多少都得是诗人,哪怕他一行诗也没有写过。"④ 这都说明美好的情感同样是再现艺术获得审美意义的根源所在。如果说,在再现艺术产生的早期,情感的因素还不那么明显,那么随着艺术的发展,人们对艺术特性认识的不断加深,再现艺术中的表现成分也就日趋鲜明、突出。即使是再现艺术中最受对象约束,最倾向于写实的艺术种类绘画,人们赞赏的标准,也不再是像古人对宙克西斯画的葡萄和曹不兴画的苍蝇那样⑤,以能够使鸟和人误以为真而视为上品,而是看画

---

① 参见《文学报》,1983年9月15日第1版。

② [法]德拉克罗瓦:《写实主义和理想主义》,《德拉克罗瓦论美术和美术家》,辽宁美术出版社1981年版,第294页。

③ [西班牙]乌纳穆诺:《三篇模范小说序》,《欧美古典作家论现实主义和浪漫主义》(一),中国社会科学出版社1980年版,第191页。

④ [英]司各特:《多比亚斯·斯摩莱特评传》,《欧美古典作家论现实主义和浪漫主义》(一),中国社会科学出版社1980年版,第258页。

⑤ 据罗马作家、科学家老普里尼在《自然史》中记载:古希腊画家宙克西斯画了一幅小孩捧葡萄的画,由于葡萄画得非常逼真,以致小鸟误以为真的葡萄飞来啄食。据《历代名画记》和《宣和画谱》记载:曹不兴应命为孙权画屏风,不慎将一滴墨落在画面上,他灵机一动,把这点墨迹画成一只苍蝇。孙权去看时,竟把它当成真的,用手指去弹它。

家在作品中能否通过独创的境界表达出对象的生命。这只有通过艺术家自己的情感灌注才能获得。像李可染、东山魁夷等人的山水风景画中的那种恬静深幽的境界,就是以画家至深至静的心情,与自然神会默契,两相交融的过程中,凭着自己独到的感受和领悟所创造出来的一个艺术天地。在画家笔下,一片风景,也就是一种心情!凭着流注在作品中的这种情感,作品与观众和读者之间才能产生精神上的交流,使人们为之心荡神驰。没有这种情感的倾注,再现艺术也就失去了它的艺术生命,就会降低到一般照相、模型、记事、实录的水平。

由此看来,情感乃是艺术的生命,是艺术与非艺术之间最根本的分水岭,是艺术最基本的特性之所在。所以黑格尔认为"情致(一译'激情')是构成艺术的真正中心和适当领域"①。看不到这一点,就很难洞悉艺术的奥秘,对于艺术上的许多问题的认识,都不免有隔靴搔痒之嫌。

二

有些同志认为,把艺术的特性归结为情感,"显然忽视了艺术必须以现实生活为蓝本,描写、再现现实生活这样一个重要特性,其结果会引导艺术脱离现实,为某些远离人民的极端个人主义的表现与人民大众的情感和时代精神格格不入的所谓'个人心灵的奥秘'提供理论上的借口"。

这种担心不是完全没有道理的,因为这种情况不仅历史上有,而现在同样有;不仅外国有,而我国也同样有。不是吗?直至今日,

---

① [德]黑格尔:《美学》第 1 卷,商务印书馆 1979 年版,第 296 页。

我国文艺界还有人在公开鼓吹"世界就是我们自身","艺术家只应当表现个人的感情、个人的悲欢、个人的心灵世界","不屑于去表现自我感情以外的丰功伟绩"。但尽管这样,我们还是不能因噎废食,认为艺术反映生活只有通过"以现实生活为蓝本,描写、再现现实生活"这样一条狭隘的途径,更不能不加分析地把出现上述问题的原因归咎于由于把情感当作艺术的特性,而对情感轻易予以否定。这如同不能因为自然主义的存在而轻易否定艺术应该描写和再现生活一样。众所周知,列夫·托尔斯泰是最重视艺术中情感的价值的,他认为艺术活动就是"艺术家把自己心里唤起曾经一度体验过的情感,在唤起这种情感之后,用动作、线条、色彩、声音以及言词所表达的形象来传达这种情感,使别人也能体验到这同样的情感"[①]。但是,他并没有因重视情感而使自己的作品走向"脱离现实","表现与人民大众情感和时代精神格格不入的所谓'个人心灵的奥秘'"的歧途;与之相反,他的作品在反映当时俄国的社会现实,以及人民群众的情绪和时代精神的深度和广度方面,在俄国文学史上都是史无前例的。这说明,问题不在于把艺术的特性归结为情感,而在于对情感性质的认识以及情感反映能力应作何估价。

在有些同志中,对情感反映现实的能力之所以估计不足,是与对情感这种特殊的反映现实的方式缺乏认识直接有关。情感虽然有它的现实根源,并常常伴随着人的认识活动而出现的,但它毕竟不属于一般的认识活动。因为认识只反映事物本身的客观属性,不涉及事物与自身的意义,所以在认识活动中,特别是科学认识中,人的主观态度总是被排斥的;而情感却不同了,它作为人们对于事

[①] [俄] 列夫·托尔斯泰:《什么是艺术?》,(中译《艺术论》),人民文学出版社 1958 年版,第 47 页。

物的一种态度，总是以客观事物是否满足人的主观需要为转移，并以某种心理体验形式表现出来。由于主观需要的不同，对于同一事物各人就会产生不同，甚至完全相反的态度和体验。因此，要认识情感的性质，不分析人的主观需要是无法真正理解的。需要是一个复杂的渴求系统，它由低而高可以分为自然的需要和社会的需要两级，而社会的需要又可以分为物质的需要和精神的需要等不同层次。这些不同层次的需要，虽然常常是综合地反映在人们的主观愿望和意向之中，但并非各种成分的等量掺和；对于一切社会性的情感，特别是像推动艺术家进行创作，并作为主观内容反映在艺术作品中的审美情感这样的高级情感来说，更是与作者一定的世界观与人生观紧密相连的，主要是以精神的需要特别是审美的需要能否满足所生的体验。因此，我们就可以从艺术家内心深处所激发起来的对于事物的喜、怒、爱、憎等体验形式所表现出来的态度中，看出艺术家对生活的原则立场，以及在这种思想原则指导下，艺术家对于事物性质及其与自身意义——即事物的正负价值——之间的关系的认识。艺术家对事物的这种正负价值的认识愈深刻，那么，他的态度也就愈鲜明，体验也愈强烈。因而在我们看来，情感与认识、价值判断与认识判断不是完全不可能统一的。所以我们没有理由怀疑情感所蕴含的认识成分。

何况，人就其现实性来说是"一切社会关系的总和"。任何人作为社会的一员，他的需要不仅反映着个人的愿望、意向，受着历史地形成的个人的人生的态度的影响，而且还通过认识的"折射"，在不同程度上反映着一定社会的要求。这对于一般人来说可能是自发的，而伟大的艺术家则与之不同。他之所以伟大，就是由于他能体察广大人民群众的意志和愿望，并更善于自觉地调节个人需要和社会需要之间的关系，力求把社会的需要转化为个人的需要。这最根本的当然只有在长期社会实践过程中，在与广大人民群众结合的过程中，在感受、体察广大人民群众的思想和愿望的过程中去完成；然而不排除在具体的艺术创作过程中，还存在着一个对情感的概括和提炼的问题。因为一切优秀的艺术作品都不是情感的自发流露，一旦当情感在艺术家的心中萌发之后，要使它得到表现，还需要艺术家把由直接感受某一事物、现象所生的体验，通过想象活动，推求开去，使之与广大人民群众的情感沟通起来。在这一过程中，想象尽管是自由的，但毕竟不同于完全不受理性控制的自由联想，在暗中总是受着一定的思想意向所支配，并最终达到与一定认识内容相结合。所以当情感经过概括、提炼之后，就会使原先直接由某一具体对象引发的原始状态的情绪体验，由于与广大人民群众的思想情感和作家的人生理想结合而不断扩大、加深，成为一种反映和表达社会和大众需要的情绪体验了。"器大者，声必宏，志高者，意必远"①，伟大的作家的心胸就像是一个时代的共鸣器，在他的作品中，所表现的不论是在现实生活中由于审美需要的满足所生的肯定情绪，如喜悦、振奋、愉快，或审美需要不能满足所生的否定情绪，如悲哀、失望、痛苦……虽然都是以个人感受的形式表现出来，但它的内涵却已经远远超越了"小我"而成为时代和群众情绪的回声！就像别林斯基所说："一位伟大的诗人讲到自己、讲到自己的我，也便是讲到普遍事物——讲到人类，……因此，每一个人都能够在他的哀愁中认出自己的哀愁，在他的灵魂中认出自己的灵魂。"② 唯其这样，他的作品才会引起社会的巨大反响。杜甫就是这样一位诗人。

---

① （宋）范开：《稼轩词序》
② ［俄］别林斯基：《莱蒙托夫诗集》，《别林斯基论文学》，新文艺出版社1958年版，第41页。

他的作品之所以被称之为"诗史",不仅由于它真实地反映了唐代封建社会由盛向衰转变的历史,而且与他在诗中所表现的情感同他所生活的时代和人民群众的深刻联系分不开的。文学史上常以杜甫自己说的"沉郁"二字来形容他的风格,据陈廷焯的解释"沉则不浮,郁则不薄"①,就是指他的诗歌所表现的情感很有深度,仿佛千百万群众都把他当作自己的代言人,通过他的作品在诉说自己心中的积郁似的。正因为情感与社会、时代、群众可以达到这样深广的联系,我们才有可能从贝多芬《第五(命运)交响曲》所表达的激越的战斗情绪和庄严的胜利召唤中,感受到在法国大革命的鼓舞下,德国资产阶级先进分子反抗封建专制、争取民主自由的革命豪情;从柴可夫斯基《第六(悲怆)交响曲》所抒发的绝望的泣诉呻吟和撕裂人心的哀号中,感受到在沙皇暴政统治下俄国知识分子的悲惨命运,以及为摆脱这种处境所进行的痛苦挣扎。所以,对于一个艺术作品来说,情感的深浅、强弱,也就成了作品思想高低的标志。别林斯基说得好"一部有情感的作品不可能没有思想,这是非常自然的。情感愈深刻,思想也愈深刻。反之亦然"②。在艺术中,情感淡漠、态度暧昧,都是作者思想肤浅、倾向模糊,没有坚定理想和热烈追求的表现。那无论如何是不可能成为伟大的艺术作品的。

因此,要深入地认识一个艺术作品的思想内容,评判一个艺术作品的思想倾向,我们就不能离开对作品所表达的情感的分析。正是从艺术家在作品里直接(在再现艺术中)或间接(在表现艺术中)反映出来的对一定现实生活的态度和体验中,再以这种态度和

---

① (清)陈廷焯:《白雨斋词话》
② [俄]别林斯基:《弗拉基米尔·别涅季托夫诗集》,《别林斯基选集》第1卷,上海译文出版社1979年版,第236页。

体验所显示出来社会需要的直接感性形式——意志和愿望中,我们可以判定在当时现实斗争中他的立场、态度和他所代表的社会力量。这样我们对艺术家及其作品的社会、历史地位才有可能作出准确而公正的评价。列宁对列夫·托尔斯泰及其作品所作的分析和评价,就为我们提供了卓越的范例。他一方面严正地指出托尔斯泰这种拒绝革命道路,妄图通过"道德上的自我完成"来改变社会现实的天真而幼稚的幻想,正是当时俄国农民的"幻想的未成熟,政治训练的缺乏,革命的软弱"的表现[1]。另一方面,又从托尔斯泰作品所表现出来的对沙皇政权、教会、法庭、官僚制度、土地制度等激愤的抗议中,看到了千百万俄国农民强烈要求变革现实的愿望和情绪,高度地肯定了托尔斯泰"善于以惊人的力量表达被现代制度所压迫的广大群众的情绪,描绘他们的境况,表达他们自发的抗议和愤怒的情感"[2],从而判明他是"俄国千百万农民在俄国资产阶级革命到来的时候所具有的思想和情绪的表现者"[3],他是"如此真实地反映出他们的情绪"[4],"俄国千百万人民群众都借他的口说了话"[5]。这种在特定时代条件下所产生的千百万人民群众的思想情绪,就是我们通常所说的"时代精神"。这是一个作品最可宝贵的精神因素。一个题材可以为不同时代的艺术家所借用,而这种由于表现了特定历

---

[1] [苏联]列宁:《列夫·托尔斯泰是俄国革命的镜子》,《列宁论文学》,人民文学出版社1958年版,第15页。

[2] [苏联]列宁:《列夫·托尔斯泰》,《列宁论文学》,人民文学出版社1958年版,第18页。

[3] [苏联]列宁:《列夫·托尔斯泰是俄国革命的镜子》,《列宁论文学》,人民文学出版社1958年版,第13页。

[4] [苏联]列宁:《列夫·托尔斯泰与现代工人运动》,《列宁论文学》,人民文学出版社1958年版,第25页。

[5] [苏联]列宁:《托尔斯泰与无产阶级斗争》,《列宁论文学》,人民文学出版社1958年版,第27页。

史时期社会的需要和群众的情绪所形成的时代精神,却是无法从一个艺术家转移到另一个艺术家那里的。因为这都是艺术家在自己的生活实践中,在感受时代的脉搏、人民的情绪的过程中所得到的,它深深地扎根在他们生活的历史时代和现实斗争的土壤里。在我国文学史上,像屈原、杜甫、陆游、辛弃疾、关汉卿、鲁迅等作家之所以取得这样伟大的成就,就是与他们在作品里表现了强烈的时代精神分不开的。如果说伟大的艺术家都是时代的产儿,那么,使他与时代的母体形成血肉联系的纽带,正是从他的作品所表现出来的情感内容中让人们所感受到他所处的那个时代广大人民群众的意志和愿望!

在这里,就向我们的艺术家提出了要使自己成为社会的喉舌,群众的代言人,首先必须使自己在思想感情上与广大人民群众打成一片。因为"感情只是向感情说话""情感只有为情感所了解,"①所以"一个人所能了解的情感只限于和他自己感到相仿的情感"。这就像物理学上的同频共振的原理一样。所以,"当个人主义发展到极端程度的时候,'诗的激情的共通性'实际上就消失了"②。因为它已经变得极度渺小而贫乏。那种视"自我"为唯一世界,把个人的情感生活与时代精神对立起来的观点,就是这种极端个人主义思想在艺术上的反映,是早已被进步的、革命的艺术家所唾弃了的"世纪末"艺术思想的沉渣泛起而已。可见,即使都主张艺术以情感为内容,在不同作家之间的认识上还是有着原则分歧的。

我认为,目前文艺理论界不少同志之所以讳言情感,就在于他

---

① [德] 费尔巴哈:《基督教的本质》,《西方哲学原著选读》下卷,商务印书馆1982年版,第472页。

② [俄] 普列汉诺夫:《艺术与社会生活》,人民文学出版社1962年版,第262页。

们不善于分清在对情感与认识的关系上所存在的两种不同的理解，因而对我们在上文正面阐述的那种作为艺术作品主观内容的审美情感的思想内涵和反映现实的能力也就缺乏正确的认识和估价。如有的同志认为："把表现情感作为艺术的真正本质，那么我们也可以举出例子来，说明表现情感的不一定都是艺术。小孩子为一块糖要不到手而伤心的啼哭，不能说没有感情，然而这决不是一曲音乐；两个闲汉愤怒的争吵和斗殴，感情不能说不盛，然而这却不是真正的戏剧；体育竞赛中看客的叫声里，谁能说没有情感？你能说这是诗吗？"这说明他们不仅没有看到艺术表现的是经过提炼、概括的情感，而且显然把一般的情感，甚至低级形态的情绪与作为艺术表现内容的审美情感混淆起来了。这样的"情感"当然也只好被排除在艺术的领域之外，结果他们所倡导的"艺术必须以现实生活为蓝本，描写、再现现实生活"，也就等于否定了在创作中艺术家的主观态度和评价，把艺术看作只是对生活的简单的复制。按照这种理论那是创造不出真切感人、具有深刻思想内容的艺术作品来的。

三

我们确定了情感是艺术的特性之后，再来看艺术的规律，有些问题就比较清楚了。

艺术是以审美情感为核心所构成的一个感性与理性的有机的综合体，它的规律当然也可以从多方面、多角度地来进行研究，这里不可能一一列述，而只能就主要的方面来谈。那么，什么是艺术的最主要的规律呢？如果说，意识与存在、社会意识与社会存在的关系是哲学的根本问题，那么，艺术与现实的关系，也就是艺术最主要的规律了。艺术创造是存在向意识的转化，而艺术欣赏则是意识向存在的转化。现在需要我们研究的就是，在这两个转化的过程中，艺术与其他意识现象相比到底有什么不同之点？其中最主要的，我认为它们都是以情感为"中介"。对此，我们可以从"微观分析"和"宏观分析"两方面来加以考察。

先从"微观"方面，即一个具体作品同现实生活的关系方面来看。

作为社会的意识现象，艺术与科学一样，虽然都是现实生活的反映，但是艺术作品又与科学论文不同，它以感性的形式来反映生活又不是对现实生活的简单的复制；一切感性材料只有经过艺术家的感受和体验，才能反映到作品中来，没有艺术家的感受和体验的激发和驱使，也就不会有真正的艺术创造。许多艺术家在回顾他们的创作动机时都曾谈到，正是由于现实生活中某些事件感动了他，使他心潮起伏，坐卧不宁，他才执笔创作的。因而一切成功的艺术作品，所描写的总是艺术家自己所熟悉、所亲身感受、体验的东西。艺术家对他笔下的生活愈熟悉，他的感受和体验愈深切，他的作品也就愈有可能获得成功。当然，社会生活是发展的，人民群众的要求随之不断会有所变化，艺术家的创作也有一个跟随着时代步伐前进的问题。但这只能从深入社会生活，感受时代脉搏这一根本问题上来解决。要不，只是单凭某种需要，勉强地去描写自己并不熟悉、没有感受、体验的东西，那肯定是要失败的。

感受、体验是艺术家创作的起点，但是，要是把这种感受、体验到的东西直接表现出来，那也不会是成功的作品。一个作品从创作动机的萌动到构思的完成，还必须经历一个艰巨的艺术概括和加工过程，即从艺术家对特定生活现象的感受、体验出发，通过创造性的想象活动，把自己已有的经验从记忆（包括表象记忆和情绪记忆）的库存中调动起来，经过选择、提炼、吸收、融化，以求创造出一个新的艺术天地——审美意象来。在这个过程中,不仅同样需要情感的驱策和推动,而且它的最终目的也是为了使艺术家感受和体验到的东西在所创造的审美意象中得到更为充分的表达。所以,这些审美意象,不论是偏重于景、象(在再现艺术中),或者是偏重于情、意(在表现艺术中)的,都是艺术家一定意向支配下的产物,是艺术家生活的结晶。正是在这一点上,使真正的艺术与一切赝品区别开来。有些概念化的作品虽然也不是完全没有具体的生活景象,但由于这些描写不是作者在深入生活、感受生活中把握到的,而是从抽象的概念出发,通过理智的思考和类比的想象把思想与形象联系起来的,是一种抽象思想的拟人化或拟物化,所缺乏的正是淋漓酣畅的情感流注,从整体而言,就谈不上有审美意象了。

尽管审美意象的创造是艺术构思的中心环节,但要是艺术家创造出来的审美意象还只是停留在他自己的头脑中,还不能称为艺术作品;只有当艺术家通过一定的形式、手法和媒介把它传达出来,成为一种物化的形态,那才算完成了他的任务。既然审美意象是以情感为核心内容的,那么,艺术家对形式的选择和运用也自然也不离情感的表达,所以即使是传达的工作,同样需要在艺术家的情感支配下进行。艺术的形式都有自己相对独立的表情价值,仅以媒介来说,不但物质性的媒介,如线条、色彩、节奏、声音是如此,就是精神性的媒介,如语词、语法也不例外。任何民族语言中都有不少同义词和近义词,这些词在表现对象的情状和艺术家的情感都不一样。每一种情状和情感都只有一个词才能使之得到准确而生动的表达,而每一个语词在不同的语法结构中所表达的情味和意趣也大有差别。这些语词在表情达意上的细微差别,也只有经过艺术家的亲身感受和体察才能分辨。足见即使是艺术传达,也非机械、简单的工作,可以说每一笔都维系着艺术家的心灵。因此,在优秀的作品中，形式不仅是生活的形式，而且也是情感的形式。否则，我们就无法理解许多艺术形式（如结构手法上的反复、对比，表现手法上的夸张、变形等）深刻的情绪含义了。

艺术创造是为了欣赏。只有通过欣赏，作品才能与群众建立联系，发挥它的社会效用，最终达到反作用于社会生活的目的。那么，在艺术欣赏中，艺术作品与群众发生联系的中介因素是什么呢？我认为也是情感。

什么是艺术欣赏？简单地说，就是读者、观众或听众在接触艺术作品时，通过对作品中艺术家所描绘形象的感受和所表现情感的再体验，来获得一种精神上的享受和满足。艺术作品与群众的这种特殊的关系，决定了艺术与科学各自所承担的不同的任务。科学是作用人的认识，而艺术则是诉诸人的情感。但这不只是一种抽象、朦胧的情绪感染，因为艺术所表现的审美情感乃是一种社会化的情感，它总是体现着作家对他所描写的事物表示一定的态度和评价。人们也只有通过情感的交流才能领略作品的内容，这决定了艺术欣赏总是具有很大的选择性。正如艺术家所了解的情感只能限于与自己相仿的情感一样，对于欣赏者来说，也只有那些符合他们审美理想和艺术趣味的作品，才能引得起欣赏者的共鸣。这样，在欣赏中，不仅主观需要支配着欣赏者对作品的选择，而且这种在一定的趣味支配下有选择的欣赏，又成了对读者心灵的再塑造；并经过长期的心理积淀，在人们心理上形成一种主导的情感倾向，支配和决定着人们对现实生活的态度，以及对现实所采取的思维和行为的方式。一切积极进取的生活态度，一切无私忘我的献身精神，都只有在高尚的思想情感的支配下才能产生。艺术的特殊功效，也就表现在这里。任何艺术都只有通过对人的情感的陶冶、境界的提升才能反作用于社会生活。要是忽视艺术在培养人的情感、塑造人的灵魂上的作用，要它去充任哲学讲义、政治教材、道德条文的职能，表面上看似很重视艺术的社会功能，而实际上恰恰是抹杀了艺术所特有的社会功能。

再从"宏观"方面，即整个艺术现象与社会存在、社会物质生活条件之间的关系方面来看。

艺术作为一种社会的上层建筑，都是一定经济基础上的产物。但经济基础并不直接决定着艺术的生产，这两者之间，还有许多"中间性"的因素在发生作用。这些"中间性"的因素通常在人们心目中都是指哲学、政治、道德、宗教等观点，而忽视了在"中间性"的因素之中，对艺术的关系最直接、影响最密切的还是拉布里奥拉和普列汉诺夫一再谈到的"社会心理"①，即一定历史时期人民群众的思想情绪，亦即时代精神。这种社会心理仿佛是精神的聚光镜，把上述各种观点，都综合地反映在其中，影响着作家的创作和读者观察欣赏活动中对作品的选择。关于这一点，在我国古代文论中早就有所论述。如刘勰就曾经把"世情"亦即社会心理与文学的关系比作"风"与"波"的关系，指出"风动"然后才有"波震"②。丹纳在分析"环境"对艺术产生的影响时，也特别强调"有一种'精神的'气候，就是风俗习惯与时代精神"在起着强大的作用③。因此，艺术尽管最终由社会物质生活条件，特别是物质资料生产方式所决定。但是，它与社会物质生活条件的发展并不都是成正比例的，艺术繁荣的时代不一定就是经济繁荣的时代。在一定条件

---

① 参见［意］拉布里奥拉：《关于历史唯物主义》以及［俄］普列汉诺夫：《从社会学观点论十八世纪法国戏剧文学和法国绘画》《没有地址的信》《唯物主义史论丛》等文。
② （南朝梁）刘勰：《文心雕龙·时序》。
③ ［法］丹纳：《艺术哲学》，人民文学出版社1963年版，第34页。

下，有些经济落后的国家，在艺术生产上反而可能超过同时代的一些经济发达国家。如18世纪的法国与英国相比，19世纪后半叶的俄国、挪威与英、法等国相比就是。这种不平衡现象的出现，就是由于群众思想情绪在起调节作用的缘故。而这种群众的思想情绪在阶级社会里常常是与社会的主要矛盾的情势分不开的。所以，普列汉诺夫在谈到社会心理时，总是把它与特定时代的阶级斗争的情势联系起来考察，指出"说艺术是生活的反映，这虽然也说出了正确的思想，但是究竟还不大明确。为了了解艺术是以怎样的方式反映生活的，就必须了解生活的机构。在文明民族，阶级斗争是生活机构中最重要的推动力之一。唯有考察了这个推动力，唯有注意了阶级斗争并研究了阶级斗争的种种不同的变化，我们才能多多少少令人满意地弄清楚文明社会的'精神'历史，'社会思想的进程'反映着各阶级及其相互斗争的历史"①。这是因为阶级矛盾最为尖锐激烈的时期，往往是人民群众革命情绪最为高涨、艺术家最有机会接触人民群众、深切感受时代精神，也是使艺术最有可能在社会中广泛传播、产生深远影响的时期，因而也就成了艺术高度发展、繁荣的时期。如俄国19世纪艺术的繁荣，就是在当时的反对沙皇专制和宣扬农奴解放的社会思潮和革命运动推动下取得的。没有这种因时代风云引起的群众情绪的波澜，就不会有19世纪俄国艺术的辉煌成就。

艺术不仅直接反映着一定的社会心理和群众思想情绪，而且也深刻地影响着社会的心理。如社会心理的健康和病态，群众情绪的

---

① ［俄］普列汉诺夫：《从社会学观点论十八世纪法国戏剧文学和法国绘画》，《普列汉诺夫哲学著作选集》第5卷，生活·读书·新知三联书店1984年版，第496页。

振奋和衰颓，常常与一个时期所流行的艺术有很大关系。因而从一个时期所流行的艺术之中，也就多少可以窥见这个时代的社会风尚和精神面貌。从这个意义上来看，艺术确是可以起到"观风俗，知得失"的作用。荀子论乐时谈到"乐中平则民和而不流，乐肃庄则民齐而不乱，……乐姚冶以险，则民流曼鄙贱矣"①。《毛诗序》论诗时也说到"治世之音安以乐，其政和；乱世之音哀而怒，其政乖；亡国之音哀而思，其民困。"艺术对社会物质生活条件的反作用，就是这样通过对世情、民心的影响而达到的。可见艺术并不像有些人所说的是"雕虫小技"，就其对于社会心理和社会风尚的影响而言，有时甚至胜过任何崇论闳议。所以，有远见卓识的思想家和艺术家，都十分重视艺术的社会影响。尽管他们的政治立场不同，但是对于这个问题的性质，倒是看准了的。

社会心理对于艺术直接影响，也可以从艺术的发展的方面看出。刘勰在《文心雕龙·时序》中就以大量的材料论证了"文变染乎世情，兴废系乎时序"的发展规律，如"幽厉昏而《板》、《荡》怒，平王微而《黍离》哀"，建安之末，"良由世积乱离，风衰俗怨，并志深而笔长，故梗概而多气也"。虽然艺术在发展过程中，还有它自身的批判继承的关系，但是一个时代的艺术对于民族传统的吸收和外来艺术借鉴，恐怕还是以反映在一定时代的审美趣味中的社会心理为中介，以及能否反映社会生活和群众的思想情绪为目的。这也已为大量的历史事实所证明。虽然由于时代和思想的局限，刘勰在论述这个问题时还不可能达到像普列汉诺夫所说的"任何一个民族的艺术都是由它的心理所决定的，它的心理是由它的境况（如阶级斗争——引者）所造成的，而它的境况归根到底是由它的生产力状

---

① 荀子：《乐论》。

况和它的生产关系所制约的"① 的认识高度，但是他对于艺术发展的"中间性"因素——"世情"的揭示在今天看来还是很深刻、精辟的，对于帮助我们认识艺术发展中自身特殊的规律，仍有着很大的启发作用。

对于艺术特性和艺术规律我们过去研究得相当不够，把这两者联系起来论述似乎更加缺乏。我们要深入探讨艺术的规律，找出其中本质之间的联系，科学的方法，我们认为只能从认识艺术特性这个根本问题入手。本文只是在这方面作一些初步而粗浅的尝试，至于是否正确，那就有待于大家的批评了。

1983 年 10 月下旬

（原载《社会科学战线》1984 年第 3 期）

---

① ［俄］普列汉诺夫：《没有地址的信 艺术与社会生活》，人民文学出版社 1962 年版，第 53 页。

反映论原理与文学本质问题

文学本质问题在文学理论史上已讨论了两千余年，但迄今还众说纷纭。究其原因，就是由于哲学思想的分歧所产生的。所以，要圆满地解决这个问题，我认为还是应该联系哲学的问题来进行深入的思考，否则，一切努力都将是徒劳的。

一

我们知道，哲学的基本问题是存在与意识的关系，因此，从哲学的观点来看问题，文学理论的最基本问题自然也应该是文学与现实的关系了。正是由于对这个基本问题认识的分歧，才派生出对于文学理论上一系列问题的不同解释，由此可见这个问题的重要。

建国以来，我们的文学理论界对这个基本问题解答一向是坚持以唯物主义的认识论，即反映论为指导思想的。但是，由于分不清机械的反映论和能动的反映论的区别，在解释这个问题时的确存在着许多难以尽如人意的地方：如在不同程度上只强调了反映而忽视了创造，强调了再现而忽视了表现，强调了创作过程中现实的客观制约性而忽视了作家的主观能动性。这种认识上的片面性，不仅使文学理论上的许多重要问题，如想象、情感、创作个性、艺术风格等，在我们的文学理论框架中都丧失了自己应有的地位，而且即使涉及这些问题，也没有引起足够的重视，作出具体、深入而令人信服的解释，从而使得理论失去了对实践应有的阐释能力和指导作用。从这样的实际情况来看，最近几年有些同志提出批判文学理论中的机械的反映论，呼唤文学的主体性的复归，对于克服我们以前文学理论中直观论和机械论的倾向，帮助我们深入认识文学的内部规律，应该说是有积极意义的，在理论界引起强烈的反响也不是偶然的。但综观这一类文章，缺点也非常明显，表现在：第一，许多论者都没有分清机械的反映论和辩证唯物论的反映论的根本区别，不加分析地把反映论笼统地一概说成是"机械的反映论"，这样，就有意无意地把能动反映论也一起全盘否定了，从而使我们的文学理论失去了唯物主义的思想基础，分不清唯心和唯物的界线；第二，在全盘否定反映论的基础上，他们又放弃了意识与存在关系这个理论基础来谈论主客体关系的问题，这样就离开了历史唯物主义的基本前提。我们并不否认自近代社会，特别是本世纪以来，由于科学技术的进步，主体在认识世界和改造世界中的地位和作用的不断提高，使得主客体的关系在哲学上的地位日趋突出，从而大大地充实和丰富了认识论的具体内容，反映在哲学上，人们已不满足于停留在对存在与意识关系作一般抽象的哲学论证。然而，主客体关系是既不能等同又不能取代主客观关系的，它们作为实践过程中所形成的反映活动的两极，不仅互相依存、互相制约、互相渗透，而且都是在实践过程中分化出来的。这就说明要正确地回答主客体关系的问题，还是要把它们放到存在与意识这个哲学基本问题的框架中来加以论证。要是我们否定了意识是存在的反映这个前提，否定了存在与意识这个哲学上的基本命题对于我们正确认识主客体关系问题的制约作用，就必然会导致把精神主体与实践主体割裂开来,甚至对立起来,使人们对主体的理解趋向抽象化和"人本主义"化,这样一来,就必然会陷入另一种形而上学的片面性之中。

我认为目前我们文学理论界许多积极提倡文学的主体性的同志在理论上恰恰是犯了这个毛病。由于他们不作具体分析地对反映论一概采取批判的态度,这就等于否定了存在对意识的决定作用,片面地宣扬了作家的主体性,因此就必然得出文学不是现实生活的反映,只是作家想象的自由创造,离开了现实的基础来谈论所谓文学的超越性,并提出"充分的主体性和超越性才是文学的本质特征",认为在创作中,"作家从内外各种束缚、各种限制中超越出来,其结果就获得一种内心的大自由",这种自由才是"作为精神主体性的深刻内涵"。这种理论本来不无合理的因素,但是由于对作家"自我"作了过分的强调,也就使得它与上几年有人宣扬过的"自我的表现"的理论完全合流了。这种理论实在并不新鲜,早在两百年前德国耶拿浪漫派理论家施勒格尔兄弟等人就狂热地宣扬过。耶拿浪漫派理论家深受德国唯心主义哲学家费希特"唯我论"思想的影响,他们根据费希特的"自我"是唯一的实在,它创造一切,"意识本身就是自我最初的原始活动的这样一种产物,即自我自己设定自己的产物"①的观点,认为:"诗是无限的和自由的,它承认诗人的任凭兴之所至是自己的基本规律,诗人不应当受任何规律的约束","这是创造的哲学,它以自由的思想和对自由的信念为出发点,它表明,人类精神强迫着一切存在物接受它的法则,而世界便是它的艺术作

---

① [德]费希特:《全部知识学的基础》,《西方哲学原著选读》下卷,商务印书馆1982年版,第343—344页。

品"。① 这种否定客观现实，片面强调表现作家主观现实即自我表现的理论，后来又为柯尔立治和斯达尔夫人等所接受和宣扬，从而成了19世纪欧洲消极浪漫主义文学的理论基础。21世纪初，表现主义文艺思潮在德、奥和北欧等国兴起，自我表现又作为一种时髦的理论再度流行过。当然，在这期间，像黑格尔、别斯林基等人也运用过"自我表现"这个概念，如黑格尔认为抒情类文学是作家"本人的返射内视"，"它所特有的内容就是心灵本身，单纯的主体性格，重点不在当前的对象而是发生情感的灵感"。②别林斯基则说得更明确，认为与作为"客观的、外在的诗"的叙事类文学相反，"抒情类的诗主要是主观的、内在的诗，是诗人自我的表现"③。但只要我们不断章取义地来稍加体会，就可以明白，这些话无非说明在抒情诗创作中，一切外部世界的东西，只有转化为诗人主观内在世界的东西，即诗人对于现实的一种感受和体验，才能在作品中获得表现；这里所说的"诗人自我的表现"，显然只是就抒情类文学反映生活的途径而言，它与以"自我"为本，把"自我"当作文学的源泉的耶拿派浪漫主义者和表现主义者的理论是有着根本区别的。

我们之所以不赞成文学是作家自我的表现，文学的源泉在于作家的主观世界的观点，就是因为它在谈论文学创作中的主客体的关系的时候，完全离开了存在与意识的关系，即存在决定意识这一马克思主义哲学的基本立足点，对于作家的主观地位和作用作了片面的、不适当的强调。在我们看来，作家作为一个精神主体与实践主

---

① ［德］弗·施勒格尔：《断片》，《欧美古典作家论现实主义与浪漫主义》（二），中国社会科学出版社1981年版，第386、385页。
② ［德］黑格尔：《美学》第3卷下，商务印书馆1979年版，第191—192页。
③ ［俄］别林斯基：《诗底分类和分型》，《别林斯基论文学》，新文艺出版社1958年版，第191—192页。

体是分不开的。一切精神世界的东西归根到底都是主体在实践活动中对外部世界反映的结果。如同马克思所说的："个人的真正的精神财富完全取决于他的现实关系的财富。"① 所以，作家主观意识的丰富性从根本上来说都取决于他所处的现实关系的丰富性。要是我们在文学理论中把主观的东西与客观的东西对立起来，把"自我"看作是创作的源泉，离开现实基础一味地强调文学对生活的超越，这只能导致作家脱离严峻的客观现实，蜷伏在个人狭小心灵的深处，把微不足道的个人的悲欢当作是全世界，或一味按照个人的旨趣，到远古荒蛮的世界中去寻求那些原始的生活风情和文化习俗，甚至认为文学作品只有淡化时代背景，远离现实斗争，才能经得起时间的考验，具有不朽的价值。这就会使作品的内容陷于极度空虚而贫乏，对于我们的文学创作的健康发展，是有百弊而无一利的。因此，这种观点遭到许多同志的反对是理所当然的。

许多同志虽然批评了自我表现论的偏颇，但他们也不赞成文学是生活的反映的观点。从而提出文学既是现实生活的反映又是作家思想情感的表现。这如果作为对文学本体特征的描述，毫无疑问是正确的。因为文学不同于科学，在创作过程中，客观现实总是通过作家的审美感知反映到作品中来的，其中必然要表现着作家对他所反映对象的感受和体验。因而作家的主观因素总是作为作品内容不可分割的组成部分而渗透在他的作品之中，这就决定了任何文学作品在反映现实的过程中同时又总反映着作家的自身。对此，我们可以从以下两方面来看：首先，在创作过程中，作家用来加工的东西不是与他的生活完全分离的客观事实，而是作家通过生活实践从现

---

① [德] 马克思、恩格斯：《德意志意识形态》，《马克思恩格斯选集》第1卷，人民出版社1972年版，第42页。

实中所获得的经验的材料。这种经验材料虽然直接得自现实生活，但由于它是通过作家的情感体验反映到自己头脑中来的，作为一种心理的印象，已不同于一般的物理映象。它不仅保存着事实的信息，而且还渗透着作家对于这些事实的态度，总是这样那样反映着作家自己的个性特点。所以，这种"得自现实的印象已是他的社会个性，他的阶级世界观和他的个性特点和气质的表现"①。其次，文学创作不是作家对自己经验材料的简单的记述，他所反映的不仅根据自己的创作意图，通过对材料进行筛选、加工，所重构的一个世界，而且在这过程中总不可避免地会对对象表示他自己的态度和评价，因而使得整个艺术作品无不染上作家思想情感的色彩。根据以上两方面原因，我认为虽然从文学本体来看，我们承认文学既是现实生活的反映又是作家思想情感的表现，但这种对文学作品特征的现象上的描述决不可能代替对文学根本性质的最终揭示。因为一切主观的东西包括作家的创作意图，都不可能是主观自生的，说到底是反映在头脑中并经头脑加工的客观的东西而已。所以我们说作家在反映现实的过程中同时也反映着自身，反映着自己的思想情感，自己对现实的态度和评价，这个"自身"绝不是先验地存在着的，而是由他自身存在的现实关系和历史条件所决定的，归根到底也是客观现实的产物。列宁把列夫·托尔斯泰说成是"俄国革命的镜子"，说他是"俄国千百万农民在俄国资产阶级革命到来的时候所具有的思想和情绪的体现者"②。他是"如

---

① [苏联] 法捷耶夫：《争取做一个辩证唯物主义的艺术家》，《古典文艺理论译丛》第 11 册，人民文学出版社 1966 年版，第 166 页。
② [苏联] 列宁：《列夫·托尔斯泰是俄国革命的镜子》，《列宁论文学与艺术》（一），人民文学出版社 1960 年版，第 283—284 页。

此真实地反映出他们的情绪"①,"俄国千百万人民群众都借他的口说了话"②。这都侧重于从托尔斯泰作品的主观内容方面来说明是对当时俄国社会现实的反映。所以,从反映论的观点来考察文学,我们就应该同时顾及文学作品的客观内容(作品反映的对象)和主观内容(作家的思想、情感、倾向)两个方面。应该看到流露在作品之中的作家的主观思想、情感,与作品所描写的对象一样,同样都来自生活,同样都包括在我们所说的文学是生活的反映这个命题的内涵之中。要是我们把文学作品中反映的现实内容仅仅局限于它所描写的对象而排除了作家对它的态度和评价,似乎这种主观因素不是现实生活的反映而是主体自生的,或视文学为既是现实生活的反映,又是作家思想情感的表现那就必然导致"二元论"的错误。

由此看来,要建立科学的文学理论,它的哲学基础毫无疑义应该是辩证唯物主义的反映论,一切想推倒反映论来重建我们的文学理论的企图,都是不正确的,都未必经得起实践的检验。因为这等于把鲜花从沃土里拔出来进行观察,那还能得到什么是鲜花的科学结论吗?既然如此,那么为什么现在文学理论界有那么多人不作具体分析对反映论采取一概否定的态度呢?这当然与我们长期以来对辩证唯物论的反映原理没有作全面而透彻的解释,特别是联系文学创作实际作出具体而深入的阐述有关。因此,我们要确立辩证唯物主义的反映论为我们文学理论的指导思想,首先就要我们对辩证唯物主义的反映论有一个完整而正确的理解。

---

① [苏联]列宁:《列夫·托尔斯泰与现代工人运动》,《列宁论文学与艺术》(一),人民文学出版社1960年版,第299页。
② [苏联]列宁:《托尔斯泰与无产阶级斗争》,《列宁论文学与艺术》(一),人民文学出版社1960年版,第301页。

我们知道,"反映"这个概念是马克思主义创始人从旧唯物主义哲学中继承下来的(有人认为:"反映"的概念来自生理学家谢切诺夫"反射"的概念,这完全不符合事实。因为"反映"在俄文中是Отражение,与"反射"Рефлекс根本不是同一个词)。旧唯物主义认为物质第一性、意识第二性,一切意识的东西终究都是物质的东西的反映的思想,对于反对唯心主义和神学观念,推动科学的发展无疑是有积极意义的,因而受到马克思主义创始人的大力肯定。但与此同时,马克思主义创始人也看到了从18世纪以来,欧洲的唯物主义哲学是在牛顿的力学思想和霍布斯等人的"人是一架按力学性质运动的机器"的学说影响下发展起来的,它们都把反映当作是人的感官对于外界刺激的消极、被动的接受,从而把主体的作用完全排除在反映的活动之外,是一种机械的反映论。与之不同,在马克思看来,"社会生活在本质上是实践的",所以反映也总是通过人的实践来完成的,而"从前的一切唯物主义——包括费尔巴哈的唯物主义——的主要缺点是:对事物、现实、感性,只是从客体的,或者直观的形式去理解,而不是把它们当作人的感性活动,当作实践去理解,不是从主体方面去理解。所以,结果竟是这样,和唯物主义相反,唯心主义却发展了能动的方面……"[①]列宁也指出:反映"不是简单的、直接的、照镜子那样死板的动作,而是复杂的、二重化的、曲折的、有可能使幻想脱离生活的活动"[②]。而"形而上学的唯物主义的根本缺陷就是不能把辩证法应用于反映论,应用于认识

---

① [德]马克思:《关于费尔巴哈的提纲》,《马克思恩格斯选集》第1卷,人民出版社1972年版,第18页。
② [苏联]列宁:《亚里士多德"形而上学"一书摘要》,《列宁全集》第38卷,人民出版社1959年版,第421页。

的过程和发展"①。这都说明马克思主义创始人和经典作家对于机械的反映论一向是持批判态度的，他们所倡导的就是一种能动的反映论。这种反映论不同于旧唯物主义的认识论在于：它探究的不只是意识对现实的依存性，而且是意识反映活动过程中的地位和作用的问题。所以，要是我们不把这两种反映论严格地加以区分，不顾事实地把反映论都笼统地说成机械的反映论，这就不是一种科学的、严肃的态度了。

但是，在另一方面我们也应该看到：正如"每个人都是他那时代的产儿，哲学也是这样，它是被把握在思想中的它的时代"②。因此，对于任何问题，"我们只能在我们时代的条件下进行认识，而且这些条件达到什么程度，我们便认识到什么程度"③。在马克思和列宁的时代，由于科学发展水平的限制，再加上当时思想领域内所面临的任务主要是批判唯心主义，所以他们在谈到存在与意识的关系的时候，还侧重于从本体论的角度来进行论证，侧重于强调物质的第一性和意识的第二性，强调意识是存在的反映；至于从认识论方面对于反映过程中主客体之间的关系以及主体的地位作用的问题，还只是当作一般的原则提出，未曾开展具体而充分的论述。这也可能影响到有些同志对于辩证唯物主义反映论的正确而全面的理解，以致分不清它与机械反映论的根本区别。因此，要建立科学的文学理论的体系，摆在我们面前的一项艰巨的任务，就是根据现代科学的最新成就，对于辩证唯物主义的反映论原理，特别是主体在反映过程中的地位和作用的

---

① ［苏联］列宁：《谈谈辩证法问题》，《列宁全集》第38卷，人民出版社1959年版，第411页。
② ［德］黑格尔：《〈法哲学原理〉序言》，《法哲学原理》，商务印书馆1961年版，第12页。
③ ［德］恩格斯：《自然辩证法》，《马克思恩格斯选集》第3卷，人民出版社1972年版，第562页。

问题，作出反映我们时代科学发展水平的论证。只有这样，我们的文学理论才会有坚实而牢固的思想基础。这当中，最主要是反映的心理内容和反映的心理机制这样两个问题。下面，我想结合文学创作的实际，就这两个问题谈一点粗浅的看法，以就教于同志们。

二

先说反映的心理内容问题。

过去，我国学术界一般都认为反映就是"客观事物作用于人的感官所引起的摹写，即认识"。这个定义在今天看来是既不准确，也不完整的。因为认识只不过是反映活动的一种形式，或者说是基本形式，它远远不能概括反映活动的全部内容。我们把人的心理的东西都看作是客观现实的反映，但并不认为只限于认识这样一种单一的活动。从横向联系来看，除了认识之外，还有情感和意志；从纵向联系来看，除了意识之外，还有无意识。这些内容一无例外地都是客观现实在人们头脑中反映的产物。所以，要以反映论的原理来指导研究文学问题，我们首先就要打破反映即认识的这种狭隘的传统观念，全面而完整地来理解反映的概念以及它所涵盖的内容。

既然反映包括这样丰富的心理内容，那么，为什么长期以来人们都把反映等同于认识呢？这当然是有来历的。因为在西方，自从古希腊以来，哲学的基本命题被认为是探究世界的本性问题。如亚里士多德认为，哲学的目的就是要发现世界终极的本质，即"掌握各种实体的各种本原和原因"①。这样就把哲学的基本命题限制在本

---

① ［古希腊］亚里士多德：《形而上学》，《西方哲学原著选读》上卷，商务印书馆1981年版，第124页。

体论的范围之内，这一点几乎成了西方哲学两千年的传统。既然哲学的对象只限于世界的本性，哲学的任务只不过是发现世界的终极本原，那么，反映的内容自然也就只能缩小为认识了。

马克思主义创始人把实践的观点引入认识论，认为社会实践是人们认识活动的基础。实践的主体是人，任何实践活动都是人们为了满足自身的需要而自觉进行的。因此，承认实践是认识的基础，这就意味着对于人的认识不能只是从客体方面来理解，而且还应该从主体方面，从主体与客体的相互关系、相互作用方面去理解。一旦当我们从主客体的相互关系和相互作用方面去观察问题的时候，我们就会发现：在反映过程中，主体的意识不仅反映着关系中的对象，同时也一定要反映着主体与对象之间的关系。前者就对象本身来反映对象，后者就主体的某种需要出发来反映对象；前者属于事实意识，就是我们所说的认识，这是反映活动的最基本的形式；后者属于价值意识，即一般我们所说的情感和意志，那是在反映过程中由认识所派生的内容。所以，就反映的心理内容来看，完整的就应该包括这样两方面的内容。而在这两种反映形式之间，认识之所以是最基本的形式，乃是因为一切外部世界的东西，首先总是通过感官而进入人类头脑，并经过人的头脑的加工为人所掌握的。所以苏联心理学家谢·鲁宾斯坦认为："正是心理过程的认识方面，特别突出地表现着心理现象同客观世界的联系；因而认识问题的解决也就成了克服对心理活动主观唯心主义理解的关键。"认识在人的反映活动中尽管占据着如此重要的地位，但是人们并不只是为了认识世界而认识世界；人们认识世界的最终目的，还是为了改造世界，使世界变得符合自己的需要。这决定了人们在认识的过程中，不仅力图了解对象的特性和规律，而且还总是从自身出发，根据自身的需要去评估对象对于自身的意义，并在此基础上确立我们行动的目的以及为达到这些目的所决定采取的手段。这样,就在认识的基础上,形成了人们的情感和意志。因此,鲁宾斯坦在肯定认识为反映的基本形式的同时,又进一步指出:"任何心理过程都有认识方面,但认识方面并不能把心理过程包括无遗。"① "心理过程就它们的具体完整性来说,不只是认识过程,而且也是'激情的'过程,情绪——意志的过程。它们不只表现着关于现象的知识,而且也表现着对现象的关系;它们不只反映着现象本身,而且也反映着它们的主体,对于主体的生活和活动的意义。心理的东西(意识)的真正的、具体的'单位'是主体反映客体的完整的动作。这是一种就其成分来说复杂的形成物;它永远在某种程度上包括两个对立的组成部分——知识和关系、理性的东西和'激情的东西'的统一,在这两者当中时而这一个,时而另一个表现为优势的组成部分。"这就说明了辩证唯物主义的反映论不仅限于对世界本性的认识,即认识论,而且同时还应该包括对于世界与人类自身的意义的评价,即价值论——一种需要情感和意志活动去把握实现的理论。可见,把反映仅仅当作是认识,仅仅局限于从本体论的角度来探究反映的内容,这实际上是一种客体至上的直观的、机械的唯物主义的反映的观点,与辩证唯物主义的反映论是有原则分歧的。

根据以上对于反映的心理内容的理解,我们不难判明:文学虽然是现实生活反映,但它不只是以认识的心理形式,而更是以情感、意志的心理形式来反映生活的。情感不同于一般的认识活动,它作为人们对客观事物的一种态度的体验,是"需要的主体与对它有意

---

① [苏联]鲁宾斯坦:《存在和意识》,生活·读书·新知三联书店1980年版,第325页。

义的客体的关系在他头脑中的反映"① 的产物。所以它反映的不是纯粹的客观事物的属性,而是客观事物对于人的意义,即一种以情绪体验的形式所表现出来的人们对它的态度和评价。尤维纳利斯说:"愤怒出诗人"②;车尔尼雪夫斯基说:文学艺术除了"说明生活"之外,还要"对生活现象下判断"③;高尔基说:"艺术的本质是赞成或反对的斗争"④。这些言论都向我们说明了文学艺术对生活的反映所采取的是情感这种形式。但是,过去由于我们对反映的心理形式认识的片面,以致在文学理论中几乎都把文学归入到认识的范围,因此得出文学与科学就其内容说是一致的,所不同的只是它们反映的形式,即科学是以概念及概念的体系,而文学则以形象和形象的体系来反映生活这样皮相的结论。根据这种认识,人们在分析文学作品时,就仅仅着眼于题材本身,满足于把文学作品与它所反映时代的社会生活作简单的参照,来评价文学作品所反映的生活内容的意义和价值;至于反映在作品中作家精神个性的特征,如作家如何感受生活、理解生活、阐释生活、评判生活,以及对生活所采取怎样的加工方式等等,几乎都排除在探究的视野之外。这样,文学就变成了没有作家个人独特发现和见解的一种现成的社会学结论的图解。像在分析《红楼梦》《阿Q正传》,以及巴尔扎克、列夫·托尔斯泰的作品时,都不同程度地存在着这种倾向。在这种完全无视创

---

① [苏联] 彼德罗夫斯基主编:《普通心理学》,人民教育出版社 1981 年版,第 394 页。

② 转引自 [德] 恩格斯:《反杜林论》,《马克思恩格斯选集》第 3 卷,人民出版社 1972 年版,第 189 页。

③ [俄] 车尔尼雪夫斯基:《艺术与现实的审美关系》,人民出版社 1957 年版,第 109 页。

④ [苏联] 高尔基:《论艺术》,《高尔基论文集》,人民文学出版社 1978 年版,第 141 页。

作主体的存在，完全撇开对象与作家自身之间意义的把握，把作品反映的现实当作是与作家不发生任何价值关系的纯粹的认识客体的观念为指导，自然是很难真正理解文学作品的思想和意蕴的。前面我们引用的列宁评价列夫·托尔斯泰的作品的话，就是对这种肤浅的认识的有力的否定。他特别侧重于从托尔斯泰的作品是如此真切而生动地反映了当时俄国农民的思想情绪，他们对于国家、教会、土地私有制度的愤怒和抗议中，来判明托尔斯泰是当时俄国千百万人民群众的代言人。当然，托尔斯泰的这种愤怒和抗议首先是建立在他对当时沙俄社会腐朽没落的深刻认识的基础上的。要是作家对现实没有如此深刻的认识，他的愤怒和抗议也不会达到如此强烈的程度！但是应该看到，作家的这种认识成果不是以图解概念的形式反映在作品里，而是通过作家对他所描写的生活现象的态度的体验来表达的。要是没有经过这种情感的折射，不能使对象与主体之间的关系建立在情感的基础之上，不论这种认识怎样深刻，还是不可能具有审美的价值，也很难真正成为适合于文学作品所表现的内容的。

所以，我们要想以反映论的原则来科学地解释文学的现象，第一步就要破除以认识"世界本性"为反映的终极目标和唯一形式的传统观念，给情感、意志在反映的心理结构中以应有的地位。这是从反映的途径和方式来看。

再从反映的心理层次来看，根据在反映活动中主体对客体意识上的掌握的程度，反映的内容又可以分为意识和无意识两个心理层次。前者是为主体意识所掌握的心理内容，后者一般认为是停留在感受阈限以下，尚未为主体意识所掌握的心理内容。文学作为一种审美意识的物化形态，本质上当然是作家意识活动的产物，所以文学创作不可能像弗洛伊德以及他的文艺界的信徒，如超现实主义作家布列东等人所说明那样，是"纯粹的精神无意识活动"，是"在不受理性的任何控制，又没有任何美学或道德的成见时的思想的自由活动"①。但要是因此认为凡是写到作品中的就仅仅限于作家所清晰意识到的东西，那恐怕也是一种理性主义的狭隘的见解。由于传统的反映论把反映等同于认识，所以人们对反映的心理内容的理解一般也都只局限于意识的层次；再加上由于弗洛伊德等人的肆意歪曲，把无意识产生的根源完全归结为一种本能的心理现象，这就把心理的东西完全生理化了，因而长期以来人们几乎都有意无意地讳言无意识。这就更说明我们今天对于无意识问题作出科学论证的必要，否则，就等于把无意识这种心理现象的解释权拱手奉献给弗洛伊德。这当然是无助于问题的真正解决的。所以，在我们看来，问题的症结不在于是否承认无意识，而是在于对无意识应该作怎样的解释。

与理性主义者把人的反映活动的内容仅仅局限于意识的领域而无视大量无意识心理现象的存在相反，从17世纪以来，无意识心理却开始为德国哲学家和心理学家如莱布尼茨、赫尔巴特和布伦坦诺等人所注意。但是，到了本世纪初，由于精神分析心理学派的兴起，无意识在有些人心目中几乎已成了精神分析心理学派的专用名词，只是精神分析心理学所特有的一个研究领域，这其实是一种误解。几乎与弗洛伊德同时，苏联著名生理学家巴甫洛夫就曾经指出："我们清楚地知道，精神生活，心理生活是多么形形色色地由意识和无意识的东西构成。"他认为心理学研究的薄弱原因之一，就在于它只

---

① [法]布列东：《超现实主义宣言》，《西方现代文学选》，上海译文出版社1989年版，第196页。

局限于意识的现象而忽视了无意识现象①。这都告诉我们："意识并不能代替整个人的心理活动，心理的东西和被意识到的东西是不能混为一谈的，与笛卡尔主义相反，心理的东西并不能（完全）被归结到意识的东西"②，它还大量表现在无意识的领域。这些无意识的心理大概包括以下两个方面内容。一是完全处于意识阈限以下的心理内容，一般是指在心理上虽然已经反映了，但却没有为主体所意识到，或不是处于意识的中心地位的这样一种低水平的反映形式。比如两个人在路上边走边谈，尽管他们的注意力都集中在谈话上，但是遇到路上的树木、电线杆以及其他一些障碍物，他们都会避开绕过，不至于发生碰撞；然而当别人问起一路上遇到什么，却未必能讲得出来。这说明这些树木、电线杆和障碍物都在他们头脑里反映了，只不过没有为意识掌握，还处在意识的阈限之下而已。二是由意识转化而来的无意识。如一些原来人们意识中已有的感觉和印象，由于年长月久而渐渐地被淡忘了。但这些被淡忘了的感觉和印象并没有在人们的心理上完全抹去，它在意识的深处沉积下来，不断地丰富和充实着人们的深层心理。这种沉积在意识深处不为人们目前意识所掌握的心理内容，也应该是一种无意识。所以，苏联心理学家肖洛霍娃认为"无意识的存在，必须以在人那里现实地或潜在地存在着意识为前提"③。从这个意义上说，一个人的意识发展的水平愈高，那么，他的无意识的心理相应地也沉积得愈丰富、愈深

---

① ［苏联］巴甫洛夫：《动物高级神经活动（行为）客观研究的二十年经验》，转引自［苏联］鲁宾斯坦：《存在和意识》，生活·读书·新知三联书店，第 34 页注。
② 转引自［苏联］鲁宾斯坦：《存在和意识》，生活·读书·新知三联书店 1980 年版，第 340 页。
③ ［苏联］肖洛霍娃：《自然科学和哲学中的意识问题》，沈阳师范学院教育科学研究所 1981 年版，第 4 章。

厚。由此看来，无意识也并不完全像有些人所认为的那样，都属于低水平的心理反映，它也可能由意识转化而来，是一个人意识发展水平的一个重要的标志。

　　无意识心理本身所具有的这种反映现实的能力，决定了在文学创作中有着它自己特殊的地位。这是因为文学作为一种审美意识形态，是通过作家的感觉和体验来反映生活的，所以，反映在作品中的并非只限于为作家意识所掌握了的心理事实，很大一部分内容是属于作家的无意识心理。这种无意识心理对于文学的意义和价值具体表现在：首先，它充实和丰富了文学反映的内容。文学是通过对生活现象的具体描绘来反映生活的，现象是一个处于多种关系和联系中的感性存在，就像黑格尔所说的："同规律相比，现象是整体，因为它包含着规律，并且还包含着更多的东西，即自己运动着的形式的环节。"① 生活现象的内涵是如此丰富，但是当作家在接触生活时，他一般总只是为它的某些方面所感动，因而他的注意力也常常只倾向和集中于某些方面；至于其他侧面，虽然为作家所感觉到了，但却未必为作家所注意和理解。这些没有被作家意识所把握到的东西在理论的反映形式中总是被排除的，而在文学创作时却常常被作家的彩笔不知不觉地描写到作品中来。再加上在作家的意识阈限之下沉积着比作家构思时为意识所掌握的远为丰富的信息量，这些潜藏在意识深处的经验，当作家进入创作的过程之后，就会在某种情感的激发和意向的诱导下重新浮现出来。就像高尔基在向青年作家谈到平时在无意识中积累经验的重要性时所说的：当在生活中对某人产生了注意之后，"你们的记忆就会把这些特征记下来，……你们

---

　　① 转引自［苏联］列宁：《黑格尔"逻辑学"一书摘要》，《列宁全集》第38卷，人民出版社1959年版，第160页。

没有认识清楚，就机械地把印象接受下来；你们会忘掉它们，但是一旦需要，你们的视觉记忆会来帮助你们，而你们就会从这些丰富的零碎印象中得到你们所需要的人物特征"①。这就是许多大作家在创作中之所以能够左右逢源、游刃有余的原因。正由于作家心底沉积着这样一片丰富而深厚的经验的沃土，他的作品才能根深叶茂，花香果硕！这就使得许多优秀作品所反映的生活内涵都大大超过了作家意识所把握到的限度，以致当批评家把它揭示出来之后连作家本人都感到惊讶！所以，尽管作家所创造的每个具体的文学作品在反映生活上都有自己一定的界限和范围，是一个自成天地的特定的艺术世界；但由于创作时作家在无意识中调动了他意识深处的整个经验库存，因此，在某种意义上可以说它又是作家全部生活阅历和生活经验的结晶。这是无意识心理在创作中作用的一方面。其次，我们还应该看到：无意识心理除了作为文学的材料、作家加工的对象进入作品之外，还常常以作家心理定势的形式，参与到作家对客观现实的感知和把握过程，作为作家提取材料的心理背景在创作活动中发生作用。所以在创作过程中，作家喜欢什么题材、倾心于什么题材、选择什么题材……这不但决定于一个作品具体的创作意图，同时也反映了作家内心深处最隐蔽的意向和欲望。这种隐蔽的心理动机在平时生活中尽管可以被作家抑制到意识的深处，但在创作时由于情感机制的作用，往往使它不自觉地会在作品中获得充分而全面的流露，以致维戈茨基认为"艺术作品就是无意识在其中表现得最鲜明的客观事实"②。因此，虽然历史上对于"文品"和"人品"

---

① [苏联] 高尔基：《就全苏工会中央理事会工人编辑委员会提出的问题同突击队员作家的谈话》，《论文学》，人民文学出版社1978年版，第303页。
② [苏联] 维戈茨基：《艺术心理学》，上海文艺出版社1985年版，第88页。

有种种不同的议论,但是,从根本意义上来说,我们还没有发现这两者有完全相悖的事实。这也是无意识心理在创作中作用的表现。

总之,要完整地理解人的心理结构,我认为不仅要从认识、情感、意志,而且还要从意识与无意识这样横向和纵向两方面来进行考察,要是把反映仅仅看作是认识,那就无法解释其他心理现象的现实根源,就会给唯心主义留下可乘之机。所以,机械唯物论的反映论就必然会导致产生唯心论!

这样全面、完整地来理解反映的心理内容对于研究作家的创作活动尤其重要。因为文学反映的是一个完整的世界,这决定了文学创作不可能通过某种单一的心理活动去进行把握,而必须调动作家全部的心理因素才能完成。这样一来,作家就会把他自己的整个心灵投注到自己的作品之中。弗·施勒格尔说:"人类依靠艺术家才作为完整的个性出现。……他们是至高无上的精神器官,整个外在的人类的生命力在这个器官中互相会合,内在的人类首先在这里表现出来。"① 这话是有道理的。因此歌德说:"在艺术和诗里,人格确实就是一切。"② 鲁迅也说:"表面上是一张画或一个雕像,其实就是艺术家思想与人格的表现。"③ 这同样也适合于文学。这就是为什么其他一切意识现象都没有像在文学艺术中那样,让我们可以如此透彻地充分地窥测到作家全人格的原因之所在。所以,对于一个文学作品,要是我们只从一个心理侧面或心理层次来理解它反映的内容,而看不到作家的全心灵,特别是沉积在作家心底大量无意识的

---

① [德]弗·施勒格尔:《断片》,《欧美古典作家论现实主义与浪漫主义》(二),中国社会科学出版社1981年版,第383页。
② [德]爱克曼:《歌德谈话录》,人民文学出版社1978年版,第229页。
③ 鲁迅:《热风·随感录四十三》,《鲁迅全集》第1卷,人民文学出版社1981年版,第330页。

心理内容，我们从中所得到的势必只是一些表面的、肤浅的东西，是难以探测到它巨大而丰富的底蕴的。

三

再说反映的心理机制的问题。

前面说过，马克思主义创始人把实践的观点引入认识论，认为反映的主体与客体之间是通过人类的实践活动而建立联系的。所以，恩格斯在谈到思维时特别强调："人的思维最本质和最切近的基础，正是人所引起的自然界的变化，而不是单独的自然界本身；人的智力是按照人如何学会改变自然界而发展的。"① 思维活动是如此，人的整个反映活动也是这样。同时，我们还曾谈道：由于种种客观的原因，能动反映论的学说在马克思主义创始人那里，还只是作为一个原则提出，未曾展开充分的论述；甚至像笛卡尔、斯宾诺莎、莱布尼茨、康德等人的认识学说中以唯心主义的形式出现的对于主体在认识中的地位和作用的那些虽然片面，但却十分深刻的思想，也都还来不及加以批判地吸取。而这些有待进一步展开和进一步发展的理论问题，在马克思、恩格斯、列宁以后的正统马克思主义研究中不仅没有获得多少进展，在某种意义上来看还反而倒退了。在很长一段时间，不论在苏联还是我国的哲学界，反映的主体性原则好像被看作是不属于哲学范围的问题；在阐述认识学说的时候，也几乎从不知从主客体相互联系、相互作用中来探索认识发生和发展的机制。尽管大家都声称辩证唯物主义的认识论是能动的反映论，但

---

① ［德］恩格斯：《自然辩证法·札记与片断》，《马克思恩格斯选集》第 3 卷，第 551 页。

是离开了主体，离开了主体的活动和作用，这种能动性又从何谈起？因此，要深入地认识辩证唯物主义的反映论，摆在我们面前的一个艰巨任务，就是要求我们对主体在反映活动中的内部机制作出深入而具体的揭示和解释。

恩格斯说过："随着自然科学领域中每一个划时代的发现，唯物主义也必然要改变自己的形式。"① 这是因为哲学是自然科学、社会科学和思维科学知识的概括和总结，它必然要随着这些科学的发展而发展。唯物主义的发展之所以会形成不同的历史阶段，从根本上说，就是由不同时期科学发展的水平所决定和推动的。这使得马克思主义和它以前的唯物主义哲学那样，必然是一个开放的体系，都必然会随着科学的发展而不断地更新自己。所以本世纪以来，由于现代科学和现代心理学突飞猛进的发展，也为我们研究主体在反映活动中的作用提供强大的科学依据。我们不仅可以从"相对论""量子力学"所论证的科学认识的主体性理论，信息论、控制论所研究的信息的传递、变换的程序，以及一切通讯和控制系统所共有的特点和规律的揭示中得到丰富的启示，而且还可以从发生心理学的"图式"学说，格鲁吉亚心理学派的"定势"学说，甚至格式塔心理学的"结构"学说中，直接找到关于反映活动的主体性原则的心理学论证。这些学说几乎都说明了这样一个真理：反映不像旧唯物主义哲学家如洛克等人所理解的那样，只是客观事物刺激人的感官所引起的简单的摹写；它包含着主体心理结构的运算作用，是一个双向逆反的运动过程：在这一过程中，不仅客体作用于主体，而且主体也反作用于客体。如皮亚杰的发生认识论原理所阐述的就是

---

① ［德］恩格斯：《路德维希·费尔巴哈与德国古典哲学的终结》，《马克思恩格斯选集》第4卷，人民出版社1972年版，第224页。

"认识既不是起因于一个有自我意识的主体,也不起因于业已形成的(从主体的角度来看),会把自己烙印在主体之上的客体;认识起因于主客体之间的相互作用,这种作用发生在主体和客体的中途"①。这种联结主体与客体的心理能力就是主体的认识结构,也就是皮亚杰所说的认识"图式"。皮亚杰强调地指出,这种认识图式是获得知识的必不可少的先决的条件,它的作用就在于同化外来的刺激。换一句话说,一切来自外界的刺激只有经过认识图式的过滤,并纳入这种图式之中,使客体材料获得一定主体的形式之后,才能在主体的意识中作出反映。因此,"对于主体来说,客体只能是客体显示于主体的那个样子,而不是别的什么"②。这个学说较之旧唯物主义的深刻之处就在于:它说明了任何反映活动都不是直线的、单向的,在主客体之间还存在着一个中介的环节。这个中介环节是由主体原有知识、经验经过整合内化而来的。由于这个中介环节的存在和作用,决定了人对于外界的任何反映都不是消极的、机械的,而是人们根据自己已有的知识和经验对来自客体发出的信号进行选择和改造的结果。尽管皮亚杰的发生认识论原理在某种意义上有着忽视实践活动在认识发生过程中作用的倾向,但是我们不能不承认这一发现对于能动反映论的学说的进一步的巩固和确立是有巨大的实证意义的。我们虽然不能要求哲学也像心理学等实证科学那样具体地去揭示人的反映活动的微观机制;但应该充分地估计到这些关于反映机制的心理学论证,对于填补能动反映论的内部环节,确立反映活动的主体性原则,丰富和发展辩证唯物主义反映论的学说,创建马克思主义反映学说的当代形态,以及帮助我们对能动反映论原理深

---

① [瑞士]皮亚杰:《发生认识论原理》,商务印书馆1981年版,第9、21页。
② 同上书,第95页。

入领会，将会日益显示出它不可低估的作用。

但是，在肯定现代科学特别是现代心理学的成就对于发展能动反映论学说的意义时，我们也要看到：这些心理学的成就所揭示的还只是人的反映活动的一般机制。就如苏联心理学家雅罗舍夫斯基和安齐费罗娃在谈到皮亚杰的发生认识论时所说的："所谓发生认识论乃是研究人类各种形式和类型的知识、概念、认识活动，各种类型和水平的认识'结构'的关系等等的形成机制和形成条件的一种科学。"① 它只能包括而不能完全替代我们对作家反映活动的心理特点的具体分析。所以，要深入探讨生活如何转化为文学，文学又如何反映生活的过程，简单地套用皮亚杰的"图式"学说等认识心理学的成果是不够的，还必须把现代心理学所揭示的反映的一般机制，与作家创作的心理特点结合起来进行考察。

那么，作家创作的心理特点是什么呢？这就是它以情感为主导的全心灵的活动。既然情感不同于认识，它不是就对象本身来反映对象，而是从对象与自身的意义，即从自身的意志和愿望出发来反映对象的，其实质是以情绪体验的形式所表现出来的主体对于客体的一种态度和评价；所以对象能否引起作家的情绪体验，就不仅仅取决于作家已有的知识和经验，而且还决定于作家自身的主观需要。这种参与到作家对现实的反映活动之中的作家自身的主观需要就是作家的审美趣味和审美理想。审美趣味和审美理想作为作家的一种需要标准，虽然当初也是通过对审美经验的整合提升而来；但一旦上升并内化为作家的审美心理结构，就会变成为固着在作家头脑里的心理定势，参与到作家对现实的感知过程中去。一旦当作家在生

---

① ［苏联］雅罗舍夫斯基、安齐费罗娃：《国外心理学的发展与现状》，人民教育出版社 1981 年版，第 520 页。

活中遇到与自己的审美趣味和审美理想相一致的事物，就会一拍即合，在内心激起莫大的愉快。创作的欲望和冲动就是由这种审美情感激发起来的。这决定了推动任何具体作品创作的审美情感都是作家审美趣味、审美理想与对现实审美感知结合的形成物，因而才使得作品的意义能超越作家眼前感知所得的感受而获得丰富而深邃的内涵。这都说明在作家对现实的反映过程中同样存在着一个相当于皮亚杰的认识图式——作家的审美心理结构这个中介环节。但是，作家的审美心理结构作用又不同于一般的认识图式。因为认识既然是就对象本身来反映对象的，它的目的只是为了达到对于对象的本质和规律的一种主观把握，这使得认识图式在反映活动中只是起着选择和同化外来信息的作用，对于对象并不表示任何主观的态度和倾向；而情感既然是从自身的需求出发来反映对象的，所以主体的心理结构除了参与对感知的内容进行选择之外，还会对它起着调节的作用，从而使主体感知所得的东西由于经过作家情感的调整变得更契合于主体自身的意志和愿望。在创作过程中，由于对象经过主体这样一番选择和调节，就不仅使对象主体化了，同时也使得主体对象化，就像黑格尔所说的："在艺术里，感性的东西是经过心灵化了，而心灵的东西也借感性化而显现出来。"[①] 当然，在这一过程中，选择和调节是互相渗透、同时进行的，只是为了说明方便，我们才把它们分开来进行叙述。

先说选择作用。从反映论的原理来看，文学的最终源泉只能是客观现实，但是现实生活不会自发地反映到作品中来，要使之成为作家的对象，还必须经过作家审美心理结构的选择。也就是说，只有那些契合作家审美心理结构，并为作家所感动了的东西，才能转

[①] ［德］黑格尔：《美学》第 1 卷，商务印书馆 1979 年版，第 49 页。

化为他的经验材料,储存在他记忆的仓库里,进而成为他进行艺术加工的对象。所以在创作中,每个作家总都有他自己特有的天地。如同冈察洛夫所说:"我有(或者曾经有)自己的园地,自己的土壤,就像我有自己的祖国,自己家乡的空气、朋友和仇人,自己的观察、印象和回忆的世界——我只能写我体验过的东西,我思考过和感觉过的东西,我爱过的东西,我清楚地看见和知道的东西,总而言之,我写我自己生活和与之长在一起的东西。"① 作家的审美情感愈强烈、愈独特,他对于现实的选择能力也就愈强大,从现实生活中所感受到的东西也就愈富有个性特色。因此,出现在作家笔下的东西就已不再是生活本身,而只能是经过作家审美心理结构的分解和筛选,排除了不适合于作家主观的成分而只是与作家主观情感相契合的那一部分现实。由于作家审美心理结构特点的不同,所以,即使面对同一现象,各人所体验和领悟到的东西也不完全一样。这样就使得同一对象在不同作家眼中也会呈现出不同的侧面。因而从审美反映的选择性的角度来看,文学作品的丰富性绝不仅仅取决于客观现实本身的多样性,同时更取决于作家本人审美感受的独特性。作家的创作个性愈鲜明,他面对现实所产生的审美情感愈具有个人特色,那么,他的作品就愈能摆脱那种似曾相识的面目而显示出自己独特的个性风貌;唯其这样,我们的文学园地才会显得绚丽多彩、光辉夺目。那种把文学的丰富性仅仅归结为生活本身的丰富性,而看不到作家审美心理结构选择所带来的独特性,这实际上也是一种直观反映论观点的残余。

在文学创作中,作家不仅从自己的审美心理结构出发去选择和

---

① [俄] 冈察洛夫:《迟做总比不做好》,《古典文艺理论译丛》第1册,人民文学出版社1961年版,第189页。

提取生活中的感性材料，而且还总是通过对这些经验材料的改造和加工，在对象中体现自己的审美情感，即作家自己的创作意图和目的，使作品成为一个在作家的意图和目的支配下所重新构筑的世界。但是，这种重构的工作并不是像理性主义所理解的那样，都是根据作家明确的意图，通过对经验材料的周密思考和理智分析之后，按照所要表现的某种观念的需要而组建起来的。文学作为一种审美意识形态，从本质上来说它当然是作家意识活动的产物，从其性质上来说，应该说是有目的的；但在作家具体创作的过程中，却未必都有很明晰的思想为指导。所以，别林斯基认为创作是"无目的而又有目的，不自觉而又自觉的"。因为"当诗人创作的时候，他想在诗的象征中表现出某种概念，因而他是有目的，并且自觉地行动着的。可是，不管是概念的抉择或是它的发展，都不依存于他那被理智所支配的意志，因而他的行动是无目的的和不自觉的"①。那么，这种目的性与无目的性，自觉性与不自觉性在作家创作活动中是如何统一的呢？那就是统一于作家审美情感支配下的艺术想象活动。因为想象作为以经验材料（表象材料或情绪材料）为基础的创造新形象的心理过程，总是以作家的自由联想为基础的，自由联想的开展虽然常常是偶然的、随机的，好像纵横开阖、海阔天空，并没有什么思维的轨迹可循；但由于在创作中这种联想的展开又是以作家的审美情感为动力、为供审美情感在作品中获得充分表现为目的，因而，这些经验材料在作家头脑中的浮现和联结总要服从于当时在作家心理上占据优势的、居于兴奋中心地位的思想情感，所出现的只能是一种在作家情绪兴奋状态浮现于脑际的形象。正是由于这种在心理

---

① ［俄］别林斯基：《论俄国中篇小说与果戈理君的中篇小说》，《别林斯基选集》第 1 卷，上海译文出版社 1979 年版，第 180 页。

上占据优势的思想情感的作用，才改变了原先存在于作家记忆库存中经验材料的那种杂乱无序的状态，使之按照作家思想情感的要求有机地组织和排列起来，而使作品成为一个体现作家一定创作意图的意想中的世界。这也是一种选择。

再说调节作用。调节作用与选择作用一样也不是作家感知现实才有的特点，心理学里所说的知觉的恒常性，如虽然在距离改变时客体在视网膜上映象的大小发生了变化，但主体感知到的客体的大小却是不变的。这就是由于主体经验在起着调节作用的缘故。但是在一般的感知过程中，经验调节作用的结果是为了保持对象的本来面目，防止在知觉中印象的变异；与之相反，在文学创作过程中，知觉印象的变异却被当作心理调节的积极成果被肯定下来。这是由于在创作过程中，作家不是根据一般经验，而是自己的审美心理结构去反映现实的，这种由作家的审美心理结构和审美对象交互作用所产生的不是一般的感知，而是一种审美情感，一种审美对象能否满足自己审美需要所生的情绪体验。情绪具有一种弥散性的特点，所以当它一旦产生之后，反过来又总是积极地影响和支配着作家对现实的感知，强化或改变从现实生活中所得的印象，而使这些映象经过作家情感的调节而染上某种情绪色彩。这样，就使得反映在作家头脑里的心理印象与物理的映象发生分化，而成为作家自己情感的目光所追逐的、所愿意看到的样子，审美意象即由此而产生。这就是许多文学作品、特别是抒情类文学在塑造形象时之所以常常采用幻想、夸张、变形等手法的原因。像"黄河之水天上来，奔流到海不复回。"（李白《将进酒》）"黑云压城城欲摧，甲光向日金鳞开。"（李贺《雁门太守行》）"天外黑风吹海立，浙东飞雨过江来。"（苏轼《有美堂暴雨》）等千古名句，从理智的眼光看来虽然都违背常识，但人们读来不仅不感到它夸大失实，反而觉得酣畅淋漓，在精神上给人以一种巨大的满足和享受，其奥秘就在于它是从作家真切的生活感受中得到的，所表现的正是作家的这种真实而生动的情感体验。要是离开了作家在审美感知中情感调节的机制，这种夸张也就成了失去真切感人的力量而变得虚张声势和矫揉造作了。

情感的调节作用除了表现在它影响和支配作家对客观现实的感知之外，更表现在创作时作家通过情感的活动，把自己的个性和人格倾注到他所创造的形象之中。因为创作需要有一个主客体之间的契合和同化的过程，如同柯尔立治说的"在每一件艺术品中都有外部与内部的调和"的问题。所以在创作中，通过作家情感的体察，"使外部的变成内部的，内部的变成外部的，使自然变成思想，思想变成自然，——这一切就是天才的艺术家的秘密之所在"①。要是外部的东西与内部的东西之间没有经过这样一番相互转化的运动，作家的经验材料还是不可能为作家所掌握，并成为他进行艺术加工的对象。那么，作家与对象之间的这一种契合和同化是如何达到的呢？具体地说有这样两条途径：如果作家描写的对象是人，他就必须化自身为人物，从自身出发，以自身的感受、体验为依据去体察人物。"谁要是不以自身为对象来研究人，谁就永远不会获得关于人的深邃知识"②，自然也就难以洞悉和揭示他笔下人物的精神生活的奥秘了。要是作家描写的对象是物，他就必须化景物为自身，赋予自然以人的感觉、情感、生命和灵魂。所以，在优秀作家的笔下，"不能想象一件东西不像他自己那样具有情感，在整个自然中都有一

---

① ［英］柯尔立治：《文学生涯·论诗或艺术》，《十九世纪英国诗人论诗》，人民文学出版社 1984 年版，第 100 页。
② ［俄］车尔尼雪夫斯基：《〈童年〉和〈少年〉、〈列·尼·托尔斯泰伯爵战争小说集〉》，《俄国作家批评家论列夫·托尔斯泰》，中国社会科学出版社 1982 年版，第 22—23 页。

种伟大的意识和自己的意识相适应。没有一个活的有机体，没有一件静物，没有一团天上的云，没有一棵园地上的绿芽，不向他倾吐秘密，蕴藏在一切事物下的无穷的秘密"[①]。这种把主客体融合在一起的内在力量就是作家的审美情感。因为审美情感有一种推己及人（物）的性能，它使人置身于对象的地位上，使主客体之间产生一种精神上的沟通和交流。由于作家的审美情感总是在作家的审美心理结构支配下在感知现实的过程中所生产的，这就决定了它所反映的不只是作家对于眼前事物的感受和体验，而且与作家的审美趣味和审美理想，甚至整个精神世界都有着紧密而深刻的联系。从而使得他的作品不仅成了作家具体创作意图的物化，同时又是他整个人格的一种体现，这也是通过创作中作家情感的调节机制所产生的效应。

　　从以上分析可以看出，正是由于审美反映过程中作家审美心理结构这一中介环节的加入，才使文学与生活之间的关系变得极其复杂而曲折，几乎已经没有任何线性的因果联系可寻，以致有些同志被这些复杂的现象所迷惑，试图撇开文学的现实根源，转向从主观方面、从脱离现实的主体性和超越性方面去寻找解决问题的途径。这我认为是不正确的。因为这样只会使主体性和超越性趋向抽象的、片面的发展。所以，文学与生活两者之间的关系表现得愈复杂、愈曲折，要透过现象正确地把握文学的本质，我们就愈应该坚持辩证唯物主义的反映论。虽然反映论不能直接解释文学自身的特殊规律，但却是科学地解释这些问题的唯一正确的指导思想和理论基础。因此，只有当我们在研究中贯彻了这一原则，我们对文学的本质，以及由此所派生出来的一系列的文学理论问题的解释，才能既是唯物

---

① ［法］葛赛尔：《罗丹艺术论》，人民美学出版社1978年版，第85页。

又是辩证的。我们的文学理论也才会沿着正确的道路，真正地有所创新、有所发展！

1987年10月11—18日为全国
高校第二届文艺学研讨会而作
（原载《文艺理论与批评》1988年第1期）

艺术的认识性与审美性

一

艺术在人类社会里存在已经有很长远的历史，但要认识它却不容易。即就艺术的性质来说，直至今日，人们对它的意见还存在着深刻的分歧。这种分歧的焦点主要在于：它应该属于认识还是属于审美？

把艺术的性质归之于认识的观点在欧洲由来已久，从亚里斯多德直到黑格尔和别林斯基，几乎都这样看。这自然与自古希腊以来欧洲传统的哲学思想有着密切的联系。古希腊的哲学一开始就是与科学结合在一起的，它所集中探讨的是世界本原的问题，这种思维方式也就直接影响到了当时的许多学者，致使他们都从认识论的角度来研究艺术问题。如亚里斯多德根据当时普遍流传的"摹仿"说，首先论证了"诗"与历史一样，都是对生活的一种认识，它们都向人们提供知识，两者的差别只不过在于历史"叙述已发生的事"，而"诗"则"描述可能发生的事"。因此，人们读"诗"所产生的愉快主要也就是来自求知的满足，因为"求知不仅对哲学家是快乐的事，对一般人亦然"①。在 19 世纪以前，欧洲的许多艺术家和理论家如达·芬奇、卡斯特尔维屈罗、塞万提斯、维伽、狄德罗、费尔丁等人对于艺术性质的理解，差不多都根据亚里斯多德的这一观点。到了 19 世纪初，黑格尔又从美学的高度，对它作出进一步的论证。他从客观唯心主义的哲学观出发，把艺术、宗教、哲学都看作是"绝对理念"自我认识的一种形式，所不同的只是：宗教是"想象（或表象）的意识"，哲学是"绝对心灵的自由思考"，而艺术则是"直接的也就是感性的认识"。所以根据这一见解，他把艺术（按：在黑格尔的美学思想中，"美"主要是指艺术）定义为"理念的感性显现"②。黑格尔的这一观点又直接启示了别林斯基，他提出"艺术是寓于形象的思维"的命题，认为"艺术与科学之间的差别根本不在内容，而是处理特定内容的方式"，即"哲学家用三段论法说话，诗人以形象和图画说话"，它们之间的区别只不过"一个是证明、一个是显示"③。别林斯基的这些理论后来被苏联哲学界、文艺理论界奉为经典，反复地加以引证、阐发，从 20 世纪 30 年代开始，特别是建国以来，又通过大量的苏联文艺理论著作和教材传入我国，在我国文艺理论界产生了极大的影响，至今余波尚存。

艺术的"认识本性"论把艺术归结于对客观现实的一种认识，对于推动艺术家深入生活、研究生活，从生活出发来进行艺术创作，促进艺术的发展和繁荣自有其不可抹杀的历史功绩；但就科学的观点来看，它对艺术性质所作的概括和把握是不够准确、全面的。从

---

① ［古希腊］亚里斯多德：《诗学》，第九章、第四章，人民文学出版社 1962 年版，第 28 页。
② ［德］黑格尔：《美学》第 1 卷，商务印书馆 1979 年版，第 129 页。
③ ［俄］别林斯基：《1847 年俄国文学一瞥》，《外国理论家作家论形象思维》，中国社会科学出版社 1979 年版，第 79 页。

苏联和我国数十年艺术实践的经验中，人们逐渐看清了由于把艺术的性质仅仅看作为认识所引发出来的种种弊端。归纳起来，主要有这样两点，第一，既然认为艺术是对现实的一种认识，它与科学就内容来说并没有什么区别，因而人们在探讨艺术问题时，都主要着眼于艺术与科学的共同性，而忽视了艺术之所以成为艺术的自身的特殊性，致使长期以来我们的艺术理论对于艺术自身的许多问题，如艺术家的感觉、想象、体验等个性心理特征等方面的内容，都没有引起足够的重视，甚至有意无意地被排除在艺术理论之外，结果也就影响到我们对艺术特性和艺术规律的正确而深入的认识。第二，也正是由于认为艺术与科学在内容上是一致的，就导致有些政治家出来片面地要求艺术去担当政治宣传的任务，使得许多艺术家变成了像卢那察尔斯基所说的直到白天结束才起飞的密纳瓦（按：即希腊神话中的雅典娜，密纳瓦是她的罗马名字）的猫头鹰那样，丧失了自己对于社会问题进行探索和思考的勇气，把自己依附于政治家，一切都得要等到政治家作出结论后才动笔写作①，从而大大助长了创作中公式化、概念化的倾向。并且在一定程度上还影响到了某些评论者，致使他们还放弃了阅读中自己的感受和发现，满足于以一些政治论文为参照去评论作品。如有些人就曾以毛泽东在《五四运动》中有关对辛亥革命失败原因的分析的段落，去与《阿Q正传》中的某些内容进行对比，说明这两者的内容是一致的，这就严重地败坏了读者的艺术口味。

到了近代，由于人文主义思潮的兴起，人对自身存在的意义和价值的认识不断提高，反映在对艺术性质的认识上，就逐渐出现了

---

① 参看［苏联］卢那察尔斯基：《艺术家高尔基》，《论文学》，人民文学出版社1978年版，第296页。

一种联系主体意识去进行探讨和研究的倾向。这种倾向萌芽于18世纪而确立于康德。他首先把艺术的性质界定为审美的。在他看来，审美与认识（求知）不同，知识只能是从对客体的认识中获得，而在审美过程中，"为了判别某一对象美或不美，我们不是把（它的）表象凭借悟性（按：即知性或理解力）连系于客体以求得知识，而是凭借想象力（或者想象力和悟性相结合）连系于主体和它的快感和不快感"，即连系于主体的情感来作出判决。"如果这些一定的表象……在一个判断里却只是连系于主体（它的情感），那么它们就因此在任何时候都是审美的了。"① 所以，只要确定艺术在本质上是审美的，也就等于宣布它应该归属于情感的领域。当然，把艺术与情感联系起来这一发现并非始于康德。早在古希腊，就有不少这方面的论述，其中以柏拉图谈得最多。不过，他是从理性主义的立场出发认为情感是人的心理活动中的低级的、非理性的因素为理由来贬斥艺术的，而真正把情感提到作为艺术审美特性的最根本因素的高度来加以肯定的，那还是要首推康德。这一观点在当时又经许多浪漫主义诗论家，如弗·施勒格尔、诺瓦里斯、华兹华斯、雪莱、赫士列特、柯尔立治，以及后来的表现派美学家如克罗齐、科林伍德等人的宣扬和发挥，使得它成了19世纪以来足以与"认识本性"论抗衡和对峙的一股新的文艺思潮。

但是，由于"审美本性"论在阐述审美与认识的区别的时候，都在不同程度上忽视了情感与认识的联系，把情感看作是与认识无关的纯粹主观的东西，这样一来，他们对艺术源泉的解释就陷入了主观主义和神秘主义，认为"内在的自身存在的真实便是独一无二

---

① ［德］康德：《判断力批判》，商务印书馆1964年版，第40页。

的最高的诗"①，因此，诗人的感受"有许多地方如同对神秘主义的感受一样"，"是无法描述和不可解释的"②。这种思想到了20世纪初在德、奥和北欧诸国出现的"表现主义"思潮中，更是发展到了极端。如埃德施米特、里尔克等人曾公然宣扬"我所感到的外部的实在会是不真实的"，文学表现的真实世界"存在于我们自身"，"表现主义艺术家的用武之地就在幻象之中"③，所以，他们向艺术家提出"不要追求可能来自外界的报酬"，"要深入你的内心世界探索你的生活源泉"，"因为创作者必须自己构成一个世界，从自身内部，从你所从属的自然中找到一切"。④ 这些观点自然是很偏颇的，因此在很长一段时间内，不论在苏联还是我国，都因为它有唯心主义的倾向而全盘予以否定，以致人们连"情感"一词都感到忌讳⑤。直到50年代中叶，鉴于"认识本性"论对苏联艺术实践所造成的严重的弊端，苏联理论家布罗夫才率先冲破"认识本性"论的藩篱，要求艺术向"审美本性"复归。他认为艺术的特点不在于形式而首先在于它的内容，而"在艺术中，认识的对象本身是这样的，对它不发生情绪上的关系，它就不可能被认识，也不能对它进行加工"。所以"没有诗意的激情，也就不存在艺术的内容"⑥。这在当时以

---

① ［德］赫尔德尔：《鼓励人道的信札》，《欧美古典作家论现实主义和浪漫主义》（二），中国社会科学出版社1981年版，第276页。
② ［德］诺瓦里斯：《断片》，《欧美古典作家论现实主义和浪漫主义》（二），中国社会科学出版社1981年版，第396页。
③ ［德］埃德施米特：《创作中的表现主义》，《西方现代文论选》，上海译文出版社1983年版，第152页。
④ ［奥］里尔克：《致一位青年诗人的信》，《西方现代文论选》，上海译文出版社1983年版，第165页。
⑤ 我就曾因认为艺术的特性是情感，而被人扣过"主观唯心论"的帽子——详见《文艺研究》1984年第1期。
⑥ ［苏联］布罗夫：《艺术的审美实质》，上海译文出版社1985年版，第178—179页。

"认识本性"论一统天下的苏联艺术理论界,不能不说是一种振聋发聩的声音!虽然布罗夫的著作当时我国就有所介绍,但由于种种客观原因,特别是政治上的原因,使得它对我国文艺理论的研究并没有带来多少转机。直到80年代初,人们才开始对视艺术为认识的传统的观念提出质疑,如有的同志认为"艺术不只是认识",它属于情感的,也即是审美的领域。虽然"审美包含有认识,……但不能归结于、等同于认识"①。

从当时情况来看,这些意见对于克服长期以来统治我国文艺理论领域的"认识本性"论的局限,推动文艺理论的发展和进步,无疑是起了积极作用的;但就理论本身而言,却并没有提出什么新的东西,充其量只不过是康德等人的美学思想的复述而已。历史上的艺术"审美本性"论的倡导者们所没有解决的情感与认识的关系问题,他们同样也没有解决。表现在尽管他们口头上也承认"审美包含有认识",但在实际论述过程中仍不免把两者分割开来,甚至对立起来。如有位论者谈到人们在看了艺术作品之后,"可以感受很多,情绪很激动,但要你说出个道理说明你的认识,却经常百感交集而说不出来"。据此,他得出的结论是"要认识一个对象,特别是要把这种认识提高到理论阶段,仍然要靠科学和逻辑思维,这不是艺术所能承担和所应承担的任务"②。既然这样,"审美包含有认识"又从何谈起?所以,它在当时引起文艺理论界的非议也就不足为怪了。由此可见,要使艺术的"审美本性"论在理论上真正得以确立,最关键的问题,就是要求我们对于审美(情感)与认识的关系,作出

---

① 李泽厚:《形象思维再续谈》,《美学论集》,上海文艺出版社1980年版,第559页。

② 同上。

切实而科学的回答。

二

在我看来,把艺术的性质界定为是审美的这应该是确定无疑的,这是艺术自身目的之所在。要是艺术也像科学那样只是向人提供知识、帮助人们认识现实,那它就失去了自身存在的意义和价值,充其量也只不过是科学的附属品。

那么,什么是艺术的审美特性呢?根据前文所述的康德的观点,我认为就是指通过艺术家的审美感受和审美体验为中介来反映生活所赋予作品的一种属性。真正的艺术家总是以自己的心灵来接纳世界的。所以尽管大千世界光怪陆离,要是不能引起艺术家心弦的震动,激发起艺术强烈的审美感受和审美体验,那就不可能成为他的审美对象并在他的作品中获得审美的反映。这就是我们主张把审美归属于情感过程的原因。而情感这种反映形式不同于一般,它是"需要的主体与对他有意义的客体的关系在他头脑中的反映"①,是主客体相互契合的产物。也就是说,要使主体对某事物发生情感,就不能只单单取决于对象本身,而且还与主体自身的某种需要有着密切的关系,舍弃任何一方,都不可能产生情感。这样就形成了情感反映与认识反映一系列不同的特点。

首先,从反映的对象来看。认识的对象是客观存在的事物本身所固有的实体属性,它并不依赖于主体而存在,以主体的利害、好恶而发生变化。如同克罗齐所说:"动物学家和植物学家不承认有美

---

① [苏联]彼德罗夫斯基主编:《普通心理学》,人民教育出版社1981年版,第394页。

或不美的动物和花卉。"① 所以青蛙和蟾蜍、菊花和蒲公英在动植物学家的眼里是一视同仁的,它们没有什么高下、贵贱之分。与之不同,在审美者看来,它们的地位和价值就大不一样。这就是因为审美情感作为审美主体面对审美对象所生的一种态度和体验,总是以对象能否契合和满足主体自身的审美需要为转移的。凡是契合和满足主体审美需要的,哪怕是在别人看来微不足道的东西,也会成为主体爱慕倾倒、心醉神迷的对象;否则,不论事物本身的客观意义多么重大,人们照样会无动于衷、漠然置之。正是由于这样,车尔尼雪夫斯基才认为"艺术的范围"只能是"现实自然和生活中一切能使人——不是作为科学家,而是作为一个人——所发生兴趣的事物"②。这就表明审美反映与认识反映不同,它旨在把握的主要不是事物的实体属性,而是事物与主体之间的某种关系属性,亦即事物的价值属性。价值属性不同于实体属性,它不是事物本身所固有,而是在实践活动中由于人们发现了它对自身的某种意义和价值,对于审美对象来说也就是审美价值之后才产生和确定的。因此,它是一种主体性的事实,是以主体自身的存在,以及对象与主体之间所建立的关系的发展、变化为转移的。主体在艺术活动中的地位和作用,即作家、艺术家的主体性的问题,就是在这样的理论基础上引申出来的。

其次,就反映的目的来看。认识的对象既然是事物本身所固有的实体属性,这决定了认识总是以了解事物本身的性质和特点、它的存在和发展的客观规律为目的,所要把握的是"是什么"的问题,

---

① [意] 克罗齐:《美学原理》,作家出版社1958年版,第91页。
② [俄] 车尔尼雪夫斯基:《艺术与现实的审美关系》,(中译《生活与美学》),人民文学出版社1957年版,第97页。

并通过陈述判断表达出来。所以，在认识过程中，为了使认识的结论具有客观性和科学性，人们总是力图排除主观因素的干扰，因为高涨的情绪常常招致对客观事物的歪曲反映，使认识的结论失诸公允而产生种种偏颇。与之不同，由于审美的对象是事物的价值属性，是现实世界中美的正负价值（即事物美或丑的性质），而美是对人而存在的，是以对象能否满足主体的审美需要为转移的。凡是审美愉快总是由于主体的审美需要从对象中获得某种满足而产生的，是主体对于对象的一种直接或间接的肯定的评价方式，向人们表明的是"应如此"。这决定了审美反映不可能以陈述判断，而只能是以评价判断来加以表达。一切审美活动，特别是艺术活动及其成果，就其性质来说都是以审美评价的方式来表达的作家对客观现实和社会人生的一种态度，《红楼梦》是这样，《阿Q正传》是这样，《汉姆雷特》是这样，《浮士德》是这样……古今中外的一切优秀的艺术作品无一例外都是这样。在这些作品中，正是通过艺术家的审美评价，才教会了人们如何正确地识别和对待生活中的善恶美丑，帮助人们树立正确的人生理想，激励和鼓舞人们为消除不合理的社会现实去思考和探求美好人生的信心和勇气，从而使人们在痛苦和失望中重新点燃起希望之火。以致列宁把"教导人、引导人、鼓舞人"看作是衡量一切"真正的文学"的最根本的标准[①]。艺术作品对于人的力量说到底就是这种审美评价的力量，这种审美评价就像果戈理说的，仿佛是艺术家灵魂中的一座"炼狱"，它使得哪怕最可鄙的事物经过了它也能够获得美的表现。倘若没有这种评价，艺术也就不会有深入和改造人心的力量。因此车尔尼雪夫斯基认为"艺术除了再

---

① 埃森：《会见列宁》，《列宁论文学与艺术》（二），人民文学出版社1960年版，第891页。

现生活之外还有另外的作用—那就是说明生活,……有意识无意识地说出艺术家对它们的判断"①。要是我们认识不到审美反映这种评价的性质,而把艺术看作像科学那样只是向人们提供某种知识,那就等于没有真正认识什么是艺术!

再次,就反映的方式来看。评价作为主体对于客观事物价值属性的一种评估,一般总是通过把事物的价值属性归属于一定的概念而作出的,并以概念作为它构成的基本要素,因而它的一般形式是逻辑的。然而,审美判断这种评价形式则不同于一般,它是以崇敬、赞美、爱悦、同情、哀怜、忧愤、鄙薄等情感体验的形式来反映对象的,"既不以概念为其基础,也不以概念为其目的"②,是一种特殊的、非逻辑的评价形式。所以我们要了解审美评价,也只有通过体验才有可能。正是由于审美评价的这种非概念性,派生出了审美评价与逻辑评价在形式上一系列不同的特点,其中最主要的是它不仅像一切评价活动那样,只是受主体的价值意识和价值观念(对于审美评价来说,就是审美意识和审美观念)所支配,而且还往往受着主体的内部状态,如性格、气质、兴趣、爱好、意向、定势,乃至心境、情绪等因素的影响和调节。因此,它与逻辑评价所要求的那种绝对的公理性不同,常常带有十分鲜明而强烈的个人主观的色彩。不但同一的对象在不同审美者那里所引起的情绪体验会有很大的区别和差异,甚至是同一个审美者,在不同的状态和情境中,对它所产生的情绪体验也不完全相同,不像认识判断那样可以彼此互证。如同是描写江南的雪景,出现在鲁迅的小说《在酒楼上》与散

---

① [俄] 车尔尼雪夫斯基:《艺术与现实的审美关系》,人民文学出版社1957年版,第9、101—102页。
② [德] 康德:《判断力批判》上卷,商务印书馆1964年版,第46页。

文诗《雪》中就不一样：前者通过对傲霜斗雪、竞相开放的梅花和山茶的描绘，更多地抒写了对于在寒冷寂寞、令人窒息的世界里的那种不畏强暴的斗争精神的赞美，显得冷峻而奔放；后者通过对滋润艳丽的江南的雪，以及雪野中生意盎然的景物的缅怀，则更多表现作者对于理想世界的渴求和向往，显得热烈而深情。这样，就使得感性世界经过主体审美情感的折射，呈现出比它原有的风貌远为丰富而绚丽的色彩。艺术世界的丰富性、多样性和生动性，在很大程度上，就是由于作家这种自己所特有的审美感受和审美体验所赋予的。

艺术是人类审美意识发展到一定的水平之后才产生的，审美反映的基本特点也最集中、鲜明地体现在艺术家的创作之中。这决定了艺术不可能以抽象的概念而只能是以具体的形象来反映生活，所以在艺术中，形式与内容之间绝不是简单的拼凑和机械的相加，不仅形式是由内容所决定的，而内容本身也只有通过形象这种感性的形式才能获得充分的表现。如同黑格尔所说的"艺术家之所以抓住这个形式，既不是由于他碰巧在那里，也不是由于除它以外，就没有别的形式可用，而是由于具体的内容本身就包含有外在的、实在的也就是感性的表现形式作为它的一个因素"[1]。可见，对艺术来说，审美情感总是它的最根本的因素。艺术的其他一切特点，包括形象这种特殊的反映形式，都是直接或间接地由审美情感这一基本特性所派生出来的，相对于审美情感来说都是次一等的因素。要是认为艺术与其他意识形态如哲学、科学等在内容上并没有什么根本差别，其不同只在于处理内容时所采取的形式，那就等于完全否定了艺术作品内容与形式之间这种天然而有机的内在联系，就会出现在创作

---

[1] ［德］黑格尔：《美学》第1卷，商务印书馆1979年版，第89页。

中把那些"内容根本不适合于形象化和外在表现,却偏要勉强纳入这种形式"的状况,结果"我们就会只得到一个很坏的拼凑"①。在过去很长一段时间内所广为流传的那种图解政治概念和政策条文的艺术赝品,就是这样以拼凑的方式炮制出来的。

三

现在需要我们作进一步研究的是,当我们在判定艺术不同于一般认识,它是以审美情感为中介来反映现实生活的时候,如何防止把情感与认识分割开来,甚至对立起来的情况。这是科学地阐明艺术特性所要解决的一个关键的问题。

在我看来,情感与认识这两者在反映形式上虽然不同,但它们作为人的整个心理活动的有机组成部分,总是互相渗透、不可分割地联系在一起的。因为审美反映所要把握的不仅只是审美对象的感性情状,更主要的是在实践中形成的对象对于人的内在价值,这就需要我们在审美过程中通过各种心理因素的协同作用才能对它作出把握。这一点康德也从没有否认过。他虽然认为在审美过程中所产生的愉快和不快,可能在对"表象的对象上还不能有所认识",但并不排斥"它很可能是这个或那个认识作用的结果"。② 何况他还把美分为"自由美"与"附庸美"(即"依存美")两种形态,前者"不以对象的概念为前提",后者"却以这样一个概念并以按照这概念的对象底完满性为前提"。而且在康德看来这种附庸美不仅不低于自由美,从某种意义上看还更接近于他的"美的理想"。因此,对于

---

① [德]黑格尔:《美学》第1卷,商务印书馆1979年版,第87页。
② [德]康德:《判断力批判》,商务印书馆1964年版,第28页。

这样的一种美，就不可能单凭情感体验，而必须通过感受力和理解力的共同协作去对它作出判断。所以他在指出审美不同于求知的时候，又同时认为"鉴赏因审美的愉快和理智的愉快相结合而有所增益"①。但是由于康德所遵循的"二律背反"的思想局限，使得他看到的主要是事物矛盾双方的对立，而不能正确认识两者之间的统一，因而就不可能对审美判断的性质最终作出辩证的解释。而在我们看来，在认识和情感这两者之间，认识总是基础，是人类与外界发生联系的最基本的形式。一切外部世界的东西，首先总是通过感官而进入大脑，并经过大脑的加工，然后对它作出反映的，如同谢·列·鲁宾斯坦所指出"正是心理过程的认识方面，特别突出地表现着心理现象同客观世界的联系，因而认识问题的解决，也就成了克服对心理活动主观唯心主义理解的关键"②。人对现实的各种反映形式，包括艺术家的审美反映，从根本上说都是在认识的基础上产生，并由认识分化而来的，因而必然要依赖于认识而存在。所以"应如此"与"是什么"，价值原则与认识原则，从根本上应该是统一的。例如鲁迅的小说《阿Q正传》，根据我们前面所说的艺术就其性质来说是以情感体验的形式所表现出来的作者对客观事物审美属性的一种态度和评价的观点，我们认为鲁迅在小说中的主要用意不在于对辛亥革命失败经验教训的总结，而在于对由于封建专制和封建愚民政策所造成中国劳动人民精神痼疾的深切忧愤，以及唤醒民众推翻封建主义思想统治的强烈愿望，因而阿Q才成为一个震颤时代的灵魂。但是，我们把作品的意蕴主要看作是作者的态度和评价，却丝

---

① ［德］康德：《判断力批判》，商务印书馆1964年版，第67、69页。
② ［苏联］鲁宾斯坦：《存在和意识》，生活·读书·新知三联书店1980年版，第215—217页。

毫没有排斥作品的认识内容，而认为这正是以鲁迅对于阿Q的性格及其形成的社会根源的深刻认识为基础的。要是作品对于阿Q的愚昧、麻木、自私、守旧等性格特征以及阿Q与赵太爷、假洋鬼子等人的社会关系没有这样深刻的认识和真实的描写，阿Q典型的意义也根本不可能达到这样的深度和广度。只不过这些认识内容不是直接以认识成果（概念、判断、推理）的形式进入作品，而是从作者的审美感受和审美体验中间接地流露出来。要是不能转化为作者的审美态度和评价，那也就失去了审美的价值，自然也不能在作品中获得成功的表现了。由此可见认识在形成情感过程中的地位和作用。这具体地可以从这样三方面来看：

首先，从发生学的观点来看，情感的产生不是无缘无故的，它总是以人们对事物与自身的某种价值关系的认识为前提。也就是说，只有当事物的价值属性为人们所认识之后，人们才有可能对它产生情感。这决定了情感不同于一般的情绪，它是经由评价而产生的。康德把这一点看作是审美愉悦不同于感觉快适的最重要标志。他认为与快适这种本能的生理反应不同，在审美的过程中，"判断是先于快感而生的"①。这个"先于"自然是指"逻辑在先"而非"时间在先"，不是说人们在审美过程中，只有对对象经过一番理性的思考和评判之后，美感才能产生。恰恰相反，大量事实向我们表明人们对美的感受在不同程度上都带有直觉判断的性质，往往都是在刹那之间不经任何理智活动在意识中油然而生，未必人人都能说得出对象何以为美。但是，这种直觉判断的产生总是以主体意识深处储存着的个人、社会乃至整个人类在长期审美实践过程中所积累起来的丰富的审美经验为条件的，正是由于主体意识深处有着这种以审美经

---

① ［德］康德：《判断力批判》，商务印书馆1964年版，第55页。

验为内涵的审美心理结构的存在，才有可能使人们不加任何思索而对于审美对象作出直接把握的能力。因而在这种看似自发产生的审美情感中，也就必然鲜明地反映着主体文化心理发展所达到的水平。

其次，正是由于审美情感与其他情感一样，都以认识为基础，它也就必然随着人的认识发展而发展。从量的方面来看，审美情感的丰富性与深刻性总是与思想认识的丰富性和深刻性成正比的。所以别林斯基说"一部有情感的作品不可能没有思想，这是非常自然的。情感愈深刻，思想也愈深刻，反之亦然"①。人们常以"沉郁"二字来赞美杜诗的风格，所谓"沉郁"据陈廷焯的解释"沉则不浮，郁则不薄"②，就是指在杜诗抒发的情感中蕴含着非常丰富深厚的思想内容。一个思想贫乏、空虚的人，他的情感也必然鄙薄、肤浅，是决不可能有这样深沉博大的生活体验的。从质的方面来看，情感是带有一定的指向性的，它任何时候都指向一定的对象，是对于一定对象的情感，它需要一定对象来满足自己。如爱这种情感，它不是指向祖国、人民、自己所从事的事业，就是指向声色犬马等专供个人享受的玩物，无所指向的爱是没有的。那么，为什么会出现这样两种截然相反的爱的情感呢？根源就在于人们思想认识、价值观念的不同。人们的思想认识和价值观念在平素言谈中可以被装扮、掩饰起来，而在情感状态中则即刻暴露无遗。故而情感也就成了一个人的思想灵魂的最真实、生动的表达方式。因此，当一个人的思想认识和价值观念发生变化之后，他的情感，包括审美情感在内，也必然会相应地发生变化。

---

① ［俄］别林斯基：《弗拉季米尔·别涅季克托夫诗集》，《别林斯基选集》第1卷，上海译文出版社1979年版，第236页。
② （清）陈廷焯：《白雨斋词话》。

再次，审美情感虽然也是一种情感，但又不同于一般的情感，它与理智感、道德感、宗教感一样都是高级情感的一种形态。高级情感虽然也是一种情感，但它从一般情感提升而来，排除了一般情感所不可避免的情境性、随机性和不稳定性的特点，而更趋向与理性的自觉结合。这就决定了它总是与一定的思想观点和思想原则——对于审美情感来说也就是审美观念和审美理想——紧密地联系在一起的，甚至在某种意义上说就是一定审美观念在审美活动过程中的具体表现。"观念是人的认识与意图（欲望）"。它把"暂时的、有限的、局部的认识和行动"所提供的东西，"变成完备的客观性"①，这决定了审美观念不仅是人们审美经验的概括，而且还是根据一定的主观意图和愿望在头脑中加工、创造出来的，因而一切健康的审美情感总是这样那样地与主体的先进的世界观和人生观有着密切的关系，并总是这样那样地反映着一个人的品格、志趣、修养所达到的水平和高度。所以，包括审美情感在内的高级情感又常常被人称之为情操，即一种带有理智性的高尚的情感倾向，这就更少不了以一定的思想认识和价值观念为基础和前提。

从以上对审美情感与思想认识关系的分析中可以看出尽管审美是以愉快和不快的情感的方式对于审美对象所作的一种直接的判断，但是又不同于一般的情绪体验，所以在审美活动，特别是对艺术美的欣赏的过程中，我们所获得的精神愉快总是十分丰富而多方面的。除了美的享受之外，同时还包括真的启迪和善的感悟，使我们在认识、意志、情感等各个方面，也即是整个心灵都得到全面的滋养。美，包括艺术美，对人的意义和价值主要也就在这里。要是我们把

---

① ［苏联］列宁：《黑格尔"逻辑学"一书摘要》，《列宁全集》第38卷，人民出版社1959年版，第208—209页。

审美与认识分割开来、对立起来，把艺术看作是不沾带任何社会功利内容的"纯审美"的东西，那就势必导致否认艺术在塑造人的整个灵魂上的作用，而把它降低为仅仅供人娱乐、消遣的玩意儿。"审美本性"论的倡导者本来的意图是为了否定和抵制由"认识本性"论所造成的把艺术作为政治和道德的附庸，从艺术之外去寻求艺术目的的错误倾向，为谋求艺术自身获得独立和自身价值的充分实现，但由于不能正确解决审美与认识的关系，结果又使得他们不幸地有意无意地把艺术从一种手段——政治宣传的工具——转化为另一种手段——供人消遣的玩物，为一段时间在文艺界视为时髦的"玩文学""玩电影"等提供了理论基础。这同样是对艺术自身意义和价值，即艺术本身目的认识的一种歪曲。这就是黑格尔之所以把"提供消遣娱乐之类的作品"与纯粹"说教劝世、宣扬道德、政治宣传"的作品，都一概归属到"违反艺术的本质，把艺术作为一种手段，因而降到为本身以外的目的服务"的作品之列的原因。[1]

这一事实切实地告诉我们辩证地看待问题的重要。我们过去吃尽了违反辩证法的苦头，但似乎并没有从中汲取多少教训，这种故技现在不仅以不同的方式在重演着，而且还以"深刻的片面"自诩来自欺欺人。看来要使我们的文艺理论真正有所发展有所创造，对于这种思维的惯性，已经到了非改变不可的时候了！

1988年8月上旬作于西溪陋室

（原载《文艺理论研究》1990年第3期）

---

[1] ［德］黑格尔：《美学》第1卷，商务印书馆1979年版，第68页。

审美反映与艺术形式

一

我们把文学艺术的性质界定为"审美的意识形态",就在于它是审美反映物化的成果,表明它只有凭借一定的艺术形式才能得以存在。但是由于以往我在论述审美反映,主要是针对我国理论界把反映等同于一般的认识活动,认为艺术与科学就其性质来说是一致的,只是彼此的表现形式不同,以致教条主义和庸俗社会学在文艺理论领域大肆泛滥的倾向来谈的,因而着重于从反映的特殊性层面,从情感的反映方式与认识的反映方式、审美反映与科学反映性质的区别来说明,对于审美反映与艺术形式和艺术传达之间的关系与联系,没有做过集中的、专题的论述,所以给人的印象似乎审美反映论不足以涵盖艺术形式和传达,在理论上显得不够周全和完善。这自然值得我反思的。但这里是否也反映了质疑者自身所存在的一个认识上的问题,即无视任何文学理论都有它自己的基本观念和基本立场,都只能从它所持的基本观念出发来思考问题;既然审美反映是反映的一种特殊形式,自然也只能以意识与存在的关系作为它的理论基础，而不可能像形式主义、结构主义那样从语言、形式和表达出发，把语言和形式作为"文学本体"的问题来开展研究，否则，理论自身的内在统一性就无从谈起。所以在我看来要正确地判断艺术形式和传达在审美反映论中的地位，只能是以能否把它们纳入"审美反映"这一理论框架，成为这一理论构成的有机的组成部分着眼。下面，我想首先着重来谈谈这个问题。

前面说过，我们把文学艺术看作是一种审美的意识形态，主要是从审美反映不同于一般的认识活动来说的。即认为认识是人们在感觉、知觉、表象的基础上，经由概念、判断、推理所达到的对事物性质的一种把握，它致力于通过逻辑思维从感性现实中提炼和抽象出事物的本质、规律，所追求的是一般的、普遍的东西；与之不同，审美则是以人们的审美情感为心理中介来反映现实的，情感不同于认识，它是客体能否满足主体的某种需要而生的态度和体验，它虽然建立在感觉经验的基础上，但却不是直接由感觉经验引发，而只有经过主体的评价活动才能产生。所以在这当中，不仅它的对象是以处在特定关系和联系中的未经知性分解的整体而存在，而作家也不像在认识活动中那样只是以"一个在思维的东西"，他的"全部本质或本性只是思想"[1]，而只能是作为一个知、意、情未经分解的整体的个人，把自己的感觉、知觉、记忆、想象和联想都全面地调动起来、投入进去，才会捕捉到自己真切的感受和体验。这就使得反映在作家意识中的不仅不像认识活动的成果那样，是事物的一种抽象的普遍属性，而总是带有在特定情境条件下作家情感活动的独特的印记，它不是一般的物理映像而只能是经过作家思想、情感

---

[1] ［法］笛卡尔：《谈方法》，《西方哲学原著选读》上卷，商务印书馆1981年版，第369页。

所重构的审美意象。因而面对同一对象，不但不同的作家都会有自己独特的感知和发现；就是同一作家，在不同的情境和心情的条件下所产生的感觉、想象和联想，也不可能是完全相同的，这就使得凡是审美意象都不只是生活的机械的复制，同时也是作家自己的一种创造，就像列夫·托尔斯泰所说"在艺术作品中，无论他如何努力做到客观，我们看到的只能是作家的智慧、性格"①，所以凡是真正的艺术作品，它所创造的境界总是独特的、不可重复的，如同王国维说，"世无诗人，即无此境界"。它不但是感性与理性的统一，同时也是客观与主观的统一，它不像认识的成果那样以抽象的概念，而只有以其独特的感性形式才能得以存在和表现。这就决定了作家的构思活动不像一般的认识活动那样，按照逻辑思维的规律来进行运作，而总是伴随着一定的形式而开展的，在审美意象的孕育和形成的过程中，也就同时在寻求与之相应的表现形式，亦即苏轼说的"随物赋形"的过程，就像布拉德雷在谈到写诗时所说的"写诗并不是为一个完全成形的灵魂寻觅一个躯体"，"只有当一首诗完成，才能确切显出它所要表现的东西"②。表明真正的艺术创作并不像以往人们所误解的是先有了内容，然后再去寻求一定的表现形式，这两者总是同时进行的。

但是在作家对现实生活的把握过程中的内容与形式的这种内在联系，长期以来却并不为人们所理解，有意无意地总是把两者分割开来甚至对立起来，这认识在17世纪兴起的以布瓦洛的《诗艺》为代表的新古典主义文论那里，可谓发展到了极致，它们一方面完全

---

① ［俄］列夫·托尔斯泰：《致尼·斯特拉霍夫》，《文艺理论译丛》第1期，人民文学出版社1957年版。
② ［英］布拉德雷：《为诗而诗》，《西方文论选》下卷，上海译文出版社1979年版，第116页。

脱离形式来谈论作品的内容，另一方面在艺术形式上，又把古希腊和罗马的作品奉为典范，把形式完全凝固化、公式化、格式化，如要求文体典雅、风格雄壮，对于悲剧来说，还必须严格遵守"三一律"等。总之，在当时人们的意识中，作品的内容与形式的关系只不过是一种简单的、机械的相加，就像18世纪法国诗人谢尼耶在《发明》一诗中提出的"旧瓶装新酒"的口号所表明的那样：文艺作品的内容与形式并无什么必然联系的，对于作家、艺术家来说，内容固然需要发现创造，而形式却必须严格师法古人①。所以当18、19世纪之交浪漫主义兴起，就都以对这种凝固、守旧的文艺观的批判为自己的理论开路。如耶拿浪漫主义诗论家奥·施勒格尔就把这种与内容游离的凝固、僵化的形式称之为"机械形式"，而提出了与之相反的"有机形式"的概念，认为在真正的艺术作品中，"形式是生来的，它由内向外展开"，"它是事物活灵活现的面貌"，"在事物萌芽完全发展的同时，它也获得自身的规定性"，"内容怎么样，形式也怎么样"②。所以在创作中，如同鲍桑葵所言，对于作家、艺术家来说，"他的受魅惑的想象就生活在他的媒介的能力里；他靠媒介来思索、来感受；媒介是他的审美想象的特殊身体，而他的审美想象则是媒介的唯一特殊灵魂"③。正是出于对内容与形式内在关系的这一深刻的理解，所以黑格尔认为："艺术家之所以抓住这个形式，既不是由于他碰巧在那里，也不是由于除它以外，就没有别的形式可用，而是由于具体的内容本身就包含有外在的、实在的也就是感

---

① 参看[美]韦勒克：《近代文学批评史》第1卷，上海译文出版社1987年版，第103页。
② 转引自[美]韦勒克：《近代文学批评史》第2卷，上海译文出版社1989年版，第60页。
③ [英]鲍桑葵：《美学三讲》，人民文学出版社上海分社1965年版，第31页。

性的表现形式作为它的一个因素。"① 因此，对于艺术来说，审美情感也就成了构成它与其他意识形态区别的最根本的要素，艺术的其他一切特点，包括形象这种特殊的反映形式，归根到底都是直接或间接地由这一基本特点所派生的，相对于审美情感来说，都是从属的因素。要是认为艺术与其他意识形态如哲学、科学等在内容上并没有什么根本差别，其不同只在于处理内容时所采取的形式；那就等于完全否定了艺术作品内容与形式之间的这种天然而有机的内在联系，就会出现在创作中把那些"内容根本不适合于形象化和外在表现的，却偏要勉强纳入这种形式"的状况，而结果"我们就会只得到一个很坏的拼凑"②。在过去很长一段时间内所广为流传的那种图解政治概念和政策条文的艺术赝品，就是这样以拼凑的方式炮制出来的。这就从反面说明审美反映与艺术形式是天然统一的。

二

当然，问题也不像上述那样简单。因为在文学艺术作品中，形式作为特定内容的感性形态是由它的媒介、组织方式（结构、体裁）和传达方式（手法、技巧）所构成的，而这些形式的因素固然与它所表现的内容有着先天的内在联系，但又并非就是这些感性材料的原有的自然形态的直接显示，而是作家、艺术家在对自己所表现的对象深入领悟的基础上，根据他所掌握的艺术门类的特点并借鉴前人的经验对之进行艺术加工中所形成的，比如诗歌的各种格律，抒情诗在结构上所惯常采用的反复、回荡的形式等，虽然都可以从它

---

① ［德］黑格尔：《美学》第 1 卷，商务印书馆 1979 年版，第 89 页。
② 同上书，第 87 页。

所表达的内容中找到它的依据和根源，但是它作为一种相对独立而存在的艺术表现形式，却是作家在长期创作实践所积累起来的艺术经验概括的成果，因而不仅有自身相对的独立性，而且反过来又会成为一种"预成的"形式规范，参与到作家对生活的感知、题材的提炼和内容的组织和加工的过程，从而使作家从生活中获取的原本以自然形态而存在的物理映像（生活素材）转化为以艺术形态而存在的审美意象成为可能。所以要是没有这种预成的形式、规范的参与和介入，他对现实的感知就只能永远停留在自然主义的水平而进入不了艺术的境界。冈布里奇通过对大量绘画作品的分析、研究得出的结论就是："摹仿是通过预成图式和修正的节律进行的"，正如任何反映活动都是从主体自己的认知结构出发，把外界的信息纳入这种认知结构所做出的那样，在审美反映的过程中，"画家也只是被那些能用他的语言表现的母题所吸引。当他扫视风景时，那些能够成功地和他所学会运用的预成图式相匹配的景象会跳入他的注意中心，样式像媒介一样，创造一种心理定向——它使艺术家去寻找周围风景中那些他所能表现的方面。画画是一种主动的活动，因此艺术家倾向于看他所画的东西而不是画他所看见的东西"。所以从作画的角度他把这种"预成图式"看作是艺术反映的起点，认为在审美反映的过程中，要是"没有一些起点，没有一些初始的预成图式，我们就永不能把握不断变动的经验，没有范型便不能整理我们的印象"[①]。这对画家来说是如此，对其他艺术家也不例外。否则不仅会将使他们捕捉、整理、组织感性印象变得极其困难，而且，在某种意义上也会影响到读者、观众和听众对他们作品的接受和理解。因

---

① ［英］冈布里奇：《艺术与幻觉》，湖南人民出版社1987年版，第80、82—83页。

为艺术接受就其性质来说是一种交往活动，就像黑格尔所说的，是作家、艺术家通过作品与读者、观众和听众"所进行的对话"①。如同在社会交往中人们之间的一切交流活动必须以相同的感觉、语言和习惯为先决条件那样，在艺术的交往中，人们对作品的感受和理解，也总是以彼此之间所存在的某种共同的艺术语言和艺术模式为依据的。这种艺术语言和艺术模式既是人们在欣赏艺术作品过程中逐步形成的，而反过来又支配着人们欣赏中的心理取向和期待视界，并以读者、观众和听众的审美标准和艺术趣味制约着作家、艺术家的审美反映，促使他必须按照一定时代、民族和他所属的社会集团的广大成员所习惯的、所乐于接受的艺术语言和艺术形式，去对感性材料进行艺术提炼和艺术加工，以满足读者、观众、听众的审美需要。所以，豪泽尔认为："艺术家必须掌握一种形式语言，这种语言必须是相对稳定的，这样其他人才可以理解他……"在作家、艺术家中，即使是"反对习俗的'造反派'，自己也是用祖辈的习语来表达自己的思想的，因为不这样做，人们就无法理解"。我们不仅在观赏在表现形式上与实际生活距离较远的艺术种类，如京剧、芭蕾舞时会遇到这种情况，甚至欣赏一般文学作品时也会同样发生。如在20世纪五六十年代，中学语文教育界就曾对乐府诗《陌上桑》中的罗敷女到底是农家妇女还是贵族妇女开展过热烈的讨论，而认为是贵族妇女的一方就是以她的服饰的描写"头上倭堕髻，耳中明月珠。缃绮为下裙，紫绮为上襦"为依据来说明农家妇女是不可能有这样华丽的服饰的，这在我看来就是由于不理解诗歌所惯用的夸张、铺叙的手法，把艺术完全等同于生活所造成的误解。

我们指出艺术形式对作家、艺术家来说是预成的，当然不能理

---

① [德]黑格尔：《美学》第1卷，商务印书馆1979年版，第335页。

解为在创作中必须循规蹈矩、恪守僵化的模式，如果这样，也就等于承认"机械形式"的合法存在了。因为既然艺术语言、形式从根本上说都是作家、艺术家为真切、生动地传达他从现实生活中所获取的审美意象所找到的，而社会生活是不断发展变化着的，这就要求作家、艺术家必须根据所反映的具体对象的特点而不断地进行探索和创造，唯此才能与生活保持同步发展的态势。艺术史上大量事实告诉我们：许多作家艺术家都是在"滥用成法、技巧高于一切的情况下"，"忘了正确的模仿，抛弃活的模型而走向衰落的"，甚至像米开朗基罗这样的大师都难以幸免①。这就要求我们把具体作品的形式看作既是"预成的"又是"生成的"，即根据他所把握和反映的对象的特点而经过调整改造的；能否实现两者之间的互相转化，使预成的和生成的达到有机统一，往往就成了作品在艺术上能否获得成功的关键问题。所以康德一方面认为"每一艺术是以诸法规为前提"，"没有先行的法规，一个作品永远不能唤作艺术"，又认为对美的艺术来说，不可能"是从任何法规引申出来的"②，而只能是对法规的一种创造性的运用，这就需要作家有高超的艺术技巧，"有道而不艺，则物虽形于心，不形于手"③。但由于这种技巧不同于一般的工艺和技术，它不能只是机械的重复，而只有根据对象实际，对于预成形式加以创造性的具体灵活运用的智慧和能力的作家，才能做到"得心应手"，因而他被康德称之为"天才"，否则就难以圆满地完成创作的目的。所以黑格尔认为"艺术家的这种构造形象的能力不仅是一种认识性的想象力、幻想力和感觉力，而且是一种实践性

---

① ［法］丹纳：《艺术哲学》，人民文学出版社1963年版，第14页。
② ［德］康德：《判断力批判》上卷，商务印书馆1964年版，第153页。
③ （宋）苏轼：《书李伯时山庄图后》。

的感觉力，即实际完成作品能力"①。这就要看他能否使预成的形式与具体审美意象的存在形态达到有机的结合而使预成形式又成为自然生成的。如传统中国水墨画中的"皴法"，当它作为一种预成形式运用于它所表现的对象之前，只不过是一种抽象的笔墨技巧，只有当这种笔墨技巧在描形绘状时予以具体的运用，表现为具体的山体、岩石、树木的枝干，与对象完全融为一体，才能说得上真正为画家所掌握，使预成的形式转化为生成的形式。

这道理同样适合于文学创作。比如语言，它作为文学作品的媒介，算得上是文学形式的最基本的要素了。从语言本身来看，它是由语音、语义和语法三方面构成的，其中语义又是最为核心的成分。但是在实际的创作活动中，作家并非完全按照语言所固定的意义（词义）来进行表达，而总是按照在特定情境中自己的感受和体验来对加以行创造性地运用。所以洪堡特说"语言绝不是产品，而是一种创造活动"②。正是由于这样，列昂捷夫认为，在平时的交往活动中，人们对语言的理解"不是由意义产生，而是由生活所产生的"③。因此我们在阅读文学作品时，如同叶圣陶所说，"要了解一个字，一个词在作品中的意义和情味，单靠查字典是不够的，必须在日常生活中随时留意，得到真实的经验，对语言文字才会有正确丰富的了解"④。这决定了在创作过程中，能否找到为与所要表达的审美意象相契合的艺术语言和艺术形式，对于作家、艺术家能否出

---

① [德] 黑格尔：《美学》第1卷，商务印书馆1979年版，第363页。
② [德] 洪堡特：《论人类语言结构的差异及其对人类精神发展的影响》，商务印书馆1999年版，第54页。
③ [苏联] 列昂捷夫：《活动 意识 个性》，上海译文出版社1983年版，第213页。
④ 叶圣陶：《文学作品的鉴赏》，《叶圣陶论创作》，上海文艺出版社1982年版，第136页。

色地达到自己的创作目的有着举足轻重的意义。以致豪泽尔认为："艺术家更关心的不是情感，而是情感的表达。"① 卡西尔也认为："艺术家不仅必须感受事物的'内在的意义'和它们的道德生命，他还必须给他的情感以外形。艺术想象的最高最独特的力量表现在这后一种活动中。外形化意味着不只体现在看得见或摸得着的某种特殊的物质媒介上……而是体现在激发美感的形式中：韵律、色调、线条和布局以及立体感的造型。"② 这样，在语词的选择和运用上，也就成了作家处心积虑、惨淡经营的一个环节。因为任何文学作品的内容都不是脱离形式而抽象存在的，都只有当它找到了与之相应的表达方式，才能真正化为现实，读者也只有通过对作品形式的揣摩和玩味才能领略作品的情味、意境，以及作家所要表达的感受和体验，如同奥·施勒格尔所说："一首诗的全部内容只有通过形式这个媒介而为人所了解"③，离开了形式，所传达的只能是一些没有艺术特色的一般化的、概念性的东西，而非作品的具体内容。我们要求把作品的形式与它所反映的内容联系起来，从两者的辩证关系中来看待艺术形式的优劣，不但没有丝毫贬低形式在作品中的重要地位，而且正是突出艺术形式在作品中的重要地位，并使艺术形式的研究走向科学的唯一的正确的道路。

三

谈到艺术形式的研究，人们就会很自然地想到形式主义文论，

---

① ［匈牙利］豪泽尔：《艺术社会学》，学林出版社1987年版，第14页。
② ［德］卡西尔：《人论》，上海译文出版社1985年版，第196页。
③ 转引自［美］韦勒克：《近代文学批评史》第2卷，上海译文出版社1989年版，第61页。

并往往误以为唯有形式主义文论才是重视艺术形式的,这我认为是基于内容、形式二元分割所造成的一种误判。要说明这个问题,还需要我们回过头来对形式主义文论作一个历史的、客观的分析和评价。

形式主义文论视语言为文学的本体,这并不是完全没有道理。因为任何意识现象与现实生活的联系都是以语言为中介的,这样,语言作为文学作品的媒介自然也就成了文学理论研究中的一个重要方面,特别是当我们对文学的研究从宏观的领域进入微观的领域,从文学本质论进入文学创作论、作品论和鉴赏论时,就显得更为突出。问题在于,形式主义文论是以结构主义语言学的代表人物索绪尔的语言理论为基础的。索绪尔把语言看作是一个"自足的"系统,认为语词的意义不是由于指称外界事物而是从自身系统的结构中产生的,就像"棋子的各自价值由它们在棋局中的地位决定的"① 那样。这样,这就割断了语言与外部世界的联系而使之趋于封闭。形式主义文论就是按索绪尔的语言理论割断文学与生活的联系,在这样一个封闭结构中来探讨文学的审美价值,把文学当作只是一个形式的问题、修辞的问题对之来作纯技术的研究。那么怎么来看待它的功过得失呢?我认为只有放到西方文论发展的历史背景上来考察,才能对它作出客观公正的评价。

在西方文论史上,文学理论从亚里斯多德开创以来,实际上存在着两大传统,即"诗学"的传统和"修辞学"的传统。前者的理论出发点是"摹仿说",着眼于反映(认识)即文艺与现实关系的研究;后者的出发点是"创制学",着眼于传达(实践),即文学创作技巧的研究。它们相对独立而又互相渗透。亚里斯多德的《诗学》

---

① [瑞士] 索绪尔:《普通语言学教程》,商务印书馆1980年版,第128页。

中虽然侧重讨论的是诗与现实的反映与被反映的关系，但在后半部分却大量地涉及音调、节奏、文体、修辞，特别是隐喻等关涉创制的问题。而他的《修辞学》虽然主要致力于研究论辩的技巧，但其中也有不少关于人物性格和语言风格等与诗学相关的论述，特别是对于不同年龄阶段人物的性格的分析，在后来还成了贺拉斯和布瓦洛在他们的同名著作《诗艺》中所提倡的"类型说"的主要理论来源，并对新古典主义文论产生了极大的影响。虽然我们今天研究亚里斯多德以及西方古代文艺理论时一般都只是注意"诗学"的传统，而很少提及"修辞学"的传统，但不能否认后者在历史上曾经有过强大的势力和广泛的影响。首先在希腊化时期，由于战争的频繁和社会的动荡，滋生了人们的悲观厌世的情绪，使得人们对社会功业失去了兴趣而在思想上回归个人和内心，反映在文艺问题上，就不再热衷于对文艺性质和功能等根本性问题的探讨，而把注意力主要集中在形式和技艺方面，其研究的重点逐步从诗学的角度转向修辞学的角度。到了罗马时代，在演说术、雄辩术的推动下，这种对文艺作纯形式的探讨之风愈演愈烈。雄辩家西赛罗在《论演说家》中批评苏格拉底只教导人去思考内容而置形式于不顾，特别强调在演说中表达方式的重要，强调"没有语言的光辉"，就不能使思想"发出光芒"，认为"相当一部分优秀的思想是从各种修辞手段中提炼出来的，每一席谈话里都要求夹杂着各种修辞手段，就像菜肴中要加盐一样"①。从而进一步引导人们从形式和修辞方面去探寻文艺的属性，形成了后来被文艺史家们称之为文艺的"修辞学的时期"。以致中世纪法国诗人索性把自己称为"修辞学家"，把诗歌看作是"第二

---

① 转引自［美］吉尔伯特、［联邦德国］库恩：《美学史》，上海译文出版社1989年版，第135页。

流的修辞学"①,意大利作家薄伽丘在谈到诗歌时就是认为所谓诗歌无非是"精致的讲话"②。只是到了文艺复兴之后,在近代认识论哲学和自然科学的影响下,"诗学"的传统、摹仿的观念在文艺理论中才重新抬头并取代了修辞学的传统,把"写什么"提到文艺创作的核心地位,并视真实性、典型性为评价文艺作品优劣的最高准则,而对于传达问题、"如何写"的问题不再予以关注,如别林斯基认为创作活动的主要环节是构思,至于传达只不过是"构思的必然结果","已经是次要的劳作"③。后来表现论美学的代表人物克罗齐则说得更加直白:对于创作活动来说,"审美的事实在对诸印象作表象的加工中已经完成了",至于传达,"这都是后期附加的工作",是一种"实践的事实"、机械的制作,与艺术的本质无关④。

从这一理论背景来看,在 20 世纪初年出现的形式主义文论在继承唯美主义的基础上,复活修辞学的传统,提出形式在文学艺术中的地位和价值自有它的合理的成分。问题在于它割裂了审美反映与艺术传达、作品的内容与形式之间的关系与联系,不理解在真正的艺术作品中,内容总是经过一定艺术形式的整合,是存在于一定艺术形式中的内容,形式也只能是特定内容的显现形态,是由特定的内容所衍生的,就像是灵魂与肉体一样是彼此不可分离的;而错误地认为按照内容与形式的观念去看待作品,就等于把它分为"审美的成分"与"非审美的成分","使人以为内容在艺术中所处的状

---

① 转引自[美]吉尔伯特、[联邦德国]库恩:《美学史》,上海译文出版社 1989 年版,第 206 页。
② [意]薄伽丘:《异教诸神谱系》,《西方文论选》上卷,上海译文出版社 1979 年版,第 178 页。
③ [俄]别林斯基:《当代英雄》,《别林斯基选集》第 2 卷,上海文艺出版社 1963 年版,第 283 页。
④ [意]克罗齐:《美学原理 美学纲要》,外国文学出版社 1983 年版,第 59 页。

态，与其在艺术之外是相同的，从而导致把形式当作可有可无的外表装饰"，"使艺术有了审美成分与非审美成分的区分"①，以此来否定在作品中内容自身的审美价值，把决定作品的审美价值的原因完全归结于是一个形式的问题、技术的问题，一个加工的手法如"陌生化"的问题，并把这种与作品内容完全游离的形式和技巧、手法看作类似于织物的"编织的手法"或跳舞的"舞步的花样"那样的东西，认为它本身就是目的。如瓦莱利借用什克洛夫斯基在《情节编构手法与一般风格手法的联系》中将舞蹈定义为"感觉到的行走"的意思，而把诗与散文比作跳舞与走路，说走路这种动作是为了达到一定的目的地，那么"跳舞并不是要跳哪里去"，"跳舞就是一套动作，这套动作本身就是目的"，就是让人从中得到美的感受②，以此来说明艺术的目的就在于以形式、技巧、手法来带给人以美感，除此之外，它没有其他目的。这样，就把艺术形式看作完全是技术性、工艺性的，这就等于把艺术形式的研究推向绝境，使之处于封闭。因为优秀的文艺作品的形式之所以是新鲜的、独创的、不可重复的，从根本上说是由它的内容所决定的，正是由于生活世界的丰富多彩、光怪陆离以及作家感受、体验的情境性和独特性，才促使作家为求真切生动的表达去寻求和创造别人所未曾有过的表达方式，而推动着艺术形式的不断创新。就文学语言中最常见的"隐喻"来说，就是由于人们某些独特的感觉和体验所引发的想象和联想的驱使，以及为了捕捉和表达从中产生的感受和领悟的需要而创造的，以亚里斯多德在《修辞学》中所举的例句为例，如："智慧是神在我

---

① ［苏联］日尔蒙斯基：《诗学的任务》，《俄国形式主义文论选》，生活·读书·新知三联书店1989年版，第212—213页。
② ［法］瓦莱利：《诗与抽象思维》，《现代西方文论选》，上海译文出版社1983年版，第33—36页。

们心中点燃的火光"，就是因为"智慧"既能让人明事理，就像"火光"那样具有照明的作用，而它又那样具有卓识和预见，就仿佛是常人不会具有而是神所点燃似的。这就比一般的智慧的含义更能显示人们对于智慧的一种赞美和崇敬之情，所以当第一个人作出这样出人意料又落入意中的比喻而给人带来新鲜而生动的感觉和认识上的满足的喜悦时，人们就会感到他是一个天才。另外，在书中还谈道："伯里克利说，城邦丧失了青年——他们死于战争——'有如一年中缺少了春天'"，"勒普提涅斯在谈到拉西第梦人（按：即斯巴达人）的时候说，他们不愿坐视希腊'瞎了一只眼睛'（按：这眼睛指雅典，另一只是斯巴达）"以及把老年人比作是"枯萎的残败的树干"等都是如此①。这样，隐喻就不仅成了对作家感受体验方式的一种独特的表达方式，而且凭借隐喻使人的情感和想象得到更为充分的激活。所以亚里斯多德认为"善于使用隐喻字表示有天才"②。这都足以说明艺术表达与内容之间的内在联系，它自身不是目的，而目的就在于使作家、艺术家在对现实生活感知体验的基础上所构思完成的审美意象获得真切生动的表达。一旦离开了这一前提，那么"有机形式"也就变为"机械形式"，也就把形式研究引向末路，走形式主义的覆辙。

所以，我们反对把形式、技法从与内容表达的关系和联系中分离出来对之作孤立的研究，而把它纳入审美反映论的框架内进行考察。这不仅没有否定和排斥艺术形式和技巧在艺术创作中的重要地位，而正是为艺术形式研究注入生机活力，为艺术形式技巧研究所

---

① ［古希腊］亚里斯多德：《修辞学》，生活·读书·新知三联书店1991年版，第176—180页。

② ［古希腊］亚里斯多德：《诗学》，人民文学出版社1962年版，第81页。

找到的最为正确的、有前途的出路，同时也说明艺术形式乃审美反映理论结构中不可缺少的有机的组成部分。

2014 年 8 月上旬

（原载《杭州师范大学学报（社会科学版）》2015 年第 3 期）

我对"审美意识形态论"的理解

一

"审美意识形态论"被有些学者看作是"一个时代学人根据时代要求提出的集体理论创新",据说"目前国内最重要的 20 多部'文学概论'教材都采用了文学审美论或文学审美意识形态论",并认为"这是我国文学理论界在学术上打的一次胜仗,其意义是远大的"①。但近来也有些学者对之提出质疑,这种质疑大致来自两个方面。

首先是一些持"文化批评"主张的学者,他们认为当代我国文学理论的危机主要在于坚持审美自律,提出要走出这种困境,文学理论研究就必须转向对日常生活中的文化现象的研究。这与 19 世纪英国空想社会主义思想家莫里斯的观点似乎极为相似,但两者却有着本质的差别。莫里斯的出发点是人民大众,认为"艺术是人类劳动的神圣安慰",但在资本主义社会里却被剥夺了,成了专供少数人享受的奢侈品。他花了很多精力去研究人居环境、住房设计乃至壁

---

① 童庆炳:《新时期文学审美特征论及其意义》,《文学评论》2006 年第 1 期。

纸图案，目的就是为了"重建人民艺术的基础"，"使艺术再回到我们的日常劳动中来"，使人民群众在日常生活中有享受美的权利①；而"文化批评"的出发点是我国当今社会的新富人，认为当今我国已进入了消费社会，文学艺术也应该让这些新富人来"引领时尚"。所以它已经走出剧院、博物馆、音乐厅和传统的诗歌、小说，而进入歌厅、舞厅、美容院、健身中心、酒吧、咖啡馆、广告、时尚，它的功能只是为了满足感官的快适，满足"消费的放纵"，这样"在那里人们不再是他自己"，而只是"沉浸其中并在其中被取消"。为了让这种新富人的趣味标准成为主宰，在文学理论研究中，他们提出要对文学越界、扩容，为此就必须彻底否定传统的、以追求精神超越为目的的审美理论，断言文学的性质已不再是审美的。对于这种观点，不少学者都有文章予以反驳，我自己也发表过这方面的意见②，现在似乎并没有什么新的想法要谈，在此就不再详说了。

另一些不赞同以审美意识形态来界定文学的性质的，是意在坚持马克思主义思想原则为指导的学者。他们怀疑这个提法的科学性，担心有导致"去政治化"的可能。认为"'意识形态'在经典作家那里，主要是指抽象化的思想……都属于'观念'和'思想体系'的范围"，而"在审美活动之中，起主导作用的是'感官知觉或想象力'，其对象不是抽象的观念或思想体系，而是感性的、具体的、自愿的、有个性表现力的东西"，而且"'审美意识形态'这个概念在语法上是一个偏正结构，从它的生产过程来看，显然这是在强调前

---

① ［英］莫里斯：《艺术与社会主义》，《西方文论选》下卷，上海译文出版社1979年版，第42、99、95页。
② 参阅拙作《文艺理论研究中的"文化主义"与"审美主义"》，《文艺研究》2005年第4期，收入本文集时改题目为《评文艺理论研究中的"文化论"与"审美论"》。

者，即'审美的'意识形态，而不是后者，即审美的'意识形态'"。因而认为"它有过滤掉构成文学本质的其他成分""去政治化"之嫌，并认为目前推动文论话语审美化转型的意见是由于"视意识形态为政治斗争的一个领域，倾向于否定文学的意识形态性的"，所以"担心这种界定模式将会对创作带来实际的危害"[①]。这些担忧是可以理解的。因为自20世纪80年代中期以来，在我国文艺理论和文艺实践中确实存在着一股强劲的消解文学艺术意识形态性的思潮（包括在商业利益驱使下畸形地得到发展的"大众文化"），但审美意识形态论是否也是这样，我觉得还可做些商讨。

由于我不仅是审美意识形态论的信奉者和播扬者，而且据北京师范大学文艺学研究中心文学理论教材调查组编写的《关于新时期以来高校文学理论教材编写的调查报告》称："继童庆炳在1984年的《文学概论》教材中提出'审美反映'论之后，王元骧在《文学原理》（浙江教育出版社1989年版）中明确提出文学是一种审美意识形态，这是在文学理论教材中第一次提出文学是'审美意识形态'。"所以，面对当前关于如何认识文学性质这个重大而原则的问题上出现的上述分歧，我觉得有必要，也有责任来谈谈对这个问题的一些看法，以求通过讨论，对之有较为全面准确的认识和评价。

我认为意识形态性是文学不可摆脱的一个基本属性。因为社会意识相对地可分为两种形式：一种是纯知识的，一种是具有价值导向性的。前者是通常所说的"社会意识形式"，后者才被称为"社会意识形态"，简称"意识形态"。意识形态作为自觉地反映一定社会经济形态和政治制度的思想体系，不同于一般的社会意识形态就在

---

① 董学文：《文学本质界说考论》，《北京大学学报（哲学社会科学版）》2005年第5期。

于它不仅有知识成分，而且还有价值成分，其核心是一个价值观的问题。它的功能就在于凝聚社会成员的力量，动员社会成员为实现一定社会的共同目标去进行奋斗。当然，正如有些学者所指出的，意识形态是一个"总体性"的概念①，它还有许多下属的具体形式，如政治、法律、哲学、宗教、道德、艺术等。而文学作为艺术的一个分支，它与整个艺术一样之所以被视为意识形态形式中的一个"特殊的"类别，不仅由于它本身还包含着技巧的、工艺学的不属于思想意识的成分，而且也不像其他意识形态形式那样以系统的、理论的形态出现，而只不过是在具体的形象描绘和情感表述中体现了某种思想观点和倾向，因而我时常以"意识形态性"来界定整个艺术包括文学的本质属性。

意识形态既然是一个"总体性"的概念，总体性思想所强调的是总体先于部分、高于部分。所以以总体性的观点来看待意识形态，我觉得应该包含以下三方面内容。第一，由于各个社会都有多种的经济成分，反映到思想意识领域，也不可能是完全单一的。但是作为一个社会的意识形态，它不是各种思想观念的简单汇聚，而总是由该社会占主导地位的经济成分所决定并与之相适应的。就当今我国社会主义社会的意识形态来说，也必然是以社会主义的价值观为支配地位和最高的价值取向。第二，正是这种最高的价值取向，决定了不同的意识形态形式作为总体的一部分，它们之间总是有着深刻的、内在的一致性和统一性，如政治、道德、艺术，在它们的观念层面上，即政治理想、道德理想、审美理想等方面总是可以汇通的，所以必然是互相影响、互相渗透的。这决定了文学艺术作为意

---

① 董学文、马建辉：《文学"审美意识形态论"献疑》，《文艺理论与批评》2006年第1期。

识形态的一种特殊形式，虽然有其相对的独立性，但却不可能完全脱离政治与道德而绝对独立。认为所有这些具体的意识形态——哲学意识形态、政治意识形态、法律意识形态、道德意识形态、审美意识形态——都是完全的独立的系统的说法至少是不周全的。第三，由于各种意识形态形式与经济基础之间的距离有远近之分，对于经济基础的作用也必然有显隐之别，其中与经济基础关系最直接、最密切的无疑是政治。所以列宁认为"政治是经济的集中表现"[①]，以致人们常常把意识形态看作是一个政治学的概念，直接等同于政治意识形态；在谈到文学艺术的意识形态性时，也常常理解为只是文艺与政治的关系的问题。这种理解虽然过于狭隘，但也确是揭示了迄今为止与文学艺术关联最密切的一个方面。因为政治毕竟是各个阶级和社会集团利益和愿望的最集中的体现。当然，过去对这个问题的理解存在着许多简单化、庸俗化的倾向，不顾文学艺术自身的特点要求从枝枝节节上去配合政治斗争和政治运动，认识不到它只能通过美的陶冶从政治信念、政治理想方面对人产生影响。因此，如何正确地看待这个问题，也就成了我们能否正确理解文学艺术意识形态性的一个关键问题。

既然意识形态作为一个国家、一个社会价值观的最高、最集中的体现，它的功能是为了动员社会成员，凝聚社会成员的力量，为实现共同的目标去进行奋斗，因而它的性质就不仅是理论的（认识的），而更主要是实践的。所以，我们今天探讨文学艺术的意识形态性的重要目的，我认为就是为了维护我国文学艺术的社会主义的性质和方向。社会主义的政治纲领是通过发展生产来消灭压迫、剥削，

---

① ［苏联］列宁：《再论工会、目前局势及托洛茨基和布哈林的错误》，《列宁全集》第32卷，人民出版社1957年版，第70页。

使人民群众走向共同富裕，为最终实现全人类的自由解放，建设千百年来人们所企盼、梦想的共产主义社会创造条件，因而它也必然成为我国社会主义意识形态的核心观念和基本取向，决定着我国文学艺术的社会主义根本性质和我们作家在自己创作中所奋斗的理想和目标。这是作家作为一个共和国的公民对国家和社会所应尽的义务和责任。它表明社会主义文学从本质上说不同于私人化、个人化，或者所谓"纯美的"文学，而是自觉地维护社会主义制度、有鲜明的立场和宗旨的文学。它是以作家坚定的社会主义理想信念为指导的。这种理想信念对于社会主义文学之所以重要，是因为在实现社会主义理想的过程中道路是曲折的，正如黄河、长江，它们的方向尽管由西向东，但不是每一流段都是由西向东的那样，难免会有挫折和牺牲，并为此付出沉重的代价。因而我们的作品也不应该回避矛盾，像苏联某些理论所倡导的那样，认为"社会主义现实主义"只能是"肯定的现实主义"，一味歌颂功德而走向"无冲突论"。它应该有足够的勇气去正视现实、反思现实，对现实生活中那些不合理的、消极的、腐朽的、丑恶的阻碍我国社会主义事业健康发展的现象进行揭露和批判，激励人民群众去迎战困难，去争取更大的胜利。所以以任何方式来消解文学的意识形态性都是不利于我国社会主义文学艺术的发展和繁荣的。虽然在提倡和赞同文学审美意识形态论的学者中各人对这个问题的理解并不完全一致，而有些阐述文学意识形态性的文章的具体表述也确实存在把意识形态性与审美性只是作简单的相加而没有完全统一起来，容易引起"去政治化"的误解，但是还不至于试图以审美来达到消解文学的意识形态性的目的。

二

既然意识形态性是整个艺术特别是文学的最基本的属性,那么,为什么我们还要以"审美"这个定语来对之作进一步的规定呢?这是由于事物的性质是多层次的,根据人们对事物性质认识的概括和抽象程度,通常可把它分为一般、特殊、个别这样三个层次。一般自然是从个别、特殊提升而来,它作为对事物本质属性的最高的抽象和最终的规定,是我们认识事物的一个思想前提。否则,我们的思想就会由于失去根本依据而陷于一片混乱。我们把文学的性质界定为一种社会意识形态,就是从一般的层面上所作出的基本规定,它为我们认识和评价文学提供了科学的理论依据。但另一方面我们必须看到,"一般乃是一个贫乏的规定",它只是作为对事物基本性质的规定而存在,远不足以替代我们对具体事物的认识,它"只是认识具体事物的一个阶段……一般概念、规定等等的无限总和才能提供完全的具体事物"①。

因此,要真正认识事物,就必须经历一个"由特殊到一般,又由一般到特殊"的认识运动的过程,即"当人们已经认识了这种共同本质以后,就以这种共同的认识为指导,继续向尚未研究过的或者未深入地研究过的各种具体事物进行研究,找出其特殊的本质,这样才可以补充丰富和发展对这种共同本质的认识,而使这种共同本质的认识不至于变成枯槁的僵死的东西"。所以,对于事物的每一种运动形式,我们除了注意它和其他各种运动形式的共同点之外,

---

① [苏联]列宁:《黑格尔"哲学史讲演录"一书摘要》,《列宁全集》第38卷,人民出版社1959年版,第297、309—310页。

"尤其重要的,成为我们认识事物的基础的东西,则是必须注意它的特殊点。这就是说,注意它和其他运动形式的质的区别,只有注意到了这一点,才有可能区别事物"①。

那么,文学艺术不同于其他意识形式的特殊本质是什么呢?最好的办法当然只有通过比较来看。于是我就将文学艺术与科学进行比较:认为科学研究以观察、实验和理论思维为途径,它旨在把握事物的实体属性。为此,就必须排除一切个人主观的态度和倾向,把主体视作普遍的社会主体。而文学艺术创作则是凭借情感激发下的自由想象的活动而进行,情感是客体能否满足主体的某种内心需要所产生的一种态度和体验,它反映的不是事物的实体属性,而是客体与主体需要之间的关系属性,亦即价值属性。再加上态度和体验都是个体的心理活动,不论欢乐、欣喜、痛苦、忧伤……都是由个体本身来承受的。所以,如果说科学认识的主体是社会主体,对于真理、规律的认识人人皆同,不存在个人之间的差别。那么,情感的主体则无疑是个人主体,即使面对同样的对象,由于个人的先天素质、后天教养以及人生经历和所处的具体环境、条件的不同,也会出现不同的反应方式和体验方式。离开了个体的心理过程,就不会有什么体验活动。但这并不意味着情感主体与认识主体是完全对立的,因为由于主体需要的层次不同(如马斯洛把人的需要分为生理需要、安全需要、归属和爱的需要、尊重需要和自我实现需要五个层次,虽不一定十分完善,但至少说明需要是有等级层次的),情感又是有等级高低的差别的。一般来说,需要的层次愈低,与人的自然需要的关系愈直接,这种情感就愈狭隘、愈偏私、愈难以开

---

① 毛泽东:《矛盾论》,《毛泽东选集》(一卷本),人民出版社1966年版,第298、296—297页。

展人际之间的交流；需要的层次愈高，由此所引发的情感就愈具有社会的普遍性而引起别人的共鸣、得到别人的认同。所以尽管这种高级情感也是以个人心理体验的形式出现，但它所蕴含的理性内容却能使它超出纯粹个人心理活动的领域，获得与认识的成果同样具有的普遍的社会内容。而审美的情感就具有这样的一种特征，因为它作为人的一种高级情感不同于一般情绪体验，它是基于对感性对象的"静观"（观照）而产生的。静观的特点就在于它只为事物的"表象"所吸引而并不关心它的"实体"，因而它能拒斥一切欲念不至于引发想要去占有对象的冲动，这就使得审美可以超越一己的利害关系而在情感上达到与别人的沟通，因而由此引起的"个人的愉快对于其他各个人也能够宣称作为法则"[①]。它虽然属于"单个的判断"却又具有"普遍的有效性"。这就使得美的对象，不仅人人可以共享，而且通过审美，还能把大家的思想情感联合起来。这是从主体方面来说。再从客体方面来说，审美对象作为一种价值客体，即主体审美需要的客观承担者一方，它不可能仅仅由主观评价与主体建立关系，而总是以客体所具有的能与人形成审美关系的事实属性为基础。如鲜花，就是由于色彩艳丽、形状悦目才能使人产生美感。若是不具备这些客观条件，也就很难成为人的审美对象。这就决定了审美情感总是认识与评价、单个的判断（个体的体验）与普遍的功效（社会的认同）的统一。所以，在一切美的文学艺术中，它所抒写的作家对丑恶现实的批判以及对于美好人生的追求，虽然以作家个人感受、体验、期盼和梦想的形式出现，但又总是反映着他所处的时代和广大人民群众共同的思想愿望。审美判断中所隐匿的这种认识与评价的成分，也就是真与善的内容。这就使得文学艺术以

[①] [德]康德：《判断力批判》上卷，商务印书馆1964年版，第123—124页。

作家审美情感为中介与社会意识形态获得沟通。所以，我认为以"审美的"这个概念来对文学艺术这种特殊的意识形态形式作出进一步的具体界定，丝毫没有否定文学的性质是一种社会意识形态的意思。正如"人—中国人—浙江人"三者的关系一样，并不因为我说自己是"浙江人"而否定自己是"人"、是"中国人"。有学者借钱锺书先生的比喻——"盐溶于水，体匿性存，无痕有味"来说明意识形态与审美两者的关系，我认为是十分贴切的。

而另一方面，由于一般进入个别必须经由特殊，因而特殊不只是一般的消极的载体，反过来必然又影响、制约着事物的一般性，使一般避免抽象而趋向具体。所以，审美性又使得文学这种特殊的意识形态形式不同于一般的意识形态形式，它不是以理论的、思想体系的形式出现，是没有概念性的内容的。一切思想观念的东西，哪怕最正确、最深刻、最有价值的思想观念，也只有经由作家自己的情感体验，内化为自己的理想和信念，自己有血有肉的思想，成为一种"诗情的观念"，就像别林斯基所说的"把理智对意念的简单理解转变为精气充沛的、热情追求的对意念的爱"①，从自己的心底里唱出来的，才能在作品中获得真切而生动的表现，并使读者为之感动。这种发自内心的情感流露，使得真正的文学创作总是一种自由的劳动，它不可能仅凭理性告诫去行事。因为理性的东西总是带有强制性的，它总是因某种外在的规律和法则迫使人们不得不予以认同和服从，如 1+1=2，只有这样一个结论，没有其他选择余地。而情感是自主的，不可能因为外力强制你去爱才爱，强制你去恨才恨。所以，真正的文学艺术创作总是源于对作家自己所掌握材料的

---

① ［俄］别林斯基：《亚历山大·普希金作品集》，《别林斯基选集》第4卷，上海译文出版社1991年版，第335页。

感动，如同高尔基所说："一个大师不仅应该熟悉他的材料，而且还应该热爱自己的材料，更正确地说，还应该欣赏他的材料。"① 因而写什么、不写什么，只有由作家自己在长期人生实践中所积累起来的生活经验和从中所生的内心嘱咐来决定。但这并不能作为否定作家社会责任的理由。因为这种社会责任是由人的社会性所决定的，就像亚里士多德所说的，人的社会性决定了"人天生是一种政治的动物"，所以对人来说"国家总是先于家庭和我们每个人的"②。如果完全离开国家和社会，人也就无法生存，也不成其为人了。因而对于作家来说，创作实属于他对国家和社会所尽的一种责任！所以，我们所说的"创作自由"只不过是把社会和人民群众向作家所提出的要求交付给作家自己来掌握，要求作家把社会和人民群众的要求化为自己内心的要求。只有这样，才有望在艺术上获得成功。一个在艺术上不成功的作品是算不上真正的艺术品的，一个不能向社会奉献其思想和艺术上都成功的作家也算不上是真正尽了社会责任的作家。所以我们应把追求两者统一看作是衡量一个作家社会责任感的最高标志。

正是由于一切美的文学艺术中的思想内容都是从作家心底里唱出来的，它把理性告诫的东西都具体地化为一种内心的感动，所以对于读者阅读来说，也同样不存在强制的性质，而总是经由自身感动而进入与作家的对话和交流的。因为当读者为作品所描写的人物和事件所抒发的情感所感动之后，就会激发读者连绵无穷的想象，把储存在自己心底的经验调动起来，去丰富和充实作品中所表现的思想内容，并通过情感的相互激发和转化的机制，把作品中所表达

---

① ［苏联］高尔基：《我怎样写作》，《论文学》，人民文学出版社1978年版，第104页。

② ［古希腊］亚里士多德：《政治学》，《古希腊哲学》，中国人民大学出版社1992年版，第585页。

的思想情感，化为自己的思想灵魂、自己的理想信念、自己为之奋斗的内在动力。这就使得文学艺术这种特殊的意识形态形式比之于一般的理论形式的意识形态更具有实践的性质。因为实践是需要一定情感激发和意志发动的，马克思说："思想根本不能实现什么东西，为了实现思想，就要有使用实践力量的人。"[①] 这个人不是思维活动中的那个"无人身的理性"，而是"有生命的个人存在"，他是以全身心投入进去参与活动的，这里自然离不开情感和意志的作用。因为"一个本身自由的理论精神变成实践力量，并且作为一种意志走出阿门赛斯的阴影王国，转而面向那在于理论精神之外的世俗现实——这是一条心理学的规律"。

按照这样的理解，我觉得是根本不存在以审美来消解意识形态之嫌的，有的论者担心提出"审美意识形态"，"用'审美'来统领'意识形态'，会对意识形态内涵作了空疏宽泛的理解"，而我的认识则刚好相反。我觉得以审美来界定文学艺术的特性，认为文学艺术的意识形态性只能以审美的方式予以体现，倒正是避免因抽象谈论而导致把文学艺术的意识形态性架空，使它与文学艺术的特性相融而有了自己真正的落脚点。

三

对于审美意识形态论的认识产生分歧的另一个原因还在于对"审美"的理解。对"审美"这个概念最早作出系统阐释的是康德美学，但它长期以来遭受学界的误解和曲解，被视为形式主义和唯

---

① [德] 马克思：《德谟克利特的自然哲学和伊壁鸠鲁的自然哲学的差别·附注》，《马克思恩格斯全集》第 40 卷，人民出版社 1982 年版，第 158 页。

美主义文艺思潮的滥觞。这恐怕从源头上要追溯到"为艺术而艺术"的倡导者戈蒂耶。他根据康德从质的契机把审美判断规定为是一种"无利害的自由愉快"的思想，认为"真正称得上美的东西是毫无用处的东西，一切有用的东西都是丑的，因为它体现了某种需要。而人的需要就像其可怜的天性一样极其肮脏，令人作呕的———所房子里最有用的地方是厕所"①。这理解不仅十分肤浅，而且离康德的原意已经相去很远了。其实康德所说的审美无利害性是以他的"目的论"为思想基础的。他把目的分为外在的、有限的目的和内在的、无限的目的两种：所谓外在的目的，就是它作为为别的东西达到自己目的的手段，并非为自身的目的而发生作用；所谓内在的目的，指它的目的就在自身，亦即以自身为目的。康德从审美判断的关系契机把美规定为"没有目的的合目的性"的对象时，就是认为美在外在的、有限的目的之外，还有一个内在的、无限的目的。"这目的，我们在外界是永远不能碰到的，我们自自然然地在我们自己内里去寻找，并是在那里面，即在那构成我们生存的终极目的、道德的使命里去寻找。"② 康德美学思想的核心就是"人是目的"。他提出审美的无利害性就是指美的文学艺术不是作为一种手段依附于其他目的，为其他目的服务，其根本目的是为了在人的物质生活中营造一个精神生活的空间，为人的生存提供一种精神的支撑，增添一份美好的诗意，借以提升和完善人自身。而审美之所以具有这样的功能，就是前面曾提到的审美的态度是"静观"的。这概念虽然来自古希腊，但在康德那里并不像斯多葛主义那样被看作仅仅是为求

---

① ［法］戈蒂耶：《〈莫班小姐〉序言》，《唯美主义》，中国人民大学出版社1988年版，第44页。

② ［德］康德：《判断力批判》上卷，商务印书馆1964年版，第146页。

个人内心的安宁，而更多地受了柏拉图和中世纪基督教神学把静观看作是通往理念和上帝的一条通道的思想的启发，认为由于静观所关注的不是事物的"实体"，而只是它的"表象"。它对对象的存在是淡漠的，因而通过审美的静观可以使人排除欲念所带来的种种纷扰，为进入到一种"至善"的人生理想的境界扫除障碍，使人的思想、行为找到了最终的依据。当人获得了这样一种价值定向之后，他的人格也就完成了，也就是由于他在精神上有了皈依而完成了他自身的本体建构。由此可见，康德通过对利害性，对有限的、外在目的的否定，所要论证的正是从审美这种无利害的自由愉快里，可以使人获得"他作为一个人格的生存的存在意义的绝对的价值"，这就是审美"在自身里面带有的最高的利害关系"[①]。这表明康德所谈的美与真和善不仅不是分离，而且是紧紧联系在一起的。所以就其性质来说，他的美学是地道的伦理美学。可见自戈蒂耶以来后人对康德的美学思想的误解和曲解已到达何种程度！

康德在试图论证通过审美所要达到的至善的境界作为人的生存的最高也即最终的目的，自然只是一种信仰的对象。尽管我们从理论上来说正确信仰的主观目的与客观规律应该是统一的，但信仰作为对一种尚未被证实的东西的坚定信念，它只能是属于一种期盼、一种展望、一种人们精神上的追求，因而在某种意义上说也只不过是一种未经兑现的"诺言"，它总带有某种幻想性、朦胧性和不确定性。如同康德自己所说，它只是一种"主观上的确信"，而非"客观上的确实"，它是"理性的对象"而不是"理论的对象"，所以不可能完全凭理智来把握，而更需要通过人们自身的人生实践和人生体验去确立。若是要求它也像科学结论那样，都是被证明了的，那么，

---

① ［德］康德：《判断力批判》上卷，商务印书馆1964年版，第45页。

就必然会导致对这种终极目的的彻底否定,而使人成为一个完全纠缠和沉醉于日常事务庸庸碌碌、目光短浅的人。这样,在美以及美的文学艺术中,由作家的审美理想和审美情感所激发起来,并通过艺术想象和艺术虚构所展示的美好人生,也就往往成了这种人生终极目的的最生动的呈现和展示。从经验的、实在论的、科学的眼光来看,这自然都是虚幻的,没有实际意义的。以致洛克劝导家长们不要让孩子们学诗,因为在那里面找不到金矿。但是不能否认许多美的文学艺术所描绘的世界让人虽身不能至,却心向往之。如同罗丹所说,尽管这些美丽的幻想可能只是一种"空幻的诺言",但在"我们的生命中,这些空幻的诺言却能使我思想跃跃欲动,好像长着翅膀一样","使我们的心灵飞跃,向着无限、永恒,向着智慧与无限的爱"①。这就是尽管自黑格尔以来人们多次预言文学艺术的消亡,但它不仅至今照样存在,而且还将永远存在下去的原因。因为这种美好的理想虽然我们不能把它作为经验性的实现来预期,而"只能在持续不断的进步中和向尘世可能的至善的迫近中来期望"。但作为一种人类永恒的期盼,它的意义就在于为人生设定一个最终的目的,指引着人们不断地走向自我超越,使人们生命不息、奋斗不止;不至于当达到了有限目的之后就陷入迷茫和空虚,而始终觉得前面还有一个更为高远的目标在等待他去完成,他的终点永远是在前面!从而使自身的生命价值不断地得到拓展和提升。这我觉得就是康德在美学研究中所要贯彻的"人是目的"的思想,也是康德审美理论的精髓之所在!它表明康德美学所主张的审美既非传统的、为黑格尔发展到顶峰的认识性的审美,也不是席勒所倡导的交往性的审美,

---

① [德] 康德:《单纯理性限度内的宗教》,中国人民大学出版社 2003 年版,第 140 页。

更不是长期来人们所误解和曲解的纯享乐的审美，而是一种宗教性的审美。由于学界被戈蒂耶的影响所遮蔽，以致这一精神长期以来没有为人们所理解，所以我们今天要正确理解审美，就要重新回到康德，回到首先由康德所作出系统阐述的"审美"这个概念的本意和真谛中去。

根据康德对审美的目的是造就人，是提高人的德性这一理解，我认为我们以审美来界定文学艺术的特性是丝毫不会导致否认文学艺术的意识形态性的结论的。不过既然文学艺术这种特殊的意识形态的特殊本质就在于审美，也必然会使之获得为其他意识形态所不具备的一种质的规定性，决定了文学艺术虽然与经济基础有着深刻的内在联系，但不像政治、道德等意识形态那样直接由基础所决定并直接作用于经济基础；它虽然与其他意识形态相互影响、相互渗透，有着内在的一致性和统一性，却不是直接依附于其他意识形态，包括一个社会意识形态中的最核心的部分，如政治、道德等。所以我们也只能是从总体性的高度，对今天来说，也就是从社会主义社会价值观的高度来理解审美的意识形态的性质。若是认为文学艺术只有直接介入现实或作为政治和道德的工具才能彰显它的功能，那就等于把文学艺术自身的特殊价值给取消了，就像伏尔泰谈到悲剧时所说的："悲剧是一所道德的学校，纯戏剧与道德课本的唯一区别，即在于悲剧的教训完全化作了情节。"[①] 毛泽东在20世纪40年代初这一抗日战争最艰苦的阶段，为了动员解放区的一切力量来打击日本帝国主义，也曾提出"党的文艺工作，在党的整个革命工作中的位置，是确定了的，摆好了的，是服从一定革命时期所规定的

---

① ［法］伏尔泰：《论悲剧》，《伏尔泰论文艺》，人民文学出版社1993年版，第395页。

革命任务的"①。虽然这主张在当时产生了巨大的思想影响和社会效应，但在某种意义上也只能是一种策略性口号，而非从理论上对文学艺术的性质所作的阐明。因为对文学艺术来说，这些目的都是外在的、暂时的、有限的、有条件的，受一定时间和空间所限制的，而不是内在的、无限的、终极的，即从根本上是为了人，是以人为目的的。所以，黑格尔在谈到当时流传的"教训说"时认为，"按照那个观点，艺术要作为一种手段，借教训和劝善，去达到道德的目的，这样，艺术的实体性的目的就不在它自身而在另一种事物的上面"②，人们对文学艺术自身也就没有什么要求了。因为文学艺术首先必须是文学艺术，如同歌德在谈到文艺与道德的关系时所说："一种好的文艺作品固然能够会有道德上的效果，但要求作家抱着道德上的目的来创作，那就等于把他的事业破坏了。"③ 马克思也说，"作家绝不把自己的作品看作是手段，作品就是目的本身"；"诗一旦变成诗人的手段，诗人也就不成其为诗人了"。④ 当然，这并不是说两者是绝对对立、完全不相容的，更不是为强调文学艺术自身的目的而反对作家以自己的创作来介入社会。因为人总是生活在一定的现实社会中的，所以文艺作品对人生目的的追问不可能完全脱离当下的生存境遇而孤立进行，而只能是从反映和评价现实人生中折射出来。这就使得这些作品既实现了有限目的又超越了有限目的而与文艺终极目的达到统一。所以我们在特殊性的层面上以"审美的"

---

① 毛泽东：《在延安文艺座谈会上的讲话》，《毛泽东选集》（一卷本），人民出版社1966年版，第822页。
② ［德］黑格尔：《美学》第1卷，商务印书馆1979年版，第68页。
③ ［德］歌德：《歌德自传——诗与真》，人民文学出版社1983年版，第569页。
④ ［德］马克思：《第六届莱茵省议会的辩论（第一篇论文）》，《马克思恩格斯全集》第1卷，人民出版社1956年版，第87页。

来规定文学艺术的"意识形态"特性，也就是批判地吸取了康德的审美目的论，亦即以人为目的的思想，把美以及美的文学艺术从根本意义上看作是通过陶冶人的情操，开拓人的胸襟，提升人的境界，来达到人们培育社会主义的价值观、道德观、人生观和审美观这一根本目的的有效的途径，从而使我们的读者在接受这些观念时不仅不受理性的强制，还可以直接凭直观的感觉和心灵的感动而获得，而且由此所树立的这种社会理想和人生理想，比之于任何理性说服都更能深入人心，更能转化为自己行为的内在动机和精神动力，更有助于内化为自己的思想人格。事物的功能是由事物的性质所决定的，这样，我们就可以明确地把我们文学艺术的功能从根本上锁定在培养社会主义新人、以社会主义的思想塑造人的灵魂方面，而不求枝枝节节地去配合某项具体任务，并以它能否达到立竿见影的实际效果为评价标准去衡量。所以不论作品所描写的题材是什么，是如火如荼的现实斗争，还是低吟浅唱的悠闲生活，只要是能达到培养社会主义"四有"新人这一根本目的，都应该是值得我们肯定和提倡的社会主义文学艺术。这样，也就解除了创作中的种种限制，使之既不排除有限目的而又超越了有限目的，从而为我国社会主义文学艺术的发展开拓了广阔的自由天地。

2006年3月7日至10日于西溪陋舍
（原载《文艺研究》2006年第8期）

关于艺术形而上性的思考

一

在今天，当艺术为金钱所收买，丧失它自身所固有的人文性，而沦为人们休闲、消遣的玩物；当作家不再有自己的理想和追求，满足于对所谓"原生态"的生活的真实呈现，而使作品日趋粗鄙化、浅俗化；当艺术理论正在怀疑美是否还是艺术的本质属性，并致力于消解美的超验的、形上性的意蕴，而把它降贬为只是感官和欲望的对象的时候，回过头来再重新来探讨和阐述艺术的形而上性的问题，对于我们思考和认识艺术的性质，恐怕是不无启示意义的。

"形而上学"是一种超越经验之上的追问，是一个属于"本体论"的问题。谈到艺术的形而上性，我们就不能不想起并回溯到被克罗齐称之为"美学之父"的柏拉图的美学思想。柏拉图认为世界的本原是"理念"。这种理念的内容在他那里就是指他在《理想国》等著作中所说的"正义"，认为"最高最美的思想和智慧是用于齐家治国的，它的品质通常叫做中和与正义"①，亦即人们所追求的一种至高、至善的社会理想，一种被哲学家所称之为的永恒的、终极的真理。它作为世界的"范型"是不可能在现实世界存在的，而只属于灵魂观照的对象，是灵魂所追逐的东西。因为根据他的灵肉二分的思想，他认为"灵魂在进入肉体以前就已经存在，并且具有绝对理念和本质的知识"②。而美就是理念的一种存在形式，所以它总是超验的，相对于变化不定的现实世界来说，它"是永恒的，无始无终，不生不灭，不增不减的"。现实世界中"一切美的事物都以它为源泉"，都因为"分有美自身"而成为美③。这样，能否表现美的理念也就成了柏拉图评判艺术优劣所依据的最基本、也是最高的准则。他排斥史诗和悲剧，除了认为它们都只是理念世界的摹本，是"影子的影子"，也就是它"只跟事物的表面，只跟外形打交道"，不足以反映理念的真实之外，还认为摹仿诗人为了讨好群众不去费心思来摹仿人性中的理性部分，而只"看重容易激动情感和容易变动的性格"，让读者和观众拿旁人的灾祸来滋养自己的哀怜癖④，而与建立"正义的国家"和培养"正义的个人"，亦即能以理智来驾驭情感与意志，成为知、情、意三者谐调统一、全面发展的理想城邦的理想公民有害。但这并不意味着柏拉图完全否定艺术，因为与之同时，他又很重视和强调音乐（虽然音乐一词在古希腊含义很广，包

---

① ［古希腊］柏拉图：《会饮篇》，《文艺对话集》，人民文学出版社1963年版，第269页。
② ［古希腊］柏拉图：《菲多篇》，《古希腊名著精要》，浙江人民出版社1989年版，第19页。
③ ［古希腊］柏拉图：《会饮篇》，《文艺对话集》，人民文学出版社1963年版，第272—273页。
④ ［古希腊］柏拉图：《理想国》，《文艺对话集》，人民文学出版社1963年版，第37页。

括现今的音乐、艺术、文学、哲学等,所以罗素认为"音乐差不多与我们所称的'文化'同样广泛";但从柏拉图的论述来看,他所着眼的主要还是狭义的音乐)对于青少年的教育作用,认为"节奏与乐调有最强烈的力量浸入心灵的最深处",使心灵因而美化,具有辨别美丑的能力,当人在"理智还没有发达的幼年时期,对于美就有这样正确的好恶,他就会亲密地接近理智,把她当作一个老朋友看待,因为他过去的音乐教育已经让他和她很熟悉了"①。这说明柏拉图对艺术并非一概采取排斥的态度,他对艺术的取舍只是以它能否表现理念、真理,有利于塑造正义的个人而定。他所反对的只是那些挑动情欲,使人性中的低劣部分得到不应有的放纵和滋养的那一部分艺术,他反对的目的是为了使青少年变得英勇坚定、积极向上而有利个人的正义和国家的正义的培养和建设。所以他根据"所见真理之多少",亦即灵魂中所具有的"关于绝对理念和本质知识"的程度,把艺术家分为两种,并分别归于第一等和第六等。属于第一等的是"爱智者、爱美者或是诗神和爱神的顶礼者",他们"所见真理最多";属于第六等的是"诗人或其他摹仿艺术家"②。由于摹仿只是影子的影子,它所表现的真理自然也就十分有限。既然理念是一种超验的、范型性的、在现实世界中并不存在的东西,因而在审美的认识论上,他认为对于美就不能依靠感官而只有凭借灵感才能观照,它只能是那些"爱智者、爱美者或是诗神和爱神的顶礼者"的灵魂在迷狂状态下,在依附于他们肉体之前从上界曾观照过的美的理念的一种回忆,若是"不失去平常的理智而陷入迷狂,就没有

---

① [古希腊] 柏拉图:《理想国》,《文艺对话集》,人民文学出版社1963年版,第62—63页。
② [古希腊] 柏拉图:《斐德若篇》,《文艺对话集》,人民文学出版社1963年版,第123页。

能力创造，就不能代神说话"，所以他认为艺术家的本领"不在于技艺而是一种灵感"①。

柏拉图的上述观点都是以灵魂和肉体、感性和理性二分对立为思想基础的。由于他认为美的理念、美本身作为一种范型性的存在，一种灵魂的对象，它在现实世界中不仅并不存在，而且认为一沾带感性形式，就使它失去永恒性而变成有限的、不完美的。这就使得他对感性世界，对感觉活动一般都采取排斥的态度。他批评智者普鲁泰戈拉提出的"人是万物的尺度"的口号，其理由就是知识和真理都不是感官的对象，因为感官是没有共同的对象的，它不能认识事物的共同性，所以"感觉总是相对的、个别的"，"只有思维才能认识事物的真相，只有思维才能领略事物的存在"②。据此，他把这种思维能力的培养托付给数学，认为只有数学才能"迫使灵魂使用纯粹理性通向真理本身"③，这就奠定了西方传统理性主义哲学的思想基础，并深刻地影响了笛卡尔、斯宾诺莎、莱布尼茨等人的哲学思想。

这种观点到了19世纪随着意志哲学、生命哲学的兴起，招来了许多非理性主义哲学家如叔本华、尼采等人的非议和不满。为了给他们自己的哲学思想扫清道路，他们都把批判的矛头直指柏拉图（尼采在他的著作中常以"苏格拉底主义"代指，因为柏拉图在哲学对话集中都是引用或借用苏格拉底的话来申述自己的观点的，两者之间一般很难分别）说柏拉图是一个"高级的骗子"，他"对柏拉

---

① ［古希腊］柏拉图：《伊安篇》，《文艺对话集》，人民文学出版社1963年版，第8、7页。
② ［古希腊］柏拉图：《泰阿泰德篇》，《古希腊名著精要》，浙江人民出版社1989年版，第63页。
③ ［古希腊］柏拉图：《理想国》，商务印书馆1986年版，第289页。

图的不信任是深入骨髓的"①，这些批判显然是粗暴的、简单化而不全面的。因为他们没有看到柏拉图的理念论在理性主义和形而上学思想覆盖下所包含的深刻真理，这就是通过把灵魂和肉体，感性和理性对立分割所表明的人的精神在人的实际生活中的重大意义：他吸取和继承希腊北方色雷斯地区的奥非教派以及毕达哥拉斯学派所提出的"灵魂不朽"的观念，强调只要保持灵魂的纯洁，就可以获得永生的思想，认为"肉体使人们充满情欲、恐惧、狂想和愚昧，使我们丧失了思考的能力，肉体是困惑的源泉；灵魂只有驱除肉体的困扰，才能获得纯粹的知识"而向现实世界提升。所以"真正的哲学家厌恶各种本能的需要，他们不关心肉体的快乐而全神贯注于灵魂的自由"。因而为了"使心灵纯洁，就要努力使灵魂与肉体分离，使灵魂摆脱肉体的枷锁"。这样，就可以达到"拯救灵魂"的目的。② 这思想应该说是很深刻的。所以车尔尼雪夫斯基认为柏拉图是"希腊的浪漫派"，"他的确赋有崇高的灵魂，一切高贵而伟大的东西可以把它吸引到狂热的地步；可是他却不是游手好闲的梦想家，他想的可不是星空的世界，而是地上，他不是想着幻影，而是人"③。这准确而深刻不过地说明柏拉图的理念论，包括美的理念在内，形式上虽然是主观的、抽象的，而实质上却是客观的、现实的，它的根基深深地扎在对人的生存意义的思考中，表明真正的人的生活不应该只囿于在物质上和肉体上的满足，而应该还具有一种超

---

① ［德］尼采：《偶像的黄昏》，《悲剧的诞生》，生活·读书·新知三联书店1986年版，第332页。

② ［古希腊］柏拉图：《菲多篇》，《古希腊名著精要》，浙江人民出版社1989年版，第18页。

③ ［俄］车尔尼雪夫斯基：《论亚里斯多德的〈诗学〉》，《车尔尼雪夫斯基论文学》中卷，人民文学出版社1965年版，第186页。

越于感性物质之上的形而上的精神追求。所以他所创导的理性与后来启蒙运动所提倡的理性不同,与其说是一种知识理性,不如说是一种生存理性。就像美国学者巴雷特所指出的:"我们不能把柏拉图的理性主义看作是冷静的科学研究,就像后来欧洲启蒙运动可能为自己规定的那样,而必须看成是一种充满激情的宗教学说,——一种向人许诺可以从死亡和时间中获得拯救的理论",所以柏拉图的理论虽然"是一种关于本质而不是关于存在的哲学",然而"他把哲学问题的研究看成在根本上是个人获得拯救的手段的思想仍是存在主义的"。"对柏拉图这个雅典人来说,所有形而上学的思辨不过是人在充满激情地寻求理想的生活方式时的工具——简而言之,是探求救人的工具",因为"进入理性主义的伟大进步必须要有自己的神话"。[①]

正是出于对美的这种超验性、形而上性的认识,所以柏拉图不是把审美看作是一种感官的享受和满足,而是沟通经验世界和超验世界,获得大全"学问",培养"正义的个人",建设"正义的国家",按照理念这个范型来塑造世界的一条通道。他在《会饮篇》中通过第俄提玛之口描述了审美对于人的精神的提升这样一个过程:"先从人间个别的美事物开始,逐渐提升到最高境界的美,好像升梯,逐步上进,从一个美形体到两个美形体,从两个美形体到全体美形体;再从美形体到美的行为制度,从美的行为制度到美的学问知识,最后再次从各种美的学问知识一直到只以美本身与对象的那种学问,彻悟美的本体",从而进入审美所能达到的一种最高的境界。他还用灿烂辉煌的词句做了这样描写:"这时他凭临美的汪洋大海,凝神观照,心中起无限欣喜,于是孕育无量数的优美崇高的道

---

① [美]巴雷特:《非理性的人》,商务印书馆1995年版,第84—85页。

理，得到丰富的哲学收获。如此精力弥满之后，他终于一旦豁然贯通唯一的涵盖一切的学问，以美为对象的学问。"① 他在审美教育中之所以特别看重音乐，就是由于在他看来，音乐与哲学最为接近，最能互相沟通，"哲学就是一门最崇高最优美的音乐"②。所以"音乐教育也最能达到对于美的爱"③，使人的精神达到与至善的、理念的世界实现统一。这表明他不但把美的艺术的最根本的性质看作是形而上的，同时也是立足于从与形上的、本体世界的关联中来考察和评判艺术的，我认为这就是柏拉图留给我们最宝贵的美学遗产。

二

但是柏拉图的美学遗产中的这些精华，在他身后很长时间并没有引起人们足够的注意和重视。它首先遭到他的学生亚里斯多德的否定和抛弃。亚里斯多德在继承柏拉图的，也是自德谟克利特以来在古希腊流行的"摹仿说"的时候，根据他在《物理学》中提出的"自然是事物生成的本原"的观点，在艺术对象问题上以"存在"转换了柏拉图的"理念"，认为它是一种"实体"，实际上即是指自然。这样，艺术的本质就被认为是对自然的"摹仿"。与之相应，在艺术认识论上，也从柏拉图的强调"灵感"（"神灵凭附""代神说话"）而转变为注重观察，认为只有善于观察，摹仿才能达到"惟妙

---

① ［古希腊］柏拉图：《会饮篇》，《文艺对话集》，人民文学出版社1963年版，第272—273页。
② ［古希腊］柏拉图：《菲多篇》，《古希腊名著精要》，浙江人民出版社1989年版，第18页。
③ ［古希腊］柏拉图：《理想国》，商务印书馆1986年版，第110页。

惟肖"而使人产生愉快。这明显地反映了古希腊理性哲学从"智慧理性"向"科学理性"转化的一种动向。因为"智慧"不完全等同于"知识",它不仅关乎自然,而且还关乎人生,即它除了知识的真理之外还包含着生存的真理。所以这种转向的结果如同巴雷特所说的:"理想的圣人转变成纯粹理性的人,其最高体现是纯理性的哲学和纯理论的科学家,苏格拉底之前的思想家对于大自然所具有的那种在很大程度上出于直觉的看法,在亚里斯多德那里让位于冷静的科学了"。① 这样,就使得亚里斯多德的形而上的学说排除了智慧理性中原本具有的生存真理的内容(他把这方面的内容归之于"伦理学"的研究对象),而变成仅仅是一个知识真理的问题。所以,我觉得我们在肯定亚里斯多德对柏拉图批判的合理性的同时,也应该看到在关于艺术问题上,由于他对柏拉图的理念世界以及它所包含的神性、精神性、生存真理的形而上性的否定和抛弃所导致的对艺术的深度模式、对于艺术在提升人的意义和作用方面认识的淡化和消解。虽然他也强调"写诗这种活动比写历史更富于哲学意味"②,但这只是从个别与一般的关系而言,而没有就经验与超验的关系方面来加以探讨的意思。这我认为又是在柏拉图思想基础上的退步。所以车尔尼雪夫斯基认为:"柏拉图比亚里斯多德具有更多真正伟大的思想;也许,他的理论甚至不仅比亚里斯多德深刻,而且还比他更完整",虽然"它并没有给归纳成为体系,一直到最近几乎还没有引起什么注意",③ 这评价我认为是深中肯綮的。

---

① [美] 巴雷特:《非理性的人》,商务印书馆1995年版,第82页。
② [古希腊] 亚里斯多德:《诗学》,人民文学出版社1962年版,第29页。
③ [俄] 车尔尼雪夫斯基:《论亚里斯多德的〈诗学〉》,《车尔尼雪夫斯基论文学》中卷,人民文学出版社1965年版,第183—184页。

当然，柏拉图主义到了希腊晚期的"新柏拉图主义"以及中世纪宗教神学中曾有一度复活，但是它们"按照埃及的调子篡改了柏拉图哲学"，把理念发展成为太一，神和上帝，认为只有在上帝、天主身上，正义的人才能找到快乐，借此来解释宗教神学、比附基督教教义、证明上帝的存在，而不再看作是一种基于人的生存活动的内心追求。这样就消解了柏拉图美学思想原有的存在论意义，就像车尔尼雪夫斯基所说，他们只"不过在表面上和这种哲学保持一致"，而在实质上"和柏拉图哲学完全大异其趣"，① 几乎完全充当了宗教的奴婢和宗教的辩护士。所以到了文艺复兴时期，为了反对宗教神学以及教会对艺术的统治的需要，当时的人文学者所关注、所力图恢复的自然必然是亚里斯多德的科学的传统，如卡斯特尔维屈罗、马佐尼等人就是通过诠释亚里斯多德的《诗学》来发表自己的艺术见解的。这样，对艺术的超验性和形而上性的思考，也就进一步随之丧失。

而人们对艺术的形而上性的意义的重新发现是历史进入了18—19世纪之交才发生的事情。由于启蒙运动提倡的科技理性所带来的社会弊病，使得人们不得不重新思考起人自身生存的意义和价值的问题。这突出地反映在卢梭和康德的哲学著作里，其中在康德的著作中表现得尤其鲜明、尖锐和突出。出于对科技理性并非万能，对于人的生存来说，更为根本的还有一个道德理性问题的这一认识，康德提出要"限制知识"，"为信仰留有余地"，② 并认为审美对于人的尘世生活的意义就在于它沟通经验的"现象世界"和超验的"本

---

① ［俄］车尔尼雪夫斯基：《论亚里斯多德的〈诗学〉》，《车尔尼雪夫斯基论文学》中卷，人民文学出版社1965年版，第207页。
② ［德］康德：《纯粹理性批判》，商务印书馆1960年版，第81页。

体世界"，使人成为"作为本体看的人"。① 康德所说的本体世界与柏拉图的理念世界的一样，所指的都是一种"至高的善"，它只是一种"道德的确实"而非"逻辑的确实"，只是一种主观上的"确信"而非客观上的"实在"。所以它并非属于知识领域而只是信仰的对象。② 尽管这种主观上的确信也许只是"空幻的诺言"，但如同罗丹所说："在我们的生命中，这些空幻的诺言却能使我们的思想跃跃欲动，好像长着翅膀一样"，"使我们的心灵飞跃，向着无限，永恒，向着知识与无尽的爱"。③ 足见它对于一个真正的人的生存活动来说，是必不可少的。这是在新的历史条件下对于艺术的形而上性，以及这种形而上性对于完成人自身的本体建构的意义的热切的呼唤。这思想首先影响到了当时正在欧洲兴起的浪漫主义文艺思潮。

浪漫主义在18—19世纪之交首先在英国和德国之间交互影响而发展起来。但是由于各国的历史文化背景不同，英、德的浪漫主义又都打上了各自国家鲜明的思想和文化的印记。英国是哲学上经验主义的发源地，德国是理性主义的一大王国，这就决定了德国的浪漫主义偏重于哲学思辨，而英国浪漫主义倾向经验心理的把握。但是它们作为反对启蒙运动和科技理性而发展起来的两支盟军，其共同性毕竟要远远大于差异性。这种共同性表现为与它们之前的古典主义思潮不同，在审美观上，它们都力图从自文艺复兴以来在欧洲占统治地位的亚里斯多德的诗学传统中挣脱出来，而把柏拉图奉为自己追随的对象。这种复活柏拉图主义的意图和目的，在浪漫主义诗论家的心目中都非常明确：就是为了抵制自启蒙运动以来以及在

---

① ［德］康德：《判断力批判》下卷，商务印书馆1964年版，第100页。
② ［德］康德：《纯粹理性批判》，商务印书馆1960年版，第564页。
③ ［法］葛赛尔：《罗丹艺术论》，人民美术出版社1978年版，第90页。

启蒙思想指导下所发展起来的现代科技文明所造成的人的异化和物化。这种异化和物化突出地表现为,人正逐步地在沦为物的奴隶,被物欲所支配和控制着,满足于尘世享乐,使得一切德行都在功利原则支配下日趋化解,人从而也就失去了自身应有的精神追求,不仅沉溺于物质利害上的精打细算,而且"把所有超出他们感官的感受性的界限以外的现象统统视为病态","随时慷慨地以狂热、荒谬等名称相与"来加以排斥,而"把凡是不愿屈就于尘世的事务的有用性的德行,启蒙运动按照它的经济的倾向一概斥之为空想"。① 这样一来,启蒙运动所倡导的"理性"在人生实践中也就"成了感官的奴婢",丧失了理性所原有的,亦即"智慧的理性"所包含的"生存的真理"的内容,以及它自身所固有的目的(亦即"人为目的")而蜕化为仅仅使人从外在世界获取某种利益的手段。这样,人也就成了一种工具、一种碎片,而不再是完整意义上的人了。正是出于拯救日趋异化、物化的人的愿望,找回为科技文明所消融了的人身上所固有的精神品性的要求,浪漫主义抛弃了亚里斯多德而把目光转向柏拉图,把柏拉图看作是"真正的诗神"②,认为柏拉图的哲学"是未来的宗教宣言",③ 特别是力图从柏拉图的理念论的美学思想中,来重新发现艺术的超验性和形而上性的精髓,表明艺术是一种"永恒的真理",它"在我们的人生中替我们创造了另一种人

---

① [德] 奥·施勒格尔:《启蒙运动批判》,《德国浪漫主义作品选》,人民文学出版社 1997 年版,第 376 页。
② [英] 雪莱:《为诗辩护》,《十九世纪英国诗人论诗》,人民文学出版社 1984 年版,第 125 页。
③ [德] 弗·施勒格尔:《雅典娜神殿断片集》,生活·读书·新知三联书店 1996 年版,第 175 页。

生，使我们成为另一个世界的居民",① 它的意义就在于为我们这个平庸的时代创造一种"神话"，召回"只有这种神圣的灵光才是诗的灵魂"，认为"如果没有这种神话，就不能达到艺术的高度和科学的深邃"。② 这样，艺术也就被视同为一种宗教，——认为这种"对超验的东西的兴趣就是宗教的本质"。③ 因而艺术的功能也就不再像古典主义那样，被看作只是给人以求知的满足，而认为它有按照那种超验的、永恒的、神圣的理念世界的美来设定人生的功能，所以它对人的生存具有本体论的意义。这就是前面谈到康德在论及道德形而上学时所说的唯有这种至善的、终极的目的才能最终完成对于人的本体建构，使人超越感性世界而成为"作为本体看的人"的精义所在。

由于美在本体上是一种超验的、形而上的存在，它自然也就不能单凭智力活动，而且必须凭借心灵去进行领会。所以在美的认识论上，浪漫主义也就不像古典主义那样，去借鉴科学的成果，而是从柏拉图的灵感说以及宗教思维方式中去寻求启悟；不仅不像古典主义那样认为只凭观察就可以把握，而且某种意义上都否定分析性的观察、否定科学性的推演在创作中的渗透，认为"它的作用是把事物关系只当作关系来看，它不是从思想的整体来考察思想，而把思想看作导向某些一般结论的代数演算"。④ 而强调对于像美这样一种超验的存在，只能是凭借综合性的心灵活动，通过直觉、体验、

---

① ［英］雪莱：《为诗辩护》，《十九世纪英国诗人论诗》，人民文学出版社1984年版，第156页。
② ［德］弗·施勒格尔：《雅典娜神殿断片集》，生活·读书·新知三联书店1996年版，第165页。
③ 同上书，第172页。
④ ［英］雪莱：《为诗辩护》，《十九世纪英国诗人论诗》，人民文学出版社1984年版，第119页。

想象、灵感去与之进行沟通。这样，创作主体就不像在抽象思维活动中的认识主体那样，被分裂为一个"在思维的东西"，而总是以知、情、意统一的整体的人去与这种超验的美开展交流，因而理智活动中的主客二分、对立的状态也就随之消解，以致诺瓦里斯认为，"诗人是没有感官的"，"对诗歌的感受就是对特殊、个性、陌生、秘密、可启示的、必然而又偶然的感受。它表现不可表现的东西，它看到看不见的东西，它感觉到不可感觉的东西等。"所以对诗人来说，"在最特定的意义上，他既是主体又是客体——情绪和世界。因此一首好诗才是无限的，才是永恒的。对诗的感觉近乎对预言、对宗教、对一般先知的感受"。① 弗·施勒格尔和雪莱更是把诗人比作"祭司"，一种在经验世界和超验世界、人与神之间进行交流、对话的中介人物，他们与美的关系如同教士与上帝的关系一样，都是交感的、启悟性的、不可言喻、不可预期的。这在雪莱在谈到灵感现象时更有许多具体、生动的描述。这些思想显然都带有非常浓厚的唯心主义、神秘主义和非理性主义的色彩，但若是以此为理由对之采取全盘否定和排斥的态度，那也未免显得有些简单和粗暴；要全面理解、正确说明这个问题，我觉得还应该把它放在与柏拉图的美的理念论和浪漫主义诗学本体论的关系中，联系他们所提倡和宣扬的美的那种超验的、形而上学的性质来进行分析和领会。

　　本体论所探讨的作为世界的终极存在，它不属于经验的世界而是一种超验的存在，所以它与形而上学是同义语。本体论的这一超验性质决定了它本质上不属感知而只能是一种心智的对象，亦即柏拉图所说的"人的理性部分"。那么，在柏拉图和浪漫主义的美学和

---

① ［德］诺瓦里斯：《断片集》，《欧美古典作家论现实主义和浪漫主义》（二），中国社会科学出版社1981年版，第396页。

诗论中为什么又都以这样一种非理性主义的思维方式去与之建立联系？这样是否会造成它们理论上自身的内在矛盾？这就涉及对本体论和形而上学的理解问题。正如我们前面曾经指出理性可分为"知识的真理"和"生存的真理"，即"实践的（道德的）真理"那样；对于形而上学，我们同样也应该分为知识形而上学和生存（道德）形而上学。前者指的是终极的存在，是需要认识去验证的。后者指的是终极的关怀，它只是人们精神所追求的对象。终极的知识真理实践上证明并不存在，而终极的生存真理，亦即终极的关怀作为一种信仰却是为人的生存活动所不可缺少的。而这种信仰作为人对于应是人生一种信念和确信，自然不可能只是一种纯粹的理性活动的成果，而总是从个体的生存经历和人生体验中产生的。所以它自然不可能完全纳入科学认识的对象，而必须以自身的感觉、体验、想象，将自己的全身心投入进去才能领悟。这就是柏拉图和浪漫主义在审美认识论上之所以都倾向于非理性的原因。所以，对于柏拉图和浪漫主义关于美的这种超验的和形而上的把握方式，我认为还是借用巴雷特在评价存在主义所说的话——"与其反对理性还不如说是反对抽象性"较为准确。他们的目的就在于要把理性与感性、超验性与经验性结合起来，以抵制科技理性和现代工业文明条件下所造成的人的异化和物化，以维护人自身整体性的存在。这一思想后来在生命哲学、生存哲学和某些西方马克思主义哲学以及在这些思想基础上建立起来的美学中都以不同变奏的形式继续着，从而使之成了一个贯通古今、历久弥新的美学主题。

三

关于艺术的形而上性，最近几年，在我国一些思想敏锐、锐意创新的中青年学者的论著中，如王一川的《意义的瞬间生成》（1988年）、周宪的《超越文学》（1997年）里都有所论及，并发表了一些很好的意见。但美中不足的是，他们都把艺术的形而上性归结为只是一个审美论的问题，认为是由审美体验所赋予的一种属性，"从根本上说，艺术的形而上学就是体验的形而上学"①，而无视它的现实根源。这样，在理论的视野和论述的深度方面就难免受到一定的限制。所以我们今天再来讨论这个问题，我觉得有必要突破这一限制，来对之作更为全面和深入的审视。那么，艺术何以会具有形而上的性质？这种形而上性对于我们又具有什么重大的现实意义？我认为这在根本上就应该联系人的生存活动来进行考察。以我之见，它至少可以从以下三方面来看。

首先，艺术的形而上性是它的对象本身所必有的。艺术的对象是人和人的生存活动。人正如黑格尔说的是一种"自在自为的存在"。所谓"自在的"，就是他"作为自然物而存在"，他必然具有自然的属性并受自然规律所支配；所谓"自为的"就是人不同于动物，他还"为自己而存在"。他不仅"感觉到自身"，而且还"思考到自身"，即具有自我意识，具有对自身生存活动反思和评价的能力②，他能思考人为什么活、怎样活才有意义？唯其具有这样一种自我意识，他才能从当下的实际存在中超越出来，具有自己追求、企盼和梦想。这种追求、企盼和梦想潜伏在人们的心底，它虽然未必为理智所意识到，但却不时地在冲动着，自觉不自觉地支配人的行为，推动着人们为现实自己的愿望、创造美好的人生去进行奋斗。正是从这个意义上，高尔基认为"按天性来说，人都是艺术家，他

---

① 周宪：《超越文学》，上海三联书店1997年版，第319页。
② ［德］黑格尔：《美学》第1卷，商务印书馆1979年版，第40页。

无论在什么地方,总希望把美带到他们生活中去"①。他还通过对许多神话和民间故事的分析,说明这些看似虚幻的想象和幻想,是如何生根于人的生活深处,成为推动人们去与自然斗争和自己生活前进的动力的:"在远古时代,人们就已经梦想着能在空中飞行——关于法伊尔、狄达尔和他儿子伊卡尔以及关于'飞毯'的故事,都告诉我们这一点。他们梦想着加快地上的运动的速度,——于是有关'快靴'的故事,他们学会骑马;想比河水的速度更快地在河里航行的心愿引起了桨和帆的发明;想从远处杀伤敌人和野兽的志愿成为发明投石和弓箭的动因;他们想到能在一夜之间纺织大量的布匹,能够在一夜之间修造很好的住宅,甚至'宫殿',即可防御敌人的住宅,他们创造了纺纱车——一种最古老的劳动工具,原始的手织机,并且创造了关于大智大勇的华西丽莎的故事。还可以举出几十个证据来证明古代故事和神话的合理性,可以举出几十个例子来证明原始人的形象化的、假想的,然而已经工艺化的思想是有远见的,这种思想竟不亚于现代的假想,例如利用地球绕地轴的转动力来消除极地的冰块。"总之,"在古代幻想的每一个飞翔下都不难发现它的推动力"。② 这种追求、企盼和梦想不仅自古以来就构成人自身生存结构的不可缺少的环节,而且当人愈是处于生存的逆境之中,它就表现得愈加强烈,所迸发出来的火花也愈加美丽而灿烂。所以卢梭说:"我的幻想只是在我的境遇最不顺利的时候才最惬意地出现在我的脑际,当我周围一切都喜气洋洋的时候,反而不那么饶有兴味了。我必须在冬天才能描绘春天,必须蛰居在自己的斗室中才能描绘美

---

① [苏联]高尔基:《论"渺小的"人及其伟大的工作》,《文学论文选》,人民文学出版社1958年版,第71页。
② [苏联]高尔基:《苏联的文学》,《论文学》,人民文学出版社1978年版,第97—99页。

丽的风景。我曾说过多次,如果我被监禁在巴士底监狱,我一定会绘出一幅自由之图。"① 因为只有在冬天、在斗室里、在囚禁中,人们才能更深切地感受和体验到春日煦和、外界自然的美好和自由生活的可贵,才能对之产生更为强烈的渴求和向往,从而才更能激发起为这些美好事物去奋斗的意志和愿望。正是由于这样,康德才认为"痛苦是活力的刺激物","大自然在人身上放进痛苦来刺激他的活力,使他不断地向完善化迈进"。② 人之所以尽管经历如此多的磨难,但不仅没有被压倒、摧垮,而且最终战胜种种磨难,坚强地活下来,就在于他心目中有一团熊熊的希望的烈火在燃烧!这样,这些追求、企盼和梦想也就成为艺术所反映的对象中所必不可缺少的内容。这就是美之所以被那么多的艺术家视作神圣,并孜孜以求、穷追不舍地加以追逐的原因。列夫·托尔斯泰就曾经这样深情地表白:"我是一个艺术家,我的一生都在寻找美。如果您能向我展示美,那我就跪下来请求您赐给我这最大的幸福。"③ 这话足见他对于美的真诚和虔诚!所以,正如没有追求、企盼和梦想的人生不是完整的人生那样,那种没有追求、企盼和梦想的艺术不但决不会是美的艺术,甚至也不能说完全是真的艺术。这就是因为美是生活本身所固有的。艺术就根本意义上说既然是生活的反映,因而一个作品要是缺乏这种美的意蕴,也就难以真切地表达人的生活的全部丰富的深邃的内容。

其次,艺术的形而上性又是对人的生存所必需的。人类之所以在与自然斗争中,在战胜各种艰难险阻中成长起来、生存下来,并

---

① [法]卢梭:《忏悔录》第1部,商务印书馆1986年版,第211页。
② [德]康德:《实用人类学》,重庆出版社1987年版,第127、131页。
③ [俄]列夫·托尔斯泰:《〈战争与和平〉尾声(初稿片断)》,《列夫·托尔斯泰文集》第14卷,人民文学出版社1992年版,第27页。

不断创造自己的辉煌的业绩，不但由于前面谈到的有自己的追求、企盼和梦想，而且还由于人总是把自己的这种追求、企盼和梦想以思想意识的形式表达出来，借以激励自己、鼓舞自己，为自己的生存与发展增添力量。艺术，就是在这种生存需要的根基中开始萌芽，同时也决定了艺术在人的生存活动中所特有的地位和作用。这真谛首先被在康德思想影响下发展起来的浪漫主义诗论家们所发现，后来又在叔本华和尼采等人的著作中得到进一步的发展。特别是尼采，在他早年所作的《悲剧的诞生》中，更是明确地提出了"审美的形而上学"和艺术的"形而上学的慰藉"的口号。他把希腊神话中的奥林匹斯众神理解为希腊人为缓解生存的恐怖的一种创造，认为"希腊人知道并且感到生存的恐怖和可怕，为了能够活下去，他们必须在它前面安排奥林匹斯众神的光辉梦境的诞生"，"为了能够活下去，希腊人出于至深的必要不得不创造这些神"。"这个民族如此敏感，其欲望如此热烈，如此特别容易痛苦，如果不是被一种更高的光辉所普照，在他们的众神身上显示给他们，他们能有什么旁的办法忍受人生呢？召唤艺术进入生命的这同一冲动，作为诱使人继续活下去的补偿和生存的完成，同样促成了奥林匹斯世界的诞生，在这个世界里，希腊人的'意志'持一面有神化作用的镜子映照自己。众神就这样为人的生活辩护，……在这些神灵的明媚的阳光下，人感到生存是值得努力追求的，……以致悲叹本身化作了颂歌。"①这思想是很能给人以启示的，因此克罗齐把它看作是一种"高尚的希冀"，认为"它们把美学思想引向精神领域，其高度是19世纪下

---

① ［德］尼采：《悲剧的诞生》，生活·读书·新知三联书店1986年版，第11—12页。

半叶几乎从未企及的"。① 尽管尼采后来由于思想的困惑否定了早年的这一见解,把"形而上学的慰藉"改为"尘世的慰藉",并扬言要把它"扔给魔鬼"②,但这并不能掩盖和抹杀它的思想光辉,而只能说明他思想的矛盾。由于形而上学作为一种超越于经验之上的叩问,它只不过是一种人的精神上的信仰和追求,一种对人的生存状态的终极关怀,一种世俗的人生宗教。它如同"上帝"一样,不是为认识所能验证的,这就是康德之所以在否定知识形而上学而保留道德形而上学,认为它只是一种"道德的确实"而非"逻辑的确实"的原因。它之所以有存在的必要,就在于它使人看到在生活之外还有一个生活之上的世界,在经验世界之外还有一个超乎经验的世界。这个世界对于人生的意义,就如施莱尔马赫在谈到宗教时所说的:"当世界精神威严地昭示于我们时,当我们听到它的活动声响,感到它的活动法则是那么博大精深,以致我们面对永恒、不可见的东西而满怀崇敬,还有什么比这心情更自然吗?一旦当我们直觉到宇宙,再回过头来用那种眼光打量自身,我们比起宇宙来简直渺小到了极点,以致因有限的人生深感谦卑……"③ 这就是康德所说的"崇高感"的前提条件。因为它能反过来激发起人生的自觉,使人超越当下而进入对永恒和无限的追问。在世界上,作为感性存在的人总是有限的,人不免一死;但是只要他的人生是有价值的,那么,他的个体的生命就会像柏拉图在谈到"灵魂不朽"时所说的,

---

① [意]克罗齐:《美学的历史》,中国社会科学出版社1984年版,第249页。
② [德]尼采:《自我批判的尝试》,《悲剧的诞生》,生活·读书·新知三联书店1986年版,第279页。
③ [德]施莱尔马赫:《论宗教:对有文化的蔑视宗教者的讲话》,转引自张志刚:《宗教学是什么》,北京大学出版社2002年版,第188页。

"死者的灵魂一定存在于某处等待复生"。① 按黑格尔的理解，也就是生命"从任何一个特殊的直接的个体性里解放出来"，"进入到作为自由的族类为自己本身而存在"，这样，他的精神就会在族类中得到延续和发展，"那直接的个体生命的死亡就是精神的前进"。② 这才是作为真正的人所应追求的一种生存目标，这种追求就是一种超验的形而上的冲动，它对于当今社会日趋异化和物化的人来说尤其重要。海德格尔把"技术的白昼"看作是"世界的黑夜"，认为世界的黑夜就在于"遮蔽"，在于"上帝的缺席""神性的消失"，"世界之夜乃是神性之夜"。他把诗人的存在看作是在"世界之夜的时代里""去注视、去吟唱远逝诸神的踪迹"，③ 而使人消除遮蔽、走向澄明之境。这种对世界之夜的拯救就是从着眼于提高人的精神品性来谈的，表明艺术对人生的意义和价值，就在于它使我们按照人所应有的生活方式在世界上获得诗意的栖居。

再次，形而上性也是一切美的艺术所必具的。艺术与科学一样虽然都是现实生活的反映，但艺术不同于科学。科学把握世界的途径是通过理智，而艺术的途径则是通过感觉和体验。近代理性主义和启蒙运动思想家把理智看作是万能的，片面地提高理智而贬低情感，不认识理智只不过是人的精神世界中的冰山一角，它所捕捉到的只是一些为人所清晰意识到的，亦即为概念所能掌握的东西；而人的精神生活却是无比丰富的，它就像整座冰山一样，还有许多沉入水底的部分，即沉潜和躁动于意识深处，为理智所无法或一时间

---

① ［古希腊］柏拉图：《菲多篇》，《古希腊名著精要》，浙江人民出版社1989年版，第19页。
② ［德］黑格尔：《小逻辑》，商务印书馆1980年版，第409页。
③ ［德］海德格尔：《诗人何为?》，《诗·语言·思》，文化艺术出版社1991年版，第82—85页。

还不能把握的一些无意识、潜意识、超意识的东西，如某些意向、愿望、动机，包括我们前面曾经谈及的某些内心的追求、企盼和梦想等等。这些东西虽然未能为理智所认识，但它却时刻躁动着，支配着人的幻想，驱使着人的行动，构成人的心灵、人的本体存在的最深层的内容。而这些在理智状态下被排除在外的东西，在艺术创作中由于审美情感的激活，却能使它在作家意识深处浮现出来并自发地流露于作品之中，以致作品成了作家整个人格最忠实的写照。所以，对于荣格所说的"不是歌德创造了《浮士德》，而是《浮士德》创造了歌德"①，我们也不妨作这样的理解：正是通过《浮士德》这部作品，才使得歌德有可能作为一个完整的人呈示在读者面前，完成了对自身的塑造。因为真正的艺术作品不会只仅仅以描写作家感官所掌握的现象世界为限；在创作时，作家同时还总是在与他心目中的超验本体——他的审美理想，以及通过审美理想所展示的他的人生理想在开展一场对话，他在描写现象世界时无时不在听从着这一超验本体的判断和裁决。这种超验本体由于不属于"知识的真理"，即知识形而上学，而是"生存的真理"，即实践的、道德的形而上学，是以追求、企盼和梦想等心理活动与之建立联系、开展交流的，所以在很大程度上总是带有某种非理性的色彩。正是由于艺术作品是在理性与非理性、意识与无意识的统一中这样完整地反映着作家的整个心灵世界，因而与科学所追求的清晰性和确定性不同，它总是带有某种神秘的、不可捕捉的特点。歌德认为一部优秀的作品总是深不可测的，它"永远不能为人完全理解"②。诺瓦里

---

① ［瑞士］荣格：《文学与心理学》，生活·读书·新知三联书店1987年版，第142—143页。

② ［德］歌德：《论拉奥孔》，《古典文艺理论译丛》第8册，人民文学出版社1964年版，第105页。

斯也认为:"对诗歌的感受有许多地方同对神秘主义的感受一样。"①罗丹则对艺术的这种现象做了更为具体而透辟的分析和论述,他通过对米开朗基罗、达·芬奇、柯罗、米勒等人的作品的分析,指出"每一杰作都有这种神秘性,总有一些迷惑",从中我们都可以观察到作者的"灵魂向往着无边的真理,向往着自由的、也许是虚幻的王国",他认为在杰作面前,使他感动的"就是这种神秘"②。而这种神秘,在某种意义上说,就是由于其中体现着艺术家内心的形而上的诉求所赋予的。而我们之所以把这种神秘看作是一种形而上性,就在于在我们看来艺术的形而上性不属于一种知识的终极真理,而是生存的终极关怀;它的思维方式也往往是启悟的、交感的,人们所"听见的是一个心灵在回答他的心灵",就像教徒们在向神灵"馨香祷祝"那样。所以罗丹也从这个意义上把艺术说成是"一种宗教",认为"真正的艺术家,是人类之中最信仰宗教的"③。由于这种内容并非言词所能表达,因而在艺术作品中往往也就诉之于象征。因为象征就像奥特所说的,是一种"不可言说的言说",人们所说出的只不过是生活中表层的真实,内中"不可说的才是人在其真实、在其深层里遭遇到那种真实",所以他认为在艺术中"象征是无法放弃的,因为象征对人的存在意义深远","它比对'发生的事情'的陈述所传递的东西不是更少,而是更多"。因此对于象征,读者也只有把自己的全身心调动起来,投入进去才能有所领悟。这样,通过艺术活动,就不仅使得被科技理性和工业文明所分解的人复归统一,而且还可以从经验世界和超验世界的沟通中使人的精神生活获得提

---

① [德]诺瓦里斯:《断片集》,《欧美古典作家论现实主义和浪漫主义》(二),中国社会科学出版社1981年版,第396页。
② [法]葛赛尔:《罗丹艺术论》,人民美术出版社1978年版,第93、96页。
③ 同上书,第92、96、91页。

升，完成人的本体建构，使人成为康德所说的"作为本体看的人"。艺术的形而上性的意义，我看最终也就落实在这里。

2003年8月25—29日作于西溪陋舍，27、28两天连续停电，室内气温高达34℃而被迫缀笔。

（原载《文学评论》2004年第4期）

我国现代文学理论研究的反思与浪漫主义理论价值的重估

一

我国现代文学理论是五四以来在吸收西方文学理论的基础上发展起来的,其理论资源主要来自欧洲以及俄苏的现实主义理论。这自然是五四以来我国反帝反封建的现实斗争需要的一种选择,在历史上也确实产生过积极而有益的影响。但现在看来,它的片面性和局限性也是存在的。其中我认为最主要的就是在很大程度上带有纯认识论与唯科学主义的倾向,即把文学的性质与科学等同,并完全以科学的观点和标准来衡量和要求文学作品,这认识显然是不够准确而且也比较粗浅的。这种纯认识论与唯科学主义倾向的形成,就理论本身的原因来说,我认为大致有这样两个方面。

首先,五四时期在介绍欧洲现实主义(当时叫"写实主义")理论时,不同程度上都把它与"自然主义"混同,以自然主义的所谓"科学的精神"来解释现实主义,在当时文学研究会的主要理论家茅盾的一些文章中,就突出地存在着这种情况。如他在借欧洲的文学理论来印证文学研究会的文学为人生、真实地表现人生，亦即所谓"人的文学"和"真的文学"的主张时，特别强调科学精神和科学态度乃是构成近代写实主义文学的根基，认为："近代西洋的文学是写实的，就因为近代的时代精神是科学的。科学的精神重在求真，故文艺亦以求真为唯一目的。科学家的态度重客观的观察，故文学也重客观的描写。"① 从这一认识出发，茅盾在当时对自然主义曾做了大力的推崇，认为："自然主义是经过近代科学洗礼的；它的描写法、题材，以及思想，都和近代科学有关。"自然主义作家所追求的"最大的目标是'真'；在他们看来，不真就不会美，不算善"②。出于对科学精神与科学态度的迷恋和崇拜，他也就以自然主义为标准来衡量现实主义，甚至认为"文学上的自然主义与写实主义实为一物"；要说区别，也只不过在于"描写法上客观化的多少"，并没有什么质的不同。③ 尽管在创作实践上，"文学研究会的写实主义始终接近着俄国的人生派而没有发展到自然主义"④；但在理论上，由此而形成的以真为鹄的唯科学主义的传统却一直沿袭了下来，并对我国的文学理论的发展产生了很大的影响。20世纪30年代以后，这一认识又进一步被源源不断地介绍到我国来的苏联的马克思主义文学理论所强化。苏联的马克思主义文学理论主要是根据马克思主义的社会意识与社会存在关系的学说，在吸取了亚里斯多德、黑格

---

① 茅盾：《文学与人生》，《茅盾文艺杂论集》，上海文艺出版社1981年版，第113页。

② 茅盾：《自然主义与中国现代小说》，《茅盾文艺杂论集》，上海文艺出版社1981年版，第49、42页。

③ 茅盾：《自然主义的怀疑与解答》，《文学研究会资料》上，河南人民出版社1985年版，第248页。

④ 郑伯奇编选：《中国新文学大系（1917—1927）·小说三集·导言》，上海良友图书公司1935年版，第12页。

尔、别林斯基等人美学与文学理论的基础上发展起来的,它的基本思想就如周扬所概括的:"文学,和科学、哲学一样,是客观现实的反映和认识,所不同的,只是文学通过具体的形象去达到客观的真实。"[①] 尽管胡风、冯雪峰等对于文学理论中的这种客观主义的、唯科学主义的倾向都曾提出过尖锐的批评,为文学中作家主观、情感的因素的回归做过热情的呼唤,但终于都被有些人借助政治的力量把它们压了下去。以致在人们的头脑里就形成了现实主义文学的目的就只是反映生活真实,向人们提供知识,服务于人的认识这一偏隘的观念;至于文学中的人文的、价值的因素,几乎都一概被放逐出了理论的视野之外,不再为人所重视了。

其次,在片面地提高和强调现实主义文学科学价值的时候,对于欧洲浪漫主义的理论又做了不恰当的贬低。在五四时期,与文学研究会热切宣扬现实主义理论的同时,创造社作家也把浪漫主义理论介绍到了我国。但是一方面由于当时对浪漫主义一般只理解为内容上的"主情主义"、艺术上的"自由主义"甚至"唯美主义",认为它在思想倾向上带有浓厚的小资产阶级个人主义的色彩;另一方面又由于浪漫主义理论自身所存在的某些思想局限,如主观性、内向性等,与我国当时现实斗争的需要就显得并不那么协调。所以,随着反帝反封建斗争的深入发展,就连当初创造社的中坚分子,也都纷纷予以舍弃。如郭沫若在1925年写的《文艺论集·序》中曾做过这样的检讨:"我从前是尊重个性、景仰自由的人,但在最近一两年之内与低水平的悲惨社会略有所接触,觉得在大多数人完全不自主地失掉了自由,失掉了个性的时代,有少数的人要求来主张个性,

---

[①] 周扬:《论文学的真实性》,《中国新文学大系(1927—1937)》第1集,上海文艺出版社1987年版,第32页。

主张自由，总不免有几分僭妄。"又说："我们要要求从经济的压迫之下解放，我们要要求人类的生存权，我们要要求分配的均等，所以我们对于个人主义的自由主义要根本铲除，我们对于浪漫主义的文艺也要采取一种彻底反抗的态度。"再加上由于歌德、海涅、勃兰兑斯和高尔基等人对于浪漫主义不同程度上都作过一定的批判，如歌德说"我把'古典的'叫做'健康的'，把'浪漫的'叫做'病态的'。……最近一些作品之所以是浪漫的，并不是因为新，而是因为病态、软弱"①。虽然高尔基看到了在浪漫主义内部存在着某些差别，试图把它们分为"积极的"和"消极的"两类，有区别地予以对待②，但这主要也只是就它们的政治倾向和思想倾向的差异而言，并没有看到浪漫主义思潮在理论本身所存在的内在的统一性，以致以思想批判来取代理论的分析和评价，把体现在消极浪漫主义的主要代表的德国耶拿浪漫派诗论中的一些浪漫主义的最基本的精神也看作是主观的、唯心的、逃避现实的创作倾向来加以否定。这样，浪漫主义理论自五四后期以来在我国就很少有人对它做全面深入的研究自然也就不奇怪了。

但是，值得令人玩味的是：正当浪漫主义理论在苏联马克思主义文艺理论以及我国现代文学理论中遭受贬斥的时候，却在"西方马克思主义"那里受到极大的青睐。从西方马克思主义早期的代表人物卢卡契、布洛赫直到后来法兰克福学派中的中坚人物，像阿多尔诺、马尔库塞等，都无不从浪漫主义那里吸取了大量的思想营养。如布洛赫就曾十分强调地指出："重要的艺术作品的伟大和永久魅

---

① ［德］爱克曼：《歌德谈话录》，人民出版社 1978 年版，第 188 页。
② ［苏联］高尔基：《谈谈我怎样学习写作》，《论文学》，人民文学出版社 1978 年版，第 163 页。

力，正在于它们通过前类似（Pre – Samblence）和具有乌托邦意味的领域的丰富性而产生的效果中。"他还引用了奥斯卡·王尔德所说的"世界地图如果少了块乌托邦国度就不值一瞥"的话，来说明诗性的预感和诗的梦想对于文艺作品的重要。① 这是因为苏联的马克思主义主要是从认识论的观点，按社会意识形态的理论为指导来建构文学理论的，着眼点在于文学与社会存在的关系，要求文学反映并服务于正在变革中的轰轰烈烈的社会现实，这就决定了它们都比较看重传统的现实主义的理论；虽然苏联理论家在解释社会主义现实主义时十分强调："我们的两脚踏在坚实的唯物主义基础上的文学是不能和浪漫主义绝缘的，……革命的浪漫主义应当作为一个组成部分列入文学的创造里去。"② "我们不仅要知道两种现实——过去的现实和现在的现实，……我们还必须知道第三种现实——未来的现实。……如果没有它，我们就不会理解社会主义现实主义方法是什么。"③ 但是这种浪漫主义一般被解释为"从现实的革命发展中"去反映现实的结果，着眼点还是在于认识，从认识现实发展的规律中去加以把握。而西方马克思主义（特别是法兰克福学派）主要是从"社会批判理论"出发来理解文学的，它的批判矛头主要集中在资本主义生产关系和工业文明所造成人的价值的贬低和物的价值的提升，以及由于物的支配和奴役所导致的人性的分裂，把社会变革的目标看作是为了使人从这种异化的状态中解救出来而重新获得自由。由

---

① ［德］布洛赫：《原型和文艺作品中的乌托邦》，《现代美学新维度》，北京大学出版社1990年版，第197—199页。
② ［苏联］日丹诺夫：《在第一次全苏作家代表大会上的讲演》，《日丹诺夫论文学与艺术》，人民文学出版社1959年版，第10页。
③ ［苏联］高尔基：《我国文学是世界上影响最大的文学》，《论文学》（续集），人民文学出版社1983年版，第508页。

此出发,它们都要求文学承担起抵制人的异化、克服人性的分裂、拯救人性的任务。因而浪漫主义的"诗与人生合一"的理想,也就被它们看作是一种"真正诗神的世界观",认为它维护和扩大了人的整体性和人的精神的自由,从而使得人有可能实现真正地拥有自己生活的世界的目的。这样,文学也就被看作为抵制人的异化、实现人的自由解放的有力武器。这就决定了它们与苏联的马克思主义相反,一般都对现实主义的理论缺乏兴趣,而纷纷从浪漫主义的理论遗产中去寻求它们的思想资源。

这种思想上的分歧自然与这两派理论产生的社会历史条件,以及由于这些客观条件所造成的人们对于文学的功能的不同理解有关;但却也不能不承认,它们各自理论视角的差别而形成的对于文学性质认识的分歧,即不是仅仅从认识论的视角,把文学性质完全看作是科学的,就是仅仅从价值论的视角把文学的性质完全看作是人文的。虽然它们都从各自的视角和思路出发对于文学问题做出了许多有益的探索,对于发展和丰富马克思主义文学理论从不同侧面做出了自己的贡献;但从严格的意义上说,都很难说是一种全面而完整的马克思主义的文学理论。因为文学作为一种审美的意识形态,它是以作家的审美感受和审美体验为中介与生活建立关系的,这决定了它不仅是对于社会人生的一种认识,同时也是一种评价和选择。它向读者所展示的不仅只是"是什么",而且还是"应如此",是一种知识与价值、科学性与人文性统一意义上的人的生活的图景。所以,我们虽然不能同意西方马克思主义离开历史唯物主义的基础在美学与文论研究中,按现代人本主义哲学的观点来阐述人的自由解放等问题的偏颇;但也要看到苏联马克思主义那种几乎完全无视文学的人文价值,把文学科学化、纯认识论化所造成的文学理论研究的庸俗社会学的流弊,以致对于人文精神这种文学本质中的最根本的、精粹的东西，我们过去的理论都不应有的予以忽视。倒是这些年来，在未经规范的市场经济的刺激下而激发起来的人的原欲无限膨胀所造成的物欲横流、信仰泯灭、道德滑坡、文化失范的严峻的现实，启示和提醒我们去思考：在抑制物的奴役所造成的人的分裂、维护人自身真正有意义的生活、推进人自身的全面发展方面，文学应该承担起什么样的使命，发挥什么样的作用。这恐怕是促使这些年来理论界改变对浪漫主义的偏见，开始以比较客观公正的态度来对之予以关注和审视的根本原因；同时，也为我们回过头来全面地去认识我国现代文学理论的功过、重新评价浪漫主义理论的价值创造了成熟的条件。

二

对于在近代西方出现的浪漫主义的文学思潮，人们在谈到它时常常都追溯到欧洲中世纪，认为浪漫主义就是"中世纪文艺的复活"[1]，它"是属于中世纪的"[2]。这若是指其思想倾向不同于追求现世幸福的古希腊文化和欧洲近代文化，而与到彼岸世界去探求生命的永恒的中世纪基督教精神有着某种渊源关系和相似之处，自然也未尝不可。但就其现实根源而言，应该看到，它完全是欧洲工业革命之后，在欧洲现代文化史上所兴起的反对理性主义与科技文明对人的压制与奴役，提倡人文精神的思潮推动下的产物。它滥觞于卢梭和英国的感伤主义，在德国发育、成熟后又影响到英、法各国。

---

[1] ［德］海涅：《论浪漫派》，人民文学出版社1979年版，第5页。
[2] ［俄］赫尔岑：《科学中的一知半解》，《赫尔岑论文学》，上海文艺出版社1962年版，第107页。

其基本精神就是批判科技理性、崇尚自然和艺术、宣扬人的自由解放。但由于各国的社会历史条件和文化背景的不同，浪漫主义在德、英、法诸国所形成的特点也不一样。因为当时德国还是一个封建割据的国家，资产阶级的势力还相当软弱，再加上它在德国的发展过程中，由于受了康德、赫尔德、费希特、谢林等人思想的熏陶，所以带有比较明显的思辨的性质；而在资本主义比较发达的英、法等国，由于与资产阶级反对封建专制和暴政斗争的紧密的联系，所以一般带有比较鲜明的政治色彩。这可能是以往我们对英、法浪漫主义尚有赞誉，而对德国浪漫主义则多加贬斥的主要原因。但实际上，不论就理论上的成就和贡献，还是理论的代表性、深刻性和独创性来说，我觉得后者无疑都超过了前者。这自然与它直接得益于德国古典哲学与美学以及狂飙突进运动的思想成果是分不开的。所以，我认为今天我们来研究浪漫主义，着眼点主要应该是德国的理论，而且我们所说的德国浪漫主义理论，也不应该只局限于耶拿浪漫派诸人的论述；而应该把德国古典美学与狂飙突进运动文学思潮都包括在内。

我们说浪漫主义随着批判工业文明和科学理性而产生，反映在当时的思想领域中，这种批判的具体目标就是18世纪以来发端于法国、尔后遍及全欧的启蒙运动思潮。启蒙运动是在欧洲工业文化的背景下兴起的，它的特点就是反对封建神学，崇尚科学理性，认为只要通过传播科学知识，启迪人们的智慧，破除封建迷信，就能达到社会的进步、人类的幸福。由于科学理性是以追求物质利益为旨归的，再加上启蒙运动的思考又是以"自然人性"和人的"自然权利"为出发点的，所以他们所说的人的幸福就其实质而言，正如奥·施勒格尔所说的充其量不过是一种个人的感官享受和满足，一种趋向于尘世的享乐和利益。这样一来,"理性成了感官的奴婢"①,它使人丧失了自身生存的目的而蜕化成仅仅从外在世界获取某种利益的工具和手段。因而,启蒙运动所提倡的理性落实到人的生存领域,也就成了与道德理性相对立的功利主义和享乐主义。其结果也就像恩格斯所说的,在这个所谓理性的社会里,"富有和贫穷的对立并没有在普遍的幸福中得到解决,反而……更加尖锐化了;工业在资本主义基础上的迅速发展,使劳动群众的贫穷和困苦成了社会的生存条件。犯罪的次数一年比一年增加。……总之,和启蒙学者的华美约言比起来,由'理性的胜利'建立起来的社会制度和政治制度竟是一幅令人极度失望的讽刺画"②。这个问题首先被启蒙主义思想家阵营中的浪漫派卢梭发现了,他写了一系列文章揭露和批判了由科技文明而带来的社会风尚、人的精神和道德的堕落而导致的科学理性与道德理性的背离,认为"随着科学与艺术的光芒在我们的天边升起,德行也就消失了"③,并提倡只有"回到自然",才能重建人与人之间那种纯朴和美好的关系。在卢梭的启示下,康德首先从哲学的高度思考了科学文明与人类进步的关系问题,他不仅提出了评价科学进步的人性的标准,认为知识只有当它有助于人实现善的目的,使人变得更具有人性时才有意义;而且还进而指出在人达到自身完善的过程中,知识不是万能的,只有感觉和信仰才能帮助我们。所以,他不仅严格地把理性区分为"科学理性"与"道德理

---

① [德] 奥·施勒格尔:《启蒙运动批判》,《德国浪漫主义作品选》,人民文学出版社1997年版,第376页。
② [德] 恩格斯:《反杜林论》,《马克思恩格斯选集》第3卷,人民出版社1972年版,第297—298页。
③ [法] 卢梭:《论科学与艺术》,《西方文论选》上卷,上海译文出版社1979年版,第332页。

性"（即"实践理性"）两种，而且还提出了限制知识以便为信仰留有余地，从而把为启蒙运动所几乎完全忽视和遗忘了的道德理性提到了前所未有的高度，为使理性能有一个"必然的实践运用"①。这一思想后来也就成了德国浪漫派运动的思想支柱，决定了浪漫主义一开始就以批判启蒙运动思想来为自己的理论开路。

浪漫主义理论家就是在卢梭和康德等人的思想启示和影响下把启蒙运动视作为一种科学理性掩盖下的功利主义来进行批判的。这在奥·施勒格尔的《启蒙运动批判》一文中表现得最为集中。他认为在这种功利原则支配下，理性也就成了"陷于纯然有限性圈圈之中的理智"，它的目的仅仅是为了解决尘世间的一些事务性的问题；在启蒙运动者眼里，"人类的存在和世界都是单纯得像数学一样明白晓畅"，一切都可以用功利原则去进行计算。这样一来，就不仅"把所有超出他们感官的感受性的界限以外的现象统统视为病相"，"随时慷慨地以狂热、荒谬等名称相与"来加以排斥，而且还把这种观点贯彻到道德行为的领域，把"凡是不愿屈就尘世事务的有用性的德行，启蒙运动按照它的经济的倾向一概斥之为空想"。这样，德行也完全按照功利的原则来加以推行，被他们"套进了一定市民义务的牛轭中，套进了职业的、职务的、然后是家族生活的牛轭中"。于是，人性中的一切美好的、诗意的东西都随之消失，都被化解为平庸、浅薄、丑恶的世俗的东西。他认为这种"惟功利是举的潮流与诗是分道扬镳的"②。因而浪漫主义就把自己的任务规定为在这个平庸、浅薄、丑恶的世俗社会里拯救诗，并借诗来"中断常态、平庸

---

① ［德］康德：《纯粹理性批判·第二版序》，商务印书馆1997年版，第18—21页。
② ［德］奥·施勒格尔：《启蒙运动批判》，《德国浪漫主义作品选》，人民文学出版社1997年版，第376、380—381页。

的生活"①，来与造成这种平庸生活的根源，即功利主义的原则相对抗。

诗何以具有这样一种力量？为了回答这个问题，浪漫主义抛弃了古典主义所信奉的亚里斯多德的诗学传统，转而从柏拉图以及基督教神学的思想中去寻找他们的理论依据。他们从柏拉图以及基督教神学的肉体与灵魂、感性与理性、现实世界与理念世界二分对立的思想出发，把美当作是"一个永恒的、超验的事实"②，认为它具有使现实世界得以诗化的功能，强调现实世界就应该由这种超验原则来进行设定。而诗，在他们看来就是这种美的最高形态，因为根据德国古典美学的观点，诗是一种"想象的游戏"，它可以通过对经验所提供的材料进行改造，把人们理念所追求的东西显现于具体的感性对象之中。这样，它也就具有了沟通两个世界，使感觉与规律、感性与理性、有限与无限达到统一的力量，即它虽然不离感觉和有限的世界，却又能超越感觉和有限的世界而把人带入到无限和永恒之境，"使那个不可见的世界、神性和纯粹的精灵"通过诗"被体现在我们的世俗的事物中"③。于是，"通过诗，最高的同情与活力、有限与无限的最紧密的结合就能形成"④，人们也就可以凭借诗来摆脱必然而进入自由。他们崇尚古代文学，就是因为古代文学通过神话的象征的形式，可以把"人类心中神性的回光"折射到一个超验

---

① [德]诺瓦里斯：《断片》，《欧美古典作家论现实主义与浪漫主义》（二），中国社会科学出版社1981年版，第392页。
② [德]弗·施勒格尔：《雅典娜神殿断片集》，生活·读书·新知三联书店1996年版，第101页。
③ [德]弗·施勒格尔：《文学史讲演》，《西方文论选》下卷，上海译文出版社1979年版，第326页。
④ [德]诺瓦里斯语，转引自周国平主编《诗人哲学家》，上海人民出版社1987年版，第90页。

的世界，他们认为这才"是一切诗的真正的灵魂"。而现代文学之所以落后于古代文学，就是"因为我们没有神话"①。这都表明浪漫主义者之所以把诗提到这样的高度，目的就是为了"把诗变成生活和社会，把生活和社会变成诗"，以求达到诗与人生的合一②，从而使人在这个庸俗浅薄的功利社会里能够保持一方精神上的净土，获得诗意的栖居，而不至于丧失自己生活的终极目标。由此足见浪漫主义对于人生价值与理想的追求的执着，同时也决定了浪漫主义与古典主义不同，它主要不是把文学看作是对生活的反映，服务于人的认识；而是看作是通过对人生价值与理想的探询和追思，来实现对社会人生的介入，亦即服务于人的实践。这对于克服古典主义的纯认识论和唯科学主义的倾向，推进文学与实际人生的结合，提高文学服务于人生的自觉性以及深化人们对文学性质的认识，无疑都有着十分重要的意义。

但是，浪漫主义的这些富有独创性的深刻而合理的思想，长期以来不但不为我们所理解和接受，甚至被当作"消极的""反动的"文学观来粗暴地进行批判和排斥。这除了我们认识的简单和肤浅，不善于以辩证观点来对它作深入的分析和发掘之外，自然与浪漫主义理论自身所存在的理论上的片面性和局限性是分不开的。这种片面性与局限性从根本上可归结为政治上的保守主义和思想上的唯心主义。从政治上说，浪漫主义理论家虽然敏锐地看到了从资产阶级工业革命以来由于科技文明的发展所造成的种种负面效应，但却不是从历史发展的观点，而是站在道德主义的立场来对之进行批判。

---

① ［德］弗·施勒格尔：《雅典娜神殿断片集》，生活·读书·新知三联书店1996年版，第230页。
② ［德］弗·施勒格尔：《雅典娜神殿断片集》，生活·读书·新知三联书店1996年版，第72页。

如同列宁在批评经济浪漫主义时所指出的："浪漫主义者对研究和说明实际过程毫无兴趣，他们需要的只是反对这一过程的道德。"① 因而就把科技文明本身与资本主义对它的利用混为一谈，连科技文明本身对促进人类社会进步的意义也给否定了。这样，就把他们所追求的社会理想和人生理想这些原不能背离历史发展来解决的问题只当作是一个抽象的人生论和价值论的问题，把本属于现实领域内的问题当作一个思辨领域内的问题、一个超验的问题来进行探讨。因而，在某种意义上使他们的理论从德国古典美学倒退到了柏拉图主义和宗教神学，甚至索性把诗的本质看作完全是宗教的，认为"没有宗教"，就不会有"永远充溢的无限的诗"。"只有有着自己的宗教，对于无限具有独特见解的人，才能是艺术家"②。"真正的诗人永远是教士，正如真正的教士永远是诗人一样"③。就连创作中的想象，也被解释为"宗教的感官"④，"是人理解神性的感官"⑤。认为只要凭借这种想象的力量，就可以实现对现实生活的超越，进入到无限和永恒之境。这就使得德国浪漫主义不论在理论上还是实践上都像当时德国精神生活中的虔诚主义那样，"缺乏对外在活动的肯定性的评价"，由于强调"路德宗教那种纯内向的情感性的虔诚"⑥，

---

① [苏联] 列宁：《评经济浪漫主义》，《列宁全集》第 2 卷，人民出版社 1959 年版，第 131 页。
② [德] 弗·施勒格尔：《雅典娜神殿断片集》，生活·读书·新知三联书店 1996 年版，第 155 页。
③ [德] 诺瓦里斯：《断片》，《欧美古典作家论现实主义和浪漫主义》（二），中国社会科学出版社 1981 年版，第 395 页。
④ [德] 奥·施勒格尔：《启蒙运动批判》，《德国浪漫主义作品选》，人民文学出版社 1997 年版，第 382 页。
⑤ [德] 弗·施勒格尔：《雅典娜神殿断片集》，生活·读书·新知三联书店 1996 年版，第 154 页。
⑥ [德] 韦伯：《新教伦理与资本主义精神》，生活·读书·新知三联书店 1987 年版，第 86 页。

而沉溺于神秘的内心体验,并视诗歌的感受也完全"同对神秘主义的感受一样,它就是对特殊、个性、陌生、秘密可启示的、必然而又偶然的感受",是一种"近于对预言、对宗教、对一般先知的感受","是无法描述和不可解释的"①。这就导致他们在创作中完全割断了与现实生活的联系而遁入内心世界。比如柏拉图的"灵魂不死",这是为耶拿浪漫派所热衷歌颂的一个主题,但是对于这一主题的解释比之于德国古典哲学来却是一大倒退。德国古典哲学对于"灵魂不死"解释之所以深刻,就在于它以确认个体与类的统一为基础和前提,它的意思无非是指个体的生命在群体中得到延续,亦即黑格尔所说的"在别物中返回到自己"②。因此,死才能成为最伟大的一种崇高,人们才认为"对死的颂扬比对生的赞美更伟大"。而耶拿浪漫派由于割裂了感性与理性、现实世界与理念世界的关系,因而死对他们来说也就成了基督教所说的只是在超验世界获得解脱。这样,对于死的歌颂也就成了对生的逃遁,就像诺瓦里斯在《夜颂》中所渴求的是基督教为他所提供的痛苦的避难所,从而使他那在夜空中四处游荡的灵魂得到了归宿。这不仅说明他们是一些畏惧现实斗争的怯懦者,而且也正是他们创作的路子愈走愈窄,作品的内容愈来愈空虚、贫乏的根本原因,如同勃兰兑斯在批评诺瓦里斯的作品时所指出的:由于"把外部世界消解为内心世界","让内心世界吞没了一切",从而使得他们的作品导向了"主观主义与回避现实"③。这无疑是他们宗教世界观所产生的消极作用。因此,他们受

---

① [德] 诺瓦里斯:《断片》,《欧美古典作家论现实主义和浪漫主义》(二),中国社会科学出版社1981年版,第396页。
② [德] 黑格尔:《小逻辑》,商务印书馆1980年版,第207页。
③ [丹麦] 勃兰兑斯:《十九世纪文学主流·德国的浪漫派》,人民文学出版社1981年版,第201、16页。

到歌德、海涅、勃兰兑斯和高尔基等人的严正批判也就理所当然的了。

三

我们指出浪漫主义，特别是耶拿浪漫派的这些消极倾向的时候，决不意味着就是对整个浪漫主义思潮的贬斥和否定；即使对于耶拿浪漫派的理论，我认为也不能简单地以政治、思想上的批判代替对它整个理论价值的评价，否定它在对德国古典美学与狂飙突进运动精神的继承和发展（虽然这种继承与发展是不全面的，甚至是歪曲的）方面所作的贡献。这些贡献最主要的表现在，它坚决抵制自启蒙运动以来，由于理性蜕化为一种工具理性，而导致的功利主义和享乐主义的蔓延所造成的人性的分裂，在维护文学自身的人文价值，即文学在资本主义异化社会中对于维护人自身的完善，使人拥有真正意义上的人的生活方面所进行的坚持不懈的奋斗。而作为它的整个理论的支点的，我认为就是整体性的思想。

整体性的思想萌生于古希腊，是由有机性发展而来的一个概念。在德国古典哲学和美学中也占有十分重要的地位。它们从目的论出发，把自然物都看作是在一定内在目的支配下所形成的生命的有机体，认为它除了受到外在的因果关系所制约之外，还有着因自身目的所决定的由各部分组成的不可分割的内在联系。所以，对于这一有机整体来说，部分只有通过整体来说明而非机械力学的原理所能解释的。至于作为有机自然界发展所达到的最高的存在形式的人，就更不是按照机械论的观点，像理性主义或经验主义那样把他加以分割，仅仅从理性、普遍性，或仅仅从感性、个别性方面去进行研究，而只有从感性与理性、个别与一般统一的意义上才能加以把握，因而，这种统一性也就成了一种理想人性的标志。他们还认为，除了有机自然和理想人性之外，只有艺术才与这种生命的整体形式相似。因为艺术品作为"一个有理智的原因的产物，不同于这事物的质料，或者说它的各部分的，而且是一个原因的产物，而这个原因在其把各部分弄在一起而结合在一起的过程中，是为其全体的观念所确定的，而这个全体又是那个观念所使之成为可能的，所以就不是外部的自然所确定的"①。根据这一认识，浪漫主义在艺术活动中就特别"强调人的力量的整体，不仅仅是理性，也不仅仅是情感，而是直觉，'理智的直觉'、想象力"②。所以韦勒克认为浪漫主义是"从有机体的类比脱颖而出，由赫尔德和歌德加以发展，进而演化成一种表现为对立面统一和象征系统的诗歌观"③。这样一来，浪漫主义就不仅通过自己的理论和批评，对于理性主义和经验主义做了有力的抵制，而且还从理论上在艺术与人和自然之间建立起了一种互相阐释的关系，把文学与人的生存联系起来，并由此确立了"文学即人学"这一命题。其中可以作为建设我们的文学理论借鉴的，我认为至少有以下这样三个方面。

首先，在对艺术目的的理解上，突出了艺术在维护人自身的完整性方面的意义和价值。浪漫主义根据康德的审美所给予人的是一种无利害观念的愉快的思想，针对自启蒙运动以来日趋盛行的视艺术为满足个人的感官享受的功利主义艺术观所助长的人的感性与理性的分裂，提出了"美的自主性"的口号，认为"美在某种意义上

---

① ［德］康德：《判断力批判》下卷，商务印书馆1964年版，第21页。
② ［美］韦勒克：《文学思潮和文学运动的概念》，中国社会科学出版社1989年版，第147页。
③ ［美］韦勒克：《近代文学批评史》第2卷，上海译文出版社1989年版，第4页。

是效用性的对立面：它就是使效用性成为多余的东西"，它"并不适宜于而且也没有为一个有限的目的服务"。因为美的艺术是"具有一种绝对目的的东西，又以某种方式显得无目的的"；而"原来我们通称之为目的，不过是知性的一种有限的任务，是一种对绝对目的的否定"。这种"绝对的"也就是终极意义上的目的，就是为了使人超越有限而进入无限，从而使生命获得永恒的价值。所以他们把"以人为目的"看作是美的艺术的根本目的之所在。虽然奥·施勒格尔说过："一座房子是用来在里面住人的。但是，在这个意义上，一幅画或一首诗又有什么用处呢？一点用处也没有。"① 这话与后来戈蒂耶提出的"真正称得上美的东西只是毫无用处的东西，一切有用的东西都是丑的，因为它体现了某种需要，而人的需要就像其可怜虚弱的天性一样是极其肮脏、令人作呕的———一所房子里最有用的地方就是厕所"② 等观点颇为相似，以致有人也抓住这些表面类似性把浪漫主义归之为"为艺术而艺术"的思潮。但是与戈蒂耶等人离开内容片面地去追求形式的完美不同，浪漫主义所推崇的美的艺术始终是把这种"绝对目的"，亦即"以人为目的"放在第一位的。这决定了他们虽然批判启蒙运动所崇仰的"理性主义"，但并非一概反对理性，而只不过要求对理性做出区分，认为"人们通常所说的理性，只不过是理性的一个类别"③，除了科学的理性之外，还有实践的理性；并试图通过对美的目的性的探讨，使艺术从满足于"有限

---

① ［德］奥·施勒格尔：《关于美文学和艺术讲座》，《欧美古典作家论现实主义和浪漫主义》（二），中国社会科学出版社1981年版，第360—361页。
② ［法］戈蒂耶：《〈莫班小姐〉序言》，《唯美主义》，中国人民大学出版社1988年版，第44页。
③ ［德］弗·施勒格尔：《雅典娜神殿断片集》，生活·读书·新知三联书店1996年版，第38、178页。

目的"（如为了感官的愉悦）中摆脱出来，借此来恢复实践理性、道德理性，亦即奥·施勒格尔所说的"作为伦理运用于实践生活的理性"① 在人的生存活动中的地位和作用。由于这种"理性是自由的，……是一种永恒的趋向无限的自我规定"②，所以，他们认为艺术的社会作用也就是为了抵制由科技文明支配、控制所造成的人性分裂，而使得人自身存在的"绝对目的"得以维护和实现。这都表明浪漫主义对于信仰和理想的执着。尽管它们所追求的是一种属于彼岸世界、超验世界的可望而不可即的东西，但却从乌托邦层面上维护了人对世俗生活所应有的批判精神，使得人们在随时有可能被物质所吞噬的世俗生活中摆脱出来，在精神上得以超越和提升，在资本主义的物欲横流的社会中维护自身人格的独立和自身生存的自由。

其次，在对创作活动的理解上，从有机性的思想出发，强调艺术是一种自然天才的自由创造。创造的理论在古希腊柏拉图就早已提出，它说明艺术是一种"从无到有"的人的复杂的精神活动的产品，所以后来塔索、夏夫兹博里和赫尔德等人都把文学、艺术创作比作上帝创造世界，说诗人是"第二造物主"。但是到了近代，在科学理性精神的支配下，在古代社会作为知、情、意统一而存在的人也随之被分解了，成为仅仅是"一个在思维的东西"，即一种认识的主体。这样，在艺术活动中，活的创造也就变成了机械的分解和组合的工作，艺术作品成了由各种元素组成的一个集合体，艺术家也几乎成了艺匠。针对当时广为流传的这种机械论的艺术观和创作论，

---

① [德]奥·施勒格尔：《启蒙运动批判》，《德国浪漫主义作品选》，人民文学出版社1997年版，第377页。

② [德]弗·施勒格尔：《雅典娜神殿断片集》，生活·读书·新知三联书店1996年版，第38、178页。

康德除了提出艺术有别于自然，它是"创造者的产品"，在肯定了艺术家的创造主的地位之外，还特别强调艺术不同于科学和手工艺，它虽然需要凭借一定的技巧才能完成，但又只有当它摆脱一切强制，把机械性的工作转化为一种"单纯的游戏"，才会有真正意义上的艺术创造①。所以，他认为在艺术创作中，起作用的不纯粹是智力的活动，而更主要的是在情感激发下的艺术家的自由想象，凭着"想象力的游戏"来完成。这种想象力的游戏与一般的智力活动之不同就在于：它是通过意识与无意识、智力因素与非智力因素（情感、意志）的有机结合而进行的，但又不同于一般自由联想，它始终有一个合目的性的概念在其中发生作用，所以他又强调只有"想象力的独创性当其与概念相协调时，才叫天才，当其与概念不协调时，就称为迷狂"②。根据康德的这一思想，弗·施勒格尔提出："在每一首好的诗里，一切都必须有意图，一切又都必须是直觉的。这样，诗才成为理想的。"③ 为了与古典主义的机械论文艺观划清界限，在具体论述创作活动中，浪漫主义又往往特别喜欢强调后者，宣称："诗人的随心所欲容不得任何限制自己的规则，乃是浪漫诗的最高法则。"④ 这样一来，一切真正的创作就被他们解释为是一种心灵的自然过程，认为诗在诗人的心灵深处产生就像植物从种子的胚芽里生长一样，都是自然地、自发地进行的。于是"自然"也就成了浪漫主义在艺术上所追求的最高目标；由于"自然是有机的"，因而"最

---

① ［德］康德：《判断力批判》上卷，商务印书馆1964年版，第148—150页。
② ［德］康德：《实用人类学》，重庆出版社1987年版，第55页。
③ ［德］弗·施勒格尔：《雅典娜神殿断片集》，生活·读书·新知三联书店1996年版，第18页。
④ 同上书，第13页。

高的美"也应该是"植物性的"①，像自然那样是一个有机的整体。他们之所以强调创作是"天才"的事业，就是因为天才在很大程度上带有自发的、天赋的性质，不是光凭学习所能获得。这样，天才与自然、有机性也就有了一种内在的统一性。所以，弗·施勒格尔宣称"理智是机械的精神，天才才是有机的精神"②。从这种有机性的思想出发，他们又进一步推论出，在创作中形式与内容不是分离产生、自行独立，而是有机联系着的，就像奥·施勒格尔在谈到"有机形式"时所说的："有机形式是固有的；它由内向外展开，在萌芽完全发展的同时，它也就获得了自身的规定性。"所以"在美的艺术之中，一切名实相符的形式都是有机的，即由艺术作品的内容所决定的"，"是事物活灵活现的面貌"③。内容是怎么样，形式也就怎么样。这样又决定了艺术创作既是有规则的又是没有规则的。完全没有规则固然创造不出美的艺术；但仅仅凭借与作品内容完全无关的先行的规则所完成的也只不过是机械的制作。所以浪漫主义根据康德的"必须是大自然在创作者的主体里面（并且通过它的诸机能的协调）给予艺术以法规"④的思想，特别要求在创作中，把艺术规则从客观的转化为主观的，从外部规定的变为内部选择的，只有这样达到外在与内在的有机统一，才有可能在创作中根据实际情况对之进行创造性的运用。这就是他们所说的只有"天才掌握技巧，

---

① ［德］弗·施勒格尔：《雅典娜神殿断片集》，生活·读书·新知三联书店1996年版，第168页。
② 同上书，第121、34—35页。
③ 转引自［美］韦勒克：《近代文学批评史》第2卷，上海译文出版社1989年版，第60页。
④ ［德］康德：《判断力批判》上卷，商务印书馆1964年版，第153页。

而不是技巧操纵天才",这才不至于"导致僵化"①的深刻含义之所在。

再次,在对艺术作品的理解上,要求把作品看作是一个活的整体,强调读者必须通过自己的直觉和想象去进行把握。自古希腊以来,欧洲的诗学就把隐喻看作是诗的反映生活、表达思想的重要方式和途径,如亚里斯多德认为善于使用隐喻乃是"天才"的重要标志。②但由于他把隐喻看作只是一个修辞学的问题,而"修辞学的全部工作只是关于外部表现的"③,这样表达与思想也就被分割开来,使表达成了浪漫主义者所批评的只是一种"外在的机智",一种"想象在外部的闪电"④,从而形成了一种机械的隐喻观。到了近代,再由于受了形而上学的思维方式的强化,这种隐喻观被进一步推广到对文学作品的内容与形式关系的理解上,使得在文学批评中人们都习惯于将作品作知性的分解而不加整体把握,以致经过这样的剖析之后,美也就丧失殆尽。浪漫主义把从事这种批评的人按物理学的用语称之为"原子批评家",认为"他们观察一件艺术品,就像在观察一件镶嵌工艺,一件用死的微粒镶嵌而成的东西",这样也就看不到作品整体的美了。因为"每件名副其实的艺术品都具备有机的性质,其中个别部分只是依赖整体而存在",是整体的一部分。⑤所以

---

① [德]弗·施勒格尔:《雅典娜神殿断片集》,生活·读书·新知三联书店1996年版,第121、34—35页。
② [古希腊]亚里斯多德:《诗学》,人民文学出版社1962年版,第81页。
③ [古希腊]亚里斯多德:《修辞学》,《西方文论选》上卷,上海译文出版社1979年版,第89页。
④ [德]弗·施勒格尔:《雅典娜神殿断片集》,生活·读书·新知三联书店1996年版,第157页。
⑤ [德]奥·施勒格尔:《关于美文学和艺术讲座》,《欧美古典作家论现实主义和浪漫主义》(二),中国社会科学出版社1981年版,第369页。

在一个真正的艺术作品中,"所有各部分都应当既是目的又是手段"①。一切部分都只有把它放在整体之中,作为整体的一部分,联系整体才能理解它的存在。因此,弗·施勒格尔认为"一切理解的首要条件,因而也是理解一件艺术作品的首要条件,在于对整体的直观能力"②。这就只有通过读者的想象力达到。因为想象与作为分析精神的理智不同,它是一种综合的力量。唯有通过想象,读者才有可能把作品中分散在各部分的描写在意识中化为一个整体去进行观照。只有认识到这一点,我们才能理解弗·施勒格尔所说的"不理解大抵根本不是缺乏理解力,而是缺乏想象力"③ 这一箴言的真谛,同时也向我们表明了,艺术作品是离不开读者、离不开读者的想象而存在的。这就是浪漫主义与古典主义的不同,对于艺术整体性不但只是从作品的形式方面,甚至也不只是从作品自身方面,而且还特别强调从读者的阅读方面,把创作与阅读看作是一个艺术活动的完整过程、一个有机整体来理解的深刻之处。它把作家与读者之间看作是一种紧密协作的关系,要求作家在创作时必须把读者考虑在内,即在传达者的头脑中"必须想到要传达与之的人",考虑"能与读者共同享有被传达之物","长期在读者那里取得相应的效果","而不只一味表白自己"④。所以,对于高明的作家来说,"他设想的读者不是静止的、僵死的,而是活生生的、有反应的。他让由他虚构出来的东西在读者眼前一步一步地变化,或者引诱读者自

---

① [德] 弗·施勒格尔:《雅典娜神殿断片集》,生活·读书·新知三联书店 1996 年版,第 74 页。
② 转引自 [美] 韦勒克:《近代文学批评史》第 2 卷,上海译文出版社 1989 年版,第 11 页。
③ [德] 弗·施勒格尔:《雅典娜神殿断片集》,生活·读书·新知三联书店 1996 年版,第 64、36—37、41 页。
④ 同上书,第 64、36—37 页。

己再把它虚构出来"①。这就把艺术作品看作是作家与读者共同创造的产物，并把读者的阐释工作视作整个艺术创造过程的有机的部分纳入对作品意义的构成活动之中，这是浪漫主义的一大独创。它对于后来的解释学与接受美学都产生了极其深刻的影响，同时也说明我们从前把浪漫主义解释为只是一种崇尚自我表现的艺术观是多么大的误解！

德国浪漫派的有价值的、值得我们借鉴和批判吸取的思想并不只是这一些。但仅就这几点就足以说明：由于我们过去不善于把思想倾向与理论贡献进行区分，往往以思想评价以区分唯物的还是唯心的来代替学术评价，因而使得我们对这些精辟、独创和富有人文精神的思想观点都视而不见。这就大大地限制和束缚了我们的理论视野，以致我国现代文学理论在纯认识论与唯科学主义的道路上愈走愈远而不知所觉。所以，要使我国文学理论在21世纪开创一个新的局面，我认为从最根本的意义上而言，就应该从科学的与人文的统一的意义上来对文学作出全面而综合的阐述和把握。因此，批判地吸取浪漫主义这些富有人文价值的思想，来丰富、充实和拓展我们的理论内容和理论视界，实在是一项应该引起我们充分重视和亟须加强的工作。

1998年8月上、下旬，于杭州

（原载《外国文学评论》2000年第1期）

---

① ［德］弗·施勒格尔：《雅典娜神殿断片集》，生活·读书·新知三联书店1996年版，第41页。

论人、文学、文学理论的内在张力

我国的文学理论较多地停留在经验的说明和描述上,少有深入到文学的一些根本问题上作管理上的分析和思考的。这样,认识不仅难免肤浅,而且对于问题往往会出现种种误判,理论也就失去了其自身存在的意义和价值。怎么来改变这种现状?我认为最关键的应该抓住"文学是人学"这个根本问题,因为它表明文学不仅以人为对象,而且是以人为目的,是为人服务的。如果这理解能够成立的话,那么,人是什么?文学对人有什么意义?文学理论在为实现文学自身目的方面又有什么作用?这三个问题也就成了我们研究文学理论所必须考虑和解决的问题。

一

人是什么?既然文学是表现人、服务于人的,这个问题也就成了我们思考文学首先应该解决的理论前提。要是对这个问题也不明确,那么,我们分析、评价文学现象也就失去了现实依据和思想依据。

对于这个问题,历史上各家的认识一直非常分歧,归结起来,都是环绕着感性（肉体、个人性、经验性）与理性（灵魂、普遍性、超验性）之间进行的。如在我国，杨朱、李贽等人都偏重于感性，孔子、孟子、程颐、程颢、朱熹等人则偏重于理性。在西方，古希腊昔勒尼学派的创始人亚里斯提卜，文艺复兴时期的人文主义思想家，如薄伽丘、爱拉斯谟、蒙田（一译蒙台涅）等都偏重于感性，而柏拉图，中世纪宗教神学、剑桥柏拉图学派则偏重于理性。虽然也有力求把两者有机地统一起来的，如我国的陆九渊、王阳明，德国的康德和黑格尔等人，但这种统一一般都是在思辨的领域完成的，并没有找到解决问题的客观现实的基础。直到在马克思那里，才通过对"人的活动"和"活动的人"的分析给予其科学的回答。但由于在马克思那里，这还只是作为一种理论的构想，一种解决问题的新思路提出的，还有待我们去作进一步的具体分析和论证；所以直到今天，还没有被多数人所完全理解和接受，以致人们的认识还始终徘徊于感性与理性两极之间。新中国成立以来，在对人的理解上，我们基本上是只谈人的理性、普遍性、社会性，而对个人的权益、人格尊严等几乎一概采取回避和否定的态度，以致后来成了"四人帮"专制统治的思想基础；粉碎"四人帮"以后，出于对"四人帮"极权统治的义愤，以及随着我国经济体制的转轨而使长期以来被压制的人的物质欲望和个人权益得到认可和肯定，又使得人们的感性要求日益走向膨胀和畸形的发展。反映在思想意识领域，又有人把理性简单地等同于专制、极权，认为"理性君临一切造成人的异化"，并且把人性直接视为本能性、自然性、动物性来加以提倡和宣扬。一时间我国社会的物欲横流，道德沦丧，文化失范，在很大程度上是这种理论在起着推波助澜作用。

我们并不否定这种理论出现的历史必然性，以及这在思想上清算"四人帮"极权政治对个人权益的抑杀和对个人尊严的践踏，促进个人的自由解放方面所起的某种作用，因为人作为马克思说的"有生命的个人存在"①，总是需要一定物质生活条件才能维持自己的生命，因而他总是有一定的自然欲望和物质需求的，这自然应该受到社会的维护和尊重；看不到人的感性需要也就等于把人虚化了、抽象化了。但是不论怎样，感性存在至多也只不过是认识人的一个维度，是不足以全面说明人的本质的。这是因为第一，物质的东西总是个人享受的，所以在物质生活领域，不仅没有共同性可言，而且还会造成人与人之间的疏离和对立。所以早在四百年前，培根鉴于自文艺复兴以来由于对人的自然本性和欲望的片面强调所带来的消极影响，就提出了"全体福利"这个概念，不仅要求把"利己"与"利他"、"自爱"与"仁爱"结合起来，而且把"利己""自爱"看作是"消极的、低级的善"，"利他""仁爱"则是"积极的、高级的善"②。这一思想后来也为18世纪法国唯物主义思想家和18—19世纪英国功利主义思想家所继承，成了他们所提倡的"合理的利己主义"主要的思想来源。因为他们的思想虽然从个人出发，但认为人总是生活在一定的社会之中，所以只有顾及他人的利益，自己的利益才会有所保障。这比文艺复兴时期人文主义思想家所宣扬的那种赤裸裸的个人主义，显然是一种认识上的进步。第二，物质的需要是有限的，它不仅不能给人以永久的快乐，而且反而会给人带来痛苦和烦恼，就像叔本华所说的使人像钟摆那样在痛苦两极来回摆动，物欲不能满足是痛苦；一旦满足之后，就会感到厌倦，

---

① [德] 马克思、恩格斯：《德意志意识形态》，《马克思恩格斯选集》第1卷，人民出版社1972年版，第24页。

② [英] 培根：《广学论》，《西方伦理学名著选辑》上卷，商务印书馆1964年版，第556页。

这又是一种痛苦，从而使人永远在苦海中挣扎。① 我曾经在报纸上看到一篇报道，说一位商人终日为财富奔波，但当他有了亿万家产之后，感到自己好像是登楼登到了顶层，发现这一切原本都是空的，而使他深感空虚和迷茫。这就是存在主义哲学、心理学所说的潜能丧失发展机会而逼近非存在时所生的焦虑和恐惧。以前我们国家太贫穷了，由此带来不良社会现象如偷盗、诈骗等，我们都以为随着经济的发展、物质的富裕会随之改变的，就像管仲说的"仓廪实则知礼节，衣食足则知荣辱"，叶适说的"衣食逸则知教，被服深则近雅"。而现在看来似乎并不是那么回事。现在，我们的物质生活比以前充裕多了，但人们的思想道德和社会风气却并没有随之有所改善和提高，凶杀、抢劫、诈骗、绑架、奸淫、贪污、腐化等，社会犯罪率反而节节攀升；人们并不因为生活的富足就感到快乐和幸福，以前所少有的精神疾患如焦虑症、抑郁症等，反而成了当今社会的一大心理顽症。为什么？原因之一，就是由于一味地追求物质享受所造成的私欲膨胀，而使人丧失了对自身生存的终极关怀所造成的生存困境给他带来的精神危机。

这说明，对于真正意义上的人的生存来说，是不可能没有理性、社会性、精神性的维度的。苏格拉底很早就提出人拥有生命和理性两种机制，生命不是人特有的，唯有理性才能显示人的本真存在而使人优于动物。康德继承了苏格拉底的人性观，并综合了经验派和理性派关于人的理论中的合理成分，认为人不同于动物就在于他不仅能"感觉到自身"，而且还能"思维到自身"②，这就意味着人开

---

① ［德］叔本华：《作为意志和表象的世界》，商务印书馆1982年版，第427页。

② ［德］康德：《实用人类学》，重庆出版社1987年版，第3页。

始超越了物质生活所囿，而有了反思自己的能力。因为自然状态的人是不会思维到自身的；能够思维到自身，也就表明在他的生活中除了物质的、经验的世界之外有了一个意义的世界，一个精神的、超验的世界。经验世界是相对于人的自然需要而言的，在这个世界中，人所追逐的只是一种有限的目的；而超验的世界是相对于人的精神需要而言的，只有进入到这个世界，人才能找到自己生存"无限的目的"，亦即为人所永不停歇、永无终止地追求的"终极的目的"。这样，他才会有为什么活、怎样活才有意义等自觉的意识，而使得他与当下的、感性的生活形成一种必要的张力，从而激发人的生存自觉而使人免于走向沉沦。我国的《易传》很早就意识到了国家和人生所可能潜在的忧患，提出"安而不忘危，存而不忘亡，治而不忘乱"①，提醒人们要清醒地认识自身使命和责任的艰巨，即使处身安乐也必须居安思危，不能松懈，一刻也不能放弃自己的努力。海德格尔的"向死亡存在"似乎也有这个意思，它要求人们认识到生命的有限，要有一种紧迫感去促使自己努力奋斗。由于人作为感性的个人存在都有趋乐避苦、追求安逸生活的习性，所以，对于一般人来说，这种人生自觉往往只有遭遇到一定生存压力，身处逆境、困境的时候才能激发出来。这表明痛苦和磨难，对于人生来说，不一定完全是一种不幸；在某种意义上说，可能是人生所不可缺少的一笔财富，因为它能磨砺人的意志，激发人的奋斗精神，拓展和提升人的思想境界。就像康德所说："大自然把他赶出了那种儿童受保育的安全无忧的状态，有如把他赶出了一座无须他自己操劳就能得到供养的乐园那样，并且把他赶到了广阔的世界上来，那里有如此多的忧患、艰辛和未知的灾难都在等待着他"，生活的艰难困苦也就

---

① 《易传·系辞传下》。

在于要求他们自己去创造一个"希望的天堂"①。唯此,人才有可能成长为真正的人。

以上事实都表明了,那种片面地宣扬人的感性特征,把人性等同于自然性、生物性、动物性的观点不仅理论上完全不能成立,而且在实践上也只能导致人走向沉沦。这些年来,文学创作中所出现的低俗化、颓废化的倾向,什么欲望写作、身体写作等堕落的所谓文学层出不穷,也与这种理论的误导是分不开的。当然,我这样说并不意味着要求回到人是理性的人的主张,因为这种人只是思辨哲学所创造的抽象的、没有血肉的概念,已非活生生的现实生活中的人。所以,正确的理解我认为还是应从感性与理性的辩证统一的观点来看。但与以往我们把重点落实在统一上的静态的人学观不同,在我看来,这种统一只能被看作是一个动态的过程,因为在现实生活中,个人的选择和社会的选择,感性的选择和理性的选择不仅不一定能完全达到统一,有时甚至会处在矛盾和冲突中,生活就是在这种矛盾冲突中发展前进的,所以在这两者之间,我认为对立是绝对的,而统一是相对的;对立是状态,而统一是目的。这样,就使两者之间形成了一种张力,而使人只能永远处于为实现自己人生的目标,通过克服种种艰难险阻而不断地建构自身的过程中,从某种意义上说,他永远是一个西西弗斯!而文学对于人的意义和价值就在于当人们对自己的人生目的处于两难选择的时候,能按美的理想和信念来引领自己前进。我认为这是我们从事文学活动,不论是文学创作还是理论批评所首先必须思考和认识的。

---

① [德]康德:《人类历史起源臆测》,《历史理性批判文集》,商务印书馆1990年版,第67页。

二

明确了人是什么,那么,我们探讨文学问题也就有了现实和理论的基础和依据。

文学是一种意识现象,意识是相对于存在而言的,因此要说明什么是文学,我们就不能不把它放到意识与存在的关系中进行考察。过去我们把文学看作是对现实生活的反映的观点,在今天已被不少学人斥之为"机械论"不再流行了,取而代之的时髦的说法是文学是"存在的显现"。这观点是否就无懈可击了呢?我看恐怕也未必。因为存在是不可能自发地"显现"为文学的,这当中还需要有一个作家发现和创造的过程。而文学创作作为人的一种活动方式,它与人的一切活动一样,总是在一定的动机驱使下进行的。那么,作家创造的动机是什么呢?尽管各种各样,但是从大量的事实来看,只要真正是美的文学,几乎都是由于作家的理想、愿望在现实生活中不能得以实现,从而通过想象和幻想,把它化为一个美的意象,以求在心灵上得到满足和补偿。卢梭说:"我不能求得实在的人物,便把自己投进了虚幻之乡;……我创造出了一群既美若天仙,品德又超凡入圣的完美无缺的人物,都是些尘世永远也找不着的可靠、多情而忠实的朋友。我就喜欢这样翱翔于九霄之上,置身于旁边的那许多可爱的对象之中,在那种境界里流连忘返,不计时日。"① 虽然这样耽于幻想的在作家中并不多见,但是这种不满足于现状而追求对现实的超越的精神却是一切美的文学作品都不可缺少的。从某种意义上说,作家现状愈是感到不满足,要求予以改变的愿望愈是迫

---

① [法]卢梭:《忏悔录》第 1 部,商务印书馆 1986 年版,第 528—529 页。

切，那么，他的渴望也愈是强烈。所以卢梭说："我的幻想只是在我的境遇最不顺利的时候才最惬意地出现在我的脑际，当我周围一切都喜气洋洋的时候，反而不那么饶有兴味了。我必须在冬天才能描绘春天，必须蛰居在自己的斗室中才能描绘美丽的风景。我曾说过多次，如果我被监禁在巴士底监狱，我一定会绘出一幅自由之图。"① 这就是历史上许多伟大的作品都不是出自太平盛世，出自过着养尊处优生活的作家笔下，而是大动荡、大灾难，作家们颠沛流离、处于九死一生的年代的原因。狄德罗甚至认为："正是内战的猖獗，狂热的情绪使人们拿起刀枪，血流遍野的时候，阿波罗诗神的月桂树才复活返青，在和平时期，在安闲时期，它就要凋萎了。"② 卢那察尔斯基也持类似的观点，他说："伟大的文学现象和重要的作家个人多半也许纯粹是社会大变动和社会大灾难的结果"③，"萧索时代往往是以艺术上的大飞跃反映出来"。④ 这种外部环境的压力，不仅可以激发作家强烈要求改变现状的愿望，而且共同的生活境遇还会造成全民的总动员和大凝聚，使每个社会成员都经历一次灵魂的洗礼，从而化小我为大我，使作家在思想情感上与广大人民群众融为一体，把群众的愿望化为自己的愿望。这样，他的情怀也就拓展了，提升了，真正的伟大作品是要有这样一种开阔的情怀和震撼人心的力量的，所谓"国家不幸诗家幸，赋到沧桑句便工"⑤，说的就是这么一个道理。所以，一旦到了和平安逸、物质生活优裕的年代，反倒会

---

① ［法］卢梭：《忏悔录》第1部，商务印书馆1986年版，第211页。
② ［法］狄德罗：《论戏剧诗》，《狄德罗美学论文选》，人民文学出版社1984年版，第206—207页。
③ ［苏联］卢那察尔斯基：《论文学》，人民文学出版社1978年版，第317页。
④ ［苏联］卢那察尔斯基：《〈契诃夫文集〉序》，《论文学》，人民文学出版社1978年版，第243页。
⑤ （清）赵翼：《题元遗山集》。

使得作家沉溺于自我和享乐，丧失对社会和人民群众思想情绪的感应能力而陷于空虚和颓废，再也创作不出优秀的作品来了，这在历史上是不乏其例的。这时若是作家不甘于沉沦，就需要他保持高度的人生自觉。

这表明，真正美的、优秀的、伟大的作品不可能只是存在的自发的显现而同时也是作家人格的表现，它总是这样那样地体现作家对美好生活的期盼和梦想，而使得人生因有梦而变得美丽。尽管这种美好生活离现实人生还那么遥远，但它使我们在经验生活中看到一个经验生活之上的世界，在实是的人生中看到一个应是人生的愿景，从而使得我们不论在怎样艰难困苦的情况下对生活始终怀有一种美好的心愿，而促使自己奋发进取；在不论怎样幸福安逸的生活中始终不忘人生的忧患，而不至于走向沉沦。历史上许多伟大的作家，如屈原、陶潜、李白、杜甫、苏轼、陆游、施耐庵、曹雪芹、鲁迅、荷马、但丁、莎士比亚、歌德、雨果、雪莱、巴尔扎克、狄更斯、列夫·托尔斯泰等人的作品，虽然过了几十年、几百年、甚至几千年，何以还是那么脍炙人口、深入人心？其中的奥秘在我看来就在于，它们那里都有一个美丽的梦，都是以不同的方式在呼唤和展示人所应该有的、可能有的美好生活。它们之所以万古长青，世世代代被广泛传诵，并不因历史的发展丧失其艺术的魅力，也就在于它们都以不同方式应和了人们这种追求美好人生的愿望！这就是美对现实人生所产生的一种张力的效应！这对于抵制当今社会人的不断走向物化和异化，具有特别重要的意义。

正是由于这样，所以我觉得看待文学作品的意义和价值，也只有放到它是否有利于社会人生，有利于激发人的生存自觉，有利于推进人的全面发展和社会的全面进步，有利于使社会人生变得更加美好这一坐标上来进行评判。当然，能发挥这样一种作用的并不只限于文学,一切优秀人文社会科学成果都有这样的功能;但文学却有着自己为其他人文社会科学所不能取代的价值。因为文学作为一种审美意识的物化形态,就其性质而言虽然与哲学、政治、道德是处于同一层面的,但它不同于一般的理性意识,它把理性的观念化为一个美的幻象,而直接诉诸人的感觉和体验,从而不仅摆脱理性的强制使人人乐于接受,而且这种通过对审美意象的感受和体验所获得的思想上的教益,比之于抽象的说教更能潜入人的内心,更能把作家的理想、追求化为读者自己的理想和追求。如果要说文学有什么"固定不变的本质"的话,我认为这就是它的固定不变的本质!要是在这些伟大作家的作品中不存在这样一种相对恒定的东西,那么,它们凭什么能历久弥新而对人们具有"永恒的魅力"呢?出于这一认识,我认为文学的历史应该由这些作家的创作来书写,文学的观念应该由这些作家的作品来诠释!

但是,这些基本的道理正在遭到当今的"文化研究""文化批评"的不断解构,如有些学者在介绍费瑟斯通的"日常生活审美化"的理论时认为:当今我国社会已经进入了消费时代,文学也融合到广告、短信、新闻、网络、畅销读物之中,美已经不再是文学的特性,文学已经走向"终结",文化研究已取代传统的文学研究而成为我国文学研究的"当代形态"和"发展方向"。这些观点在当今颇受热捧,因为它在某种意义上确实反映了当今我国社会随着市场经济的发展以及在"全球化"背景下西方资本主义文化入侵所造成的"大众文化"泛滥而美的文学日趋萎缩的情况。但我认为这还只是浅层的原因,而从深层的原因上来看,它是自新时期以来掀起的一股把人视作"感性的人""欲望的人"的思潮在文学上的反映。这种思潮在当今西方正遭到许多认识清醒的学者的谴责,如法国学者吉尔·利波维茨基在谈到大众文化时说:这种"消费的革命及其享乐主义的伦理悄悄地微型化个体,通过将个体深层意识中的社会信仰慢慢地淘空来实现心理论与社会现实的嫁接,而变成大众的一种新的特有的行为方式,'物质主义'在富足社会变得变本加厉了……这种文化的核心在利用可加选择的孤立以实现主体的膨胀……"①。美国学者尼尔·波兹曼则更为尖锐地指出:"如果一个民族分心于繁杂琐事,如果文化生活被重新定义为娱乐的周而复始,如果严肃的公众对话变成了幼稚的婴儿语言,总而言之,如果人民蜕化为被动的受众,而一切公共事务形同杂耍,那么这个民族就会发现自己危在旦夕,文化灭亡的命运就在劫难逃。"② 事实上,即使像费瑟斯通等人在谈到"审美日常生活化"的时候,也是在描述中对"大众文化"持分析、批判的态度的,认为它"遵循享乐主义、追逐眼前的快感,培养自我表现的生活方式,发展自恋和自私的人格类型","这就不免使人们普遍认为,消费文化对宗教(按:广义的可以作信仰、神圣感和超越于经验之上的追求来理解)具有极强的破坏性"③。绝不像我国当今某些热捧者那样,当作文艺的发展方向来加以鼓吹和宣扬。这种鼓吹和宣扬在我看来,其实质就是对当今社会人的异化和物化的默认。所以,我认为只要我们承认人是在感性与理性所构成的张力状态下不断地自我建构而求得发展的,那么美的文学是永远不会消失的,因为它是人自身生存和发展的需要。

---

① [法]吉尔·利波维茨基:《空虚时代——论当代个人主义》,中国人民大学出版社2007年版,第49—50页。

② [美]尼尔·波兹曼:《娱乐至死》,广西师范大学出版社2004年版,第202页。

③ [英]费瑟斯通:《消费文化与后现代主义》,译林出版社2000年版,第165页。

三

　　文学理论在文学实践基础上产生，是为文学创作和批评服务的。因此，上述对于文学与人的生存和发展的关系的认识，也应该成为我们理解文学理论意义和价值的基本依据，表明文学理论的作用就在于通过对文学现状的分析和评判，推进文学在日趋物化和异化的人的生存险境中，为使人自身获得拯救而发挥自己的作用。

　　这里就关系到对文学理论性质的认识问题，分歧聚集在：它到底应该是说明性、描述性的还是反思性、批判性的？

　　长期以来，我国学界许多人都把理论看作是一种认识工具，满足于仅仅以说明和描述现状为目的。如有的学者认为：文学理论所告诉我们的就是"文学有一种固定不变的本质，如同千变万化的水都是 H_2O 一样……只要理论界提炼出这种本质，文学诸多问题就迎刃而解"。然后又因为发现难以这样直接套用而把文学理论看作只是人们一种"幻觉的蛊惑"[1]，断言它已经成了人们文学欣赏和批评的一大束缚和障碍，从而提出"无限大的理论就是无限空的理论"，只有当文学理论终结，文学批评才能开始。[2] 这种观点与近几年引入的后现代主义的"反本质主义""反基础主义""反宏大叙事"结合在一起，几乎把文学理论逼到无地自容的绝境，导致我国文学理论，特别是文学基础理论研究的空前萎缩。

　　我认为这是对理论的一大误解！这种误解在我国学界之所以长

---

　　[1]　南帆：《关于文学性以及文学研究问题》，《江苏大学学报（社会科学版）》2005 年第 6 期。

　　[2]　陈晓明：《元理论的终结与批判的开始》，《中国社会科学》2004 年第 6 期。

期存在，除了我国的文学理论缺少思辨而偏重于经验的传统之外，与五四以来传入我国的"实用主义"哲学的影响恐怕不无关系。实用主义目前在我国学界正在被重新认识和评价，以求纠正新中国成立以来人们对之采取一棍子打死的简单化的做法；但不论怎样，它的"根据观念的结果决定观念的意义"①的观点，认为真理的价值就在于对现实做出有效的说明，即所谓"阐释的有效性"我认为是可以商讨的。这种理论在美国是由皮尔士、詹姆斯以及杜威等人在批判传统形而上学和康德哲学的基础上，继承英国经验主义、功利主义传统而发展起来的，它的特点就是否定原则而俯就现状。这样一来，理论就只能跟随在现状后面亦步亦趋，而对现状不再有反思和批判的功能，从而使得理论与现状之间也就失去了一种必要的张力，不仅对于改变现状已不再具有效力，而且还会默认和助长现实中的某些不良的倾向。我觉得我们当今的文学理论的主导倾向就是这样。比如前文我们谈到的学界对于"审美日常生活化"的热捧，对于"文化研究"的狂追，就是其中突出的例子。

所以，要使我们的文学理论对于文学实践真正有促进作用，我认为就应该改变这种现状，从说明性、描述性的转向反思性、批判性的。什么是"反思"？我觉得似乎可以从狭义和广义两种意义上来理解：从狭义的、本原的意义上来说，就是亚里士多德所说的"对思想的思想"②，它以思想本身作为自己认识和评判的对象，这原是哲学的本性。我们的文学理论要有思想深度，要能对文学现状做出科学的诊断，并促进文学在不断地克服自身发展过程中所存在的问

---

① ［美］杜威：《哲学的改造》，商务印书馆1958年版，第88页。
② ［古希腊］亚里士多德：《形而上学》，《古希腊哲学》，中国人民大学出版社1990年版，第496页。

题求得进步，也应该吸取和借鉴哲学的这种精神，而不是只把文学当作一种事实而应该把它看作是一种价值，一种作家精神生产的产品来进行研究。这样，我们就不能对之只持价值中立的态度，客观描述的立场，而必须从一定的思想观点出发来对之做出我们自己的分析和评判。所以，反思和批判是紧密联系、不可分割的。从广义的、引申的意义上来看，反思就是与传统思辨哲学从一般到个别的演绎推理的思维方式的路线相反，它立足于个别来寻一般。康德把审美判断视作"反思判断"，就表明它与从一般出发来寻求个别的"规定判断"不同，它不是建基于概念之上，而只能立足于个别的感性对象，通过自己的感觉、体验和想象去进行发现和把握，所以他强调审美必须要有灵悟和敏锐的眼光，而杜绝一切现成的法规和教条的简单套用。

但不论哪一种反思，都需要有一个思想前提和理论依据，就像康德谈到"先天综合判断"那样，只有经过一定思想观念的同化和整合才能做出判断。当然，这里"先天"不能简单地理解为先于经验而存在的；从根本上说，只能是在长期实践中由经验（直接的或间接的）的概括、提炼和内化而来，在构成一个具体判断的过程中，它只能被理解为"逻辑在先"而不是"时间在先"。我觉得文学理论与文学实践之间的关系也是这样。理论当然是源于实践的，但它作为观念层面上的知识与经验层面的知识不同，它是经过选择、概括和提炼的，这里不仅体现着理论家个人对于文学的认识和理解，而且也凝聚着人类文学历史经验的结晶和成果。因此，它不可能只就具体现象而言，而只能是就文学的根本性质和规律而言。一部文学理论著作，就应该是一定文学观念具体演示，即按一定文学观念来阐述具体文学问题过程中所形成的知识系统。它不像某些学人所理解的是一部法规和教条，只要背熟了它们就可以不假思索、不费气力地套用到文学现象中来，而只能是作为我们看待文学现象的一种理论预设和指导，就像卡西尔在谈到理论时所指出的：它"不是知识、原理和真理的容器"，我们要用时就可以从那里信手取来，而不过是"引导我们去发现真理、建立真理和建立真理的独创性的理智力量"。① 我觉得文学理论的价值也就在这里，它让我们看待文学问题有了一种立场、一种观念、一种眼光、一种分析和评判的标准，而不至于在复杂的文学现象面前晕头转向、不知所措。当然，理论是随着实践的发展而发展的，否则它必然会脱离现实，陷于枯槁。但这种发展并不意味着俯就现状、消极地追随现状，而只能是通过反思的途径，从对现状的不断反思和批判的过程中，通过对文学观念的不断调整和更新来改变我们看待文学问题的思维方式来求得。如以往我们一般把文学的性质界定为社会意识形态而无视文学自身的特性，从而使得我们看待文学现象时往往只着眼于文学与其他意识形态之间的共同性，并由此出发要求文学枝枝节节地去为某一政治中心和政治任务服务。而新时期以来我国有些学者根据普遍性只存在于特殊性中的道理，提出文学是一种审美的意识形态，认为它虽然具有意识形态的性质，但是与一般以理论形式出现的意识形态不同，是经由作家的审美感知和审美体验来反映生活的成果，所以凡是美的文学总是从作家心底里流露出来的，它不是以说教的方式而只能是通过感觉和体验的途径来影响读者。这样就把他律论与自律论统一起来，在不排除文学意识形态性质的同时，又维护了文学自身的特殊价值。这就使我们在看待文学现象时整个思维方式产生了重大的变化。

我认为这就是理论的反思和批判的性质在推动着理论前提的发

---

① ［德］卡西尔：《启蒙哲学》，山东人民出版社1988年版，第11页。

展和变革所起的作用。谁能说反思和批判就不是理论现代性的追求？在今天，只有消极地追踪现状追随文化批评，追随什么"欲望写作""身体写作"才显示它的时代精神和创新活力？而事实上，要使理论真正承担起反思和批判的功能是更需要有理论家自己对现状的深入理解和正确判断的。可以举18世纪法国启蒙运动思想家为例：当伏尔泰、狄德罗等引领潮流的人物在大力宣扬通过发展科学来反对封建愚昧，促进人类进步的时候，卢梭就发现科学文明并非万能，反会促使人的物化、社会风气的败坏而对之开展反思和批判了。他的反思和批判的理论前提"自然人"的思想，不仅在当时，而且在以后很长一段时间都被人们指摘是反历史、反人类的。但事实证明了他比伏尔泰、狄德罗等人更具远见卓识，也更有历史的眼光。他的反对科技理性和工业文明所造成的人的异化和物化，追求人的全面发展和自由解救的思想，后来不仅为康德、席勒和马克思所继承和发展，而且在今天，正日益为更多的人所认同和接受。历史证明了他不仅是18世纪欧洲思想家中最具有现代精神的，而且直到今天，他还是一个现代性的话题。这难道不值得当今我们一些把理论看作以说明和描述现状为己任的学人们深思吗？

所以，我觉得正如人的理性与感性、文学的理想性与现实性之间形成一种张力一样，文学理论与文学现状之间也同样应该具有一种必要的张力，唯此，才能推动文学的发展和进步。

2007年国庆节草拟

10月11日—16日写成

（原载《文艺争鸣》2007年第10期）

评文艺理论研究中的"文化论"与"审美论"

一

近二十年来，随着我国社会生活和文艺实践的急骤变化，文艺理论研究也在不断地在调整和改变着自己的格局。如果说，在20世纪80年代中期，文艺理论研究领域主要是反映论（审美反映论）与主体论的论争；20世纪90年代前期是社会学批评与形式主义批评的分歧；那么到了90年代后期，则逐渐演变为"审美论"与"文化论"的对立，而且这种对立在今天则更趋鲜明。

我这里所说的"文化论"，是指近年来随着后现代主义思潮的涌入，在我国出现的一股消解文艺的审美属性，把它混同于大众文化、消费文化，并企图以大众文化、消费文化来抵制审美文化的一种文艺观念。因为文化批评或文化研究自20世纪90年代末引入我国之后，不但国内学者的理解一直非常含混，似乎至今还没有人对它作出过明确的界定；即使在西方，它也没有形成统一的意见，不仅有不同的派别，而且其前后的意义也在不断地演变。从立场上来说，虽然都是以大众文化、消费文化为研究对象，但一般说，法兰克福学派多持批判的态度，把它看作是资本主义社会对人民大众进行意识形态控制和操纵的手段；而伯明翰学派则对之多持肯定的态度，把它看作是对资本主义霸权主义的一种反抗，所以其研究一般都聚焦于阶级、性别、种族、民族、国籍等问题。稍后在美国兴起的"新历史主义"（亦称"文化诗学"）基本上也沿袭这条路子。从时间上来说，在20世纪80年代以前，这些理论一般具有较强的政治色彩，而在80年代以后随着后现代主义思潮的发展，消费主义理论的盛行，文化研究也开始走向与消费主义合流，"普遍存在着一种瓦解，甚至完全忽略了经济、历史及政治研究的趋势，而主张以建立在大众产品基础之上的消费及由此产生快感"① 为对象，使之完全混同于消费文化。而我国当今被有些中青年学者炒得火热的"文化研究"，其对象主要也是消费文化。这种理论在我国的流传在某种意义上除了反映当今我国市场经济条件下，由于经济利益驱使以及数码时代媒介的变革所造成的文艺生产方式和接受方式的巨大变化之外，更是与西方后现代主义文艺思潮的冲击分不开的。后现代主义的文艺观集中地体现在20世纪60年代费德勒提出的"跨越边界、填平鸿沟"，促进审美文化与大众文化联姻这一口号上，它的性质就是企图以大众文化、消费文化来取代审美文化。如有些学人认为，"在今天，审美活动已经超出所谓纯艺术／文学的范围。占据大众文化生活中心的已经不是小说、诗歌、散文、戏剧、绘画、雕塑等经典的艺术门类，而是一些新兴的泛审美／艺术门类或审美、艺术活动，如广告、流行歌曲、时装、美容、健身、电视连续剧、居室装修等，艺术活动的场所也已经远远逸出与大众的日常生活严重隔离的高雅艺

---

① [美]道格拉斯·凯尔纳：《法兰克福学派与英国文化研究的错位》，《问题》第2辑，中国人民大学出版社2003年版，第193页。

术场馆，深入到日常生活空间。可以说，今天的审美/艺术活动更多地发生在城市广场、购物中心、超级市场、街心花园等与其他社会活动没有严格界限的社会空间和生活场所，在这些场所中，文化活动、审美活动、商业活动、社交活动之间不存在严格界限"①，艺术与生活的距离感也就消失了，因此，文艺研究也应该转向文化研究。这种文化研究的理论近几年在我国也被炒得颇有声势，并被有些学人断言为"当代形态的文学研究"。②

对于这一说法，我是持怀疑态度的。这里涉及对大众文化和消费文化性质的认识和评价以及对大众文化、消费文化和审美文化关系理解的问题。有些学者把两者看作只是一种"俗"与"雅"的关系，这就模糊了消费文化的特殊身份和性质。我对此并不完全赞同。因为我认为消费文化虽然以通俗文化的形式出现，但它作为后工业社会出现的一种资本主义商业文化是与传统的通俗文化有着本质的区别的，表现为以下几点：

（一）接受主体不同。通俗文化的接受主体一般是广大群众；而消费文化的接受主体按照费瑟斯通的分析是一些"引领时尚的中产阶级"③，在国内也有些学人认为，近些年来，"中等收入者开始成为社会的重要力量"，他们以"新大众"的面目出现在我国当今社会，"他们的文化品位和文化要求已经成为文化的中心，他们的趣味和要求……日益成为社会的重要文化选择"，"所谓'大众'已经不

---

① 陶东风：《日常生活的审美化与文化研究的兴起》，《浙江社会科学》2002年第1期。
② 曹顺庆、蒋荣昌：《从"文学研究"到"文化研究"：世界性文学审美特性之变革》，《河北学刊》2003年第5期。
③ ［英］费瑟斯通：《消费文化与后现代主义》，译林出版社2000年版，第52页。

是传统的'现代性'的概念中的东西，而是以中等收入者为中心的文化生产和消费是一个概念"。① 可见，所谓"大众文化"实际上是一种为"新富人"们所把持和享受的"新富人文化"。

（二）社会功能不同。通俗文化虽然由于它的明白晓畅、通俗易懂为广大人民群众所喜闻乐见，但其中许多优秀作品在丰富群众的精神生活、提升群众的道德情操方面与审美文化是相辅相成的，与审美文化一样具有永恒的价值和典范的意义；而消费文化则与之不同，它所强调的内容是"遵循享乐主义，追逐眼前的快感，培养自我表现的生活方式，发展自恋和自私的人格类型"，"这就不免使人们普遍认为，消费文化对宗教（按：广义的可作信仰、神圣感和超越于经验之上的追求来理解）具有极强的破坏性"。② 也就是说，它消解了审美文化所固有的思想深度和思想意义，成为人们即时的、当下的、"过把瘾就扔"的、及时行乐的玩物，使之完全成了一种"享乐文化"。

（三）产生的社会历史条件不同。通俗文化是在民间自发产生的，是人民大众自娱自乐的方式，它有着长远的历史，与商业性没有丝毫关系；而消费文化则完全是一种后工业社会的资本主义的商业文化，是一种完全被资本主义所操纵和利用的文化，就像国内有些学人所描述的："当代艺术家的工作只有当它在对世界的商品化有所促进，即'叫卖'和'叫座'的时候，它才实现为艺术。"③ 它不仅以刺激感官、挑动情欲、为资本主义创造巨大的利润为目的，而且

---

① 张颐武：《论"新世纪文化"的电视文化表征》，《文艺研究》2003年第3期。
② [英] 费瑟斯通：《消费文化与后现代主义》，译林出版社2000年版，第165页。
③ 曹顺庆、吴兴明：《正在消失的乌托邦》，《文学评论》2003年第3期。

还以这种纯感官的快感把人引向醉生梦死、及时行乐。它为资本主义国家用来在国内,对人民群众进行意识形态控制;向国外,进行意识形态输出,为推广他们的霸权主义、强权政治扫清道路的工具,成了霍克海默、马尔库塞、弗洛姆所说的"控制文化""操纵文化"。

所以,我认为把这种消费文化作为当今文艺发展的潮流和方向,并从根本上来否定审美文化的观点,不仅不可能为现实所承认,而且也与我国的国情相悖。尽管自改革开放以来,我国的经济有了长足的发展,人民生活有了巨大的变化,但我国是一个幅员辽阔、发展极不平衡的国家,既有东南沿海地区和中心城市高楼林立、车水马龙的繁荣盛景,也有穷乡僻壤至今尚存的刀耕火种的原始生产方式;在新富人们一掷千金、穷奢极欲地"享受生活"的时候,也还有几千万劳苦群众在为自己的温饱发愁。我们还远没有进入"消费的时代",对于大多数人来说,还不知道什么是"消费文化"。正如有些论者所指出的,尽管"在中心城市,在时尚青年或激进艺术家那里,他们生活在'新潮''前卫'的文化时间里,……他们不仅习惯于麦当劳、肯德基、美容院、咖啡厅、网吧,欣赏欧洲杯或世界杯,欣赏 NBA 总决赛或欧美、港台明星演唱会,无所事事也无所归依,离群索居或形影相吊,今日同居明日独身",他们的生活方式和文化消费"已经完成了'同国际接轨'",但若是据此来断定"中国已进入后现代社会",消费时代的消费文化已经到来,恐怕还为时过早,因为"他们不知道中国还存在另外一种文化时间","在中国更广大地区,在'老少边穷'地区"的人民大众,"他们对'新潮''前卫'不仅不能接受,甚至还心怀反感"。[①] 面对这种情

---

① 孟繁华:《市场经济条件下的大众文化及生产》,《海南广播电视大学学报》2003 年第 1 期。

况，我们应该站在哪一种立场发言？这就是摆在我国今天文艺理论工作者面前的两种价值选择。作为一个有良知的、有社会责任感的理论工作者，难道能不考虑广大人民群众的需要而一边倒向"引领时尚的中产者"那里？不考虑文艺对于提升人的精神生活承担职责而把它看作只是供少数人休闲玩乐、纵情遣欲的对象，一味为消费文化进行呐喊鼓噪？所以，把文化研究视为我国文艺理论研究的"当代形态"，认为当今文艺发展的方向是消费文化，以此来作为进入"全球化时代"的标志来予以肯定和宣扬，不仅不符合我国的国情和社会主义文艺的方向，而且还可能为美国的全球战略，以美国文化为代表的西方资本主义商业文化源源不断地进入我国制造理论依据。这我觉得是很值得那些"文化论"的倡导者们所深刻反思的。

二

审美论和文化论则刚刚相反，如果说文化论（这里只是指当今我国某些学人所倡导的"文化研究"，因为它与西方的文化批评的性质和意义都不完全相同）是俯就人的感官、欲望，甚至把人看作只是欲望的主体，认为人的存在就是求得自身欲望的满足；那么，审美论则重视人的精神超越，它是以人不同于动物，他降生到世界上是未完成的，还有待于进一步通过社会和文化的塑造包括美的陶冶，使人摆脱单纯受欲望的支配，以求感性与理性趋向统一这一认识为前提的。

要说明这个问题，在谈论审美论之前，我觉得有必要先对"审美"这一概念做一番澄清。这一概念长期以来遭到人们曲解和误解，就是人们根据康德的按照审美判断的质的契机把"审美"规定为不以利害关系而使人感到愉快的思想，把它曲解、误解为是不承担任何精神使命的一种纯感官的享受,就像人们日常所理解的仅仅只不过是"好看"("悦目")或"好听"("悦耳"),这显然是十分浅薄的。其实,康德的真正用意是在于表明审美可以使人在感性世界和理性世界之外为我们营造一个"静观"("观照")的世界,从而排除欲念为美进入人的心灵敞开通道,从而使感性与理性、有限与无限、经验的与超验的、个体的与族类的获得沟通,实现人对自身生存的自我超越。我们把文学艺术的性质看作是审美的,就是看中这种超越性对开拓人的思想情怀,提升人的精神境界方面的重要作用。而文化研究所反对的却正是传统美学所强调的这种审美的超越性,认为"消费时代"的美学的变化之一就是这种"距离的消失","因而公众不再需要灵魂的震动和'真理',他自足于美的消费和放纵——这是一种拉平一切、深度消失的状态,一种无须反思,不再分裂,更无所谓崇高的状态,这是消费文化逻辑的真正胜利"。① 这样,美也就成了只是感官和欲望的对象。这是对审美的莫大曲解和误解!

我们并不否认感官享受的合法性,马克思、恩格斯把"人类历史的第一个前提"看作是"有生命的个人的存在",并认为"德国古典哲学从天上降到地上",因而"从来没有为历史提供世俗基础"。② 就在于表明人是离不开世俗生活的,表明人的感性需要是无可否认的;但是承认感性需要不等于要我们去鼓吹和放纵感性需要。因为追求感官享受在某种意义上说是人的自然本性,如同爱尔维修所说,人的本性天生是"趋乐避苦"的,无须我们再去大肆提倡和鼓吹;相反的,出于对感性欲望、本能要求的自私性、粗野性以及

---

① 曹顺庆、吴兴明:《正在消失的乌托邦》,《文学评论》2003年第3期。
② [德]马克思、恩格斯:《德意志意识形态》,《马克思恩格斯选集》第1卷,人民出版社1972年版,第24—32页。

人完成自身任务的艰巨性，使人们逐渐认识到，"自然性本身并非恶，屈从于它才是恶，这也就是所谓意志薄弱和道德沦丧"。① 所以从来有良知的人文学者在谈到美的问题时都不是只看重它的感官享受，而着眼于它提升人的功能，即使立足于从"原欲"出发去考虑问题的叔本华和弗洛伊德，他们也都在思考，如何通过审美使"意志主体"获得"解脱"而上升为"纯粹的认识主体"；使"本我"通过"升华"而达到与"超我"的统一。他们所强调的也都是审美的超越性。

这种超越性对人之所以重要，首先是由于人与动物不同，他是"自在自为"的，他不仅能"感觉到自身"，而且还能"思维到自身"。② 在物质生活中，人只能感觉到自身，只知道怎样生活才使自己感到舒服、畅快，人与动物没有什么不同；而人之所以从动物中分离出来就在于他还能"思维到自身"，即反思自己的生存状态，思考怎样的生活才有意义、才有价值。而要反思自身就得要人从当下的物质生活和一己的利害关系中摆脱出来，站到物质生活之外和物质生活之上来对自己的生存状态进行审视和评判，这就需要人对自己当下的生活保持一种距离感。只有这样，他才会意识到什么是自己应当的生活以及如何去创造这种应当的生活。而审美，就是使人与当下的物质生活和一己的利害关系拉开距离，按照应是人生的眼光来反思自己的生存状态，从而达到人的自我超越的重要途径。这是从人类学的意义上来说的。

其次，从现实的人的生存状态来看，既然"有生命的个人存在"只是我们研究人的理论基础和前提，是我们考虑问题的出发点，而

---

① 李泽厚：《主体性的哲学提纲之二》，《李泽厚哲学文存》下编，安徽文艺出版社1999年版，第642页。
② ［德］康德：《实用人类学》，重庆出版社1987年版，第2页。

不是最终要得到的结论。这就表明人要成为人，它还必须走出自然状态进入社会和文化的领域，对社会负起自己的责任；因而，他除了有物质的生活之外还要有精神的生活，亦即自己对人生的理想和追求。这是构成真正意义上的人的生活的不可缺少的内容，如同雨果所说"人有了物质才能生存，有了理想才谈得上生活"①，否则他的生活与动物就没什么差别。所以，人在生活中是需要有两个"家园"的，除了"物质的家园"之外，还有一个"精神的家园"。正如一个人如果没有物质的家园，他就失去生存的根基，就成了一个无家可归的流浪汉那样；要是没有一个精神的家园，他也就失去了精神上的依托，在精神上成了一个无家可归的漂泊者，他的行为就无所依从。自改革开放以来，我们的物质生活有了很大的提高，特别是东南沿海的经济发达地区和中心城市，别墅、豪宅遍地都是，而且富丽堂皇；但是精神家园呢？对不少人来说，可能还是一片荒芜之地！新贵们热衷于享受什么黄金宴、人参浴、名牌、时尚，极尽他们"炫耀性的消费"之能事，在某种意义上倒不是说明他们真正的富有，而恰恰是精神上的贫乏和空虚！当今我国城市畸形发展的消费文化，就是瞄准了新富人们的腰包而发展起来的。从理论上说，这既可以"满足群众多方面的需要"，又可以创造可观的经济效益，增加国家的财税收入，似乎不论从哪方面来说都符合"社会主义初级阶段"的社会性质；但是，现实生活中这种消费文化的负面效应也是有目共睹的，它诱导人们把吃、喝、玩、乐作为自己生活追求的目标，除了无限制地刺激人们的欲望之外，使得人们对自身存在不再有终极的关怀，以致拜金主义、享乐主义、利己主义在当

---

① [法]雨果：《莎士比亚论》，《雨果论文学》，上海译文出版社1980年版，169页。

今社会成风，它与科技理性一起共同把人推向物化的深渊。这就是这些年来，人们都深切地感受到物质生活虽然富裕了，但精神上反而不及以往物质匮乏的时代来得充盈，社会的道德风尚不但没有与之同步前进，凶杀、抢劫、绑架、奸淫、贪污、腐化等社会犯罪反而节节攀升的一个根本的或重要的原因。所以，面对当今社会人的生存状态，我觉得今天所要强调的不是人的感性欲望，而恰恰是人的精神生活。因而我们坚持文艺的审美特性，提倡审美超越精神，比在任何时代都更紧迫、更有重要的意义。

再次，精神生活不只是限于审美的领域，哲学、道德、宗教无不关涉人的精神生活，但唯独审美却把精神生活中的理性层面与感性层面有机地结合起来，使人们在领悟什么是应当的生活时不受理性的强制而可以凭感觉经验获得，在感性愉悦中领悟，从而达到他律与自律、理性的说服和情感的体验两者之间的高度的统一。这就使得美不仅人人乐于接受，而且这种从通过对美的直接感受和亲身体验所获得的人生启悟、人生理想，比之于任何理性说教更能深入人心、影响持久，并更有可能内化为自己行为的动机和目标。这就使得文艺在对人的精神世界的潜移默化的影响、在对人的整个人格塑造方面，具有其他意识形态所不能取代的价值，所以康德把审美看作是"一种享乐的方式同时又是一种修养"①。而文化论则把两者对立起来，强调审美就是"消费和放纵"，"在那里他不再反思自己，他沉浸其中并在其中被取消"②，这不仅从根本上否定审美具有使人通过接受社会文化塑造、把人引向自我超越，以求自我完成的功能，而且还竭尽全力地去提倡放纵欲望，这岂不是把人进一步推向物化

---

① ［德］康德：《实用人类学》，重庆出版社1987年版，第133页。
② 曹顺庆、吴兴明：《正在消失的乌托邦》，《文学评论》2003年第3期。

和异化的境地!

三

因此,在当今我国文艺理论界两种观念和理论的对峙中,我是坚定站在审美论这一边的,这除了我自身的价值取向之外,还出于我对文艺理论性质和品格的一种认识。所以,这里我想再花一些篇幅来谈一谈这个问题,因为上述两种观念的对峙的出现,也与对理论性质和品格的不同理解直接有关。

首先,我认为文艺理论作为一门人文科学,它不同于自然科学,它不仅有知识的成分,而且还有价值的成分。所以它不纯粹是一门科学,凭着事实就可以验证它是否是真理;同时还是一种学说,在很大程度上带有理论家本人对于文艺的理解和倡导的性质。"文学是人学",它以人为对象和目的,所以当今人们的生存状态,人所缺失的和需要的是什么,人应该成为什么样的人等问题,也就自然成了理论家在评判文艺现象、阐述自己的观点时所首先应该思考和解决的。由于理论家本人的人生观、价值观、审美观以及对人的现状和人生的目的等认识和理解的不同,所以即使面对同一文艺现象也会作出不同的,甚至是截然相反的解释和判断;完全价值中立、不偏不倚、纯客观的理论是没有的,自古至今,所有的文艺理论无不都是这样。但尽管如此,按照马克思主义的观点,知识与价值这两者还是可以统一起来的。如何统一呢?我们认为在这两者之间,知识应是基础,即凡是科学的文艺理论都首先应立足于现实,从客观、全面、正确地认识现实的发展规律出发,来提出我们自己的理论主张,否则就会陷于主观主义和相对主义。因此,尽管各种理论在对人生、艺术等问题上都有自己不同的价值取向,但并不等于说各种价值取向都同样是合理的、正当的，是无可争议的，只有当这种价值取向与客观规律达到一致时，方才值得肯定。所以，如果我们都以实事求是的态度，从对现实的科学认识出发来看待问题，在某种意义上也就可以缓解不同价值观念所造成的对立，而使彼此在理论上逐步找到更多的共同语言。但科学地把握现实，不等于消极认同现实，因为现实是一个发展的过程，就像布洛赫所说，它总是处于"尚未"完成的状态中，是历史发展这一否定之否定过程中的一个环节，而不是它最终的归宿。从这样的观点来看，"社会主义初级阶段"远非就是人类历史上的最理想社会。所以，不仅在今天生活中合法的（法律允许），并非都是正当的（道德认可），而且现实的合理性也不等于历史的合理性。这就要求我们在认识和评价社会现象时除了现实的合理性和合法性尺度之外，还要有一个历史的合理性和道德的正义性的尺度。这样，我们看待问题才能高瞻远瞩。根据马克思提出的"建立在个人全面发展和他们共同的社会生产能力成为他们的社会财富这一基础上的自由个性"① 时代的社会理想，我们认为唯有人的全面发展、社会的全面进步这才是我们所要追求的最高的，也是最终的目标。文化论显然缺少从这样一种前瞻的眼光和人文的情怀来考虑文艺问题和确立自己的评判原则，如有学者回答人们批评"审美日常生活化"的口号的褊狭和与当今群众实际需要的脱节时说，"没有享受日常生活审美化不等于不想享受"，似乎这种消费主义的文化才是人所要追求的理想生活，是我们出于"酸葡萄的心理"才对它进行批判的。这样，前瞻的眼光和人文的情怀也就无从谈起，从而也极大地削弱了他们理论的思想品位。

---

① ［德］马克思：《1857—1858 经济学手稿》，《马克思恩格斯全集》第 46 卷，人民出版社 1979 年版，第 104 页。

其次，文艺理论与其他一切理论一样，都是由于实践的需要而产生的，它的目的是为了指导实践，使实践朝着正确的方向发展。所以"理论在一个国家的实现程度"，总是"决定于理论满足于这个国家需要的程度"。[①] 这就要求我们的文艺理论若要真正对文艺实践具有推进的作用，就必须立足于当今我国的现实，特别是当今现实人的生存状态来提出自己的见解、做出自己的回答，而不能简单地照搬西方；一切外来的理论只有当它符合我们当今的现实需要，才有可能在我国扎下根来，并为我们的理论所吸取和融合。从这样的观点来看，出现于西方后现代社会的消费文化理论，显然与我国当今的现实是脱节的。因为我们当今还需要本着艰苦奋斗的精神来建设我们的国家，还远没有像某些学人武断地认为那样已进入"消费社会"，并要求我们从"一个迥然不同于前消费时代的新语境"[②] 来考虑文艺问题。所以，后现代主义理论即使在西方社会还有一定积极意义，但一旦进入我国，由于文化语境的不同，它的意义也就发生了变化。何况，它们所倡导的那种反本质主义、相对主义和虚无主义本身就是一种只具破坏性、颠覆性而缺乏科学性和建设性的理论，它只是作为一种"策略"在为人们所利用。从目前我国的情况来看，对于文化论支持"最有力"的事实，也是使文化研究为不少青年学者所认同和接受的原因，无非是当今我国城市生活中消费文化的畸形发展，这种消费文化虽然在一定程度上"满足了私人生活空间的需要"，"以一种轻松的方式为大众排遣工作之外的余暇时间"，又为国家增加税收；但由于它自身存在着我在前文所指出的种

---

① ［德］马克思：《〈黑格尔法哲学批判〉导言》，《马克思恩格斯选集》第 1 卷，人民出版社 1972 年版，第 10 页。
② 四川大学比较文学研究所：《消费社会：文学研究的新语境》，《比较文学报》，2004 年 8 月 15 日。

种问题,若是我们把它当作一种文艺发展的方向来提倡和宣扬,那就不仅只是对现状的谄媚,而且还能把人进一步引向物化和异化,使人为追求享乐而忘却了自己生存的真正意义,把人引向像马尔库塞所说的去追求一种"痛苦中的安乐",一种"不幸中的幸福感"①,那岂不是理论的罪过!所以,真正的理论从来不只是描述现状,它还需要发现规律、指引方向,它不只是为了"说明世界",而且是为了"改变世界"②。所以,理论家的使命就应该根据对现实规律的认识,在现实走向完善的过程中,承担起对现状进行反思和评判的作用,他不应该只是跟在现状后面发言,就像黑格尔说的"等到白天结束后才起飞的密纳瓦(希腊神话中智慧女神雅典娜的罗马名字)的猫头鹰"③那样;而应该走在时代的前面,应有必要的前瞻性和超越性。因而它总是带有某种乌托邦的性质,这种乌托邦的性质就在于"它为可能性开拓地盘以反对当前事态的消极默认"④,不断推动人走向自我超越,社会走向全面进步。

所以,不论从哪一方面来看,我觉得文化研究都不可能成为我国"文艺理论研究的当代形态",审美永远是文艺之所以是文艺的一种不可缺少的品格!

2004年10月中旬为在湖南师范大学召开的
"当前现实与文艺理论的发展"学术研讨会而作
(原载《文艺研究》2005年第4期)

---

① [美] 马尔库塞:《单向度的人》,重庆出版社1988年版,第6页。
② [德] 马克思:《关于费尔巴哈的提纲》,《马克思恩格斯选集》第1卷,人民出版社1972年版,第19页。
③ [德] 黑格尔:《〈法哲学原理〉序言》,《法哲学原理》,商务印书馆1961年版,第14页。
④ [德] 卡西尔:《人论》,上海译文出版社1985年版,第78页。

关于文学评价中的"人性"标准

一

以往我们的文学研究和批评曾被一种"左"的思潮和庸俗社会学的思想统治着，突出地表现为把阶级观点和阶级分析的方法简单化、庸俗化，以作家的阶级身份和作品表现那一阶级的生活内容来评判作品的高低，决定对作品的取舍。作为对这种"左"的思潮和庸俗社会学的观点和方法的反拨和惩罚，近几年来，又出现了一种完全排除对作品作社会历史的评价，仅仅以所谓"人性"为标准和尺度来衡量文学作品的价值，解释文学的"永恒性"的倾向。就我有限的阅读范围所得的印象，这种以"人性"为评价标准的观点提出，较早、较系统见之于章培恒先生为其所主编的《中国文学史》撰写的"导论"之中；近年来，黄修己先生又把它推广到中国现代文学史研究的领域，而邓晓芒先生则从理论上对之进行提升，并以它来说明文学永恒性的原因。

章培恒先生提出评价文学作品的"人性"标准的理论依据，就是马克思所说的"人的一般本性"。所以，关于评价文学作品的"人性"标准能否成立,我觉得还得要从对马克思的"人的一般本性"做正确理解和深入探讨入手。那么,什么是马克思所说的"人的一般本性"呢?朱光潜先生最初认为是指人类的"自然本性",① 章序中就突出地认同了这种观点。这我认为是值得商榷的。我觉得马克思提出"人的一般本性"主要是针对私有制社会"异化劳动"而造成的"异化"的人而言的,认为这种异化劳动使"动物的东西成为人的东西,而人的东西成为动物的东西",人也就不再是真正意义上的人了。所以他提出"人的自我异化的扬弃","对人的本质的真正占有","是人向自身、向社会的(即人的)人的复归,这种复归是完全的、自觉的而且保存了以往发展的全部财富的"② "全面而自由的人",这样,"全面而自由发展的人"也就成了马克思理想中的"人的一般本性"的实际内容③。但是章先生从"人的一般本性"就是人的自然性这一认识出发,把"人的全面而自由的发展"理解为就是人的"原欲""本能的个人欲望"的最大解放,认为"最无愧适合于人类本性"的社会,就在于个人欲望"不受压抑",使"每个人的个人利益都能得到最充分的满足",④ 并认为他的这种理解是与马克思在《神圣家族》中所摘引的18世纪法国哲学家爱尔维修、霍尔巴赫,以及英国功利主义理论学家边沁的伦理思想是一致的。但是,只要我们去查阅一下《神圣家族》,就不难发现章先生这些摘

---

① 朱光潜:《关于人性、人道主义、人情味和共同美问题》,《文艺研究》1979年第3期。

② [德] 马克思:《1844年经济学哲学手稿》,人民出版社1985年版,第51、77页。

③ [德] 马克思:《资本论》,《马克思恩格斯全集》第25卷,人民出版社1974年版,第927页。

④ 章培恒:《中国文学史·导论》,复旦大学出版社1996年版。(下文引章先生话均出自此篇)

录是断章取义、歪曲原意的。由于篇幅关系，我只好摘录马克思援引的其中一段：

> 霍尔巴赫："人在他所爱的对象中，只爱他自己；人对于和他自己同类的其他存在物的依恋只是基于对自己的爱。……但是，人为了自身的利益必须要爱别人，因为别人是他自身幸福所必需的，……道德向他证明，在一切存在物中，人最需要的是人"，"真正的道德也像真正的政治一样，其目的是力求使人们能够为相互间的幸福而共同努力工作。凡是把我们的利益和我们同伴的利益分开的道德，都是虚伪的、无意义的、反常的道德。""美德不外就是组成社会的人们的利益。""人若对同类的一切漠不关心，毫无情欲，自满自足，就不成其为社会的生物，……美德不外是传送幸福。"①

另外援引爱尔维修和边沁两段话所表述的意思也基本相似。马克思在引这些话之前有一句说明，说"18世纪的唯物主义同19世纪的英国和法国的共产主义的关系，则还需要详尽地阐述"。② 这表明马克思只是作为英法共产主义的思想资源来引用这些话的，并不等于他完全认同这些观点；即使这样，我还是认为章先生的理解与这些话的原意有很大出入，甚至是相反的。这些思想的本意在我看来实际上是表达了一种"合理利己主义"的伦理观，强调利己的同时还应该利他，认为只有顾及别人和社会的利益，自己的利益才能得

---

① ［德］马克思、恩格斯：《神圣家族》，《马克思恩格斯全集》第2卷，人民出版社1957年版，第169—170页。
② 同上书，第169页。

到保障。这在某种意义上也说明了人的生存是离不开社会的,人只有进入社会,处在与社会和别人的关系之中,才能成其为人,即马克思所说的"作为人的人"①。这个"人的人"不同于自然的人,是社会造成的,是通过社会化的过程来实现的。这是由于人不同于一般动物,一般动物降生到世上是已经完成了的,它先天地已经具有日后生存的一切能力;而人降生到世上还只是一个"半成品",他只有进入社会,接受社会的文化的熏陶和教育,即经过"社会化"的过程,摆脱纯粹受原欲支配的自然状态,才能成为真正意义上的人。所以马克思说"社会生产作为人的人","只有在社会中,人的自然存在对他来说才是人的存在"。② 这就要求我们不能"把社会当作抽象的东西与人对立起来,个人就是社会的存在物"。③ 这种思想其实在古代就已经萌生,如亚里士多德在《政治学》中认为:按自然形成的顺序和时间先后而言,个人与家庭先于国家;但按照人的本性而言,"国家自然先于家庭和我们每个人的。因为全体必然先于部分;如果整个身体被毁坏,那么除非在名称上,手和脚也就不复存在了"。④ 不过,他还没有说明何以如此。黑格尔比他的前人的高明之处就在于,他把"人的自我产生"理解为"劳动",⑤ 认为这是由人的自身活动所形成的历史发展的辩证法来完成的。他的局限是把这种劳动理解为一种抽象的精神活动。马克思批判了黑格尔这种唯心主义的劳动观,首先把劳动看作感性的物质生产活动,提出"世

---

① [德] 马克思:《1844 年经济学哲学手稿》,人民出版社 1985 年版,第 78 页。
② 同上书,第 29 页。
③ 同上书,第 79 页。
④ [古希腊] 亚里士多德:《政治学》,《古希腊哲学》,中国人民大学出版社 1990 年版,第 585 页。
⑤ [德] 马克思:《1844 年经济学哲学手稿》,人民出版社 1985 年版,第 131 页。

界历史是人通过劳动而诞生的过程,是自然界对人来说的生成过程"①,这在他看来只有到彻底消灭剥削与压迫的共产主义社会才能最后完成,所以他说共产主义是"人的本质对人来说的真正实现"②。因此,他提出的人的自由解放并非像章先生理解的那样是回到"原欲"支配的状态,而把一切社会关系和社会规范看作都是对人性的束缚和抑制;与之相反,对于"原欲"恰恰是采取批判的态度的。他不仅强调"人的机能"不同于"动物的机能",批判资本主义异化劳动"使动物的东西变成人的东西,而人的东西成为动物的东西",③而且在谈到"具有条顿血统并有自由思想的那些好心的热情者"(按:疑指卢梭)试图"从史前的原始森林去寻找人们自由的历史"时还说,"假如我们自由的历史只能到森林中去找,那么我们的自由历史和野猪的自由历史又有什么区别呢?"④

所以,我觉得马克思所谈的"人的一般本性"主要是为了批判资本主义异化劳动,在理论上所作的一种预设。这种从预设的观念出发来考察现实问题的方法也是以往西方哲学家所惯常应用的一种方法,如同罗素在谈到卢梭的"自然状态"时所说的那样"只不过带着几分假定口吻,……'为适当判断现今的状态,所需要有的正确的观念'"。⑤因而我很赞同邓晓芒先生所说的:"实际上,当马克思从人的本质角度对资本主义异化现象进行历史分析和批判时,他

---

① [德]马克思:《1844年经济学哲学手稿》,人民出版社1985年版,第88页。
② 同上书,第131页。
③ 同上书,第51页。
④ [德]马克思:《〈黑格尔法哲学批判〉导言》,《马克思恩格斯选集》第1卷,人民出版社1972年版,第3页。
⑤ [英]罗素:《西方哲学史》下卷,商务印书馆1976年版,第228—229页,同时参照[法]卢梭:《〈论人类不平等的起源和基础〉序》,以及勒富克尔:《〈论人类不平等的起源和基础〉引言》。

是有一个'一般人性'作为参照系的，否则他凭借什么来判定人的本质遭到了'异化'？"① 但是，这"一般人性"是什么呢？它作为理论的预设，是为了说明现实还是为了评判现实而设定的？是一个现实的尺度还是理想的尺度？邓先生并没有作任何具体的说明。如果按邓先生的所谈是马克思"凭借'本质直观'而'看'出来的普遍的超越结构"、一种"永恒和共同的人性"，那么我认为"本质直观"在"面向事物本身"，通过个别东西的直观来把握事物的共相过程中，就不免会带有意向性和想象性的成分，它就不可能只是经验事实的概括，同时也是对意向目标的一种追求。这样，它所把握到的就不可能是一个事实的尺度而只能是一个理想的尺度。所以卡西尔认为："伦理思想的本性和特征绝不是谦卑地接受'给予'……而是永远在制造之中……伟大的政治和社会改革家们确实总是不得不把不可能的事当作仿佛是可能的那样来对待。"他认为卢梭提出"自然人"的概念是"试图把伽利略在研究自然现象中所采取的假设法引入到道德科学的领域中来"，就像他自己所说"我们在这里可以从事的研究，不应当被看作是历史的真理，而仅仅是作为假设的有条件的推论，它们较适合于用来阐明事物的本性而不是用来揭示事物的真正起源"。② 从马克思的著作来看，我认为它也只是一个供研究现实而采用的理想的尺度，不过与卢梭的那种他自己也认为"现在已不复存在，过去也许从来没有存在过，将来也许永远不会存在"③的纯属虚构的人的自然状态的理论不同，它同时建立在对人类历史

---

① 邓晓芒：《艺术作品的永恒性》，《浙江学刊》2004年第3期。（下文引邓先生话均出自此篇）
② ［德］卡西尔：《人论》，上海译文出版社1985年版，第77—78页。
③ ［法］卢梭：《〈论人类不平等的起源和基础〉序》，商务印书馆1962年版，第63—64页。

的科学论证的基础之上,是被作为历史发展的一个目标提出来的,并认为只有到了共产主义社会,才能使"人的本质作为某种现实的东西"① 被实现。但是邓先生似乎并没有分辨这两者的区别,把马克思所说的"一般人性"理解为所谓"人性的深层结构"和没有社会内容的"永恒普遍人性",认为这样"我们就用不着任何故弄玄虚,而能对艺术作品的永恒性问题作一种近乎实证的说明";从而得出文学艺术的本质就是"将阶级关系中所暴露出来的人性的深层结构展示在人们面前,使不同阶级的人也能超越本阶级的局限性而达到互相沟通",而把历史上一切描写不同阶级之间的矛盾、斗争的作品都看作是艺术自身本质的"丧失"。有这样一种脱离社会现实的,作为"永恒普遍人性"而存在的"人性的深层结构"吗?我是持怀疑态度的。马克思说:"人并不是抽象的栖息在世界以外的东西,人就是人的世界,就是国家、社会"②,表明人与他所生存的社会现实是须臾不可分离的,他的思想和内心活动本身必然是具有一定的社会内容的,即就邓先生列举的他最为欣赏的一些作家、作品所描写的人物的那些"最无能""最无力""最无奈"的生存状态和内心生活来看,也无非是社会上的一些弱势群体、市井草民、一些被损害者和被侮辱者身处生存困境所产生的生存体验,由此所反映出来的是没有类似经历和经验的大款富豪们所无法领会的。这就说明它们本身就有着非常现实的社会历史的内容。所以我们也只有不仅从心理学的角度,而且还须从社会学的角度,把两方面统一起来进行研究,才能深入揭示这些作品的思想内容,否则,就等于把人性完全心理

---

① [德] 马克思:《1844年经济学哲学手稿》,人民出版社1985年版,第131页。

② [德] 马克思:《〈黑格尔法哲学批判〉导言》,《马克思恩格斯选集》第1卷,人民出版社1972年版,第1页。

学化了。当然，过去一些描写现实斗争题材的作品可能比较多侧重描写外部现实关系，存在着对人物的内心世界揭示得不够的缺陷，但无论如何我们在理论上是很难把这归结为由于反映现实斗争而导致艺术本质的"丧失"的；如果我们把人性完全心理学化，把文学艺术的"归位"最终只是落实到描写在一个充满现实矛盾和斗争的社会里，超越这些矛盾和斗争的"人性的深层结构，"那么，这个人就非邓先生自己所主张的是"具体的、历史的和发展着的人性"，而只能是一种"抽象的、栖息在世界之外的东西"了。

黄修己先生看问题的角度与章、邓二位先生略有不同，他主要不是从人性本身，而是从反思我国文学研究中流行的价值观来看待中国现代文学研究中的问题的。认为以往我们研究中国现代文学"都从社会价值判断来评价文学。而社会价值观在不同国家、民族、人群中有非常大的差异，有的就不能互通"，这样就制约更多人对中国现代文学的理解，而"不能适应全球化的历史趋向"。为了适应这一趋向，他竭尽全力去寻求一种"全人类性"的评价标准，即所谓"中国现代文学全人类性的阐释体系"。其内容是，第一，"以人性论为理论基础，研究现代文学在特定的时代背景下，如何反映或表现人类共有的人性"；第二，"承认人类共同的价值底线，以此为标准来衡量、评价现代文学的得失，解释它的历史"。试图建构一个"超越了民族、国家、阶级集团的价值观，为持不同的社会价值观的人们都能理解、接受，都能在这个思想层面上沟通"，"反映了全人类公共利益需求"，"为人类公认为价值原则和行为原则"。[①] 但我认为这一理论同样是不切实际的。这是由于价值观作为人们在现实生活

---

① 黄修己：《全球化语境下的中国现代文学研究》，《文学评论》2004年第5期。（下文引黄先生话均出自此篇）

中支配对于价值客体的选择和评价的思想观念,是人们现实需求在意识中的集中反映。在现实生活中,由于人们经济、政治、社会地位的不同,在价值选择和评价上也必然有着不同的倾向,因而也就不可能有为不同阶级、阶层和社会集团所接受和认同的共同的价值观。这在社会矛盾激化的历史年代表现得更为突出。黄先生自己也承认"当今世界上,还存在着价值观的相互矛盾、冲突",要形成"全人类性的价值底线",还"要有非常长的历史过程",而中国20世纪又"是一个阶级矛盾、民族矛盾空前激化的年代",文学作品总是现实生活的反映,它不可能脱离现实去虚构世界大同的美梦。作为代表这一时代、反映这一时代精神的文学,也必然是与这些现实斗争息息相关的作品。既然这样,又怎么能以这种非现实的"全人类的价值底线"为标准去评价反映现实人生的文学作品?因而,试图以所谓反映"全人类公共利益需求"的"全人类性的价值底线"来分析评价我国现代文学,发掘为各阶级所接受的全人类人性的内容,在我看来简直是方枘圆凿!但这并不排斥优秀的作品有为不同时代、不同阶级读者阅读的可能,因为艺术接受总是要经过读者的选择和改造的,所以尽管不同时代、阶级的读者都在阅读同一部作品,但着眼点往往并不相同,甚至完全不同。如同豪泽尔所说:"当狄更斯的作品被下层资产阶级和上层资产阶级阅读的时候,狄更斯就成了不同的狄更斯。"① 我们自然也不能因为一部文学作品为不同阶级所阅读就认为有人类公认价值原则的存在,更不能认为只有表现了共同人性和人类公认价值原则的作品才能为不同阶级读者所接受。否则都难免会把复杂的问题简单化了。

---

① [匈牙利]豪泽尔:《艺术社会学》,学林出版社 1987 年版,第 140 页。

当然，邓先生与黄先生对于"人性"的理解比之于章先生我认为还是有进步的，至少他们没有像章先生那样把"人性"看作完全是一种人的本能欲望，与人的自然性直接等同。但是由于割断了与人的实际生存活动的联系，在排除人性的社会内容，对"人性"作抽象化的理解这一点上，我觉得与章先生是如出一辙的。

二

我们说马克思的"人的一般本性"只是一个理想的尺度而非现实的尺度，那么，在现实生活中，还有没有大家所谈的"人性"这种东西呢？对此，我觉得可以从这样两方面去进行分析：从人类学的观点来看，人之所以是人，就在于他身上有着一种长期在社会生活中所形成和发展起来的不同于动物的一般社会属性，如情感需求、交往需求、认同需求、归属需求等，反映在人的意识中，也就逐步形成了人类为维护共同生存所起码的价值观念和伦理观念，如同情心、怜悯心、自尊心、羞耻心等，以至于我们常把那些违背人的基本品性的行为斥之为或灭绝人性、或豕犬勿如。但是从社会学的观点来看，人的思想意识又总是受他生活中的一定现实关系所制约的，在进入阶级社会以后，由于人们所处的社会地位的不同，人类的价值观和伦理观又必然会出现分化，特别是剥削阶级对广大人民大众的剥削和压迫所造成的社会的不公和不平，更是激起了人与人之间的对立和仇恨。这样，所谓"普世价值"也就成了只不过是人们的一种愿望和追求，甚至是剥削阶级为了播扬他们的价值观念所进行的一种欺骗宣传。这是一个基本的社会事实，并不因以剥削阶级中尚有个别或少数超越了自身阶级局限，在身上还"保存了"人类自身"以往发展的全部财富的"①、良知未曾泯灭的较为开明的贤达人士的存在所能改变的。这就使得在一般情况下,所谓"一般人性"成了一种没有现实内容的抽象设定,一种排除了社会关系的纯心理的描述。从历史上看,人、人性就是在这样既统一又对立的状态中演进的。这就要求我们对于人性,必须作这样辩证的分析和对待。

从这一认识出发,我们应该承认,在文学作品中,那些不直接涉及阶级的利害关系的,如一些抒写乡情、亲情、友情、爱情的作品,比之于那些直接或间接描写社会矛盾的作品来,确实较能引起不同时代、不同阶级的读者共鸣,为不同时代、不同阶级的读者所接受。但也不足以说明共同人性在这些作品中已不再是抽象的东西而化为现实的存在,因为只要我们承认这些作品所抒写的乡情、亲情、友情、爱情不完全是人的一种纯粹的心理现象,而在人类的实际生活过程中产生和形成的一种人的情绪体验,它就不可能完全没有具体的社会伦理的内容。所以作家在描写时往往也只有把这些情感与社会现实联系起来,才能显示它的深度,彰明它的意义。这就是我国文学史上在诸多爱情题材的作品中,孔尚任的《桃花扇》是其中一部难得的杰作的原因。即使不像孔尚任那样有意"借离合之情,抒兴亡之感",把李香君与侯朝宗的爱情故事放在一个巨大的社会背景之下,与社会的巨变紧密联系起来去描写的那些作品,如《孔雀东南飞》《莺莺传》《西厢记》《牡丹亭》《红楼梦》《伤逝》《二月》《小二黑结婚》等,它们所描写的爱情生活也都是有社会内容的,由于时代的不同,所表现的意义也不完全一样,实在是很难排除社会内容以抽象的"共同人性"来加以概括和说明的。更何况,

---

① [德]马克思:《1844年经济学哲学手稿》,人民出版社1985年版,第77页。

在各个时代，反映社会矛盾和现实斗争的作品毕竟是绝大多数，对于这些作品我们尽可以从艺术表现上的成败得失（如描写外部世界与揭示人的内心世界、反映现实与塑造人物如何更好地统一起来等）方面加以总结和评判，但对于它所反映的社会内容一概采取否定的态度无论如何是轻率而不负责任的。因此，我认为就目前以人性标准来评价文学作品的实践来看，所产生的实际效果是不好的。这至少表现在以下两个方面：

（一）由于把人性抽象化、自然化而导致对文学社会内容、思想意义的贬损和否定。文学之所以在人类社会产生并得以发展，自然有着多方面的原因，但不能否认反映生活、认识生活是诸多功能中的一个基本方面。这是因为人是社会关系的总和，他总是处身于一定的社会关系之中，反过来各种社会关系又无不交织在人身上，从而使得凡是优秀的作品总是通过对人的描写来展现当时社会各种人的生存处境和状态，启示人们去思考什么是人所应该有的生活，这是文学的基本意义和价值之所在。但是按目前以人性标准来评价文学的情况来看，文学的这种意义和价值就一概被否定了。章先生的《中国文学史·导言》就集中地反映了这种认识上的偏颇。它通过前文所谈到的对马克思在《神圣家族》中所摘引的爱尔维修、霍尔巴赫等人的言论断章取义的转引，认为这种"对自己的爱"就是要求反对一切压制和束缚而使"每个人的个人利益都得到最充分的满足"，并以此来作为衡量人的自由解放的尺度和文学作品优劣的标准。这样一来，本来很有社会内容的作品一经章先生分析，就成了只不过是对个人欲望渴求的抒发。对李白的《将进酒》和辛弃疾的《水龙吟·登建康赏心亭》的分析，就是典型的两个例子。《将进酒》约作于天宝十一年（752年）。写的是借酒浇愁，虽然没有明指愁的是什么，但是联系李白的生平，我们不难作出这样的推测：他于天宝初年被玄宗召入长安,供奉翰林,极想有一番作为;但由于秉性耿直,不愿"摧眉折腰事权贵",所以屡遭谗言的诋毁,不久就被迫辞官离京,"浪迹天下,以诗酒自适"①,抒发内心的悲愤,从"古来圣贤皆寂寞""与尔同销万古愁"等句中,都不难看出李白当时的这种心情。这大概不能说是求之过深的吧!但到了章先生眼中,这首诗的内容竟成了:"一、对于以喝酒为中心的享乐生活的赞颂和追求;二、对个人才具的自信;三、对人生短促的悲哀。而第一点尤为突出。"这就成了一种出于"对自己的爱"的个人享乐主义的演绎了。再看辛弃疾的《水龙吟·登建康赏心亭》,虽然章先生也承认这首词抒写了生命的虚掷、壮志难酬的悲愤。但这种悲愤在章先生眼中似乎与辛弃疾的抗金复国的志愿毫无关系,而不过是一种抽象而没有社会内容的"对实现自己生命价值的强烈渴望",是"被严重压抑的生命的抗议与悲歌。"并借词中引用的东晋枭雄桓温出征时见到自己当年所植的树已长到十围所发的"树当如此,人何以堪"的感叹的任意发挥,认为这说明在辛弃疾看来,"为了施展自己的抱负,只要有机会,成为桓温一类的人也在所不惜",即像桓温那样,为了实现自己的政治野心,把"不能流芳百世,亦当遗臭万年"当作自己的人生原则,"可以不择手段、公然违背伦理纲常"去争取。理由是"人若是完全撒开自己,那么依恋别人的一切动力就都消失了",所以他认为这首词的意义和价值正是在于它表现了对个人欲望"追求之强烈"。唯其如此,"他的悲歌和抗议才具有如此巨大的震撼力"。这样,辛弃疾的这首词也就成了纯粹是个人欲求不得满足的感叹了,哪里还谈得上什么积极的社会意义!

  章先生的上述分析是否切合实际暂且不论,我这里着重要说的

---

① (唐)刘全白:《唐故翰林学士李君碣记》。

是，由于章先生所理解的人性只是人的自然性、人的个人欲望，这就必然导致把个人性与社会性绝对对立起来，把社会性看作是与人性分离的、从外部强加在人身上的，是束缚和压抑人性的东西，这我认为是很难说得过去的。其实，我们所说的社会性无非指人进入社会之后，在社会生产和交往活动中所形成的一种人的社会属性，它与人的自然本性是内在统一的，从而使得人性也就成为指人的有别于动物的类本性。这就是马克思再三强调的"应当避免重新把'社会'当作抽象的东西同个人对立起来。个人是社会存在物"，"他的生命表现，即使不采取共同的、同其他人一起完成的生命表现这种直接形式，也是社会生活的表现和确证"的道理。① 但自从进入阶级社会以后，统治阶级为了维护自己的统治地位，编制出他们自己的意识形态，并总是把本阶级的虚假意识当作人的类本性来向群众作欺骗性的宣传。在我国历史上延续了两千多年的封建礼教就是这样。这是封建统治阶级对人民群众的思想压迫和思想奴役，所构成的封建礼教与人民群众的关系与一般从人学角度所说的社会与人、群体与个体之间的关系是根本不同的两回事。但章先生为了在文学史研究中贯彻他的人性标准，却有意无意地把两者加以混淆，以借批判封建礼教的统治为名，来否定人的社会性，说明所谓"个人情感"的解放对于推进文学发展以及作家创作个性形成的重大意义，认为"我国从先秦起，个人就被群体压得喘不过气来"。"当个体对群体极为驯顺，一切以群体的意旨为依归时，其个性的真正特色也就随之消融"，"由于个人的感情受到抑制，也就难以对人内心世界作具体、细致的开掘"，以致"连《古诗十九首》这样优秀之作，也没有显示鲜明的个性特色"。只有到元明以后

---

① ［德］马克思：《1844年经济学哲学手稿》，人民出版社1985年版，第79页。

的戏曲、小说中,随着思想禁锢的放松,有了"更多欲望世界的展示"之后,作品才"越来越显出个人特色的印记"。这样来探讨和理解作品的个人特色是大可商榷的。我以为通常我们所说的文学作品的个人特色无非是作家对生活的独特感受、理解和发现,以及为表现这一独特的内容所采取的独特的表现方式,是作家在长期创作实践过程中所形成的一种独特的艺术风格。像这样把它归之于仅仅是由于个人"欲望世界的展示"所赋予的,恐怕也只是章先生的一家之言!

由于否定了人的社会性,把文学看作不过是个人欲望的表达,在对文学作品的评价中,"意义"这个为我们所追问的最高的评判标准也就被章先生彻底抛弃,取而代之的是"本能的追求"和"欲的炽烈"。不但《通闱闳坚心灯火 闹阊圄捷报旗铃》中的罗惜惜的"贪婪地享受爱的快乐"是"欲的炽烈";牛峤《菩萨蛮》中的女主人公所表白的"须作一生拼,尽君今日欢"的决心是"欲的炽烈";甚至把辛弃疾在《水龙吟·登建康赏心亭》中抒写的抗金复国的心情所给人的震撼力也归之于纯粹对个人欲望"追求之强烈",并认为杜丽娘之所以不如罗惜惜她们,也就是在于她"对自己的要求作过理性的思考","不能像罗惜惜似的仅仅靠本能行事"。这样,人性岂不就完全成了动物性?我们并不一概反对文学作品对欲望的描写,但正是由于人是社会的存在物,所以对人来说,如同马克思所指出的:"吃、喝、性行为等等,虽然也是真正的人的机能,但是如果使这些机能脱离了人的其他活动,并使他们成为最后的和唯一的终极目的,那么在这种抽象中,它们就是动物的机能。"① 这就决定了对于人的一切活动,我们只有把它放到一定社会关系中去进行考察,

---

① [德]马克思:《1844年经济学哲学手稿》,人民出版社1985年版,第51页。

才能理解和揭示它的意义。这种关系平常不容易为人们所发现，而作家的存在就在于他把这种不易为人所发现和认识的关系揭示出来，并以审美的眼光来对之作出自己的解释和评价，帮助我们超越"实是"人生而对"应是"的现实人生和人的行为确立一个评判的标准，这就是我们强调意义范畴在文学评价中作用之重要的理由。从这样的观点来看，《牡丹亭》所描写的杜丽娘的爱情追求，以及作品在文学史上的地位的确立，就不是什么对少女的"本能欲望"的肯定，而恰恰是通过对杜丽娘的"自我意识的初步觉醒"的描写所表达的对封建礼教的批判；这与罗惜惜身上所表现的那种仅仅为追求原始欲望的满足是有重大区别的。这也是这两部作品在文学史上的地位不可同日而语的重要原因之一。而到了章先生眼中，这两者不仅没有地位的高低之分，而且还因杜丽娘身上还"曾对自己的要求作过理性的思考"而不能完全"凭本能行事"，给人的感受没有像罗惜惜的行为那样"令人战栗的悲壮"而加以贬低，这还算得上是一种对文学作品所作的审美评价吗？

（二）由于把人性与社会性相分离，导致文学评价标准的迷乱和价值导向的失误。既然人总是处于一定的社会关系之中的，在阶级社会中，这种社会关系自然也离不开阶级的关系。由于人们所处的阶级地位的不同，就必然会产生不同的价值观念和价值取向，就像麦金太尔所说的，在这里"暴露了我们拥有太多全异的、互竞的道德观念"，所以在还"没有提供任何方式来合理地解决它们之间的争端"之前，"在我们的社会是不可能指望达成道德上的共识的"。①这就迫使作家在创作时必须在这样对立的两种价值取向中作出自己

---

① ［美］麦金太尔：《追寻美德》，译林出版社2003年版，第321页。

的选择。历史上凡是有良知的、有正义感的、有人道主义精神的作家，总是站在广大被压迫、被剥削、被奴役的人民大众这一边，为他们摆脱苦难、争取自由、平等的生活而进行呼吁和奋斗。黄修己先生在谈到五四新文学运动的先驱如鲁迅等人的创作主张时认为："从最低的人权要求出发，鲁迅提出'一要生存，二要发展，三要温饱'"，"鲁迅自己说他写小说意在提出一些问题来，揭示'病态社会'和'不幸人们'，目的也在于让人能'幸福的度日，合理的做人'"。又如在谈到"信奉'有了爱就有了一切'的冰心"的"问题小说"时，说她写小说"归根到底是要探究怎样才能有幸福、合理生活的人"等之后，得出"把人的问题、人自身的完善，作为重大的主题，这是新文学的一大鲜明特点"。这我认为毫无疑问都是正确的。但是黄先生却不应有的忽略了对问题做这样一种基本的分析和追问：即在当时社会里，不能"幸福度日、合理做人"的是哪些人？鲁迅等人提出这些问题时具体指向的又是为了哪些人？毫无疑问，是指"文学研究会"宗旨中谈到的那些"被损害者"和"被侮辱者"，即身处水深火热生活中的广大劳苦大众。尽管像鲁迅等新文学的先驱人物在当时由于思想上和认识上的局限，笼统地以"人"来称呼，但是只要联系当时的社会历史环境来加以考察，他们的具体指向是明显不过的。所以，那些新文学运动的先驱人物在提出"幸福度日、合理做人"的时候，虽然不一定很明确意识到这不可能靠上帝恩赐，而只有通过社会革命才能获得；但至少在他们之间许多人并没有否定反抗和斗争，如同黄先生转引的陈独秀推崇列夫·托尔斯泰的话时所说的，都是"尊人道、恶强权"的，也如黄先生后来自己所发挥的："凡是真正的艺术家没有不关心社会的问题，没有不痛恨丑恶的社会组织而深表同情于善良人类的不平境遇的。"这表明"尊人道"与"恶强权"这两种倾向在五四新文学运动的先驱者身上大多是统一的。这集中地体现在鲁迅、茅盾、郭沫若等人的身上，并成了他们随着现实斗争的发展在创作思想和作品内容发生转向的最根本的内在因素。黄先生也承认20世纪前50年"是中国阶级斗争十分尖锐的时期"，在20世纪中国的土地上提出"幸福度日、合理做人"，离开了对当时阶级矛盾和民族矛盾的揭示和描写岂不完全是一种空谈？这就决定了在20世纪前50年产生和发展起来的以现实主义文学为主导的中国新文学也自然不可能回避对这些社会矛盾的揭示和描写，这既是文学作为现实人生的反映的性质所决定的，也是中国现代新文学对于社会历史所应该承担的一种职责和所做出的一种承诺。否则，它就将有负于历史、有负于时代、有负于民族，也有负于人民大众。中国现代文学在世界上影响不大的原因是多方面的，至少像文字的障碍、文化的隔膜、价值观念的差异及自近代以来由于国家的孱弱所造成的国际地位的下降等，都可以说是原因之一，但其中最重要的，我认为与我国现代文学史上伟大的作家和作品尚不是很多有很大的关系。如十四年抗日战争、四年解放战争，我们迄今能看到有哪些反映这个大时代的力作？不少作品还往往停留在"讲故事"的水平，既缺少对人物内心和命运作深入发掘和剖析，也缺少透过具体战事所表达的对于人类命运沉思的那种普世情怀。所以，我觉得我们的文学要走向世界，还得要从提高作品的思想和艺术水平入手，而并不是一味地去追求和发掘所谓"普遍人性"，以此来求得别人的认可。因为审美意识毕竟不同于日常意识，真正有鉴赏力的人阅读作品也不会只满足于对作品仅仅在感觉和经验层面上的认同，而总是力求超越个人经验的局限，使自己达到和作品所描写的现实人生的合一，来拓展自己的境界，实现在精神上的超越。这就要求我们在艺术欣赏中不仅只凭感觉，而且更需要想象。所以康德认为"美的艺术需要想象力、悟性、精神和鉴赏力"①。

但是黄先生似乎并不这么认为,他把文学接受看作仅仅停留在感觉和经验认同的水平上,为了在中国现代文学中寻求"为不同阶级所认同的"所谓的"全人类性的价值底线",并为了证明这种"价值底线"的实际存在,把目光投注到五四时期一些小资产阶级作家的某些"问题小说"中,特别是从像王统照的《微笑》、许地山的《缀网劳蛛》、叶圣陶的《潜隐的爱》等"颂扬宽广的人间爱"的作品中来寻找自己的例证。这些作品在我看来不仅不能代表中国新文学的成就和业绩,即使在"文学研究会"的这些作家本人的作品中,也说不上是最有代表性的作品。因为这种对爱的力量的虚构,并幻想以"爱"来拯救社会、改造社会的描写显然回避了现实斗争的严酷性,带有脱离现实的理想主义和空想主义的色彩,而真正有现实感的读者也不需要这样一种廉价的精神安慰。我们确实为历史上某些宣扬仁慈、博爱的作品,如雨果的《悲惨世界》所感动过,但这种感动在我看来正是由于这最美好的理想是基于对最悲惨故事的真实描绘,是基于对下层劳苦大众最深切的同情和对资本主义社会制度激愤抗议转化而来的一种对社会正义和人道的热烈呼吁。但是我们却从没有听说雨果因描写了社会的不公、阶级的对立、资产阶级法律的残酷等现象,使他的作品"丧失"了文学本性,影响不同阶级和阶层读者对它的接受;相反,这恰恰正是雨果的作品比乔治·桑的作品要伟大得多,也更具有震撼力,更被文学史家们奉为经典的原因。正是由于这样,所以五四时期那些热衷于宣扬以爱来改造社会人生的作家随着社会和他们创作思想与创作实践的发展,

---

① [德]康德:《判断力批判》上卷,商务印书馆1964年版,第166页。

这种创作倾向也逐渐为他们自己所否定和抛弃,如王统照后来在回顾自己早年的创作时就毫不掩饰地认为,由于当时对社会生活的经历与认识的肤浅,思想的懦弱,以致"多从空想中设境或安排人物","只是从理想中祈求慰安",后来随着"对人生苦痛的尖刺愈来愈觉得锋利"促使了自己的作品"更向现实生活深入分析,对腐朽与不合理的一切,除冷讽外加以抨击"。① 这到底是这些作家的理论和创作实践的进步还是倒退?是新文学的进步还是倒退?黄先生不仅没有予以认真思考和回答,反而搜索枯肠地找出这些中国新文学运动早期不算成功,甚至还比较稚嫩的作品来作为中国新文学的代表,来证明"全人类性道德底线"的存在,并试图以此为标准来"衡量、评价现代文学的得失,解释它的历史"。这样一来,中国新文学运动的方向只能是彻底地予以否定,或者由黄先生所说的以另一条线索,即"从胡适的'国语的文学、文学的国语',尤其是周作人的'人的文学'论开始,后来有梁实秋的'人性论''自由人''第三种人'的'文学自由论'等一直延续到如今"的线索取而代之了。

三

说明一点:我之所以不赞同文学评价中以与社会性相对立的"人性"为标准,绝不是意在鼓吹阶级对立,要求通过作品来煽起阶级仇恨。文学确实是一种美好的东西,许多伟大的作家也确实都是抱着美好的理想,为实现人类和谐社会的愿望来进行创作的。所以

---

① 王统照:《王统照短篇小说选集·序》,《王统照文集》第 2 卷,山东人民出版社 1981 年版,第 118—189 页。

人们常把他们看作是"人类的良心""民众的喉舌";但是他们对社会的不公、不平的憎恶和揭露却又是最深切和深刻不过的。这是否与他们的主张相矛盾?我觉得并不矛盾,理由就在于我们前面所说的所谓"一般人性"只不过是一个理想的尺度而非现实的尺度。所以若是我们不仅只是从主观的、心理学的观点,而同时从客观的、社会学的观点来看待问题,那么,尽管剥削阶级中的人物并非个个都像屠格涅夫《总管》中的宾诺奇金那样阴险、狠毒,他们中也不乏心地善良的人,如鲁迅《祝福》中的鲁四婶。但她虽然为祥林嫂的悲惨身世洒过一把同情的眼泪,而她的社会地位使得她不可能把这种同情坚持到底,以致祥林嫂最终还是被赶出鲁家,惨死街头。这说明在阶级社会中,作为一个社会的阶级的人,他的思想行为不可能由什么抽象"人性"而只能是由他的实际地位所决定的,是无法因主观意愿所改变的。这哪里还有什么"普世价值"?但文学毕竟不只是生活的反映,它还体现着作家对人生理想的一种追求,因此,它在揭示人间的不公、不平、丑陋和罪恶的时候,并不排除具有唤起人性的觉醒,以自己的作品来促进人性同化、共建正义社会的愿望。这我们不妨说是一种"普世情怀"。现在我就想集中来谈谈对这两者关系的看法。

普世价值与普世情怀都关涉到一个普遍适用性的问题,但两者又有根本的区别:普世价值是一个客观观念,表明这种价值在实际生活中是客观存在着的,是以视"一般人性"为现实的存在为思想依据的;而普世情怀是一个主观的概念,它只是把"一般人性"看作是一种理想的尺度,只是表明对于普世价值的一种主观的意向和追求。所以在我看来,只要社会上还存在着人压迫人、人剥削人的现象,还存在着强势群体和弱势群体的对立,建立在共同人性基础上的普世价值、全人类价值是不存在的。虽然有些思想家也在这样提倡，如弗洛姆，他在《健全的社会》《人的呼唤》等著作中提出博爱、泛爱、全人类的爱，认为"正如对一个人的爱，如果排除了对别人的爱，就不是真正的爱一样，对自己民族国家的爱，如果不包括对人类的爱就不是爱而是偶像崇拜"①，试图以"爱""人性"和"人道"为出发点，建立一种超越社会和历史的、以全人类共同的价值为尺度的道德体系，并以此为标准来衡量一个社会是否健全。但这些也只不过是他们对人类美好社会的一种设计和构想、企盼和愿望，在以往不仅没有实现过，而且目前也不可能实现，这实际上也只不过表明它是一种普世情怀。

而我们之所以不赞同普世价值而提倡普世情怀，是因为它作为对美好人性，实现人间的正义、公平、亲善、友爱的一种理想和愿望，对于一个从事"美的艺术"创造的作家来说是不可缺少的。这是由于美作为一种引导人们超越一己的利害关系，凭着感性观照而能普遍使人产生愉快的对象，可以使人"把他对客体的愉快，推断于别的人，把他的情感作为可以普遍传达的"，"就好像一般认识判定一个对象时具有普遍的法则一样，使个人的愉快对于其他各个人也能够宣称作为法则"。② 这种普遍可传达性的功能使得它在性质上非常接近道德意识中的"善"。因此凡是从事美的艺术创造的作家，往往总是比一般人更能超越自身社会地位的限制，从普世的观点来思考和评判社会人生。他对人间的不公、不平、罪恶和非正义的感受愈强烈、体验愈深刻，那么这种理想和愿望也愈炽热、愈坚定。所以，就其性质来说，它不是对现实的认可，而是对现实的一种抗争。因此，尽管从全社会的观点来看，只要社会上还存在着剥削、

---

① ［美］弗洛姆：《健全的社会》，中国文联出版社1988年版，第57页。
② ［德］康德：《判断力批判》上卷，商务印书馆1964年版，第123—124页。

压迫，就不会有真正普世的价值，但这并不排除个人出于自身的道德理想所为之奋斗的决心和行动，这就是在历史上许多伟大作家身上体现的一种普世情怀，是文学史上许多出身剥削阶级的作家之所以能超越本阶级政治立场和思想偏见而站到广大人民大众一边，为他们的悲惨和不幸的遭遇进行呼吁和请命的原因。就像列宁在谈到列夫·托尔斯泰时说的，他在作品中"对国家以及警察官办的教会的那种强烈的、愤激的而常常是尖锐无情的抗议"是如此的"强烈而激愤"，[①]"千百万人民群众都借他的口说了话"。[②] 历史上许多伟大作家和他们的作品几乎都是这样，——当我们在阅读屈原、杜甫、白居易、陆游、曹雪芹、鲁迅、雨果、涅克拉索夫、列夫·托尔斯泰等人的作品时，也无不都深深地为他们在作品中通过对现实的抗争所表现出来的这种普世情怀所感动。它可以唤醒读者的良知，激励人们为创造美好的人生去奋斗。康德就曾提出人类历史作为"大自然的一项隐蔽的计划"，它所要实现的最终目的就是"人类物种的全部原始禀赋都将在它那里得到发展的一种普遍的世界公民状态"[③]，即人类大同社会，这与马克思主义的精神也是相通的。马克思所创立的"共产主义者同盟"的最初的口号就是"人人皆兄弟"[④]，而后来之所以以"全世界无产者联合起来"的口号来取代，是由于马克思通过对社会各种阶级力量的科学分析之后，认为实现

---

① ［苏联］列宁：《列夫·托尔斯泰》，《列宁论文学》，人民文学出版社1958年版，第18页。

② ［苏联］列宁：《托尔斯泰与无产阶级斗争》，《列宁论文学》，人民文学出版社1958年版，第27页。

③ ［德］康德：《世界公民观点之下的普遍历史观念》，《历史理性批判文集》，商务印书馆1990年版，第15、18页。

④ ［德］恩格斯：《关于共产主义者同盟的历史》，《马克思恩格斯选集》第4卷，人民出版社1972年版，第197页。

这一社会理想的使命，只有无产阶级才能承担，因为无产阶级革命的目标不只是为了解放自己，而是为了"解放世界"，①"如果说无产阶级在反对资产阶级的斗争中一定要联合为阶级，如果说它通过革命使自己成为统治阶级，并以统治阶级的资格用暴力消灭旧的生产关系，那么它在消灭这种生产关系的同时，也就消灭了阶级对立和阶级本身的存在条件，从而消灭了它自己这个阶级的统治。代替那存在阶级和阶级对立的资产阶级旧社会的，将是这样一个联合体，在那里，每个人的自由发展是一切人自由发展的条件"②。表明无产阶级革命就是以追求全人类自由、平等、大团结的目标和理想为指导的，这难道不是一种普世情怀？从这个意义上说，我认为一个作家若是具有了这样一种普世的情怀，那么，他在作品中描写社会的矛盾、社会的罪恶，以及人民群众的反抗和斗争，与追求人间的大爱是不矛盾的。因为从普世情怀的眼光来看，这种反抗和斗争不是狭隘的阶级复仇主义，不是像阿Q的"革命"那样，为的只是得到"吴妈"和"秀才娘子的宁式床"，而是作为实现全社会的公平、正义、全人类的亲善、友爱、自由、解放这一最终目标过程中的一个不可缺少的环节来理解的。这样，作品的意义就可以通过描写反抗、斗争来达到对这种反抗、斗争的超越，而具有了一种无比崇高的精神。所以康德认为："甚至战争，假使它用秩序和尊重公民权利的神圣性进行着，它在自身也就具有崇高性"，特别是"当它冒的危险愈多而在这里面愈益勇敢地维护着自己时"，那么"使那用这种方式进

---

① ［德］恩格斯：《社会主义从空想到科学的发展》，《马克思恩格斯选集》第3卷，人民出版社1972年版，第443页。
② ［德］马克思、恩格斯：《共产党宣言》，《马克思恩格斯选集》第1卷，人民出版社1972年版，第273页。

行战争的人民的思想风度愈益崇高"。①

　　这里，在对待人民群众的反抗、斗争，以及这种反抗斗争的最高形式战争的问题上，也就找到了我们所说的普世情怀与资产阶级人道主义的分歧所在。历史上很多伟大的作家都非常同情人民大众的苦难、憎恶社会的不公和不平，并以他们博大的情怀为实现他们心目中的人世间的大爱而热情呼唤；但是，他们不认识这种人间的大爱不可能靠上帝恩赐，而只有唤醒人民群众自己去争取，更不理解反抗、斗争与实现人间的大爱之间的内在的一致性和统一性。所以，每当遇到反抗与斗争，他们就感到恐惧，就开始畏退了。列夫·托尔斯泰公开提出了"不以暴力抗恶"；雨果虽然没有像列夫·托尔斯泰那样公开表明他的主义，但是在他的反映法国大革命后革命军与复辟势力所开展得轰轰烈烈的斗争的小说《九三年》中，通过近乎戏剧性的、人为的情节安排来表明："在革命之上"，"还有人心的无限仁慈"，在"绝对正确的革命"之上，还应该有一个"绝对正确的人道主义"，以示革命与人道主义之间的水火不相容的性质，而使得这一作品实际上不加分析地变成了对一切暴力，包括革命暴力的一种控诉。这毫无疑问是他们思想的局限。但从另一方面也启示我们：对于一个美的艺术作品来说，描写战争，不应该只成为对暴力的展示，更不应该变成对暴力的歌颂，激发人们去欣赏暴力。从这个意义上，我觉得黄修己先生以《一个人的遭遇》和《这里的黎明静悄悄》为例证，所提出的评价战争题材作品的原则是值得我们深思的：我们描写战争，"肯定的是保卫人类共同的独立、自由的价值观的勇敢和牺牲的精神，是以人类性为标准，而不仅仅以民族性、阶级性（按：我理解的是指狭隘的民族复仇和阶级复仇主

---

① ［德］康德：《判断力批判》上卷，商务印书馆1964年版，第103页。

义）为标准，更不是去肯定战争本身"。而有些描写战争的作品之所以立意不高、震撼力不强，就因为它缺少这样一种普世情怀；若是仅仅出于民族和阶级的复仇情绪，那么，战争的正义性也就难以充分显示了。

上述三位先生在提出关于文学评价的"人性"标准时，都直接间接关涉到对文学"永恒性"的理解，其中邓晓芒先生更是直接由此切入；章培恒、黄修己先生虽没有直接提出，但实际上也都涉及了。文学的永恒性是一个很复杂的、值得深入研究的问题。以前，我们主要从认识论的观点来进行解释：认为历史是不可重复的，而文学由于是以感性的形式来反映生活的，它向我们展示的是一个未经知性分解的现实生活的整体形象，像是把一个时代重新展现在我们面前，从而因其细节的丰富性、生动性和鲜活性，提供给我们以历史记载所不能取代的认识价值。这确实是一个重要原因，但解释叙事类文学似乎还有一定说服力，而解释抒情类文学，特别是其中的一些小诗，就显得无能为力了。现在章、邓、黄三位先生转而从"人性"的观点，从读者对作品价值内涵的感觉认同的观点来看是否就达到圆满的解释了呢？我觉得同样是困难重重。比如章先生在把陆游的《秋夜将晓出篱门迎凉有感二首》与辛弃疾的《水龙吟·登建康赏心亭》进行比较，褒后者、贬前者的理由就是：由于后者抒写"为了实现自己生命的价值，做一番事业，可以不择手段"，合乎"对自己的爱"的"人的一般本性"；而前者抒写对于国土沦丧的痛切只不过是特定时代的情感，从而使得后者直到今天也能"与读者的情感相通"，而前者的感染力则随时代的变迁日趋淡化。这种评价文学作品的标准、解释文学永恒性的理由我认为是大可商讨的。因为它把审美意识完全混同为日常意识，并仅仅以能否达到日常意识层面上的思想沟通来作为评价作品的依据。这就把艺术欣赏与艺术接受降低为只是一种低层次的感觉认同的水平。这样来理解艺术接受也就完全逸出审美的判断了。众所周知，自康德以来，许多美学理论都认同这样的思想：即美感不同于快感，它属于一种"反思着的判断力"，它并不只是依据人的感觉，而是按照普遍而自由的原则来作出评判的；它对人的意义就在于通过审美使感性的人与理性的人实现统一，而达到在精神上的提升和超越。而对于美的艺术来说，它的这种普遍而自由的意蕴在我看来就是源于作品所表达的作家的一种普世情怀。因此对于一般以作家本人为抒情主人公的抒情诗来说，我国传统诗论都非常强调诗人自身人格修养在创作中的重要。如叶燮说："诗之基，其人之胸襟是也。有胸襟，然后能载其性情、智慧、聪明、才辩以出，随遇发生，随生即盛。"① 这就是我们"读其诗，想见其为人"② 的原因。而在陆游的许多爱国诗中，所表达的正是诗人的这种人格，这种时刻思念、至死不忘抗金复国的爱国情怀。所以，它对于一个真正有爱国心而又有鉴赏力的读者来说，不论在什么时候去进行阅读，是国难当头的年代，还是和平建设时期，都会被他这种伟大的爱国精神和人格力量所感动，它的价值因此也就是不朽而永恒的。这就决定了我们欣赏文学作品，把握其内在的意义和价值的时候，就不能仅仅直接依靠感觉的认同，而是还要通过思维和想象。所以黑格尔认为"艺术作品不仅是作为感性对象，只诉之于感性掌握的，它一方面是感性的，另一方面却基本上是诉之于心灵的，心灵也受它感动，从它得到某种满足"。③ 因而"单靠本能是不能辨别出美的"，"审美的感官需要文化修养"，他"把这

---

① （清）叶燮：《原诗》。
② （清）沈德潜：《说诗晬语》。
③ ［德］黑格尔：《美学》第 1 卷，商务印书馆 1979 年版，第 44 页。

种有修养的美感叫作趣味或鉴赏力"。① 章先生等显然无视这些最基本的理论常识,他把艺术接受看作只是出于读者"对自己的爱"所生的感觉认同,并以这种由感觉认同所生的"众多读者的巨大感动"来作为评价作品的依据,这样,评价作品也就失去了客观标准,使作品的价值变成完全是随机的、当下的、飘忽不定而仅仅是读者的感觉所决定的。事实上证明这样一种"轰动效应"是由许多外在的因素所制约的,并非完全取决于作品自身的价值,历史上有些轰动一时的作品未必就是什么上乘之作。

所以,我觉得"人性标准"在文学批评中之所以陷入困境就在于它把"人性"抽象化而与社会性分割来对文学作品作强制阐释所造成的。其中章培恒先生更是把马克思为批判资本主义异化劳动所设定的"人的一般本性"这一理想的尺度曲解为人的自然属性以"本能的个人欲望"的最大的解放和"欲的激烈"作为评价文艺作品成就高低的基本准则,而鉴于由此对文学评论所造成的误导,所以我觉得今天我们维护、发扬马克思在批判资本主义异化劳动时所设的人性观所包含的理想性的内容对于提高我们文学评论的水平有着十分重要的意义。虽然这种理想的人性只能与共产主义社会实现而同步实现,但却有助于我们文学作品通过审美教育来唤起人性的觉醒、促进人性同化的功能。因此,我十分赞同邓晓芒先生的"文学艺术本质上是在一个异化社会中趋向和促进着人性同化因素的观点。"而文学之所以会有这种力量,是由于美的艺术所表现的那种普世情怀,使人们在阅读中在一定程度上有可能从日常意识和个人意识的思维方式中,即仅仅从个人的、阶级的利益关系出发思考问题的方式中摆脱出来,置身于作品中那些应同受尊敬的人物的地位上,

---

① [德] 黑格尔:《美学》第1卷,商务印书馆1979年版,第42页。

去感受和体验他们所遭遇的一切，这就会把人引向自我超越，使审美具有一种开拓人的思想境界、提升人的道德情操的功能。因而审美虽然不一定有直接的道德目的，但由此培养起来的这种普世情怀却是构成一个人的道德情操的必不可少的基础。那种以阶级出身和阶级身份为依据来评判一个人的道德人格的做法已证明了庸俗社会学的浅薄和荒唐；但若是因个人的人格可以超越阶级的局限的个例，来试图在还存在着阶级的尖锐对立和阶层的巨大差别的社会里，否定不同阶级和阶层之间利害的冲突这一基本的事实，以及社会存在决定社会意识这一分析问题的基本原则，而试图以抽象的以"一般人性"和"普遍价值"为尺度来评价作品也是徒劳无益的。尽管美的文学对于美好人性和人生的向往在迄今为止的人类社会里还只是一个梦，它只是"停留在展望之中"，但只要世界上还存在这不公、不平、黑暗、丑恶，人们对于美好人性和人生的追求就永远不会停止，如同康德说的这个梦就将会永远继续，而"不会倒退回去"，①它会激励、鼓舞人们为现实这一梦想奋斗。伟大的作品之所以具有永恒魅力，它的原因也就在这里。

2005 年 2 月上旬初稿
2005 年 3 月上旬修改
2005 年 5 月下旬再改
（原载《文学评论》2006 年第 2 期，发表时有删节）

---

① ［德］康德：《实用人类学》，重庆出版社 1987 年版，第 235 页。

谈文学语言研究的出路

一

　　文学语言是长期以来使文艺理论界感到困惑的一个难题。问题的症结在于：在人们的思想中，文学所要创造的是形象，而作为塑造文学形象的语言却是一种概念的系统。这样，两者之间就形成了难以解决的矛盾。之所以会出现这种情况，在我看来，主要恐怕还是由于传统语言学理论在人们头脑中所造成的思想桎梏所致。

　　众所周知，传统的语言学理论是依附于西方知识论哲学发展起来的。它主要把语言看作是一种思想的工具，将语言与思维和逻辑结合在一起，甚至完全依附于思维和逻辑来进行研究，从而形成了自古希腊直到近代语言学研究中的事物—思想（观念）—语言的思想模式，即认为思想观念是对事物本质的认识，而语言则是表达这种思想观念的符号和工具。这就是德里达所批评的"逻各斯中心主义"。语言原本是为了人们交往活动的需要而产生的，如同马克思、恩格斯所指出的："语言是一种实践的，既为别人存在也为我自己存在的现实的意识。语言也和意识一样，只是由于需要，由于和他人交往的迫切需要才产生的。"① 而现在"由于形而上学把事物的真实存在理解成直接被'思想'所接受的本质,存在经验的语言性质就被隐蔽了"②,也就是说,它与人的实践、实际生活、交往活动脱离了关系,这样,自然就不能解决在语言使用中的许多具体的问题,特别是文学创作中的语言使用的问题。因为在日常生活中,正如人们平时所吃的"只是樱桃、梨、葡萄,而不是抽象的水果"③ 那样,只有具体存在着的事物而没有抽象的东西,作家在创作时所思考的也不是什么事物的抽象本质,而只是他所面对的活生生的生活世界。我们从生活中直接观察到的东西与科学家通过抽象思维所把握到的东西是不同的,尽管哥白尼证明了地球自转而分昼夜,但我们平时在早上和傍晚还是说太阳出来或太阳下山了而不说地球在转动。所以,若是按照传统的语言观来研究文学语言,就很难解决上述所面临的困惑。因此,要使我们对文学语言的研究有所突破、有所创新,我认为首先要破除的就是这种"逻各斯中心主义",这种形而上学的语言观。

其实,这种形而上学的语言观在 19 世纪随着哲学上的反科学主义思潮的兴起早已产生动摇。这首先反映在被伽达默尔称为"现代语言学的创始人"的威廉·洪堡特的著作中。他在 19 世纪 30 年代所写的《论人类语言结构的差异及其对人类精神发展的影响》等文中,受到了当时欧洲以及德国启蒙主义学者所倡导的人文科学研究成果的启示,提出要从民族学和人类学的角度,联系人的精神生活和交往活动去研究语言,特别强调:"我们不应把语言视为一种僵死

---

① [德] 马克思、恩格斯:《德意志意识形态》,《马克思恩格斯选集》第 1 卷,人民出版社 1972 年版,第 35 页。
② [德] 伽达默尔:《事物的本质和事物的语言》,《哲学解释学》,上海译文出版社 1994 年版,第 78 页。
③ [德] 黑格尔:《小逻辑》,商务印书馆 1980 年版,第 55 页。

的制成品,而必须在更大得多的程度上将它看成是一种创造;我们不必去考虑语言作为事物的名称和理解的媒介所起的作用,相反,应该更细致地追溯语言与内在精神活动的紧密相连的起源,以及语言与这一活动的相互影响。"正是因为"语言绝不是产品,而是一种创造活动,因此,语言的真正定义只能是发生学的定义"①。这些思想无疑是对传统语言学理论发起的一大冲击,是在强大的科学主义思潮统治下为恢复语言与人的生活世界的紧密联系和语言学理论的人文内涵所作的创造性的思考;同时也为我们研究文学语言问题开创了一条全新的道路。

但遗憾的是,洪堡特的这些很有价值的语言思想,在20世纪的文学理论和批评中,似乎并没有引起人们足够的重视。在这一研究领域,人们所遵循的主要似乎是瑞士语言学家费尔南德·索绪尔所开创的结构主义语言学的观念和方法。虽然索绪尔与洪堡特一样,都反对形而上的逻各斯中心主义,都强调对语言作形而下的研究的重要意义,但与洪堡特不同的是:他主张把"语言"与"言语"严格地区分开来,强调语言只是言语活动中的社会性的确定部分,"它既是语言机能的社会产物,又是社会集团为了使个人有可能行使这机能所采用的一整套必不可少的规约";而言语则是个人的、或然的,是语言在个人交往活动中所产生的变异。所以语言科学所研究的只能是"一切言语活动的表现的准则",它"不仅可以没有言语活动的要素,而且只有没有这些要素掺杂在里面,才能够建立起来"②。这些言语活动的表现规则在他看来主要有两类关系,即由句段之间

---

① [德]洪堡特:《论人类语言结构的差异及其对人类精神发展的影响》,商务印书馆1997年版,第54页。
② [瑞士]索绪尔:《普通语言学教程》,商务印书馆1980年版,第30、36页。

所构成的"组合关系"和由联想活动所构成的"聚合关系"。这样一来，他就把语言当作一个自足的概念系统，完全离开人的实际生活和交往活动来作封闭的研究，在分离语言与生活世界的联系上，与传统语言学所走的完全是同一条道路。

索绪尔的语言学理论被俄国形式主义莫斯科学派创始人罗曼·雅各布森引入到诗歌语言研究中来。他根据索绪尔的言语活动的两类规则来划分诗歌语言和散文语言，认为由句段的组合的关系所组成的"换喻的过程"是散文语言的基本形式，而以联想的聚合的关系所组成的"隐喻的过程"则是诗歌语言的典型特征。因此，"隐喻之对于诗歌，换喻之对于散文分别构成了各自阻力最小的路线"[①]。所谓文学的"文学性"，在他看来也就是由这种隐喻手法的成功运用所赋予文学的特性。这样，也就开创了完全离开文学作品的对象和内容，仅仅从形式方面、从修辞学的技巧方面来研究文学语言的道路，并与俄国形式主义彼得堡学派的创始人维克多·什克洛夫斯基一起，成了俄国形式主义文学理论的两大主要代表人物。因为尽管什克洛夫斯基所借鉴的理论资源是德国浪漫派的"陌生化"的思想，与雅各布森不同，但是他把"陌生化"仅仅理解为在语言中通过扭曲、套叠、颠倒，借以增加感觉的困难和延长感觉的时间，使习以为常的反应萌发出新意的一种手法。这样一来，文学也就成了只不过是一种"语言的编织的方法"[②]，而与实际生活毫无关系。这说明他在分离文学语言与作品的对象和内容之间的有机联系，仅仅就手法与技巧上来研究文学语言方面，与雅各布森是如出一辙、完全一

---

① ［俄］雅各布森：《隐喻和换喻的两极》，《西方文艺理论名著选编》下卷，北京大学出版社1987年版，第435页。
② ［苏联］什克洛夫斯基：《散文理论·前言》，百花洲文艺出版社1994年版，第3页。

致的。俄国形式主义后来对结构主义、符号学，直到20世纪50年代在美国风行一时的"新批评"文学理论都产生了很大的影响，在欧美似乎成了20世纪语言学文学理论批评的主潮。在我国，自改革开放以来，随着西方当代文学理论的大量引进，这些理论也曾引起文艺理论界，特别是其中一些青年学者的极大兴趣，一时间几乎居于我国文学语言研究中霸权的地位。

形式主义理论对于我国当代文艺理论的研究与建设的价值自然是不能否认的，它至少提高了语言问题在文学理论研究中的地位，使我们看到了语言对于文学作品来说不仅仅只是一种媒介、一种形象的载体，它本身还是形象的一种存在和显示的方式；在一个艺术上臻于完美的文学作品中，它的内容是不可能与它的形式，包括语言的节奏、韵律、句法截然分割的，任何形式上的改变，也就意味着内容上的变化。比如蒋捷的《一剪梅·舟过吴江》："一片春愁待酒浇。江上舟摇，楼上帘招。秋娘渡与泰娘桥。风又飘飘，雨又萧萧。何日归家洗客袍？银字笙调，心字香烧。流光容易把人抛，红了樱桃，绿了芭蕉。"这首词描写南宋亡后，作者乘舟飘零于姑苏一带，有家难归、愁苦惆怅的心情，通篇由急促的七字句和舒缓的四字句的音调有规则地交替出现所构成的那种摇曳、回荡的节奏和韵律，就像乐曲的和声，背衬出风急雨骤里江上行舟颠簸的形象。若是改换了一种形式，那么它的这种效果也就可能不复存在。从这个意义上说，文学语言确是像"新批评"理论家所说的，它自身就有着本体论的意义。所以，在文学创作中，对于语言的运用和推敲，就不应该像传统文学理论所认为的那样，是"次一等的劳作"[①]，它

[①] ［俄］别林斯基：《当代英雄》，《别林斯基选集》第2卷，上海文艺出版社1963年版，第283页。

应该被看作本身就是一种塑造形象的手段，应该引起作家足够的重视并理直气壮地加以提倡。但不论怎样，这些形式主义的理论的价值毕竟是十分有限的，它不仅不是什么新的创造，充其量只不过是传统的修辞学文学理论的复活与变调，而且这种完全脱离和排除文学作品所表达的对象和内容，仅仅就语言表达来研究文学语言的方法甚至可以说是传统的修辞学理论的倒退和逆转，因为它把我们对文学语言的研究引入一种纯技巧的歧途，从而使我们丧失了对文学语言的优劣作出科学评价的最终依据。

二

出于以上的认识，我认为要使我们的文学语言研究走上正确的道路并在理论上真正有所推进、有所创造，从根本上，亦即从方法论的意义上来说，还是应该遵照洪堡特所指明的方向去进行努力。因为文学语言对于作家创作来说毕竟首先是一种媒介，它的职能主要是为了反映现实生活，表达思想情感。我们评价一个作品语言的优劣主要也应该从它反映现实生活、表达思想情感所达到的准确性、鲜明性、生动性和独创性的方面着眼，而并非什么孤立的节奏、韵律、音调以及句法变化之美。离开了生活世界和作家思想情感的参照，我们的评价也就失去了依据，就会变成为纯形式的操作。如王维的《山居秋暝》中间的两联："明月松间照，清泉石上流。竹喧归浣女，莲动下渔舟。"有人认为，这两句的作法之妙就在于由于颔联"照""流"二动词用在句末，所以颈联"归""下"就不再在同一位置上重复，以免在句法上与颔联雷同，有失变化而削弱美感。这遵照的完全是一种形式主义的评判标准和分析方法。其实，这两联句法上的变化在我看来首先是出于表达诗人耳闻目睹的当下的情景之需所作的一种安排，它向我们描述了这样一个生动的感觉的过程：耳闻竹喧才见浣女还家，目睹莲动方知渔舟归来。它的效果不仅使欣赏者产生了一种实地观察的真切感受，而且还在心理上造成一种悬念和期待，更能激发起读者生动活泼的想象。若按照颔联的句法改为"浣女竹喧归，渔舟莲动下"，意思的变化虽然不大，但情味却令人索然了。而颔联的句法之所以主语提前，突出"明月""清泉"，也不只是为了避免与颈联雷同，而是让人感到像明月、清泉等虽是无情之物，也仿佛能通人情，善解人意，穿过松林来与我做伴，以涓涓的流水来慰我寂寞，不由得使人自然联想起《竹里馆》所描写的"独坐幽篁里，弹琴复长啸。深林人不知，明月来相照"和《栾家濑》所营造的"飒飒秋雨中，浅浅石溜泻。跳波自相溅，白鹭惊复下"的意境，画面也显得更富有情趣和生机。既然这样，那么，我们怎么能完全撇开诗歌的意境的传达，仅仅就句法的变化来判断这两句诗的审美价值呢？

由此可见，要真正评判文学作品语言的优劣是不可能离开它传情达意的功能，仅仅从修辞学的层面上来进行研究的，而应该像洪堡特所指出的首先联系人的精神生活和交往活动（我认为"交往"不能狭义地理解为只是人与人之间的一种交流活动；在创作中，由于作家的移情和想象作用，物我之间同样也会形成一种交往的关系，刘勰所说的"情往似赠，兴来如答"，就是作家与对象的对话和交往的生动体现）来进行考察。洪堡特提出的这一有价值的思想虽然在当今文学理论研究中并没有引起应有的重视，但应该看到它在20世纪的语言学、哲学，乃至心理学研究领域，在萨丕尔、沃尔夫等语言学家，在伽达默尔、利科尔、哈贝马斯等哲学解释学家，乃至鲁宾斯坦、列昂捷夫等苏联"文化历史学派"心理学家的著作中，还是产生了许多积极的影响并对之进一步作出了较为重大的发展的。

这些理论家在研究语言方面的共同倾向都是为克服"逻各斯中心主义"以及伽达默尔所说的"近代科学的方法概念与生活于世界上的人类的理解要求之间存在着的一种不可解决的对峙"①，为恢复语言与生活世界、与人的精神生活和交往活动的联系而竭尽全力。他们都反对把语言看作只是一种抽象的思想（亦即科学的思维）工具或封闭的符号系统，认为它首先是存在于人的现实的语言行为中的一种活生生的东西。他们的最基本的思想原则就是洪堡特所指出的：虽然从根本的意义上来说，我们只能把人的讲话活动的总和称为语言，但是"现实存在的只是那种通过每一次讲话而产生的个别的东西；这种个别的东西永远是不完整的，我们只有从不断进行的新的活动中才能认识到每一生动讲话行为的本质，才能观察到活语言的真实图景。语言中最深奥、最微妙的东西，是无法从那些孤立的要素上去认识的，而只能在连贯的语言中为人所感受到或猜度到（这一点更能说明，真正意义的语言存在于其现实发生的行为之中）。一切意欲深入至语言生动本质的研究，都必须把连贯的言语理解为实在的和首要的对象，而把语言分解为词和规则，只不过是经科学剖析得到的僵化的劣作罢了"。因此，"语言在任何地方，包括在文字里，都不是处在停留不变的状态，它那仿佛僵死的部分必须始终在思维中重新予以创造，生动地转变为言语和理解，才能完全转入主体"。在这一过程中，一方面"语言在每个人身上产生的变异，体现着人对语言施加的影响"，而另一方面，又"只有在个人身上，语言才获得其最终的规定性"②。这就向我们表明：语言总是在个人的日

---

① ［德］伽达默尔：《赞美理论》，上海三联书店1988年版，第162页。
② ［德］洪堡特：《论人类语言结构的差异及其对人类精神发展的影响》，商务印书馆1997年版，第55—57页。

常交往活动中创造性地进行使用的。在语言行为中，语词的意义往往不完全按照概念所固有的含义而是按照它的实际使用来理解的。从这个意义上，我认为维特根斯坦在他的后期著作中所提出的"语言游戏"说是很能说明问题的。因为游戏既需要遵循一定的规则，又需要对规则作灵活的运用。就像棋盘中的棋子一样，它在棋局中的意义和作用完全是靠对它的运用而产生的。根据这个道理，维特根斯坦认为："只有知道怎样用一个名称做某种事情的人才能有意义地问起这个名称。"① 语言使用的道理也是这样。所以到了后期，他改变了前期视意义为"事物—名称"的主张，提出"一个词的意义就是它在语言中的使用"②，"每一个记号就其本身而言都是死的，是什么赋予了它生命？——它的生命在于它的使用"③。他的观点对"语言行为"说的代表人物奥斯丁和塞尔都曾产生过很大的影响。但是维特根斯坦的思想毕竟是从他前期的逻辑分析哲学发展而来的，尽管他说过，"'语言游戏'一词的用意在于突出下列这个事实，即语言的述说乃是一种活动，或是一种生活形式的一部分"④，但他是离开人的语言活动的内在动机、外部环境和条件，只是从语言活动的形式上来进行研究的。这表明，他的方法仍然是封闭的，仍然没有完全摆脱他前期逻辑分析方法的印记，与索绪尔那种仅仅从语言结构内部来研究语词使用的方法本质上似乎没有太大的差别，甚至他以"走棋"来比喻语言的使用这个例子，也是从索绪尔那里借用过来的。这样，就使得他对语言活动的研究由于失去与社会、文化、心理以及人的实际生活的联系而陷入模式化，这在奥斯丁对"语言

---

① ［奥］维特根斯坦：《哲学研究》，商务印书馆1996年版，第23页。
② 同上书，第31页。
③ 同上书，第193页。
④ 同上书，第17页。

行为"的分析中表现得更为充分、更加明显。

由此可见,即使同是把语言看作一种人的活动、人的行为,但还是存在着以科学的观点还是以人文的观点来进行研究这样两种倾向的区别。这里的分歧就出在对语言的使用者——人的理解上。所谓人文的观点,最主要的我认为就是在研究语言的时候,我们不仅把它当作一种文化现象、一种人的活动及其产品,而且还应该把这个人看作不是经过科学家抽象和分解的、存在于现实世界中的活生生的生命个体,他不但有思想,同时还有意志和情感,是在知、情、意统一的意义上参与活动、与世界建立联系的。所以,从人文的观点来看,语言的内容比思想的范围要大得多,把语言看作是思想的工具是不能概括它与世界的全部关系的。因为人对语言的运用总是源于他自身的感觉、情感、想象、理解、意志与欲求,即使在借助语言进行思考、传达信息的时候,也无不表达他自己所特有的感觉方式、理解方式和评价方式。从这个意义上说,每个人所使用的语言都是在与世界的交往过程中由他自己所创造的,所以伽达默尔认为使用语言"并不是指学着使用一种早已存在的工具去标明一个我们早已在某种程度上有所熟悉的世界;而只是指获得对世界本身的熟悉和了解,了解世界是如何同我们交往的"①。它体现着人与世界的一种活生生的、丰富而生动的关系和联系,一种人类的生活的整体形式。这决定了在具体的语言行为中,对于一个词或一句话的理解,仅仅像结构主义语言学那样联系与之相邻的其他要素是远远不够的,而更需要联系人的活动以及在活动中所展示的人的整个生活世界:民族的、社会的、历史的、文化的、习俗的、心理的等方面

---

① [德] 伽达默尔:《事物的本质和事物的语言》,《哲学解释学》,上海译文出版社 1994 年版,第 62 页。

的关系来进行体会。所以，它不只是一种共义化的思想符号，同时也是个人的生存方式和精神生活在其中的折射和投影。

三

那么，自洪堡特以来所形成和发展起来的关于语言问题的人文学的理解与解释，对于我们文学语言的研究来说，又可以从中获得哪些有益的启示呢？我认为最主要有这样三点。

首先，是"语境"的理论。所谓语境就是指语言环境和语言场合，在现实生活中一般是指说话的时间、地点，说话人的心理、与听话人的关系以及语词在语句中的具体使用等。作为文学作品反映对象的生活世界是我们感觉的世界，它与理念世界不同就在于它是未经分解、抽象，一切都按照生活原样呈现在我们眼前的一个整体。文学之所以必须通过形象创造来反映生活，就像黑格尔所说的"既不是由于它碰巧在那里，也不是由于除它以外，就没有别的形式可用，而是由于具体的内容本身就含有外在、实在的，也就是感性的表现作为它的一个因素"①，也就是唯有这样一种感性的形式，才能实现从多种关系和联系中反映生活世界这种整体特性的目的。而语境的理论，正是生活的整体特性在语言行为中的一种具体体现。它要求我们从多种关系和联系中来理解语言活动中每一个词的意义和用法。这不仅指在文学作品中，语词的释义总是受特定的语言环境，包括时间、地点、人物关系和心理状态所规定，随着这些语境要素的变化而改变，而且还要求我们联系整个作品，把整个作品所描写的时间、地点、人物关系等等当作一个统一的语言背景、一个语言

---

① ［德］黑格尔：《美学》第 1 卷，商务印书馆 1979 年版，第 89 页。

的大环境来加以看待。在这个语言的大环境中,正如巴赫金所指出的,"人物的言语听起来完全不同于在现实的言语交际条件下独立存在的情形:在与其他言语、与作者言语的对比中,它获得了附加的意义,在它那直接指物的因素上增加了新的、作者的声音(嘲讽、愤怒等等),就像周围语境的影子落在它身上"①。人物的语言如此,叙述人的语言又何尝不是这样?如鲁迅《孔乙己》中这样的一段话:"孔乙己是这样使人快活,可是没有他,别人也同样这么过。"从语言的大环境来看,我们就可以发现这里的"快活"绝非只是字典释义中的"快乐"或"高兴",它有着比这些常用意义远为复杂而丰富的内涵。它既反映了孔乙己言行的迂腐可笑和周围群众的冷漠无情,也表达了叙述人(他代表着作者的思想和态度)在对孔乙己的批判中所隐含的深刻的同情和悲哀:是科举制把他造就成了一个废物,一个在生活中只是供人调笑、奚落的对象,一个可有可无的人。这些附加的语义成分就不是一般常用意义或字典中的释义所能概括得了的;对于这些附加的意义,我们只有联系整篇小说,把整篇小说当作一个大语境,才能深入体味到。这正是文学作品作为一种现实生活的生动再现,一种现实生活的整体把握所要追求的一种表达方式。

其次,是"交往"的理论。"交往"是借助一定的媒介来传递思想、情感,以达到个体与个体、个体与社会之间互相理解、沟通、协调一致的一种社会活动。这种媒介最主要的就是语言。文学作品是有赖于读者的阅读而存在的。因为只有在阅读中,当读者进入到作品所创造的境界之中,完全为作家所征服,把作家的思想情感转

---

① [苏联]巴赫金:《文学作品中的语言》,《文本 对话与人文》,河北教育出版社1998年版,第283页。

化为自己的思想情感之后，作品的潜在价值才能转化为实在的价值，它的社会效用才能得到真正的发挥。由于作家创作都是为了把自己的思想情感抒写出来，以求与读者进行交流，所以写作就不像以往人们所理解的只是一种独白。一旦当作家真正进入到创作的境界，它实际上就是在与他心目中的读者进行谈心、对话和诉说，在他的意识中总有一些潜在的、隐含的读者在。就像柯洛连柯所说："作家必须不断地感觉到另一些人的存在，必须回过头来看看，他的思想、情感、形象是否能够呈现在读者面前，变成读者的思想、读者的情感和读者的形象。"① 唯有这样，他的意图才有望可能得以实现。哈贝马斯为了强调语言行为在日常交往中的功效，认为"文学文本之内出现的有效要求只对在其中出现的那些人物才有约束力，并非针对作者和读者。有效性的转移在文本的边界被中断；它并不通过交往关系延伸到读者那里。文学言说行为在这种意义上只对那些在小说中出现的人物有效，对那些处在第三人称或者由第二人称转移到第三人称的人有效。它并不针对真正的读者"。因为"第一人称和第二人称是参与者的视野"，"第三人称是旁观者的视野"②。但事实上，为了达到交往的效果，许多作品都是有意把读者当作一个参与者来看待和处理的。如陀思妥耶夫斯基认为，他"写书的形式就是对读者讲话"③，法国"新小说"作家布托更是直接以"第二人称"来进行写作。虽然这种形式在叙事类文学中并不多见，但在抒情类文学中却非常普遍。如苏轼的《浣溪沙》："山下兰芽短浸溪，松间

---

① 转引自［苏联］赫拉普钦科：《作家的创作个性和文学的发展》，上海人民出版社1977年版，第78页。

② 转引自薛华：《哈贝马斯的商谈伦理学》，辽宁教育出版社1988年版，第34页。

③ ［俄］陀思妥耶夫斯基：《地下室手记》。

沙路净无泥，萧萧暮雨子规啼。谁道人生无再少？门前流水尚能西，休将白发唱黄鸡。"这首词在我看来就不是独白而是对话。正是由于作者心目中有着一些以为"黄鸡催晓""白日催年""人生易逝""光阴不再"的对人生怀有消极情绪的读者的存在，词中才会发出"谁道人生无再少？"这样的反诘问。这个疑问句与诗歌中通常的那种自问自答的写法，如"问君何能尔？心远地自偏。""何处是归程？长亭更短亭。""日暮征帆何处泊？天涯一望断人肠。"等是完全不同的，它有很强的思想针对性，是直接针对着这种消极悲观的人生观而发的。这难道只是一种独白而不是对话？所以，伽达默尔认为，"讲话不属于我的领域而属于我们的领域"，只有当听话者参与进去之后，讲话的形式才能发生。"语言的真实存在是，当我们听到话语时，我们就已经参加进去。""只要一个人所说的是其他人不理解的语言，他就不是在讲话。"① 因而，当文学作品在与读者开展的对话过程中，一方面，读者作为听话者并不只是消极地接受作家通过作品向他发布和传递的信息，他总是积极参与其中，并按照自己的思想去接受它、理解它。所以从某种意义上说，"理解一个文本就是使自己在某种对话中理解自己。……只有当文本所说的东西在理解者自己的语言中找到表达，才开始产生理解"。另一方面，成功的文学作品对语言的运用都不会只以表达作家的构思成果为满足，它同时在向读者发出召唤，争取读者参与到这种对话中来，并在对话中通过激活读者的想象，唤起读者的情感，使读者把自己相关的经验调动起来，投入到共同实现对艺术形象创造的工程中去。"若是文本对

---

① ［德］伽达默尔：《事物的本质和事物的语言》，《哲学解释学》上海译文出版社 1994 年版，第 65 页。

读者保持缄默，对文本的理解就不会开始。"① 所以，一部作品通过阅读而存活于大众心目中的形象，都是读者与作家所共同创造的，它不仅有时代的差别，而且还有个人的差别。而语言交往亦即对话的理论，正是从媒介的角度向我们说明了文学创作与阅读之间原本存在的距离，通过阅读如何获得沟通、融合而又如何发生变化、更迭的现实依据。

再次，是"个性化涵义"的理论。"个性化涵义"是由苏联"文化历史学派"心理学的代表人物之一列昂捷夫在分析日常语言时所提出来的一个概念，借此来区分它与意义（词义）的不同。他认为"意义是一种对现实的反映，它不依赖于个别人同现实的关系"，而涵义则"是意义在个人心理生活中的实际地位和作用，以及意义在个人的生活中是何物的问题"。所以"涵义决非潜含在意义之中，而且也不会从意义中来而在意识中产生。涵义不是由意义产生的，而是由生活产生的"②。它反映的是个人在一定场合和条件下的感觉和体验，如"长命百岁"这个词组，从意义本身来说，无论如何是一种表达祝福的意思，但是在一位99岁的老人听来，却很可能变成为一句咒语，这就是它在这位99岁的老人的实际感觉中的涵义。所以涵义的理论表明了"意义在具体个体的意识中的运动的一个方面，是它们'返回'到世界的感性的对象性"的表现③，也就是意义进入到个体心理层面所产生的一种变异，它虽然适合于此场合，却未必适合于彼场合。文学的对象是实际生活中的丰富多彩的感性世界，

---

① ［德］伽达默尔：《事物的本质和事物的语言》，《哲学解释学》上海译文出版社1994年版，第56页。
② ［苏联］列昂捷夫：《活动 意识 个性》，上海译文出版社1980年版，第213页。
③ 同上书，第105页。

作家不是通过抽象思考而首先凭借感觉、体验来与之建立联系的，因而反映在文学作品的语言上，往往都是在"个性化涵义"的层面上来加以使用的，这是文学语言区别于科学语言的一大特征。对此，萨丕尔早就有所注意，他认为："真正深入的符号作用并不依靠和特种语言的词句相结合，而是稳固地建筑在一切语言表达的直觉的基础上。……某些艺术家的精神活动大部分在非语言的平面上进行，甚至发现难以用习惯说法的严格固定的辞句来表达自己的意思。"①这样，就通过"在非语言平面上"的使用，使语言的意义从普遍的、社会的层面转入到个体的、心理的层面，转化为个性化的涵义，从而使得与原先没有相应语言的个人意识，包括感觉、体验等都能找到生动的表达。文学作品的语言风格以及某些特殊的使用手法，就是由此而生。如前面所举的在《孔乙己》中鲁迅把孔乙己在生活中的遭人愚弄、嘲笑、侮辱说成是"使人快活"，只要我们细细阅读一下鲁迅的小说，就会发现类似这样一种变异的用法在他的作品中大量存在而绝非个别例子。它们共同构成了鲁迅小说语言含蓄、幽默、苦涩、冷峻的文体风格和反讽、悖论、夸张、含混的叙事语调。这正是鲁迅对于生活所特有的感受方式、理解方式、评价方式以及他所特有的人生智慧、人生见解、人生态度在作品语言上的投影。这种出于为了表达"个性化涵义"的需要而对语言所进行创造性的使用不仅是文学赋予作家个人的最高权力，而且一旦当它获得社会的认可，它反过来又为丰富和充实民族的语言，对推动民族语言的发展起着重要的作用。所以卡西尔认为："一切伟大的诗人都是伟大的创造者，不仅在其艺术领域是如此，而且在语言领域也是如此。他不仅有运用而且有重铸和更新语言使之形成新的样式的力量。意大

---

① ［美］萨丕尔：《语言论》，商务印书馆 1985 年版，第 200—201 页。

利语、英语和德语，在但丁、莎士比亚和歌德身后和他们生前是不同的。这些语言由于但丁、莎士比亚和歌德的作品而经历了本质性的变化。这些语言不仅为新的词汇所丰富，也为新的形式所丰富。"①这结论我认为也同样适合于施耐庵、曹雪芹、鲁迅、老舍等大师，他们的语言既都是在汉民族语言的基础上加工的，而通过他们的创造，又推动了汉民族语言的发展。白话文之所以能达到今天的表现力，就是与吸收他们的创造成果分不开的。他们之前的白话文与他们之后的白话文也是不一样的。这些创造虽然并不一定都属于"个性化涵义"的表达，但至少是包含这些由表达"个性化涵义"所创造的成分在内的。

以上三点归纳起来可以用一句话来概括，即文学语言与科学语言的不同就在于它是整体的、开放的、创造的、与生活世界紧密相关的语言。相对于我们过去文学语言研究的思路和方法，我认为这才是我们所要寻求的、并在研究中真正值得我们遵循的一条道路。

1999年7月中旬

（原载《江苏社会科学》1999年第6期）

---

① ［德］卡西尔：《语言与神话》，生活·读书·新知三联书店1988年版，第142页。

论创作个性

文学对现实的审美反映是通过作家这一创作主体来完成的。在创作过程中，作家总是从自己的审美感受和体验出发去反映现实、塑造形象。这决定了凡是遵循审美反映活动的一般规律所创造的作品总是会表现出作家个人才能的鲜明特征。这种作家个人才能的特征突出地体现在创作时他总是力求找到自己的题材，并以自己特有的感受方式、理解方式、加工方式和传达方式把它表现出来。这种显示在作品中的作家个人的才能特征，就是我们所说的创作个性。

一

创作个性既是文学历史，也是人类历史发展的产物。它是以人的觉醒，以个性的发现为前提的。在上古社会，由于生产力发展水平的低下，人们只能依靠群体的力量才能战胜自然、得以生存；因此，人的主体意识尚停留在群体意识的阶段，表现在文学中，"社会就是一切，人什么都不是"①，这不仅反映在一些在民间传说的基础上经过集体智慧的加工而形成的、体现着全民族精神和理想的英雄史诗上；即使当时产生的一些颂诗（如《诗经》中的"三颂"，古希腊的合唱琴歌等），也都是为代表部族和民众向神灵进行祈祷所作，一般都没有作者自己的声音，反映作者自己独特的创作个性。直到随着社会的发展，个人开始在社会生活中获得自己相对独立的地位，个性得到了尊重，在这个基础上，才开始逐渐形成了作家自己的创作个性。

但是，创作个性又毕竟不是作家个性的直接派生物。每一个作家都有自己的个性，但未必都有自己的创作个性。所以，这两者是既有联系又有区别的两个概念。所谓个性，通常就是指在一定生理素质的基础上和一定社会条件的影响下，在社会实践过程中形成并发展起来的个人的比较稳定的心理特征的总和，如兴趣、爱好、气质、能力等。这种个性心理特征与创作的联系，在欧洲还是直到近代才被认识；但在我国却在魏晋时代就开始为作家和理论家们所注意。如曹丕在《典论·论文》中就提出"文以气为主"，认为作品创作面貌的种种差别，都是由于作家个性、气质的不同而形成的。气质是先天的，"虽在父兄，不能以移子弟"，所以作品的风格也不可能通过模拟而获得。刘勰在《文心雕龙·体性》中，对曹丕的观点又做了进一步的补充和发挥，并列举大量事例来对作家的创作个性加以积极的肯定："是以贾生俊发，故文洁而体清；长卿傲诞，故理侈而辞溢；子云沉寂，故志隐而味深；子政简易，故趣昭而事博；孟坚雅懿，故裁密而思靡；平子淹通，故虑周而藻密；仲宣躁锐，故颖出而才果；公干气褊，故言壮而情骇；嗣宗俶傥，故响逸而

---

① ［俄］别林斯基：《智慧的痛苦》，《别林斯基选集》第 2 卷，上海文艺出版社 1963 年版，第 87 页。

调远；叔夜俊侠，故兴高而采烈；安仁轻敏，故锋发而韵流；士衡矜重，故情繁而辞隐。触类以推，表里必符，岂非自然之恒资，才气之大略哉！"早在一千五百年之前，就看到了作家个性与作品个性风貌之间的这种内在的联系，这不能不说是文艺理论史上的一个重大的发现！

不过，若是把作家创作个性的形成的原因完全归之于作家的心理素质，那也是不全面的。其实作家的个性心理特征只不过是构成作家创作个性的基础；要使作家的个性心理特征在创作中获得肯定，并在作品中得到鲜明的体现，还必须经过作家创作活动的选择才能达到。所以刘勰在积极肯定作家的个性心理对作品影响的同时，又着重指出作家创作个性的形成乃是"情性所铄，陶染所凝"，既"肇自血气"，又"功以学成"①的成果，即除了作家的先天气质之外，还与后天学习和培养有着密不可分的联系。这是由于创作与人类的所有活动一样，都是一个主客体之间相互作用的过程。在这个过程中，一方面作家根据自己的兴趣、爱好、气质、能力，从自己的经验材料中选择他所感兴趣的对象，并通过对这些对象的加工、改造，使之按照自己的感受方式、理解方式和传达方式表现出来，从而使对象打上了自己个性特征的印记；而另一方面，作家的个性特征能否获得充分发挥，又要受到一定客观对象的限制，取决于作家的个性特征能否与这些对象相契合。这是因为客观对象都有它自己的客观属性，它不是无选择地为任何作家都能驾驭的，只有当它与作家的个性特征完全契合，才有可能在作品中获得成功的表现。例如果戈理的讽刺喜剧《钦差大臣》的素材原是普希金告诉他的。普希金获得这个素材后之所以没有自己动笔创作，而把它"出让"给果戈理，因为他知道只有果戈理的幽默个性和讽刺才能，才与这个素材

---

① （南朝梁）刘勰：《文心雕龙·体性》。

的性质和意蕴相符。因而对于这个素材的处理和加工也只有到了果戈理的手中，才可望获得成功；而这种幽默的个性和讽刺的才能正是普希金自己所缺乏的①。作家的这种对于特定素材的驾驭能力并非与生俱来，而它是在长期创作实践的过程中，逐步认识到自己的长处和短处、优势和劣势，擅长于写什么和不擅长于写什么，善于对生活采取这种加工方式而不善于采取那种加工方式，才被经验肯定下来而成为与自己的个性特征相适应的加工对象，使自己的主观特征与自己的加工对象之间建立起一种对应、同构的关系，才会达到主观因素与客观因素两者真正的统一。这些被创作实践肯定下来的主观特征又在后来的创作活动中不断地得到发展和强化，并逐渐在作家身上巩固下来，成为某个作家所特有的把握生活的心理定势和艺术加工的方式，一种支配作家艺术选择和艺术加工的无意识心理。到了这时，作家在创作过程中就可以达到"使自己与对象完全融合在一起，根据他的心情和想象的内在生命去造成艺术体现"②，并反映在他的一系列的作品之中，他的创作个性也就真正开始形成和确立了。这表明创作个性不完全等同于作家的个性，它是在作家个性心理特征的基础上，在作家长期创作实践过程中通过主客体的交互作用所形成的一种新的心理特质。正是因为这样，创作个性的形成也就成了作家创作进入成熟阶段的标志，它凝结着作家在艺术道路上长期艰苦探索的心血，是一个初学写作者所望尘莫及的！

但是，对于创作个性的这种可贵的品格，并不是每个理论家都能真正认识并予以充分肯定的。不少人都曾因强调作家与群体意识

---

① 详见［苏联］多宾：《论情节的典型化与提炼》，作家出版社 1956 年版，第 15 页。

② ［德］黑格尔：《美学》第 1 卷，商务印书馆 1979 年版，第 389 页。

和历史传统(这无非是一种以社会遗传的方式所保留下来的群体意识)的联系而否定创作个性。比较有代表性的是艾略特和荣格。艾略特强调文学与传统的血肉联系,强调"诗是许多经验的集中",因而提出"艺术的情感是非个人的",它"不是表现个性,而是逃避个性","一个艺术家的前进是不断地牺牲自己,不断地消灭自己的个性"。① 而荣格则从他的"集体无意识"的理论出发,认为"伟大积极的艺术的奥秘就是把原始意象翻译成我们今天的语言",因此,"诗人本质上是他的作品的工具","艺术作品的本质就在于它超越了个人生活领域而以艺术家的心灵向全人类的心灵说话","作品中个人的东西越多,也就越不成其为艺术",所以他就不加分析地一概把个人的因素当作一种"局限"、一种"个人癖性",乃至一种"罪孽"来加以排斥。② 至于在我国文艺理论界教条主义、形而上学猖獗的时期,以强调作家是阶级的喉舌、人民群众的代言人来否定创作个性的理论更是随处可见。这些观点都是十分片面的。自然,作家如同高尔基所说的都应该"是世界的回声,而不仅仅是自己灵魂的保姆"③。而且,愈是伟大的作家,也愈能善于调节个人与群众和社会的关系,把社会的情感、群众的情感融化于个人的情感,从而使得他的作品在任何时候都散发着一种深沉博大的时代的音响。但是,不论怎样,这种群众的意识在作品中总是通过作家个人的意识而表现出来的。正如世界上不存在没有个体的群体,离开个体意识的群

---

① [英]艾略特:《传统与个人才能》,《西方文艺理论名著选编》下卷,北京大学出版社1987年版,第47、49页。
② [瑞士]荣格:《心理学与文学》,生活·读书·新知三联书店1987年版,第143—144页。
③ [苏联]高尔基:《给基·谢·阿胡米英》,《文学书简》上卷,人民出版社1962年版,第498页。

体意识那样；反过来，群体意识也总是存在于个体意识之中，通过个体意识而获得表现。再加上在艺术创作过程中，作家与现实的关系是直接从感性层面发生，亦即通过作家与感性现实直接接触过程中产生的；因此，总是离不开作家个人的感觉、体验和想象。而读者在阅读作品时所期望看到的，也正是作家个人对生活的某种独到的发现和见解；否则，还不如去找一些报刊和文件来看！这都表明在真正的文学作品中，抽象的群体意识是不存在的，它总是渗透在作家个人的意识之中，而且也只有当它与作家的个人意识融为一体，通过作家独特的感觉、情绪和体验折射出来，才能获得审美的价值。所以，一切否定作家创作个性的存在和重要性的观点都是片面的，是经不起科学分析的。

二

创作个性在文学创作中的地位之所以如此重要，根本原因就于：文学创作并非像一些旧唯物主义理论家所说的只是作家对现实的机械"摹仿"，而总是从作家自己的审美意识出发去反映现实的。当一个作家在实践中形成了自己的创作个性之后，就必然会积极地反作用于客观对象，对客观对象起着选择和同化的作用，成为作家反映现实的出发点和创作活动这一主客体之间双向逆反、交互作用过程中的矛盾的主导方面。所以，一旦当作家有了自己的创作个性，他就能在创作中摆脱了"自然的单纯模仿"，即"以自己眼前的自然作为绘制每幅图画的起点和终点"[①] 的素朴的状态，进而按照自己的创

---

① ［德］歌德：《自然的单纯模仿·作风·风格》，《文学风格论》，上海译文出版社1982年版，第1页。

作个性、自己对现实的感受方式和理解方式去对客观对象进行加工和改造，并赋予对象以主体所特有的性质和内容，这往往是作家取得成就的重要而关键的一环。因为文学作品的价值毕竟不完全等同于素材和题材本身的价值。反映重大的现实斗争对于文学自然任何时候都是十分重要的，但是我们也不可能要求每个作家都有伟大的经历，都能在作品中为我们创造出气势恢宏、波澜壮阔的巨大的历史画卷。像契诃夫、茨威格、老舍等优秀的作家都没有经历过轰轰烈烈的现实斗争，但正是他们独特的创作个性，对于生活独特的感受方式、理解方式、加工方式和传达方式，决定了他们对自己所生活的特殊领域、自己所掌握的特殊对象的感受和体察，达到了为一般人所不能企及的透彻入微的程度，使得许多平凡的生活在他们笔下都做出别具一格、令人耳目一新的反映，从而赋予他们的作品以一种别具魅力的艺术风貌，因此他们的作品也就成了对于世界文坛的一种独特的奉献！这是文学作品之所以能百花齐放、姹紫嫣红的根本原因之所在。由此可见创作个性的可贵以及它对于文学事业的发展、繁荣所起作用之重要。这种重要性具体表现在以下三个方面。

首先，有助于形成作家自己独特的艺术领域。文学创作既然都是从作家自己的个性特点出发去反映现实的，所以大千世界、万象纷呈，并非什么都能成为作家的加工对象；客观现实能否引起作家的创作冲动，不仅取决于对象本身的意义，而且还要看它是否契合作家的创作个性。只有当感性材料与作家的才能特征彼此接近，作家才会为这些材料所吸引、所感动，才会激发起他创作的热情。因此，构成作家艺术加工对象的并不是存在于作家视野之外的整个广袤的世界，而只能是契合作家创作个性，为他所深切感受和理解的那一部分现实。所以歌德说："对于本身自在价值，也就是本来具有诗意的材料，也须契合主观世界才能被采用，如果不契合主观世界，那就用不着对它进行思考了。"① 这决定了在创作中每个具有创作个性的作家都有自己所关注和耕耘的领域，如同冈察洛夫所说："我有（或者曾经有）自己的园地，自己的土壤，就像我有自己的祖国，自己家乡的空气，朋友和仇人，自己的观察、印象和回忆的世界——我只能写我体验过的东西，我思考过和感受过的东西，我爱过的东西，我清楚地看见过和知道的东西，总而言之，我写我自己的生活和与之长在一起的东西。"② 任何作家，都只有在自己的园地内，他才能纵横驰骋、应付裕如，使自己的想象翅膀得以自由的飞展！超越这个范围，也就丧失了自由。出于对这一规律的深刻的认识，歌德认为：作家的"最大的艺术本领就在于懂得限制自己的范围而不旁驰博骛"③。这对作家本人来说当然是一种限制；但正是由于作家的反映领域都是每个作家自己在长期生活实践的过程中，以自己灵悟的眼光发现，是别的作家所不能占领的完全属于他自己的所特有的世界，就像王国维所说的："世无诗人，即无此境界。"④ 因此，对于整个文学领域来说又是一种开拓！所以杨格认为："独创性作家是，而且应当是人们极大的宠儿，因为他们是极大的恩人，他们开拓了文学的疆土，为文学的领域增添一个新的省区。"⑤ 我们的文学领域唯其有那么多作家从自己的创作个性出发辛勤地去进行发掘和开拓，艺术的天地才会变得如此广阔、富饶！

其次，有助于形成作家自己独特的生活见解。具有创作个性的

---

① ［德］爱克曼：《歌德谈话录》，人民文学出版社1978年版，第46页。
② ［俄］冈察洛夫：《迟做总比不做好》，《古典文艺理论译丛》第1册，人民文学出版社1961年版，第189页。
③ ［德］爱克曼：《歌德谈话录》，人民文学出版社1978年版，第80页。
④ 王国维：《人间词话》附录十六。
⑤ ［英］杨格：《试论独创性作品》，人民文学出版社1963年版，第5页。

作家不仅都有自己的艺术领地，而且还都有他自己对生活独特的感受、体验和理解。高尔基说："艺术家是这样一个人，他善于提炼自己个人的——主观的——印象，从中找出具有普遍意义——客观的——东西。"然而在平时生活中，"大多数人是不提炼自己主观印象的，当一个人想赋予自己所感受的东西尽量鲜明的形式的时候，他总是运用现成的形式——别人的字句、形象和画面，他总是屈从于占优势的、众所公认的意见，他形成自己个人的意见，就像别人的一样"①。这就是说，平常一般人对世界的感知总不免要受到某种习惯心理的影响，这种习惯心理常常成为人们头脑中的一种知觉定势，一种进行感知的心理模式，从而使得人们对现实的认识难以超越时俗的见解，从中把捉到真正属于他自己的东西。而当作家有了自己的创作个性、有了自己独特的感受方式、体验方式和理解方式之后，他就能从眼前奔腾而过、瞬息即逝的生活洪流中敏锐地抓住自己的印象，提炼出自己的见解，并根据自己独具慧眼的发现，通过对于感性材料的加工、处理，去构筑他自己的世界。所以，优秀的作家总是在抓到了真正属于自己的东西之后才开始创作的。正如列夫·托尔斯泰告诫日尔凯维奇时所说的："只有当您感到心中有一种完全新的、重要的、自己的而人们还不理解的内容的时候，当必须表现出这一内容的要求不能使您安静的时候，那才好安静写作。"②这决定了他们的作品都是对生活的一种独到的发现。由于具有创作个性的作家所描写的都是对于他来说才是熟悉的，而别人未必能够发现的隐秘，因而他们的作品所揭示的对于读者来说永远是一个新

---

① ［苏联］高尔基：《给康·谢·斯坦尼斯拉夫斯基》，《文学书简》上卷，人民文学出版社1962年版，第426页。
② ［俄］列夫·托尔斯泰：《致阿·夫·日尔凯维奇》，《文艺理论译丛》第1期，人民文学出版社1957年版。

的、前所未闻的、令人始料不及的世界;是一个"被习以为常的印象不断重现而破坏了我们对宇宙的观感之后"又"重新创造的一个宇宙"①。因此,它对于我们认识生活永远是一个深刻而不可穷尽的启示。所以达·芬奇曾以"教导人们学会观看"②来说明艺术品的价值。歌德也曾这样谈到自己阅读莎士比亚作品时的体会:"当我读完他的第一个剧本时,我好像一个生来盲目的人,由于神手一指突然获见天光,我认识到,我极其强烈地感受到我的生存得到了无限广的扩展;对我说来一切都是新奇的、前所未闻的……"③这也是我们阅读独创性作品的共同感觉。由于我们在这个世界上生活惯了,对于周围的许多事物,总是熟焉不察、习以为常;常常要等到作家为我们指点出来,才能窥测到生活的真相。如在普希金写奥涅金、屠格涅夫写巴扎洛夫、冈察洛夫写奥勃洛摩夫、鲁迅写阿Q之前,这些性格和现象在生活中早就存在,有些甚至已相当普遍,然而人们总是视而不见;直到这些艺术形象产生、生活的真相被作家点破之后,"多余人""虚无主义者""奥勃洛摩夫性格""阿Q精神"等名词才随之在生活中流传开来。有人认为:我们平时对生活的许多看法,都是从文学作品中所学到的。这种说法未免有些强调过分,但也不是完全没有道理的。所以,作家的创作个性愈鲜明,他从生活中所发现的东西愈独到,那么对于我们认识生活的启示就愈大,也就愈能丰富和充实我们的经验世界和精神生活。

再次,有助于找到作家自己独特的表现形式。黑格尔说,在作

---

① [英]雪莱:《为诗辩护》,《十九世纪英国诗人论诗》,人民文学出版社1984年版,第156页。

② 转引自[德]卡西尔:《人论》,上海译文出版社1985年版,第183页。

③ [德]歌德:《莎士比亚命名日》,《欧美古典作家论现实主义和浪漫主义》(二),中国社会科学出版社1981年版,第279页。

家的作品中,"形象表现的方式正是他感受和知觉的方式"①。具有创作个性的作家由于都有自己表现的生活领域,自己对于生活独到的感受和理解以及根据这些感受和理解在自己心目中构筑起来的世界,为了使这些内容在作品中获得生动的表现,他就需要有与之相应的传达方式和手段。这样,就促使他不断地在表现形式上去进行探索和创造。如鲁迅小说在艺术表现上的最大特色之一,就是把悲剧的因素和喜剧的因素有机地融合在一起,常常把悲剧的内容通过喜剧的形式表现出来。如孔乙己、阿Q等人,就他们的命运来说,都无疑是中国社会里极其惨痛和可悲的现象,但鲁迅并没有把他们的命运当作单纯的悲剧来看;因为在他看来,孔乙己、阿Q的命运和遭遇尽管可悲,但是由于他们过于麻木、过于愚昧,而使得他们深受封建制度和封建势力的迫害,甚至直到死难临头,仍不能有所觉悟,不能正视自己受害的原因,反而以种种自欺欺人的理由来安慰自己,为自己悲惨的命运辩解。这就不仅使人感到可悲,而且有点令人啼笑皆非了。反过来说,也正是从他们这种可笑的言行中,我们更可以看出他们思想所受毒害的深重,因而就更使人感到他们处境的可悲!正因为鲁迅对于现实有着这样一种为自己所特有的、别具深度的感受和发现,才促使他在艺术表现上把悲剧因素和喜剧因素有机地融合起来。这种表现形式的运用在某种程度上尽管受了吴敬梓、果戈理、契诃夫等人作品的影响,但是由于它是立足于作者自己独特的感受和发现,是为表现自己这种独特的艺术感受和发现的需要而找到的,并与这种独特的表现内容融为一体的,因而仍不失为鲁迅在其特有的创作个性支配下的一种独创,为他的讽刺艺术所独具的表现形式。

---

① [德]黑格尔:《美学》第1卷,商务印书馆1979年版,第362页。

正是由于创作个性在艺术创作中有着如此重要的地位和作用，所以，为了使自己的创作取得成功，作家就必须努力培养自己的创作个性，并善于按照自己的创作个性来进行创作。因此，雨果强调若要与天才们"并驾齐驱"，"那就要和他们不一样"①。雪莱在谈到自己的创作时声称："凡是他人独创性的语言风格或诗歌手法，我一概避免摹仿，因为我认为，我自己的作品纵使一文不值，毕竟是我自己的作品。"② 高尔基也曾反复教导青年作家必须"找到自己，找到自己对生活、对人们、对既定事实的主观态度，把这种态度体现在自己的形式中，自己的字句中"③。为此，他要求作家"应该细心地、时时刻刻地细心地倾听自己，以便正确地知道——这是谁说的？是您，还是屠格涅夫、拜伦、海涅踞坐在您的心灵里？……如果是他们的话——那么就赶走他们：滚出去！非这样不可。谁想要当作家，谁就必须永远是无限真诚的。谁要想当作家，谁就必须在自己身上找到自己，——一定要找到！"④ 这当然不是叫青年作家封闭在个人的狭小天地里，凭着自己一点点零碎的、肤浅的主观印象和感受就动手创作，也不是叫他们拒绝借鉴遗产，完全抛弃传统去搞所谓标新立异。他只不过是说：不论在体验生活或学习前人的时候，作家都不能忘掉自己，放弃自己的发现和创造，沿着别人的道路去循规蹈矩、亦步亦趋。由于优秀的作家在感受生活、提炼印象、乃

---

① ［法］雨果：《莎士比亚论》，《雨果论文学》，人民文学出版社1980年版，第140页。

② ［英］雪莱：《〈伊斯兰的起义〉序言》，《西方文论选》下卷，上海译文出版社1979年版，第47—48页。

③ ［苏联］高尔基：《给康·谢·斯坦尼斯拉夫斯基》，《文学书简》上卷，人民文学出版社1962年版，第94页。

④ ［苏联］高尔基：《给玛·格·亚尔采娃》，《文学书简》上卷，人民文学出版社1962年版，第133页。

至选择表现形式的时候都这样善于识别自我与非我,并坚定不移地从自我出发去进行创作;他的作品永远总是新颖的、独创的,即使是老而又老的题材,到了他的笔下,也会另辟蹊径、翻出新意,创造出令人耳目一新的世界来。文学作品的风格、独创性和个人风貌,从根本上说,都源出于这里!

三

创作个性作为作家在长期创作过程中,通过主客体的交互作用所形成的一种个人才能的特征,虽然是属于主观的东西,但是它的形成和确立却离不开一定的现实基础。所以,我们只能联系作家的全部生活实践,如作家所处的民族、时代,所属的社会集团的生活特点,以及个人经历和遭际,才能对它做出正确的解释。而在这些因素中,对于作家的创作个性形成的关系最为直接的,又是作家个人经历和遭际,其他社会因素一般总是这样或那样地通过他的经历和遭际,才对他的创作发生影响。这种经历和遭际可以一直追溯到作家的早年,甚至作家的童年时期。如在狄更斯一生的创作中,贫苦儿童的题材在他的全部作品中总是占据着主要的篇幅,像在《奥列弗·退斯特》《尼古拉斯·尼克贝尔》《大卫·科波菲尔》等作品里,我们都可以看出作者对于贫苦儿童的生活的深切体察和极大的同情。这就是因为在他十岁那年,由于父亲欠债无法偿还,全家迁入到负债者监狱居住,为了维持生活,他只得投靠远亲,到一个皮鞋油作坊里去当学徒。由于他心灵手巧、操作熟练,常被雇主关在玻璃橱窗里进行操作表演,作为广告招徕顾客,这在他幼小心灵里从此留下了深刻的创伤。正如他后来在《自传》里所说的,许多年后,每当他经过皮鞋油作坊的附近,"就绕到路的另一边,避免闻见黑鞋油的瓶塞上加胶泥的那种气味"①，以至到了他生活十分优裕的晚年，"在睡梦中还常常忘掉自己长大成人，好像又孤苦伶仃地回到那一段岁月里去了"②。这种屈辱的生活经历不仅为他后来的创作提供了大量的素材，而且也形成了他艺术观察的心意所向，使他一生的创作对于贫苦儿童的悲惨生活和命运始终怀有极大的敏感。由此可见，影响作家日后创作道路的不在于他所经历的事件的性质是否重大，更主要的是看它在作家内心能否产生强烈而深切的感受和体验。像雨果少年时代在巴黎法院门前广场目睹警察以火红的烙铁来烙烫女犯的惨状以及耳闻女犯撕裂人心的呼喊；鲁迅在仙台医科学校读书期间从电影上看到无辜的中国人被日本帝国主义军人作为示众的材料杀头，而围观的同胞竟个个显出麻木的神态等，在当时看来都不是什么非常惊人的事件，在别人心中也可能转瞬就淡忘了，但在特定情况下，却强烈地震撼着少年雨果和鲁迅的心，在心灵上留下了不可磨灭的印记。这些印记不仅没有随着岁月的流逝而消退，反而因为阅历的加深而不断地得到强化，并自始至终成为作家神经中枢中的一种占优势的兴奋中心，一种操纵着作家艺术创造的无意识心理。它不仅支配着作家对题材的选择和加工，而且还作为作家感受生活、理解生活的心理定势，反映在他们的一系列作品之中，成为他们的一系列作品中的一个共同的"母题"。如贯穿在雨果的《死囚末日记》《巴黎圣母院》《悲惨世界》等作品中的对于资产阶级法律制度残酷性的激愤控诉，渗透在鲁迅的《药》《阿Q正传》乃至《祝福》等作品中的对于愚昧而麻木的国民心理的沉痛的批

---

① 转引自［英］乔治·福特：《大卫·科波菲尔》，《狄更斯评论集》，上海译文出版社1981年版，第233页。
② 转引自［英］约翰·福斯特：《查尔斯·狄更斯传》，《狄更斯评论集》，上海译文出版社1981年版，第316页。

判……这些思想特色，都只能从他们特殊的生活经历中获得解释。就狄更斯、雨果、鲁迅的心理素质来说，虽然都敏于感受、善于沉思，都具备做一个优秀作家的全部条件；但要是没有这些特殊经历，不但他们的作品可能将会是另一副面目，甚至他们日后也不一定会走上从事文学事业的道路。这都说明了客观现实对于形成作家创作个性的决定性的作用。

正是由于作家的创作个性从根本上说是由客观现实所决定的，所以，对于作家来说，要形成自己健全的创作个性，就有一个如何通过创作实践，使自己的主观特点与客观现实不断地获得有机地结合的问题。前面说过，创作个性是在创作过程中通过主客观的交互作用而形成的，一方面，作家从自己的主观条件出发，从现实生活中选择与他个性特点相适应的对象来进行加工；而另一方面，作家的主观特点又只有在通过对相应的客观对象进行加工的过程中才能获得肯定，使两者在实践中最终达到真正有机的统一。但是这种统一是不容易达到的；即使达到了，也只是一种动态的平衡，而并非绝对静止、一成不变的。因为客观现实由于自身矛盾运动的推动，是不断地发展、变化着的，这就决定了作家的创作个性也总是在主客观相互作用下的不断建构的心理过程。它与客观现实之间存在着一种既是同化，又是顺应的关系：同化是客体适应于主体，现实生活适应于作家的创作个性，从而使得客观对象经过作家的选择和改造而改变了它原有的性质和结构，而成为作家所看到、所掌握的，可供他进行艺术加工的对象；顺应则是主体适应于客体，要求作家和心理特征在客观对象的作用下不断地调整和改变原有的格局，从而使得作家的主观条件，与他所反映的客观现实在新的基础上求得新的统一。所以，黑格尔认为："独创性是和真正的客观性统一的，它把艺术表现里的主体和对象两方面融合在一起，使得这两方面不再互相外在和对立。从一方面看,这种独创性揭示出艺术家的最亲切的内心生活;从另一方面看,它所给的却又只是对象的性质,因而独创性的特征显得只是对象本身的特征,我们可以说独创性是从对象的特征来的,而对象的特征又是从创造者的主体性来的。"① 这样,主体与客体在创作中就完全融合在一起了。这种主客体完美融合所造成的作品的特点,就是所谓"风格"。这就是歌德把风格说成是"艺术所能企及的最高境界"② 的原因。因此,一个形成了自己创作个性的作家,在日新月异的客观现实面前,要使自己的艺术生命永葆青春,永远跟随着时代的步伐不断前进,就应该在现实生活的过程中,在不断地从生活中吸取营养,并通过不断地调节自己的心理结构,以求不断地从现实生活中去寻找新的契合点,从而使自己的创作个性在不失自我的前提下又有所更新、有所发展。要是一个作家放弃了这种努力,他的顺应能力与同化能力就会失去平衡,就会回复到原先主客体未曾结合的状态中去。这种与客观对象未曾结合的主观心理特征,就是黑格尔所说的创作中的"癖性"。

所谓癖性,就是创作中一种以自我为中心的顽固的习性,它突出地表现为否定客观现实或不顾客观对象特点而一味迁就作家主观兴趣、爱好的一种自我表现的倾向。因而在创作中就不能形成真正的艺术风格,而只能产生一种"矫饰的作风"。这种"作风愈特殊,它就愈容易退化为一种没有灵魂的因而是枯燥的重复和矫揉造作,再见不出艺术家的心情和灵感"③,即真正的创作个性了。所以席勒把这种矫饰的作风看作是风格的反面,认为"伟大的艺术家为我们

---

① [德] 黑格尔:《美学》第 1 卷,商务印书馆 1979 年版,第 373—374 页。
② [德] 歌德:《自然的单纯模仿·作风·风格》,《文学风格论》,上海译文出版社 1982 年版,第 3 页。
③ [德] 黑格尔:《美学》第 1 卷,商务印书馆 1979 年版,第 371、370 页。

表现对象"、只有"平凡的艺术家"才这样赤裸裸地"表现他自己"①。形成创作中的癖性大概有两个情况。

一种是"原发性"的。即本来主客观就未曾达到结合,在创作时脱离对象客观对象,只是凭着作家个人的兴趣、爱好的驱使任性地进行表现,成了与作品的客观内容毫不相干的,纯粹偶然的外在成分。它的产生大概源于两种情况:一是"某一种特殊的表现方式由某一个别艺术家创造,由他的摹仿者和门徒的仿效,反复沿袭,成为习惯,这就形成了作风"②;二是由于作家在创作时只凭自己心情的驱使在创作时刻意地去追求某些表现形式,从而使得这些表现在作品中成为绝对的优势,片面地显示出来。这即使在一些大家的创作中都不能完全幸免。如老舍,他是一个性情幽默的作家,他在创作中也特别喜欢追求幽默的风格。但是真正的幽默风格应该是由对象本身的喜剧性,以及作家以喜剧的眼光看待生活所获得的喜剧感中所产生的,"是出于事实本身的可笑,而不是由文字里硬挤出来的"。而在老舍早期的某些作品中,诚如他自己所说的:"有时候,事情本没有什么可笑之处,我也要用俏皮的言语,勉强的使它带上点幽默的味道"③,于是,就"信口开河,抓住一点,死不放手,夸大了还要夸大,而且津津自喜……"④。这种"幽默"不仅成了一种"没有灵魂"的外部点缀,而且陷入了油滑。后来他自己也意识到:

---

① [德]席勒:《艺术的美》,《美育书简》,中国文联出版公司1984年版,第181页。
② [德]黑格尔:《美学》第1卷,商务印书馆1979年版,第370页。
③ 老舍:《我怎样写〈骆驼祥子〉》,《老舍论创作》,上海文艺出版社1982年版,第46页。
④ 老舍:《我怎样写〈老张的哲学〉》,《老舍论创作》,上海文艺出版社1982年版,第6页。

"油腔滑调是我风格的一大毛病"①，这种毛病就是一种癖性的表现。又如，当前有些作者，出于自己对民俗的癖好，在作品中不顾主题、场合，连篇累牍地进行辅叙和渲染，使得这些描写在作品中成了一种赘疣，一种纯粹是知识的卖弄。这同样是一种有待克服的癖性。

还有一种是"继发性"的，即原先可能是一种值得肯定的创作个性，但由于创作个性和艺术风格都是不断发展的。从某种意义上看，一个作家要发展自己的创作个性和艺术风格，比之于形成自己的创作个性和艺术风格是更为艰难的任务。所以茅盾说："一个已经发表过若干作品的作家的困难问题，也就是怎样使自己不粘滞在自己所铸成的既定模型中；他的苦心，不得不是继续地探索着更合于时代节奏的新的表现方法。"② 王蒙也说："风格是创造的产物"，它不能模仿别人，也不能模仿自己。"同是自己的作品，前一篇成功作品的主题、题材、结构、语言、剪裁……，不能照搬到后一篇来。因为后一篇是创作，第一千零一篇和第一篇作品就其为创造来说，二者并无区别。"③ 但是有些作者认识不到这一点，一旦当自己的作品显示出某些特色之后，就以维护创作个性，保持艺术风格为名，过早地把它定型下来。这样就不仅不能使自己原来创作个性中的某些不足之处在实践中及时得到克服，而且这种对于个人"特色"的盲目的迷恋，还使得作家在思想上产生一种惰性，在创作中凭着习惯的势力，拖着轻车在熟路上奔跑，一再地重复着自己原有的风格。这样，"就会走上写姐妹篇的窄路，一、二、三、四，连写几篇，风

---

① 老舍：《〈老舍选集〉自序》，《老舍论创作》，上海文艺出版社1982年版，第139页。
② 茅盾：《〈宿莽〉弁言》，《茅盾论创作》，上海文艺出版社1980年版，第53页。
③ 王蒙：《论风格》，《漫话小说创作》，上海文艺出版社1983年版，第132页。

格乎风格也,彼此模样相仿,不但是嫡亲的姐妹,甚至是孪生姐妹"[1]。于是,在不断发展着的现实面前,就使自己日益丧失了对现实的感应和同化的能力,并进而发展成为一种桎梏,把自己束缚在自我这个小天地里,使自己与现实愈来愈趋向分离。从文学的现状来看,这或许是一种更顽强、更令人忧虑的创作中的癖性。因为前一种情况还能使人一眼望穿,易于识别;而这种情况不仅使一般读者,甚至连一些批评家都误认为真正的创作个性而予以肯定。

所以,我认为在探讨创作个性的时候,特别应该分清"创作个性"与创作中的"癖性"这两个概念。这对于正确地评论作家的创作,引导作家创作的健康发展,都是有好处的。

(原载《文艺理论研究》1987年第6期)

---

[1] 王蒙:《论风格》,《漫话小说创作》,上海文艺出版社1983年版,第132页。

艺术真实的系统考察

一

艺术的真实性原是由西方文论中从"摹仿说"衍生出来的一个概念,在本质上是属于艺术认识论领域内的问题。因为在"摹仿说"看来,既然艺术是对生活(或颠倒了的生活"理念")的摹仿,它就有一个反映生活真实的问题;这样真实性自然也就成了评价艺术的最高准则。由于现代西方有许多理论家和艺术家不是否定艺术有一个原本的存在,就是把艺术仅仅看作是艺术家情感的自然流露,因而都很少从与现实生活的关系和联系的角度去探讨艺术的真实性。但是不论怎样,艺术作为一种精神现象,它总不可能是主观自生的,说到底是直接或间接地对生活的一种反映形式,因而人们在阅读和评价艺术作品时,总不免要拿现实生活作为参照,并把是否符合生活实际看作是艺术作品真实性的基本准则。若是读者在阅读中发现一个作品的生活内容是虚假的、思想情感是造作的、艺术表现是不合情理的,那么,美感也就无从谈起,它也自然就无法在读者心目中存活和在社会上流传了。这就是长期以来真实性被许多艺术家视为艺术的生命,并成为许多理论家殚精竭虑地去进行探究的一个问题的原因了。但是由于研究的方法上存在着种种局限,以致直到今日,这个问题还没有获得一个比较圆满的回答。现在我们重新提出这个问题来进行再探讨,回过头来再看看历史上一些代表性的见解,正确分析、全面评价这些理论上的功过得失,对于推进这个问题认识的深入发展,我觉得是很有必要的。

真实性的概念最早出现于西方古典主义的文学理论中。因为古典主义理论家视生活为艺术唯一的范本,认为艺术就是作家对生活的惟妙惟肖的摹仿,它的功能主要给人以求知的满足,因而他们就把艺术作品中所描写的内容与实际生活的一致性作为衡量和评价艺术真实性的依据和标准,认为文艺批评"首先要追随自然,按它的标准来下判断"①。当然,这种逼肖并不是照抄生活,而是"描写按照可然律和必然律可能发生的"② 事。这就不仅要求艺术家必须深入认识生活,而且在此基础上还要借助想象,把现实作为可能性加以创造性的再现,并认为这是构成艺术真实不同于历史真实的本质之所在。如塔索认为"构成和决定诗的本质,并且使诗同历史区别开来的最主要点在于,诗不是按照事物已有的样子去摹写,而是按照事物应当有的样子去表现;与其说诗要注意各个个别的事的真实,毋宁说要注意带有普遍性的事的真实"③。这一思想到了近代现实主义作家那里,就演变成为典型的理论。从此,艺术的真实性与典型性也就趋于合流,在一般现实主义作家那里,都把典型创造视为达

---

① [英]蒲伯:《批评论》,《从文艺复兴到十九世纪资产阶级文学家艺术家有关人道主义人性论言论选辑》,商务印书馆1971年版,第116页。
② [古希腊]亚里斯多德:《诗学》,人民文学出版社1962年版,第29页。
③ [意]塔索:《论诗的艺术》,《欧美古典主义作家论现实主义和浪漫主义》(一),中国社会科学出版社1980年版,第129页。

到艺术真实的基本途径，而典型性的基本精神也恰恰在于它忠实地反映了生活的本质真实。

古典主义的真实观从艺术是现实生活的反映的原则出发，把是否符合生活的本质真实作为衡量和评价艺术作品的依据，这就从根本上杜绝了那些脱离生活胡编乱造的创作倾向，即使在今天看来，也不乏它的现实意义。但是由于古典主义文学理论还没有从根本上分清艺术与科学的区别，还认识不到艺术与科学不同，它是通过作家的审美感受和审美体验来反映生活的，所以不仅离不开作家个人独特的理解和发现，而且还必然带有作家个人主观情感的印记；若是完全无视作家的主观因素，按照知识论的观点和要求仅仅从客观方面去衡量艺术的真实性，也就分不清艺术真实和科学真实的差别，这势必会影响人们对于艺术特性的准确认识和深入把握。如曾在苏联和我国现代文艺理论中广为流传的把艺术真实与反映生活的本质规律直接等同的教条主义和庸俗社会学倾向，就是以这一思想为依据的。

这种被古典主义文学理论所忽视了的构成艺术真实的主观因素即作家思想情感的真实，到了18世纪和19世纪之交被浪漫主义文学理论家所发现和提出。与古典主义文论以描写个别与描写一般作为区别诗与历史的标准不同，浪漫主义认为"历史处理的……是大量的事迹"，而诗所表达的则是"人心的思想或感绪"[①]。这就表明浪漫主义对创作对象的理解已从外部世界转向作家的内心世界。如果说古典主义是一种再现的理论，那么浪漫主义则是一种表现的理论。既然这样，浪漫主义为什么还要谈论艺术的真实性呢？这是因

[①] ［英］赫兹利特：《泛论诗歌》，《欧美古典作家论现实主义和浪漫主义》（一），中国社会科学出版社1980年版，第301—302页。

为它们与古典主义一样，都承认艺术自身有一个本体（本原）的存在，只不过这个本体已由外部世界转移到了人的内部世界。这样，表现就其性质来说同样也是一种摹仿。所以，它们在理论上大都沿用"摹仿"一词，如赫兹利特说"诗是自然的摹仿"①；雪莱说"诗是摹仿的艺术"②，"是生活的惟妙惟肖的表象"③。只不过它们所理解的艺术真实已不再是与生活实际相符，而是艺术家在自己的自由想象中能否忠实地表达主观情感。因为"想象与激情正是人的天性的一部分"。只不过它们"不是按照事物的本相表现事物，而是按照其他的思想情绪把事物揉成无穷的不同形态和力量的综合来表现它们"④。所以他们认为诗"就是通过那些把这些景象信以为真时所必然产生的情绪的给人以深刻印象的真实性，来打动人们的情感"⑤。这里所说的艺术的真实性实际上指艺术家情感的真实，亦即作品表达思想情感所达到的诚挚的程度。

浪漫主义对艺术真实性的理解显然是对古典主义的一大补充和完善。但是由于浪漫主义对主观情感的理解都不同程度上存在着封闭的倾向，对作家主观情感与客观生活之间的内在联系尚缺乏一种自觉的认识和明确的理解，在某些表述中仿佛使人感到它是主观自生的，这样就容易导致唯心主义和神秘主义。这种倾向到了20世纪

---

① ［英］赫兹利特：《泛论诗歌》，《欧美古典作家论现实主义和浪漫主义》（一），中国社会科学出版社1980年版，第302页。
② ［英］雪莱：《〈解放了的普罗米修斯〉序》，《欧美古典作家论现实主义和浪漫主义》（一），中国社会科学出版社1980年版，第294页。
③ ［英］雪莱：《为诗辩护》，《十九世纪英国诗人论诗》，人民文学出版社1984年版，第25页。
④ ［英］赫兹利特：《泛论诗歌》，《欧美古典作家论现实主义和浪漫主义》（一），中国社会科学出版社1980年版，第303页。
⑤ ［英］柯尔立治：《文学生涯》，《欧美古典作家论现实主义和浪漫主义》（一），中国社会科学出版社1980年版，第276页。

的表现主义等文论中就更趋极端，具体表现为：第一，把主观与客观完全对立起来，以主观来否定和排除客观。浪漫主义者虽然并没有明确表示主观的东西归根到底是客观现实的反映，但至少并没有把两者看作是完全对立的，并没有以主观真实去否定客观真实，如柯尔立治与华兹华斯就曾热烈地探讨过"那种通过忠实地坚守自然的真实而激起读者同情的力量"①，而只不过认为"严格的历史真实会损害诗的真实，打破历史真实是为了诗意真实更能发挥"②；而表现主义作家则认为"我们所感知的外表实在是不真实的"，文学反映的真实世界只"存在于我们自己"③。第二，把感性与理性的东西对立起来，以感性来否定理性。浪漫主义作家虽然把情感真实视为艺术真实的本质，但并不排除理性，倒是主张真正的艺术真实应是情感与理性的有机结合。如华兹华斯提出"诗起源于平静中回忆起来的情感"④，就是认为生活中的情感只有经过认识的鉴别、整理和加工才能在艺术中进行表达；而表现主义甚至可以说整个现代主义文论都反对理性夸大非理性和下意识，认为艺术真实就是由作家对自己的印象、直觉、情感、潜意识的不加修饰、锤炼的流露和宣泄而生，只有这样，我们才能看到本真的心灵生活，若是经过理性的选择加工，就会导致虚假。如布列东认为艺术就是"纯粹的精神无意识活动"，"在不受理性的任何控制，又没有任何美学或道德的成见

---

① ［英］柯尔立治:《文学生涯》,《十九世纪英国诗人论诗》,人民文学出版社1984年版,第62页。
② ［德］席勒:《论悲剧艺术》,《古典文艺理论译丛》第6册,人民文学出版社1963年版,第99页。
③ ［德］埃德施米特:《创作中的表现主义》,《现代西方文论选》,上海译文出版社1983年版,第152页。
④ ［英］华兹华斯:《〈抒情歌谣集〉序言》,《十九世纪英国诗人论诗》,人民文学出版社1984年版,第22页。

时思想的自由活动"①。我们承认现代主义文论在发现人的深层心理方面所做出的贡献的同时，又不能不指出这种把感性与理性对立起来，完全排除理性来宣扬直觉、情感、潜意识等非理性的主张，又使得他们从一种片面走向另一种片面。

人们对于艺术真实的认识两千年来之所以始终不能摆脱片面，在我看来就是因为没有看到艺术是一个由多种要素和成分所构成的有机整体，以致在探讨艺术真实时往往只是着眼于其中某一因素而无视其他成分。因此，我认为我们要全面认识艺术问题，包括艺术真实在内，首先就必须树立起一种整体的观念。整体是由部分所构成的，离开了部分自然也就没有整体；但它又不只是部分的简单相加，它的性质是由各个部分的相互联系、相互渗透所构成的系统特质所赋予的，是任何处于孤立状态下的部分所没有的。这就是亚里斯多德所说的"整体大于部分之和"的道理。而反过来，在这个整体中，部分又不像在未进入整体时那样，它获得了原先孤立状态所不具备的整体的特质。这就要求我们认识艺术作品包括艺术的真实性时，必须变一维、单向的思维方式为多维、系统的思维方式。这种整体的思维方式在古希腊哲学中还带有某种自发的倾向；但是到了近代，在机械论自然观的影响下，却渐渐被人们所淡忘，并习惯于把具体的事物分解开来，仅仅抓住其中某一或某些要素去作孤立的、静止的研究。它的影响也波及文艺理论，包括对艺术真实的研究，从而使得我们在这个问题上尽管殚精竭虑，但终究难以找到满意的解答。根据这一实际情况，我认为要使艺术真实性的研究有所进展，就必须抛弃这种机械的、形而上学的思维惯性，来对之作全

---

① ［法］布列东：《什么是超现实主义?》，《现代西方文论选》，上海译文出版社 1983 年版，第 169 页。

面的、系统的、全方位的考察。这一工作应该从这样两个方面进行：首先，要看到就艺术作品本身来说，它是由诸多要素所构成的一个有机整体，任何要素进入这个整体就不再像原先孤立状态那样，就获得了这个有机整体所特有的性质；其次，还要看到作品与读者之间也是一个整体，作品是经由读者阅读才能发生它的社会效应的，因此作品的真实性也只有通过阅读，在读者意识中产生一种真切的体验，即真实感之后，才能得到读者的确认。如果这两方面我们都注意到了，那么，对于艺术真实性的探讨，至少就会在现有的基础上有一个较大推进。

二

现在，我们就从以上认识出发，看看作为有机整体的艺术，它的真实性到底是由那些要素所构成的。

前面说过，真实性的概念原本是基于艺术是生活的反映这一认识提出来的，是指反映在作品中的作家的主观认识与客观事物的一致性。这就是过去人们往往以哲学上的真理性，即按自亚里斯多德以来学界所普遍认为的"真理是客观性与概念相符合"[①]来理解艺术的真实性的原因。但这只能说是抓住了艺术真实性的客观根据，而并没有真正说明艺术真实性本身问题。因为艺术是借助具体、生动的形象来反映生活的，这里不存在抽象的理性观念。从艺术作品的内容方面来看，艺术总是通过作家的审美感受和审美体验为中介与生活发生联系的，而能够引起作家审美感受和审美体验的对象主要是现实世界中各种各样的人物以及由他们的活动所构成的社会生

---

① ［德］黑格尔：《小逻辑》，商务印书馆1980年版，第397页。

活。这两者是不可分割的,因为社会生活既然是由人的活动所构成的,因而在艺术作品中如果写出了真实的人物性格,也就必然会写出真实的社会生活。那种脱离人与人之间现实关系的具体描写的艺术真实是不存在的。所以狄德罗说:"诗里的真实是一回事,哲学里的真实又是一回事。为了真实,哲学家说的话应该符合于事物的本质,诗人说的话则要求和他所塑造的人物性格一致。"① 正是由于这样,艺术家在创作时一般都不会离开对人物性格的把握,而抽象地去思考艺术的真实性问题,他所孜孜以求的只是为了把人物性格令人信服地展示在读者面前。列夫·托尔斯泰在谈到他的小说《哈泽·穆拉特》中对沙皇尼古拉一世的描写时说:"我写的不是尼古拉的传记,但他生活中的一些场面是我中篇《哈泽·穆拉特》所需要的,而且因为我只喜欢写我很了解的东西,agant(就是),所谓 Les Coudées franches(放手而为),那么,我就应该尽我所能地完全掌握开启他性格的钥匙。我就是为这而搜集并且阅读一切与他生活和性格有关的材料的……"② 这说明在艺术创作中,把握人物性格总是艺术家构思活动最关键的环节,艺术家搜集、研究材料的最终目的,就是为了准确地把握人物性格;反过来,当作家一旦把握了人物的思想性格,也就等于把握了他与周围人物、环境的关系,在写作时就可以凭着自己的想象自由驰骋、应付自如了,哪怕情节极度地夸张,乃至近乎荒诞,如果戈理的《钦差大臣》、马克·吐温的《三万元遗产》、卡夫卡的《变形记》等,由于事件的发展都是以人物性格为依据,由人物之间的现实关系所生发出来的,所以给人的感觉就

---

① [法]狄德罗:《论戏剧诗》,《狄德罗美学论文选》,人民文学出版社 1984 年版,第 196 页。
② [俄]列夫·托尔斯泰:《致亚·安·托尔斯泰娅》,《列夫·托尔斯泰文集》第 16 卷,人民文学出版社 1992 年版,第 303 页。

如同霍布斯所说的，虽然"于事未必然"，而却"于理必可能"。这样，作品也就超越了实际生活，使得现实作为可能性在作品中获得了创造性的再现。人物性格是无比复杂多样的，正如世界上没有两片完全相同的叶子，世界上也没有两个完全相同的人物。如果说艺术真实必须反映生活本质真实的话，那它所反映的也只能是通过一些具体人物的关系和行动所体现出来的生活的特殊本质，不像理论家所把握的那种没有独特个性的抽象的普遍性。这就使得艺术反映生活有着一切理论形态所无可比拟的丰富性和生动性。过去我们在探讨艺术真实时往往离开对具体人物和人物关系的分析，把它看作是一种抽象的生活本质和规律，以致我们的文学批评往往离开艺术形象的客观实际而陷于庸俗的社会学。这些着眼于从艺术作品的客观对象方面所把握到的艺术真实，就是我们通常所说的"事理之真"。

但既然艺术对生活的反映是以艺术家的审美感受和审美体验为中介而进行的，而体验具有亲历性的特点，它总是把自己置身于对象的地位，通过与对象融为一体去进行领悟，这就使得它有一种推己及人或推己及物的能力。因此，当艺术家的思想情感一旦为某一对象所激活之后，这种情感就会诱发艺术家联类无穷的想象，不仅把他带入到一个为他想象所虚构的世界之中，而且还会把自己幻想中的人物都当作是实际生活中存在的人物那样，向他们倾注自己全部的感情，与他们共历磨难，同享欢乐。这样，就会对读者产生一种情感说服力，使读者感到一切仿佛都是真实存在、确信无疑的。读者之所以把这些明明是虚构的人事当作真实的生活来接受，就是由于渗透在艺术形象中的艺术家的感情的真挚所生的一种说服力。因为"感动人的绝不会是人所不信的东西"[①]，"你不热切相信的东

---

① [法] 布瓦洛：《诗的艺术》，人民文学出版社 1959 年版，第 33 页。

西决不会感动你"①。只有当作家自己为之感动并坚信不疑的东西,才有可能感动读者,令读者信服。这表明情感乃是构成艺术形象和艺术说服力的不可缺少的内容,它决定着艺术作品不但是以理服人,而且还总是以情感人的。列夫·托尔斯泰就曾经把"真诚"即"艺术家对他所描写事物的真诚的爱憎感情"② 看作是一个真正艺术作品的不可缺少的条件,并反复强调"写作必须只在要求表达的思想是如此缭绕着你,自你获得这些思想以来不把它表现出来,就不让你安静的时候"③ 去进行,才能获得成功。由于情感的产生总是与主体的需求相联系的,这就意味着它所表达的实质上就是作家的一种内隐的行为取向,一种对现实的愿望和追求。它不是按照理智、按照必然律,而是按照愿望、按照自由律开展思想活动的。所以,一旦当读者完全被作品中所表达的情感所攫取、所征服,完全沉溺于作者所表达的情感之中并为之所深深感动的时候,也就不会再拘泥于作品的细节,一些在理智的眼光看来所不能接受的描写,在情感的状态下都会畅达地进入人心,使读者从必然律所支配的理智状态中超越出来,按照自己的意愿去进行想象和理解。这样,才有可能出现汤显祖在创作《牡丹亭》时完全摒弃了在理智的眼光看来"生而不可与死,死而不可复生"的"形骸之论",而凭着他的意愿所至,大胆地描写了"生者可以死,死者可以生"的梦中之情。使得他提出的"第云理之所必无,安知情之所必有邪"④ 的艺术主张,

---

① [法]乔治·桑:《致福楼拜》,《文艺理论译丛》第 3 期,人民文学出版社 1958 年版,第 184 页。
② [俄]列夫·托尔斯泰:《〈莫泊桑文集〉序》,《列夫·托尔斯泰文集》第 14 卷,人民文学出版社 1992 年版,第 67 页。
③ [俄]列夫·托尔斯泰:《致列·尼·安德烈耶夫》,《列夫·托尔斯泰文集》第 16 卷,人民文学出版社 1992 年版,第 343 页。
④ (明)汤显祖:《牡丹亭·题词》。

比之于霍布斯的"于事未必然，于理必可能"的艺术真实观来又进了一步。许多带有幻想描写的艺术作品，如关汉卿的《窦娥冤》、郑光祖的《倩女离魂》、果戈理的《外套》等，读者在阅读时不仅不会以是否合乎事理之真提出质问，而且还为之深深激动，就是因为它所反映的虽然"于事未必然"而却是一种"于情所必有"。相对于前面所说的"事理之真"来说，它表达了一种"情意之真"。

所以，关于艺术真实，就其内容来说，我认为它就是一种"事理之真"与"情意之真"的有机统一，既反映了生活的真实关系，又真切地表达了人们的意志、愿望。但是，在真正的艺术作品中，这些内容又是经过一定艺术形式的选择、改造、加工之后才获得生动的表现的。这些艺术形式包括作为一般规范、模式而存在的各种艺术种类、体裁、手法等。它们最初都是艺术家在创作时出于对内容的整理、改造和加工的需要而产生的，后来经由不断总结和概括逐渐形成为一种相对稳定而又与所表达内容相对独立的规范和模式。这些规范和模式一旦确立之后，就成为一种存在于艺术家头脑当中的预成的图式，支配着作家对题材的选择、改造、加工和艺术内容的表达方式。于是，就会使得艺术家在创作时出现这样的一种情况：一方面，他所要表达的内容必然呼吁和追求一定的表现的形式，要求找到相应的形式来进行表达，就像布洛克所说的："艺术再现总是依照一定的惯例的，所以我们永远找不到一幅对世界完全客观再现的画。"① 艺术不同于原生态的生活，就在于它被艺术家按照一定的艺术规范和形式把现实中所存在的东西重组了一遍。而另一方面，一定预成图式的存在，又可以免除艺术家在提炼内容的过程中从头开始去探寻表现形式，而完全可以通过对于预成图式的改造，使这

---

① ［美］布洛克：《美学新解》，辽宁人民出版社1987年版，第63页。

些具体的内容得到生动、完美的表达。一旦经过了形式的结合,表现在艺术作品中的内容也就与实际生活拉开了距离,从而使生活的形态上升为艺术的形态。正是由于任何作品的内容都体现于一定形式之中,是依赖于一定的形式而存在的,并没有什么脱离形式而抽象存在的内容;这就要求我们在考察艺术真实时不能离开形式,而必须把作品的体裁、形式、风格等独特的表现方式考虑在内。这样,就决定了诗歌的真实不同于小说的真实,写意风格的真实也不同于写实风格的真实……因为诗歌一般都是激情状态下的产物,情感有调节感知的作用,这样,如那些夸张、铺叙、变形等在偏重于写实的小说中使人无法接受的描写,在诗歌中也不仅不会使人感到失实,而且由于它酣畅地传达了作者情感之真,反而给人以艺术上的极大的满足,从而使得诗歌比之于小说总是更倾向写意和表情,更需要借助于我们生动活泼的自由想象和联想去进行解释。过去学界对《陌上桑》中的罗敷是不是劳动妇女有过怀疑,主要理由是诗中所描写的罗敷的服饰如"头上倭堕髻,耳中明月珠。缃绮为下裙,紫绮为上襦"等,似乎不像是一个饱受封建地主压迫、剥削的劳动妇女的穿戴。这就是无视诗歌这种艺术体裁、形式和风格的特征,以阅读小说时那种追求细节真实的眼光来看待罗敷形象塑造的缘故。这表明形式在构成我们对艺术真实性的理解上非但不是可有可无,而且在某种意义上说,它往往有着与内容同等的价值。尼采曾说:"一个人只有当他把一切非艺术家看作'形式'的东西感受为内容、为'事物本身'的时候,才是艺术家。"[①] 对于一个具有真正鉴赏力的读者来说,又何尝不需要这样!

[①] [德]尼采:《作为艺术的强力意志》,《悲剧的诞生》,生活·读书·新知三联书店1986年版,第364页。

三

　　以上，我们还只是就作品本身来对艺术真实性所作的一些探讨。如果从艺术活动的全程、从作品与读者的关系来看，那么，作家所提供的作品还只能说是一个"潜在的"实体；只有经过读者的阅读和欣赏，并在读者中产生一定的心理效应之后，这种潜在的实体才能化为"实在的"东西。因此我们在衡量作品的真实性时，也就不能只孤立地就作品本身来看，还要看它能否在读者意识中唤起真实的感觉，使读者感到真实可信来考虑。这种真实感觉作为读者在阅读和欣赏过程中由于读者与作者的视界融合所产生的一种心理效应，既是一个认识论的问题，又不完全是认识论研究所能涵盖的。因为欣赏活动作为一种审美判断，即康德所说的一种"感性评价的能力"[1]，它总是在读者意识的感性层面上发生的，在一定情感的激发下，凭借读者的个人经验和想象去对作品作出自己的把握的。情感有调节的作用，这就使得艺术作品所表现的内容反映在读者的意识中，总是经过读者意识改造和再创造的。如同布洛克所说："我们感知到的真实永远必然是要经过主体的解释和变换"，"世界不存在未经我们感知的变换的真实"[2]。这就决定了在阅读时读者真实感不可能仅凭纯理智的逻辑判断，完全按照客观决定性的原则所能产生的，它除了有赖于作品所表达的艺术内容的真实之外，还取决于能否与读者自己的生活经验、思想认识、欣赏习惯、艺术理解能力等主观因素相契合。因此，要使艺术的真实性为读者所确认，还需要有这

---

[1] ［德］康德：《实用人类学》，重庆出版社1987年版，第137页。
[2] ［美］布洛克：《美学新解》，辽宁人民出版社1987年版，第121页。

样两个条件。

　　首先，是作品所表达的内容与读者生活经验和思想情感的契合程度。我们强调读者生活经验和思想情感在艺术感知中的作用，是由于从认识论的观点来看，认识并不只是对于事物的消极的反映，它总要以主体已有的经验作为参照和依据。但艺术接受又不同于一般的认识活动，因为认识是在感觉知觉表象的基础上通过概念、判断、推断、推理为达到对事物本质规律的把握，这样，客观对象就被分解了。而艺术的真实性既然取决作品描写的"事理之真"和作家所表达的"情意之真"，因而也只有根据读者自己的切身经验才能对它作出切实的评判。所以，高尔基认为唯有"文学家和读者的经验结合一致才会有艺术的真实——语言艺术的特殊魅力"①。再加上艺术是以艺术家的审美情感为心理中介来反映生活的，这决定了艺术家通过艺术形象塑造向读者所传达的不只是一种认识，像以往人们所理解的只是对生活本质规律的一种揭示，同时也是对一种态度和体验、一种人生意义、价值的思索、探寻和梦想。这就更不是仅凭理智的分析，而只有以读者自己的人生阅历、人生体悟才能理解它所传达的人生真谛，领悟它的思想内涵，评判它的意义和价值。正是由于这样，所以即使对于同一个作家，甚至同一个作品，由于读者的人生阅历和生活体验的不同，从中所感受到的真切的程度也不一样。陈继儒诗云："少年莫漫轻吟咏，五十方能读杜诗。"② 就是说，由于杜甫诗歌中所表现的那种深沉郁结、忧国忧民的思想情感，不是那些初出茅庐、入世未深的少年人所能领会的；只有历尽

---

　　① ［苏联］高尔基：《给初学写作者的信》，《论文学》，人民文学出版社1978年版，第225页。
　　② （明）陈继儒：《读少陵集》。

沧桑、饱经忧患、步入中年以后读来才会有真切的感受和体会。这就使得同一个读者对于同一个作家或同一作品在不同年龄阶段读来，感受和领会也往往会不一样，如同郭沫若所说："同一部《离骚》，在童稚时我就不曾感得甚么，然而目前我们称道屈原是我国文学史上第一个天才的作者。"① 这评价自然包括对作品内容的思想深度、思想价值和它的表达所达到的真切感人的程度在内。

其次，是作品的形式、风格与读者的欣赏习惯和欣赏能力的契合程度。这是因为在艺术作品中，内容不是抽象地存在的，而是通过一定艺术形式表达出来的，因而读者阅读和欣赏作品也就不能跨越形式，而总是首先基于对于艺术形式的感知和认同。若是对于艺术形式缺乏一定的知识和适应能力，我们在阅读和欣赏作品时就会感到格格不入、无法理解，就更谈不上为之感动了。所以舒曼说"只有明了形式，才能明了内容"②。从这个意义上说，对形式的理解和适应也就成了我们在感知艺术作品过程中对作品产生真实感所首先必须克服的一个障碍。而平时大家在阅读作品过程中之所以不感到这个障碍的存在，乃是由于经过长期阅读和欣赏，我们对于一定形式已经完全习惯和适应了的缘故。现在许多人在谈到艺术形式的审美价值时往往比较多地强调"陌生化"，强调艺术形式的独创而造成作品内容与实际生活的距离，以及由此引起读者的惊异感所带给人们的审美愉悦；很少注意到由于片面地追求新颖、奇特而使读者无法适应、认同所造成的读者理解上的障碍，这种认识显然是不够全面的。为什么历史上许多新的艺术形式、手法和风格，在其最

---

① 郭沫若：《艺术的评价》，《沫若文集》第 10 卷，人民文学出版社 1959 年版，第 79 页。

② ［德］舒曼：《音乐家生活守则》，《舒曼论音乐与音乐家》，人民音乐出版社 1960 年版，第 224 页。

初出现时都会这样那样遭受非议、冷落，即使是很有创造精神的表现，也只有过了很长一段时间，待到为读者所理解和接受之后，才受到人们欢迎呢？这就是由于读者对它需要有一个适应和习惯的过程。这些为读者所接受和认可的形式、手法和风格，由于年长月久经过人们反复的欣赏，就会在人们的意识中固着下来，内化为人们的一种审美心理图式，一种"接受的惯例"。"惯例"这个概念很久就已经产生，有学者认为欧洲"中世纪美学最独特的贡献就是诗不仅借助耳朵、心灵而且借助惯例来进行评价的"，"与习惯的东西不同的不能产生愉悦"。① 这就说明了艺术作品之所以畅通无阻地进入人的心灵，是与读者接受惯例的契合所产生的自动化的效应分不开的。可惜这一很有价值的思想并没有引起理论界的注意。形式主义强调形式的"陌生化"自然是有一定道理的；但却没有看到形式"陌生化"与接受的"自动化"应如何获得统一的问题，只有形式的"陌生化"而没有接受的"自动化"，艺术感知就会显得困难重重，是很难即目会心，油然唤起读者审美的愉悦的。所以豪泽尔认为，"独创性的体验只有在已经安顿好的习规（按亦即'惯例'）的轨道上，才会传播"，"没有舞台和观众之间的某种习规的默契，也就没有戏剧，没有听众和观众甘心情愿地将怀疑抛在一边，也就没有艺术"。② 而读者之所以能把高度形式化、风格化的艺术作品的内容当作实际生活那样来感知，明明在进行艺术欣赏，却仿佛参与在实际生活中那样与人物共同经历和感受种种体验，就是由于惯例在意识深处发生作用。它仿佛在时刻提醒我们：对于作品的内容我们

---

① ［波兰］塔塔科维兹：《中世纪美学》，中国社会科学出版社1991年版，第154、148页。
② ［美］豪泽尔：《艺术史的哲学》，中国社会科学出版社1992年版，第356页。

必须按照该作品所遵循的某一艺术类型的形式、手法、风格的特点去进行感知和理解。这样，惯例的掌握也就成了一种艺术眼光的形成和确立。正是由于人们有了这样一种艺术的眼光，在感知和理解艺术时，我们才会超越自然主义的皮相的真实观，按照这个假定的、虚拟的世界本身的特性和显示方式去进行审视和观照。这样，像戏曲、歌剧、舞剧等从日常生活的眼光看来完全不近情理的表现形式，也就不仅变得可以理解，而且还会使人觉得似乎只有按照这一表现形式，才能使作品的内容获得神完意足、酣畅淋漓的表达，给人以最大限度的满足和享受。要是在艺术阅读和欣赏中不能克服这一矛盾，使得自己的欣赏能力适应于一定艺术种类和体裁的形式和风格；那么，人们对艺术的理解，就永远只能停留在自然主义所提倡的那种"生活真实"的水平，是很难进入艺术境界的。正是由于艺术作品内容的真实总是以一定的形式而存在，在不同艺术类型、形式、风格的作品中都是按照一定形式的规范和要求而呈现的，这决定了在阅读和欣赏的时候，读者也只有按照相应的接受惯例来看取作品，才能在意识中产生真实的效应。这就使得一个作品能否在读者中产生真实的感觉，不但取决于读者对作品反映的生活内容与表达的思想情感的真实性的认同，而且还取决于读者能否按照一定的艺术规范和形式的特性去进行感知和领会。否则，就难免感到费解、隔膜，甚至产生阻抗的心理，这样，文学的民族形式和民族风格也就成了艺术民族化大众化过程中必须考虑的一个问题。

我们强调艺术的真实性只有在阅读和欣赏过程中转化为读者的真实感才能发挥它的艺术效应，但也不能无视作品反映生活所达到的真实程度，把这种真实感看作是纯心理的、纯主观的，并进而完全以我是否感到真实可信作为衡量艺术真实性的标准和依据。从唯物辩证的观点看来，读者的艺术感知总是以艺术作品的客观存在为依据的,尽管读者对作品的感知和评价有所不同,但这只不过是具体感知过程中由于主客观条件差别所生的心理变异。我们主张对艺术真实问题只有通过系统的考察才能作出科学的说明,它的基本精神,就是要我们坚持以全面的、辩证的眼光来看待问题。

2000年八九月之交根据1994年3月中旬所写的旧稿整理
(原载《江海学刊》2003年第1期)

审美：回归"身心一体"的人

一

我们通常都认为审美可以克服知性思维所造成的对人性作分裂的理解，把感性与理性、个人性与社会性统一起来，使人回归整全的人。但大多只停留在理论层面上作抽象的说明，很少深入实际，特别是联系文艺现象作具体的分析和考察，以致我们对于文学艺术性质的认识至今往往仍然被纯认识论、唯智主义和唯科学主义所主宰。关于这个问题，我想可能有这样两方面原因。

一方面，由于长期以来我们把美学与文艺学视为两门相对独立的学科而很少关注这两者之间的内在联系，使得美学研究的成果很少在文学艺术中得到体现和落实。如何解决这个问题？我认为苏联学者的观点倒是值得我们重视的。他们把美学定义为"研究人对现实的审美关系的一般发展规律，特别是作为特殊社会意识形态的艺术的一般规律"，或表述为"美学是研究人对现实的一般审美关系，尤其是它的高级形式——艺术"的学问[①]。这样，就不仅把美学与艺

[①] 苏联科学院哲学研究所等：《马克思列宁主义美学原理》上册，三联书店1961年版，第2页。

术学联系起来,而且置艺术于美学的核心地位。因为我们通常所说的"美"一般包括自然美、社会美和艺术美三种存在形态,虽然我们不赞同黑格尔把美学看作就是"艺术哲学",把自然美、社会美都排除在美学研究的领域之外①,但不能否认艺术美毕竟是人与现实审美关系发展到一定阶段的产物,是事物审美属性的集中体现。而这个定义的精神我认为就在于表明美学所研究的对象虽然建立在人与现实的审美关系的基础上,但是它的根本目的是为了使人们对于文学艺术的特性有更深入真切的理解,更能按照美的精神来从事艺术创造,表明就其根本性质而言,美学乃是文学艺术的本体之学、本源之学。所以我们要认识文学艺术,就得需要从对艺术的审美特性作准确而深入的理解入手。但迄今为止,这工作不仅还少有人在做,反而被什么"审美日常生活化"等口号把这个根本问题淡化和消解了。

而另一方面,不能否认美学研究本身存在着问题。这是由于美学作为一门科学,它是从哲学内部孕育而分化出来的,它总是以一定的哲学观念为思想基础的。因而作为近代西方哲学中的主流哲学——认识论哲学,也必然会在美学研究中处于思想支配的地位。如作为近代美学的发展高峰黑格尔的美学,就是一种认识论的美学。他从客观唯心主义的"理念论"为依据,把美看作是"理念的感性显现",并以理念是心灵的外化的观点出发,推论出"人作为心灵"不仅"作为自然物而存在"而且还"为自己而存在,观照自己、认识自己、思考自己。只有通过这种自为的存在,人才是心灵"。而把艺术(由于它不脱离感性存在的限制)看作理念外化的一个低级的阶段,并认为这种与自然对立的心灵是有限的而非无限的、真实的、

---

① [德]黑格尔:《美学》第1卷,商务印书馆1979年版,第3—4页。

自由的心灵，因而要达到"自由"，就必须消除对立面的限制，使心灵与世界达到和解。而心灵之所以能达到与自然和解，在黑格尔看来就在于它不仅是认识主体，同时也是实践主体。认识是"从自身召唤出来的东西"和"从外在世界接受过来的东西中认出自己"，而实践作为一种意志行为，是身心一体的活动，它"通过改变外在事物"把自己的心灵复现在这些外在事物中来认识自己。"目的就在于要以自由人的身份，去消除与外在世界的疏远性，在事物的形状中去欣赏他自己的外在现实"①。正是由于实践主体的参与，才使得在艺术中心灵与自然、理性与感性，普遍性与个别性达到和解，不再分离而统一为一个有机的整体。表明"在艺术里，感性的东西心灵化了，而心灵的东西也只能借感性而显示出来"，使"心灵只有放在感性的形式里才可能被认识"，所以"艺术的表现之所以采取感性的形式，既不是由于碰巧在那里，也不是由于除它以外，就没有别的形式可用，而是由于具体的内容本身就包含有外在的、实在的也就是感性的表现形式作为它的一个因素。"②但由于唯心主义的思想局限，使得"实践"在黑格尔那里，如同列宁所说的，始终只不过是"分析认识过程中的一个环节"，充其量不过是"认识论中的实践"③。但即使是黑格尔通过认识的实践方式所阐述的对于审美活动的这些新解，长期以来也没有为学界所认识，以致鲍桑葵在解释黑格尔的美的定义时，还是按纯认识论和唯智主义的观点，认为"美与真是有同一本质，只是形式的不同"④。别林斯基也由此推论出艺

---

① [德] 黑格尔：《美学》第 1 卷，商务印书馆 1979 年版，第 38—39 页。
② 同上书，第 49、89 页。
③ [苏联] 列宁：《列宁全集》第 38 卷，人民出版社 1959 年版，第 228 页。
④ [英] 鲍桑葵：《美学史》，商务印书馆 1985 年版，第 433 页。

术只不过是"寓于形象的思维""肉身化了的概念"①。这样，不仅黑格尔对传统认识论美学的突破和贡献被遮蔽了，而且也使得我们对美的理解一直束缚于认识论的理论框架之下。新中国成立以来，依凭认识论哲学在我国的强大背景，使黑格尔的美学思想在我国流行的过程中，学界也一直把美看作只是一个认识的问题。

由认识活动而分离出来的理性与感性、普遍性与个别性的二元对立，是自苏格拉底和柏拉图以来西方哲学的传统观念。他们认为人的灵魂有"生命"和"理性"两种机制，前者是人与动物所共有的，后者则是人所特有的，人之所以是人就在于他有理性、能思想，从而形成了在古希腊哲学中广为流行的人是"理性的动物"这一经典定义。尽管亚里士多德不完全赞同这种观点，在谈到伦理学时曾批评苏格拉底（柏拉图）把德性完全视作理性，"取消了灵魂中的非理性部分，因而也取消了激情和性格"②，而在《论灵魂》中对它又有更具体详细的分析和评述。按托马斯·阿奎那的理解，他虽然"同意柏拉图（由于在对话中常借苏格拉底之名而发言，以致往往分不清两者的区别）分别理智和感性，但却主张感性如果没有身体的合作，它绝不会有适当的活动。感觉活动决不仅仅是灵魂的活动，而是一个'组合体'的活动。"③ 但人是"理性的动物"却依然作为对人的经典定义不仅在古希腊哲学中广为流传，特别到了近代，在自然科学的影响下反而得到进一步的强化，这集中反映在笛卡尔的

---

① ［俄］别林斯基：《智慧的痛苦》，《别林斯基选集》第 2 卷，上海文艺出版社 1963 年版，第 96 页。

② ［古希腊］亚里士多德：《大伦理学》，《古希腊哲学》，中国人民大学出版社 1990 年版，第 223 页。

③ ［意］托马斯·阿奎那：《神学大全》，《西方哲学原著选读》上卷，商务印书馆 1981 年版，第 270 页。

著作中。笛卡尔如同罗素所说是一个思想十分矛盾的人,他晚年所写的《心灵的激情》,可谓是一篇自亚里士多德以来少有的研究"心身一体"论的著作;但是在他代表性的哲学论著《谈方法》和《形而上学的沉思》中,却仍然认为作为认识的主体的"我"只是"一个在思维的东西","这个我亦即我赖以成为我的心灵是与身体完全不同的,纵使身体并不存在,心灵仍不失为为心灵"①,所以认识不是凭感官和想象力而只有凭理性才能达到。在17世纪欧洲流行一时的新古典主义美学和文艺学认为,作家创作"首先须爱理性",文艺作品"永远只凭理性获得价值和光荣"②,就是在笛卡尔的哲学思想基础上发展起来的。这样就完全排除了情感和意志在人的活动中的作用而陷入"心身二元论",而视人只不过是一种认识的工具。其实这种观点在笛卡尔之前,弗朗西斯·培根就针对古希腊哲学家赫拉克利特的思想作过深刻的批判。赫拉克利特认为整个世界,包括人的灵魂是一团永恒燃烧的火,它遇水就会熄灭,所以最高的智慧就是"最干燥的灵魂"所发出的"干燥的光辉";若是受非理性的成分浸润,"他的灵魂也就潮湿了",就像"一个人喝醉了酒,他步履蹒跚,不知自己往哪里走"③。这就把认识主体完全理性化,抽象化了。针对这种观点,培根认为"人的理智并不是干燥的光,而是有意志和情感灌注在里面的……因为一个人盼望是真的东西,也就是他比较容易相信的东西,……总之,情感以无数的,而且有时是觉

---

① [法] 笛卡尔:《谈方法》,《西方哲学原著选读》上卷,商务印书馆1981年版,第369页。
② [法] 布瓦洛:《诗的艺术》,《西方文论选》上卷,上海译文出版社1979年版,第290页。
③ [古希腊] 赫拉克利特:《著作残篇》,《西方哲学原著选读》上卷,商务印书馆1981年版,第25页。

察不到的方式来渲染和感染人的理智"①，表明人并不只是一个以在思维的东西，而是以知、意、情统一的整体的人参与认识活动的。他还把历史与记忆、哲学与理智、诗与想象联系起来，认为与理智"使人服从事物的本性"不同，诗服从人的想象，"它能使事物的外貌服从人的愿望，它可以使人提高，使人向上"②，表明想象不像亚里士多德所理解的只不过是一种"衰退了感觉"，它还会在表象的基础上和情感的激发下"在我们完全不了解的方式内，把许久以前的概念和符号偶然地召唤回来"，而按照自己的情感和意愿来重构新表象的活动，它既是意识的、理性的，又是无意识的、非理性的。所以把诗与想象联系起来，这也就意味着是对传统的唯理主义的人学观和美学观的一重大的突破和超越，在弗·培根的启示下，这思想后来不仅经由许多英国经验主义哲学家和文学评论家如夏夫兹博里、哈奇生、艾迪生、休谟，而且还通过维柯、卢梭等人的阐发，从人与现实的审美关系的角度为心身一体的、整全的人这一观念的产生和确立提供了理论上的铺垫。

二

但是对于情感、意志在人的心理结构中的地位和作用的论述，在德国古典哲学之前，还是比较零散的，直到在德国古典哲学的创始人康德那里，才从理论上获得全面而有机的整合。康德认为人是分属于两个世界的，在"现象世界"中，人作为认识的主体是受客

---

① ［英］培根：《新工具》，《西方哲学原著选读》上卷，商务印书馆1981年版，第351页。
② ［英］培根：《学问的推进》，《西方文论选》上卷，上海译文出版社1979年版，第248页。

观必然性所限制,是不自由的;而在"本体世界"中,支配人行动的是自由意志,这就使人摆脱必然而进入自由。那么如何使这两个世界沟通起来呢?他提出了与从属于认识论哲学的"规定判断力"并列的"反思的判断力"这个概念,认为反思的判断力作为审美判断力和审目的判断力的总称,是属于人的情感和意志的能力,它能"促进心意对道德情绪的感受性",而使得它可以达到连接自然世界和自由世界,而实现从认识过渡到实践,"从按照前者的规律性过渡到按后者的最后目的成为可能"①。这就第一次在理论上为我们展示是一个知、情、意统一的整全的人的观念。这思想一直贯穿在德国古典哲学的始终,即使像黑格尔那样,认为"人之所以为人,全凭他们的思维在起作用",但也不仅反对"将情绪和思维截然分开","可以被思维所消灭"②;甚至认为"人的真正存在是他的行为",只有"在行为里,个体性才是现实的"③,"只有有所行为才是现实的自我"④,只不过认为应"植根于思维"而已。

但由于康德、黑格尔所论证的整体的人都是在理论思辨中完成的,所以对于情感和意志,也只是当作一种心灵现象,而未能将"心"与"身"、心灵与行为统一起来进行研究。它虽然突破了理性主义的思维方式,却未能从根本上摆脱灵肉二分、心身二元论的局限,把人看作是一个现实生活中"实际存在的人"。这就引起了费尔巴哈的强烈不满,并针对黑格尔的哲学进行激烈的批判。他认为"哲学的对象不是抽象的理性,而是实在的完全的

---

① [德] 康德:《判断力批判》上卷,商务印书馆1964年版,第36、35页。
② [德] 黑格尔:《小逻辑》,商务印书馆1980年版,第38页。
③ [德] 黑格尔:《精神现象学》上卷,商务印书馆1980年版,第213页。
④ [德] 黑格尔:《精神现象学》下卷,商务印书馆1980年版,第20页。

人的本质"①,"是具有思维能力、意志能力和心情能力(按:一译'心力',亦即情感能力)的人"②,而黑格尔哲学中的"人"则是从"存在的概念或抽象的存在开始"而不是"从存在本身,亦即现实的存在开始"③的。他把自己的哲学称之为"人本学",就是表明他的哲学的对象"不是抽象的理性,而是实在的完整的人的本质",即立足于作为知、意、情统一的现实存在的人来研究哲学问题的,一切理性的东西,只有"熔化于人的生活之中,心情之中,血液之中"亦即"只有化为血肉的真理才是真理",并认为凡是"美学的或艺术的人只能是这样真正完善的人"④。他的这一研究转向深受马克思主义哲学创始人的肯定,但又指出是不彻底的,因为"费尔巴哈只承认人的感性对象,而不是感性活动",这使得他的研究"仍然只停留在理论的领域内,而没有从人们现有的社会联系,从那些使人们成为现在这种样子的周围生活条件来观察人们",使得他"从来没有看到真实存在的、活动的人"⑤。而人的活动之所以是实际的,就是由于它从人自身的需要以及由此而产生的情感和欲求为动机和动力的。因为理性所追求的是事物普遍的知识,它与个人的感觉和体验是分离的,所以它是没有"主动性"的,它不能单独成为活动的动机,支配和驱使意志的活动;而情感所表达的是个人的意志和愿望,它

---

① [德]费尔巴哈:《未来哲学原理》,《西方哲学原著选读》下卷,商务印书馆1981年版,第489页。

② [德]费尔巴哈:《基督教的本质》,《西方哲学原著选读》下卷,商务印书馆1981年版,第468页。

③ [德]费尔巴哈:《黑格尔哲学批判》,《西方哲学原著选读》下卷,商务印书馆1981年版,第453页。

④ [德]费尔巴哈:《未来哲学原理》,《西方哲学原著选读》下卷,商务印书馆1981年版,第491页。

⑤ [德]马克思、恩格斯:《德意志意识形态》,《马克思恩格斯选集》第1卷,人民出版社1972年版,第50页。

总是有所追求,所以才能成为人的活动的内在动机和动力。这表明从认识过渡到行为是还需要情感的激发和驱使。所以亚里士多德认为"心灵不能在无情欲的情境下产生活动","欲望所企求的事物乃是实践心灵的出发点,而实践心灵的最后步骤又是行为的开端",因而情欲也就成了"人的活动的最深刻的内在动力"①。休谟也认为"理性的作用在于发现真伪",它"本身完全没有主动性,永远不能阻止或产生任何行为或情感",所以行为不能由推理产生,"只有情感才能分别善恶而激发人的行为"②。而狄德罗则更是满怀激情地针对唯智主义而为情感辩护:指责"人们无穷无尽地痛斥情感,把人的一切痛苦都归罪于情感,而忘记了情感也是他一切快乐的源泉",并认为"只有情感,而且只有强大的情感才能使灵魂达到伟大的成就","情感淡泊使人平庸","情感衰退使杰出的失色"③。这些论述都表明在人的活动中情感的重要地位和作用。因为事实如同马克思所说的"思想根本不可能实现什么东西,为了实践思想,就要有使用实践力量的人"④。这里所说的"实践力量",以我的理解不仅在外部方面指使用一定的工具和手段,更是指从内部方面激发和驱策人的活动的心理能量和精神动力,即人的情感和意志而言。这样就把人的活动与机械的运动从根本上区分开来,表明唯智主义与机械论这两者实在是都建立在对人的知、情、意作机械分割,将处身于现实关系中的人作抽象理解的基础之上。因为排除情感与意志,把

---

① [古希腊]亚里士多德:《论灵魂》,《亚里士多德全集》第3卷,中国人民大学出版社1992年版,第86、87页。
② [英]休谟:《人性论》下册,商务印书馆1980年版,第498页。
③ [法]狄德罗:《哲学思想录》,《狄德罗哲学选集》,商务印书馆1983年版,第1—2页。
④ [德]马克思、恩格斯:《神圣家族》,《马克思恩格斯全集》第2卷,人民出版社1957年版,第118—119页。

人看作只是一个"在思维的东西",也就等于否定了人的活动的内驱力,否定了"身"与"心"、行为和心灵的关系,而使主体与客体、人与世界趋向分裂。所以我认为要正确理解审美活动,在对审美反映的心灵性的内容的分析的基础上,还应该向心灵与行为的关系来作进一步的延伸,这就需要借助于心理学研究的成果。

心理学与美学一样也是从哲学内部分化出来的,虽然两者都以人为对象,所研究的都关涉到人的内部世界,但一般来说哲学属理论科学,它的对象是普遍的人,注重的是人的精神生活,它的方法是倾向于思辨的;而心理学属经验科学,它的对象是具体的人,所研究的不仅是人的精神生活而且包括心理活动的机制,它的方法主要是经验(观察、反思和实验)的,它始源于亚里士多德的《论灵魂》,这里所说的"灵魂"近似于我们今天所说的"心理",但又不完全等同,它与躯体是不可分离的。尽管黑格尔认为这是一部"以抽象思维的规定去研究灵魂的形而上的本性的",是属于"理性心理学"的著作,但他也指出"灵魂与精神不同",它的特性在于"运动和感觉",只有"自身具有动静本原的自然躯体才有灵魂。"从而使得灵魂也就成为"生命的本原",是"使身体有生命的原则"①,这样就把身心统一起来,而视人为"有生命的个人存在"。

但是心理学在后世的发展过程中却走着一条曲折的道路。近代心理学作为一门独立科学,一般认为是由德国实验心理学家冯特所开创,因为他明确提出心理学是属于"现象学的""直接经验的"科学,而非属于形而上学。它的对象是"内在的人",并把"自我观察"和"自我反思"确立为心理学研究的基本途径和方法,从而把它从哲学中分离出来,作为一门独立的科学来加以研究。因而冯特

---

① [德] 黑格尔:《小逻辑》,商务印书馆1980年版,第103页。

在心理学史上被认为是"配称为心理学家的第一人"①。但他也为心理学研究带来两大局限:一是"元素论",他不是把人的心理看作一个整体,而分为感觉、观念、情感三大元素,认为人的心理构造就是通过联想律把这样三种元素联合起来的,因而他的心理学也被称之为"构造主义心理学";二是"心身平行论",把"心"与"身"视为"同时存在的两个因素系列的'平行',是不会直接发生互相干扰的"②,从而把"身"排除在心理学的研究视域之外,从中都可明显看到他受近代哲学中的"二元论"和"机械论"思想的影响的痕迹。这就引起了布伦塔诺的强烈不满。他虽然与冯特一样都反对心理学研究中的形而上学的倾向,而主张按现象学的观念来研究人的心理,但认为心理现象不同于物理现象,它总是"意向性地把对象包含于自身之中",由此形成的"这种表象不仅构成判断的基础,而且构成欲求和每一其他心理活动的基础"。所以心理学的任务不应该只叙述心理内容本身,而应该包括心理活动所指向的动作,即"意动";不应该只是心理元素,而应该是意识的整体性和实在性③。这样,感觉就被看作不只是认识的基础,同时也是行为的动因。因为感觉与思维不同,思维是精神的、心灵的活动,"心灵与躯体是分离的";而感觉作为一种当下的感知活动,"是不能脱离躯体的",对于人来说"唯有感觉的东西才知道苦乐",并驱使人们以实际行动去避苦趋乐,所以当"愤怒、温和、恐惧、怜悯、勇敢、喜悦,还有友爱和憎恨这些心理现象出现时,

---

① [美]波林:《实验心理学史》上册,商务印书馆1982年版,第357页。
② [德]冯特:《人类与动物心理学论稿》,浙江教育出版社1997年版,第389、470页。
③ [德]布伦塔诺:《心理现象与物理现象的区别》,《二十世纪哲学经典文本·序卷》,复旦大学出版社1999年版,第289、279页。

躯体也就会受到影响"①。这样，由感觉所引发的意向和欲望也就成了身体运动的现实根源。这就要求我们对于人的行为"必须从躯体与灵魂的共同功能之中来考虑它"。从而表明灵魂是离不开身体的，灵魂的属性还需要在身体这一质料中才能得到说明。这种"心身交感论"实际上就是一种"心身一体论"。由于以往我们在心理学中几乎都忽视了身体作为人的现实存在的物质形态，是人的心灵转化为行为的中介环节。这就难以从根本上突破理性主义心理学的囹圄，深入到文艺活动的内在机制，把认识的层面和实践的层面有机地统一起来，不仅从"情—理"方面，即通过审美体验使认识从"认知"化为"体知"方面来进行阐述，而且进而深入到"情—志"方面，即由于情感的激发使"体知"转化为意志、行为的方面来做进一步的发掘和阐明。

三

所以我认为对于文艺活动和文艺作品，我们也只有按照"心身一体论"的观点去进行研究，才有望在现有基础上得以突破和超越。

我们以往把文艺创作视为"审美反映"的活动，它不同于科学研究，是在作家的审美情感的激发和驱使下对生活进行创造性的反映的成果。这比之于自 20 世纪三十年代以来在我国流行的认识论文艺观认为文学与科学一样，都不过只是作家对生活认识的成果来，显然是进了一大步；但现在看来，传统的认识论文艺观的局限不仅是以唯智主义的观点，而且还只是停留在认识的、精神活动的层面，

---

① ［古希腊］亚里士多德：《论灵魂》，《亚里士多德全集》第 3 卷，中国人民大学出版社 1992 年版，第 3、7、13、31、36、88、6 页。

而对于心灵活动向行为转化的心理机制似乎少有顾及,这就在很大程度上影响到我们对于文艺的审美特性的深入理解。

美学原始于鲍姆嘉通的《感性学》,他视美为"感性认识的完善"。康德把审美的感知方式视为"反思的判断",它与"规定的判断"不同,就在于非逻辑的、演绎的,而是经验的、直觉的,即从个别出发去探求一般的感知能力①,其旨意也就在于表明"感性世界"(亦即"生活世界"),乃是审美意识的发源地,是打开审美活动全部奥秘的一把钥匙。它只有通过个体的感觉和体验才能与之建立联系,要是离开了感性世界以及个人的感觉和体验,也就等于把人与现实的关系虚化了。由此看来,感性世界并非像柏拉图他们认为那样是"不真实的",它实在是人与世界实际地建立关系的基础和纽带。文艺作为作家按自己的审美理想所创造的"第二自然",它与其他意识形态不同,就在于它为人们创造了这样一个能够直接诉诸人的感觉和体验的世界,使人在阅读时仿佛被带入到自己所亲历的生活之中,以自己的感官去感受周围现实的一切。所以按柏拉图的理性主义审美理论,把视觉、听觉视为"高级的感官",触觉、嗅觉视为"低级的感官",认为审美只能是凭借视觉和听觉才能与对象发生联系的观点,现在看来显然是不够全面的;其实,在文艺活动中,就像马克思说的,唯有人们把一切感觉能力"视觉、听觉、嗅觉、味觉、触觉、思维、直观、情感、愿望、活动、爱"都调动起来,投入其中,才能达到"对对象的全面占有"②。举一个最简单不过的例子来说,比如我们阅读朱熹的《春日》:"胜日寻芳泗水滨,无边光景一时新。等闲识得东风面,万紫千红总是春。"我们从中所领略

---

① [德]康德:《判断力批判》上卷,商务印书馆1964年版,第51—52页。
② [德]马克思:《1844年经济学哲学手稿》,人民出版社1985年版,第80页。

到的意境就不会只限于视、听两区，还总会激发起触觉（东风之煦和）和嗅觉（花香之扑鼻）的想象。（至于在对某些艺术门类如雕塑欣赏，触觉的想象就起着更大的作用，所以赫尔德、席勒等都以"可触性"来表明这些雕像的肌体在人的感觉中仿佛是有体温的、有弹性的）。正是由于它们共同所构成的一种"场"的效应，我们才会像身历其境那样沉入对象世界，如同高尔基在谈到普里什文笔下的风景时所说的，"似乎肉体感觉到的"，唯此，我们才会像鱼生活在水中那样陶醉其中。它在人的内心所激发起来的体验是一种超越了"官感"的"生命感"。这两者之间的差别就在于康德说的"官感"只限于"部分神经的感觉"，而"生命感"则是"整个神经的感觉"①，这是一种生命的沉醉和心灵的融入的状态。这表明唯有凭借自己全部感觉能力，在人与现实开展多种关系联系中，才能显示自己在对象世界的处身性，自己是一个在现实生活中活动的"实际存在的人"。

我觉得这正是在审美活动进入到极致状态所产生的一种生命体验，凡是真正的艺术创造和艺术欣赏都是这样。郭沫若在谈到诗兴袭来创作《地球，我们的母亲》时竟跑到室外的石子路上，"把'下驮'（日本的木屐）脱了，赤着脚踱来踱去，时而又率性倒在路上睡着，想真切地和'地球母亲'亲昵，去感触她的皮肤，受她的拥抱……在那样的状态中受着诗的推荡、鼓舞，终于见到了她的完成，才跑回寓所把她写在纸上"②；福楼拜写到包法利夫人服毒自杀时仿佛自己口中也"一嘴的砒霜味，就像自己中毒一样，一连两次

---

① ［德］康德：《实用人类学》，重庆出版社1987年版，第33页。
② 郭沫若：《我的作诗的经过》，《沫若文集》第11卷，人民文学出版社1959年，第144页。

闹不消化,把晚饭全呕了出来"①;巴尔扎克写到高老头死的时候竟然自己也从椅子里滑落到地上;爱仑堡说"描写死亡——这意味着自己试着去死"② 等足以说明。也正是由于审美的世界是一个生命沉入、主客交融的世界,所以当我们为作品所感动之后,就会像狄德罗所说的,"我们会在不知不觉中与作品所描写的善良的人的命运相联系,把我们从宁静安乐的环境中拉出来,携我同行,……让我们和在诗人所借以锻炼他的恒心和毅力的一切困厄横逆中甘苦与共"③。在与人物同呼吸、共命运的生活经历中去培养体察别人情感的能力和领略人生的真谛,让人从中所得到的不是抽象的思想而如同自己亲身经历所得的感悟和启示。这样就不仅化"认知"为"体知",即一种经由自己切身体验所内化而来的人生经验和见解,并使得体知由于情感的激活而转化为意志,成为驱策人的行动的心理能量和精神动力,而使心与身、心灵与行为得以统一,把以往我们仅仅从心灵层面所理解的知、情、意统一的人视为处身于现实关系中的身心一体的、心灵和行为统一的人。

要是我们这样去理解审美活动的心理效应,我们也就克服了由于"心身二分"所造成的对于许多美学问题的理解上的困难,如对于"静观"这个概念,按康德在《判断力批判》"美的分析"中"审美判断力"的"质的契机"规定为"无利害关系的自由愉快",认为它只是专注于事物的"表象",而非它的"实体",对于事物的

---

① [法] 福楼拜:《致泰纳》,《译文》第 4 期,人民文学出版社 1957 年版,第 147 页。
② 转引自 [苏联] 斯托洛维奇:《审美价值的本质》,中国社会科学出版社 1984 年版,第 245 页。
③ [法] 狄德罗:《论戏剧诗》,《狄德罗美学论文选》,人民文学出版社 1984 年版,第 138 页。

实际存在是淡漠的,不像道德判断那样持实践的态度。其实在康德那里,审美判断的四个契机是一个整体,它的核心思想是"无目的的合目的性",所以他认为"美"与"快适"不同,它虽然没有"客观的合目的性",而其用意正是为了实现"主观的合目的性",即以人为目的,而使人通过静观的方式来排除欲望的干扰为美进入心灵打开通道。这思想与他在谈到崇高感时强调它结合着"心意的运动",是一种"促进生命力"的发展,使"生命力被提高了"的感觉,是互相补充的,都是为把人引向"至善"以完成人的本体建构为目的①。但这思想到了叔本华那里却完全被篡改和歪曲了,他从意志是人生痛苦的根源,它使人永远不得安宁这一思想出发,把"静观"(亦即他所说的"直观")看作是排除意志主体而回到"纯粹的认识主体"的途径。所以他虽然认为审美有两种方式,即优美感与壮美感(亦即崇高感),但认为其根本而共同的目的都是为了消除和排斥意志,所不同的只是优美感是一种"纯粹的观审",是"直观中的沉浸",它能使"纯粹认识毋庸斗争就占了上风",使主体自失于对象而达到对自身的忘怀;而壮美感虽然原本由于与意志是对抗的,反而能激发人的意志。但当人"作为认识的纯粹无意志的主体宁静地观赏着那些对于意志可怕的,只把握着对象中与任何关系不相涉的理念"时,观赏者也就"超脱了他本人和他的欲求",而通过审美消解了主体的个人意志而回到"纯粹的认识主体",这样也就与优美感一样,都以一种"纯粹观审的状态"来看待审美对象,这时情感与意志,心灵与行为也趋向分离,使壮美感也与优美感一样

---

① [德]康德:《判断力批判》上卷,商务印书馆1964年版,第46、64、83—86页。

都成了一种"意志的清净剂",而使人在痛苦中获得暂时的解脱①。叔本华的美学由王国维引入到我国美学之后,又在我国美学界与道、佛两学的"虚静"说融合,把"静观"的起点理解为"在于诸空一切,心无挂碍,和世务暂时绝缘","美感的养成在于能空"②,以致审美也就成了一种空无的人生观的写照,成为消解意志唯求个人清静无为的养心术,那只能说是代表当时既不甘与世俗同流合污又远离人民大众和现实人生的一些文人雅士的审美情趣而显得偏于消极。所以我们今天来研究审美,我觉得更需要发掘审美情感所蕴含的"意向性"的心理,按"心身一体"论的观点,把审美主体看作如同文德尔班所说的,"不仅是一个有感知的存在",而且还"是一个有意志和采取行动的存在,……是一个受判断驱使的有机体",使得审美情感作为"所有知识建立于其中的那个判断本身就是一种行动"③。这表明"美"虽然不同于"善",它没有"外部现实性"的要求,但它作为一种价值意识,不仅是人的实际行动的最深刻的动力源,而且唯其是植根于这种意向性的心理,才有可能使人的行动化他律为自律、强制为自由,实现审美、艺术、人生三者统一,而使审美的人不仅是自觉的人而且是自由的人。这正是我们研究美学所要达到的最根本的目的。

2020 年 12 月

---

① [德] 叔本华:《作为意志和表象的世界》,商务印书馆 1982 年版,第 274、282 页。

② 宗白华:《论文艺的空灵和充实》,《艺境》,北京大学出版社 1987 年版,第 176—177 页。

③ [德] 文德尔班:《哲学概论》,《二十世纪哲学经典文本·序卷》,复旦大学出版社 1999 年版,第 639 页。

附录一

王元骧学术年谱

1962 年

发表《关于"熟悉的陌生人"》,《文艺报》1962 年第 8 期。

1964 年

发表《对阿 Q 典型研究中一些问题的看法》,《文学评论》1964 年第 3 期。

1976 年

发表《关于〈祝福〉中的"我"——与李何林同志商榷并谈文艺批评的方法问题》,《语文战线》1976 年第 1 期;《〈一件小事〉中的主要人物到底是谁?》,《语文战线》1976 年第 3 期。

1979 年

发表《再谈〈祝福〉中的"我"和文艺批评中的形象感受问题——答王湛同志》,《语文战线》1979 年第 1 期;《对于典型若干问题的认识——兼与赖应棠同志商榷》,《辽宁大学学报》1979 年第 4 期。

1980 年

发表《典型个性与共性统一的原理不能否定——与沈仁康同志商榷》,《学术研究》1980 年第 1 期;《论典型化》,《文学评论》1980 年第 4 期;《说"无理之'理'"》,《文化娱乐》1980 年第 4 期。

1982 年

发表《美与比例——形式美漫谈之一》(文艺随笔),《文化娱乐》1982 年第 1 期;《对称均衡的美——形式美漫谈之二》(文艺随笔),《文化娱乐》1982 年第 2 期;《节奏的美——形式美漫谈之三》(文艺随笔),《文化娱乐》1982 年第 3 期;《变化统一的美——形式美漫谈之四》(文艺随笔),《文化娱乐》1982 年第 4 期;《形式美余话——形式美漫谈之五》(文艺随笔),《文化娱乐》1982 年第 5 期。

1983 年

发表《谈艺术直觉》,《西湖》1983 年第 9 期;《情感——文学艺术的基本特性》,《文学评论》1983 年第 5 期。

1984 年

发表《艺术特性与艺术规律》,《社会科学战线》1984 年第 3 期;《从"柳絮飞来片片红"说起》(文艺随笔),《文化娱乐》1984 年第 2 期;《胜利者应该是谁?》(文艺随笔),《文化娱乐》1984 年第 3 期;《艺术家的"整容术"》(文艺随笔),《文化娱乐》1984 年第 4 期;《解易画像的启示》(文艺随笔),《文化娱乐》1984 年第 5 期;《从"画眼睛"说到"画'眼睛'"》(文艺随笔),《文化娱乐》1984 年第 7 期。

1985 年

发表《谈文学的独创性》,《中文自学指导》(今《现代中文学刊》) 1985 年第 5 期;《论艺术想象》,《文学评论丛刊》第 27 辑。

1987 年

发表《文学意识形态性质的再认识》,《社会科学战线》1987 年第 3 期;《论创作个性》,《文艺理论研究》1987 年第 6 期。

1988 年

发表《反映论原理与文学本质问题》,《文艺理论与批评》1988 年第 1 期;《文学艺术与社会心理》,《文艺理论与批评》1988 年第 4 期;《论文学的功能》,《文艺理论研究》1988 年第 5 期。

1989 年

发表《文学的意识形态性与非意识形态性》,《高校社会科学》1989 年第 1 期;《反映论:马克思主义文艺学的哲学基础》,《求是》1989 年第 13 期;《审美反映与艺术创造》,《文艺理论与批评》1989 年第 4 期;《就建构马克思主义文学理论体系问题谈三点意见》,《理论与创作》1989 年第 4 期;《抒情类文学中的形象》,《文艺理论研究》1989 年第 5 期;《论文学的社会学研究与文化学研究》,《文学评论》1989 年第 6 期。

出版《文学原理》(初版),浙江教育出版社。

1990 年

发表《论审美感受》,《高校社会科学》1990 年第 2 期;《文学与语言》,《文艺理论与批评》1990 年第 3 期;《艺术的认识性与审美性》,《文艺理论研究》1990年第3期;《西方三大文学观念批判》,《文学评论》1990年第4期;《要把坚实的科学性和正确的价值观结合起来》,《文艺理论研究》1990年第4期;《关于近几年文艺心理学研究的思考》,《人民日报》1990年9月6日。

1991年

发表《评〈论文学的主体性〉》,《高校理论战线》1991年第1期;《驳"纯审美论"》,《中国教育报》1991年9月14日;《评"回复到文学自身"》,《求是》1991年第20期。

1992年

出版《审美反映与艺术创造》第1版,杭州大学出版社。

发表《艺术创作中的意识与无意识》,《文艺理论与批评》1992年第1期;《文艺作品形式对内容的规定性》,《文艺理论研究》1992年第1期;《评文艺上的"自我表现论"》,《文艺报》1992年第28期;《文艺内容与形式之我见》,《高校理论战线》1992年第5期;《关于建构有中国特色的马克思主义文艺理论体系的几点意见:1992年10月6日在全国中外文艺理论学术讨论会上的发言》,《台州师专学报(社会科学版)》1992年4期。

1993年

发表《艺术本质:从认识性和实践性的统一中寻求——兼评当今文艺理论界对于艺术本质的探讨》,《社会科学战线》1993年第2期;《关于文艺理论研究的方法问题》,《文艺理论与批评》1993年第3期;《也谈美学的和历史的批评》,《文艺报》1993年7月10日;《创建有我国特色的马克思主义文艺理论》,《高校理论战线》1993

年第 4 期。

1994 年
发表《艺术掌握方式之我见》,《江海学刊》1994 年第 4 期。

1995 年
发表《文艺是认识与实践的统一》,《文艺研究》1995 年第 5 期;《艺术的实践本性》,《文学评论》1995 年第 6 期。

1996 年
发表《文学:应作为整体审视》,《中外文化与文论》1996 年第 1 期;《艺术动态研究论纲》,《文艺报》1996 年 3 月 1 日;《黑格尔纯认识论文艺观的得与失》,《文艺理论与批评》1996 年第 4 期;《立足反映论,超越反映论——谈我对苏联文艺学模式的认识历程》,《杭州师范学院学报》1996 年第 5 期。

1997 年
发表《试论古代文论的"现代转换"》,《学术研究》1997 年第 1 期;《文化与意识形态刍议》,《高校理论战线》1997 年第 7 期;《对于推进马克思主义文艺学在当代发展的思考》,《社会科学战线》1997 年第 5 期;《创作与体验》,《文艺理论与批评》1997 年第 6 期。

1998 年
出版《审美反映与艺术创造》第 2 版,杭州大学出版社。
发表《再谈艺术的实践性问题——兼与俞兆平先生商讨》,《文学评论》1998 年第 2 期;《文学理论建设刍议》,《高校理论战线》

1998 年第 5 期;《审美自由与人的解放——兼论马克思对德国古典美学的继承与革新》,《马克思主义美学研究》第 1 辑;《艺术实践本性论纲》,《社会科学战线》1998 年第 3 期;《中国文学理论研究的世纪回眸》,《文学评论》1998 年第 5 期。

1999 年

发表《美育的功能》,《杭州教育学院学报》1999 年第 5 期;《从分析走向综合——文学理论研究的回顾与展望》,《文艺理论与批评》1999 年第 6 期;《症结与出路:文学语言研究的新视野》,《江苏社会科学》1999 年第 6 期。

2000 年

出版《探寻综合创造之路》,陕西师范大学出版社。

发表《我国现代文学理论研究的反思与浪漫主义理论价值的重估》,《外国文学评论》2000 年第 1 期;《我所理解的反映论文艺观——读朱立元先生〈对反映论文艺观的历史反思〉所引发的一些思考》,《马克思主义美学研究》第 3 辑;《论中西文论的对话与融合》,《浙江学刊》2000 年第 4 期。

2001 年

发表《艺术真实的系统考察》,《嘉兴学院学报》2001 年第 1 期;《艺术活动论评析》,《文史哲》2001 年第 1 期;《"文艺美学"之我见》,《河南师范大学学报(哲学社会科学版)》2001 年第 4 期;《文学理论研究三题议》,《浙江大学学报(人文社会科学版)》2001 年第 4 期。

2002 年

出版《文学理论与当今时代》，浙江大学出版社；《文学原理》第 1 次修订版，广西师范大学出版社。

发表《实践的思想与马克思主义文艺理论研究的变革》，《江苏社会科学》2002 年第 1 期；《文学研究与新理性精神——"新理性精神"之我见》，《东南学术》2002 年第 2 期；《我们当年学语文》（散文），载作家出版社 2002 年出版《我们怎样学语文》。

2003 年

发表《文学真实的系统考察》，《江海学刊》2003 年第 1 期；《理论偏见是怎样形成的》（经编辑修改并重拟题目），《文艺报》2003 年 7 月 19 日；《评我国新时期的"文艺本体论"研究》，《文学评论》2003 年第 5 期；《美源于人自身生存的需求》，《文艺美学研究·第 3 辑》2003 年 12 月；《像落花生一样》（访谈），载华龄出版社 2003 年出版《世纪印象：百名学者论中国文化》。

2004 年

发表《论艺术研究的实践论视界》，《江苏社会科学》2004 年第 1 期；《对文艺研究中"主客二分"思维模式的批判性考察》，《学术月刊》2004 年第 5 期；《从"人类本体"论到"文艺活动"论》，《东疆学刊》2004 年第 2 期；《关于艺术形而上性的思考》，《文学评论》2004 年第 4 期；《文艺理论的现状与未来之我见》，《汕头大学学报（人文社会科学版）》2004 年第 5 期；《"美是道德的象征"——康德美学思想辨证》，载商务印书馆 2004 年出版《中国美学（第 2 辑）》；《七十感怀——兼谈我的学术生涯》（回忆录），载广西师范大学出版社 2004 年出版《在浙之滨：王元骧教授七十寿庆暨浙江大学文艺学研究所成立五周年纪念文集》;《深切怀念原浙师和杭大的两位老领导》(散文),《浙江大学报》2004年11月20日。

2005年

发表《应该怎样理解审美的"无利害性"》,《文史哲》2005年第2期;《文艺理论中的"文化主义"与"审美主义"》,《文艺研究》2005年第4期;《强化文艺理论研究中的独立自主的意识——浅议"全球化"语境下文艺学的应对策略》,《河南师范大学学报(哲学社会科学版)》2005年第3期;《审美:现代人的自我拯救之道——对于美育现代意义的哲学思考》,《湖南社会科学》2005年第4期;《论文艺的意识形态性》,《求是》2005年第15期;《艺术意识形态性辨析》,《马克思主义美学研究》第8辑;《论美的艺术》,《湖南师范大学社会科学学报》2005年第6期。

2006年

出版《审美超越与艺术精神》,浙江大学出版社。

发表《康德美学的宗教精神与道德精神》,《浙江学刊》2006年第1期;《关于文学评价中的"人性"标准》,《文学评论》2006年第2期;《美育并非只是"美"的教育》,《学术月刊》2006年第3期;《何谓"审美"?——兼论对康德美学思想的理解和评价问题》,《社会科学战线》2006年第2期;《探寻文艺学的综合创新之路》,《社会科学战线》2006年第2期;《论"马克思主义文艺理论中国化"的思想前提》,《高校理论战线》2006年第5期;《我对"审美意识形态论"的理解》,《文艺研究》2006年第8期;《一份不该被遗忘的美学遗产——读〈美是上帝的名字——中世纪神学美学〉》,《中国图书评论》2006年第10期;《王阳明与康德美学思想的比较研究》,《浙江学刊》2006 年第 6 期;《关于文艺意识形态性的思考》,《马克思主义美学研究》第 9 辑;《学术境界与人生境界》(随笔),《文艺报》2006 年 7 月 22 日。

2007 年

出版《文学原理》第 2 次修订版,广西师范大学出版社。

发表《开掘推进梁启超美学思想的研究——评〈梁启超美学思想研究〉》,《云梦学刊》2007 年第 1 期;《文艺本体论的现实意义与理论价值》,《浙江大学学报(人文社会科学版)》2007 年第 5 期;《我看 20 世纪中国美学及其发展趋势》,《厦门大学学报(哲学社会科学版)》2007 年第 5 期;《艺术:使人成为人——王元骧教授访谈录》(乔东义对王元骧的访谈),《文学教育(下)》2007 年第 10 期;《论人、文学、文学理论的内在张力》,《文艺争鸣》2007 年第 11 期;《谈"审美意识形态论"的理论建构——以我的〈文学原理〉(2007 年版)为个案》,《高校理论战线》2007 年第 12 期;《关于审美超越性的对话》(访谈),《文艺报》2007 年 9 月 4 日。

2008 年

发表《论马克思主义文艺学在当代的发展和意义》,《文艺研究》2008 年第 1 期;《当今文学理论研究中的三个问题》,《文学评论》2008 年第 1 期;《梁启超"趣味说"的理论架构和现实意义》,《文艺争鸣》2008 年第 3 期;《论马克思主义美学在我国当代的演变》,《湖北大学学报(哲学社会科学版)》2008 年第 2 期;《文艺理论:工具性的还是反思性的?》,《社会科学战线》2008 年第 4 期;《美学研究:走两大系统融合之路》,《学术月刊》2008 年第 5 期。

2009 年

发表《文学理论能"告别"吗?》,《浙江大学学报(人文社会科学版)》2009 年第 1 期;《再论美学研究:走两大系统融合之路》,《文艺研究》2009 年第 5 期;《对"审美意识形态论"的再反思》,《西南大学学报(社会科学版)》2009 年第 5 期;《文艺理论的创新与思维方式的变革》,《文学评论》2009 年第 5 期;《重申文艺与政治》,《学术月刊》2009 年第 10 期;《从"审美反映论"和"审美意识形态论"说开去》(访谈),《文艺争鸣》2009 年第 1 期;《"审美超越"与"终极关怀"》(访谈),《文艺争鸣》2009 年第 9 期。

2010 年

出版《论美与人的生存》,浙江大学出版社。

发表《美:让人快乐、幸福》,《学术月刊》2010 年第 4 期;《析"文学理论的危机"》,《社会科学战线》2010 年第 8 期;《"文学意识形态论"的理论疑点和难点》,《高校理论战线》2010 年第 10 期。

2011 年

发表《李泽厚美学的思想基础还是历史唯物主义吗?——兼与刘再复商榷》,《文艺研究》2011 年第 5 期;《关于"形式本体"问题的通信》,《学术研究》2011 年第 6 期;《论国人对康德美学的三大误解》,《社会科学战线》2011 年第 7 期;《"后实践论美学"综论》,《学术月刊》2011 年第 9 期;《沈善洪校长印象》(散文),载浙江大学出版社 2011 年出版《知行合一:沈善洪教授八秩寿庆文集》。

2012 年

发表《拯救人性：审美教育的当代意义》，《文艺研究》2012 年第 3 期；《理论的分歧到底应该如何解决——就文艺学的若干根本问题答熊元义等同志》，《学术研究》2012 年第 4 期；《也谈文学理论的"接地性"》，《文艺争鸣》2012 年第 5 期；《对于文学理论的性质和功能的思考》，《文学评论》2012 年第 3 期；《认识文艺与政治关系首先须解决的两个问题》，《高校理论战线》2012 年第 7 期；《百年来我国对西方美学与文论的接受》，《学术月刊》2012 年第 7 期；《文学理论的科学性与人文性》，《杭州师范大学学报（社会科学版）》2012 年第 6 期；《文艺理论的使命与承担——文艺理论家王元骧访谈》（金雅对王元骧的访谈），《文艺报》2012 年 10 月 15 日。

2013 年

出版《文学原理》第 3 次修订版，广西师范大学出版社。

发表《再谈"实践存在论美学"》，《中山大学学报（社会科学版）》2013 年第 3 期；《评蔡元培"以美育代宗教说"》，《社会科学战线》2013 年第 4 期；《审美教育与人格塑造》，《美育学刊》2013 年第 4 期；《对我国马克思主义文艺理论研究的哲学反思》，《马克思主义美学研究》2013 年第 1 期；《王元骧：审美超越——从文艺学美学的视角，把一把当下社会的人文脉搏》（访谈），《钱江晚报》2013 年 5 月 17 日。

2014 年

发表《"需要"和"欲望"：正确理解"审美无利害性"必须分清的两个概念》，《杭州师范大学学报（社会科学版）》2014 年第 6 期；《过在上帝》《请原谅他》（两篇短篇小说），载浙江大学出版社

2014 年出版《文艺学的守正与创新——王元骧教授八十寿辰暨从教五十五周年纪念文集》；《求实严谨的科学态度　求真创新的学术精神——王元骧教授访谈》（陈飞龙对王元骧的访谈），《文艺理论与批评》2014 年第 2 期。

2015 年

出版《审美：向人回归》，浙江大学出版社。

发表《"育人"何以不能没有"审美"——兼论审美的"无目的的合目的性"》，《南国学术》2015 年第 1 期；《关于美学文艺学中"实践"的概念》，《文学评论》2015 年第 2 期；《审美反映与艺术形式》，《杭州师范大学学报（社会科学版）》2015 年第 3 期；《从"美感的神圣性"说到审美与宗教的关系》（访谈），《美育学刊》2015 年第 4 期。

2016 年

出版《艺术的本性》，复旦大学出版社。

发表《论审美反映的实践论视界》，《文学评论》2016 年第 3 期；《实践论美学的思想精髓和理论价值》，《文艺研究》2016 年第 9 期；《关于马克思主义美学研究中几个重要理论问题的思考——由汪正龙著〈马克思与 20 世纪美学问题〉说起》，《湖北大学学报（哲学社会科学版）》2016 年第 5 期；《"审美关系"评析——兼论蒋孔阳的"美是多层累的突创"说》，《杭州师范大学学报（社会科学版）》2016 年第 6 期；《深切怀念童庆炳老师》（散文），载北京师范大学出版社 2016 年出版《木铎千里　童心永在：童庆炳先生追思录》（下）。

2017 年

发表《在回应现实中发展文艺理论》(经编辑部修改),《人民日报》2017 年 7 月 7 日;《文艺评论岂能这样信口雌黄!——质问夏中义》,《马克思主义美学研究》2017 年第 1 期;《读张江〈理论中心论〉所想到的》,《文学评论》2017 年第 6 期;《关于推进"人生论美学"研究的思考》,《学术月刊》2017 年第 11 期。

2018 年

出版《文学原理》第 4 次修订版,浙江大学出版社。

发表《把理论思辨与现实情怀统一起来——访文艺理论家王元骧》(郑玉明对王元骧的访谈),《中国文艺评论》2018 年第 2 期;《美的理想不容矮化》(原题《审美不止于耳目之娱》,经编辑部修改并重拟题目),《人民日报》2018 年 7 月 27 日;《关于文学理论教材的学科体系和编写问题的意见》,《杭州师范大学学报(社会科学版)》2018 年第 6 期。

2019 年

发表《德国古典美学与我国现代美学研究》,《南国学术》2019 年第 1 期;《从"审美反映论"到"艺术人生论"——王元骧教授访谈录》(苏宏斌对王元骧的访谈),《文艺研究》2019 年第 6 期。

(郑玉明选编)

中国现代文艺学大家文库

《中国文论的民族特色——徐中玉文艺学文选》
《论"文学是人学"——钱谷融文艺论文选》
《清园谈艺录——王元化文艺学文选》
《现代性与当代文学理论——钱中文文艺学文选》
《中国诗学的春天——李衍柱文艺学文选》
《文学的真谛——王元骧文艺学文选》
《在历史与当代交集点上——陈伯海文艺学文选》
《文艺学宏观阐释——陆贵山文艺学文选》
《与西方文论的平等对话和争鸣——孙绍振文艺学文选》
《走向文化诗学——童庆炳文艺学文选》